Christoffer Carlsson

DER TURM DER TOTEN SEELEN

Christoffer Carlsson

DER TURM DER TOTEN SEELEN

Thriller

Aus dem Schwedischen
von Susanne Dahmann

C. Bertelsmann

Die Originalausgabe erschien 2013
unter dem Titel *Den osynlige mannen från Salem*
bei Piratförlaget, Stockholm.

Verlagsgruppe Random House FSC® N001967
Das für dieses Buch verwendete FSC®-zertifizierte Papier
Munken Premium Cream liefert
Arctic Paper Munkedals AB, Schweden.

1. Auflage

Umschlag: buxdesign | München
unter Verwendung einer Collage von © buxdesign | München
Satz: Uhl + Massopust, Aalen
Druck und Bindung: GGP Media GmbH, Pößneck
Printed in Germany
ISBN 978-3-570-10232-9

www.cbertelsmann.de

Für Karl, Martin & Tobias

Strange highs and strange lows,
Strangelove,
That's how my love goes

DEPECHE MODE

Ich streiche um dein Haus herum, genau wie früher. Aber es ist nicht mehr dein Haus, du bist nicht hier. Warst lange nicht hier. Ich weiß das, denn ich verfolge dich. Nur ich bin hier. Und eigentlich nicht einmal ich. Du kennst mich nicht. Keiner kennt mich mehr. Es gibt niemanden, der weiß, wer ich bin.

Du spürst, dass etwas nicht stimmt, dass irgendetwas heraufzieht. Du erinnerst dich an die Zeit damals, an den Grund für diesen Text, verdrängst ihn aber lieber. Nicht wahr? Ich weiß das, denn ich bin genau wie du. Die wenigen Male, in denen sich das Vergangene in deinem Alltag in Erinnerung bringt, erkennst du es. Bist aber unsicher, was wahr ist und was nicht, weil die Zeit alles verwischt.

Ich schreibe dies hier, um dir zu sagen, dass alles, was du glaubst, wahr ist und dabei keineswegs so, wie du glaubst. Ich schreibe, um alles zu erzählen.

1

SCHWEDEN MUSS STERBEN. In schwarzen, dicken Lettern sind die Worte an die Tunnelwand gepinselt, und aus einem Laden in der Nähe dringt Musik, jemand singt *Don't make me bring you back to the start.* Draußen vor dem Tunnel scheint die Sonne heiß und gleißend, doch hier drinnen ist es kühl und still. Eine Frau mit Kopfhörern und Pferdeschwanz joggt vorbei. Ich sehe ihr nach, bis sie verschwunden ist.

Von irgendwoher kommt ein Kind mit einem Ballon an der Hand angelaufen. Der Ballon zappelt ruckartig und störrisch hinter ihm her, bis er an etwas Scharfkantiges an der Tunneldecke stößt und zerplatzt. Der Junge erschrickt und beginnt zu weinen, vielleicht wegen des lauten Knalls. Er sieht sich nach jemandem um, aber da ist keiner.

Ich bin in Salem zu Besuch, zum ersten Mal seit langer Zeit. Der Sommer geht bald zu Ende. Ich stehe von der Bank in dem Tunnel auf und gehe an dem Kind vorbei aus dem Dunkel in den gleißenden Sonnenschein.

2

Als ich aufwache, ist es dunkel, und ich weiß, es ist etwas passiert. Im Augenwinkel sehe ich ein Blinken. Auf der anderen Straßenseite wird ein starkes, zuckendes blaues Licht an der Hauswand reflektiert. Ich verlasse das Bett und gehe zur Küchenzeile, trinke ein Glas Wasser und lege mir eine Tablette Sobril auf die Zunge. Ich habe von Viktor und Sam geträumt.

Mit dem leeren Glas in der Hand gehe ich zum Balkon und öffne die Tür. Der Wind ist warm und feucht, er lässt mich schaudern, und ich sehe auf die Welt hinab, die dort unten wartet. Ein Krankenwagen und zwei Polizeiautos stehen in einem Halbkreis geparkt vor dem Eingang. Jemand spannt ein blau-weißes Absperrband zwischen zwei Laternen. Ich höre dumpfe Stimmen, das Knistern eines Polizeifunkgeräts und sehe das stumme Blinken des Blaulichts der Streifenwagen. Und hinter ihnen: das Rauschen von einer Million Menschen, das Geräusch einer großen Stadt in vorübergehendem Ruhezustand.

Ich gehe wieder hinein und ziehe mir eine Jeans an, knöpfe mein Hemd zu und fahre mir mit der Hand durch die Haare. Im Treppenhaus: eine Dunstabzugshaube, die irgendwo hinter einer Wand schnurrt, das diskrete Rascheln von Kleidern, eine murmelnde, leise Stimme. Jemand hat den alten Fahrstuhl angefordert, er setzt sich mit einem mechanischen Quietschen in Gang und lässt die Wände des Fahrstuhlschachts vibrieren.

»Kann nicht mal einer den verdammten Aufzug abschalten?«, zischt jemand.

Der Fahrstuhl übertönt das Geräusch meiner Schritte, als ich die Treppe hinuntergehe, die sich spiralförmig um seinen Schacht windet. Im ersten Stock bleibe ich stehen und horche. Unter mir, im Hochparterre, ist etwas geschehen. Und das nicht zum ersten Mal.

Vor einigen Jahren hat ein gemeinnütziger Verein mithilfe einer Spende von jemandem, der mehr Geld hatte, als er brauchte, die große Wohnung gekauft. Der Verein baute die Räume zu einer Herberge für die Ausgestoßenen und Verirrten um und nannte das Ganze »Chapmansgården«. Mindestens einmal in der Woche haben sie Besuch, meist von erschöpften Sozialamtsbürokraten, aber nicht selten auch von der Polizei. Die Unterkunft wird von einer ehemaligen Sozialarbeiterin betrieben, Matilda oder Martina, ich erinnere mich nicht genau an den Namen. Sie ist alt, aber viel respekteinflößender als die meisten Polizisten.

Als ich mich über das Treppengeländer beuge, sehe ich, dass die schwere Holztür zur Unterkunft offen steht. Drinnen brennt Licht. Die verärgerte Männerstimme wird von einer ruhigeren Frauenstimme besänftigt. Der Fahrstuhl fährt auf seinem Weg nach unten an mir vorbei, und ich folge ihm, gehe hinter der Fahrstuhlkabine verborgen zum Hochparterre. Die beiden Polizisten, die dort stehen, ein Mann und eine Frau, erstarren, als sie mich sehen. Sie sind jung, viel jünger als ich. Der Fahrstuhl hält unten am Ausgang an, und mit einem Mal wird es sehr still.

»Seien Sie vorsichtig, wenn Sie hier herumlaufen«, sagt die Frau.

»Spann du mal das Absperrband«, sagt der Mann und hält ihr die blau-weiße Rolle hin, woraufhin sie ihn anstarrt.

»Mach das selbst, ich kümmere mich um ihn.«

Sie hat ihre Mütze abgesetzt, hält sie in der Hand, ihre Haare sind zu einem strammen Pferdeschwanz gebunden, der ihr Gesicht verzerrt aussehen lässt. Der Mann hat einen kantigen Kiefer und freundliche Augen, aber ich glaube, die beiden sind ziemlich nervös, denn sie sehen andauernd auf ihre Armbanduhren. Auf den Schulterklappen der Uniformen sitzen nur goldene Kronen, keine Striche. Assistenten.

Er geht mit der Rolle in der Hand zur Treppe. Ich versuche zu lächeln.

»Es ist hier nämlich was passiert«, sagt sie. »Es wäre schön, wenn Sie im Haus blieben.«

»Ich werde nicht rausgehen.«

»Und was machen Sie dann hier unten?«

Ich schaue durch das große Fenster im Treppenhaus, durch das man das Haus auf der anderen Straßenseite sieht. Es wird immer noch von blauem Licht überspült.

»Ich bin aufgewacht.«

»Sie sind vom Blaulicht aufgewacht?«

Ich nicke, keine Ahnung, was sie denkt. Sie sieht erstaunt aus. Ich vernehme einen scharfen Geruch, und erst jetzt bemerke ich, wie bleich sie ist. Ihre Augen sind blutunterlaufen. Sie hat sich eben erst übergeben.

Leicht, fast unmerklich, legt sie den Kopf schief und runzelte die Augenbrauen.

»Kennen wir uns?«

»Das glaube ich nicht.«

»Sind Sie sicher?«

»Ich bin bei der Polizei«, gebe ich zu, »aber nicht ... nein, ich glaube nicht, dass wir uns kennen.«

Sie sieht mich eingehend an, dann nimmt sie den Notizblock aus der Brusttasche und blättert ein paar Seiten vor, klickt mit dem Stift, schreibt etwas auf. Hinter meinem Rücken raschelt ihr Kollege auf eine Weise, die mich nervt, linkisch mit dem Absperrband. Ich betrachte die Tür hinter der Frau. Es gibt keinerlei Anzeichen, dass sie aufgebrochen wurde.

»Ich habe keine Information darüber bekommen, dass hier ein Polizist wohnt. Wie heißen Sie?«

»Leo«, sage ich, »Leo Junker. Was ist passiert?«

»Zu welcher Abteilung gehören Sie, Leo?«, fährt sie in einem Ton fort, der verrät, dass sie alles andere als überzeugt ist, dass ich die Wahrheit sage.

»D.I.E.«

»D.I.E.?«

»Dezernat Interne …«

»Ich weiß, wofür das steht. Darf ich Ihre Polizeimarke sehen?«

»Die liegt in meiner Jacke oben in der Wohnung«, sage ich, und ihr Blick wandert über meine Schulter, als würde sie Augenkontakt zu ihrem Kollegen suchen. »Wisst ihr, wer sie ist?«, frage ich. »Die Tote?«

»Ich …«, beginnt sie. »Sie wissen also, was geschehen ist?«

Ich bin kein guter Beobachter, doch es kommen nur selten Männer in diese Herberge. Für sie gibt es andere Orte, wo sie unterkommen können. Die Frauen hingegen haben nicht so viele Möglichkeiten, zwischen denen sie wählen können, denn die meisten Heime dieser Art weisen Drogenabhängige und Prostituierte ab. Die Frauen dürfen eines von beiden sein, aber nicht beides. Das Problem ist nur, dass die meisten eben genau beides sind. Der Chapmansgården ist eine Ausnahme, und deshalb kommen viele Frauen hierher. Hier muss man nur eine Regel befolgen, um reingelassen zu werden: Man darf keine Waffe haben. Eine sympathische Einstellung.

Deshalb handelt es sich hier also sehr wahrscheinlich um eine Frau, und nach dem ganzen Theater zu schließen, lebt sie nicht mehr.

»Darf ich …?«, frage ich und mache einen Schritt auf die Polizistin zu.

»Wir warten auf die Techniker«, höre ich die Stimme ihres Kollegen hinter mir.

»Ist Martina da drinnen?«

»Wer?«, fragt die Frau verwirrt und schaut auf ihren Block.

»Die, die das hier betreibt«, sage ich. »Wir sind befreundet.«

Sie sieht skeptisch aus. »Sie meinen Matilda?«

»Ja. Genau.«

Ich steige aus meinen Schuhen, hebe sie auf und gehe an ihr vorbei in die Herberge.

»Hallo«, sagt sie scharf und packt mich fest am Arm. »Sie bleiben hier.«

»Ich will nur sehen, wie es meiner Freundin geht«, erkläre ich.

»Sie wissen ja nicht einmal, wie sie heißt.«

»Ich weiß, wie man sich an einem Tatort bewegt. Ich will nur sehen, ob Matilda okay ist.«

»Das spielt keine Rolle. Sie kommen hier nicht rein.«

»Zwei Minuten.«

Die Polizistin starrt mich lange an, ehe sie meinen Arm loslässt und wieder auf ihre Armbanduhr schaut. Unten schlägt jemand laut und fest an die Tür. Sie sucht nach ihrem Kollegen, der nicht mehr zu sehen ist, weil er die Treppe hinaufgegangen ist.

»Warten Sie hier«, sagt sie, und ich nicke, lächle und versuche, aufrichtig zu wirken.

Im Chapmansgården ist die Welt gespenstisch still. Die Decke hängt tief über meinem Kopf, der Fußboden ist aus hässlichem abgenutzten Parkett. Die Unterkunft besteht aus einer großen Diele, einer Küche mit Tisch, einer Toilette und Dusche, einem Büro und etwas, wovon ich annehme, dass es der Schlafraum ist, ganz hinten in der Wohnung. Der Geruch erinnert an die strenge Duftnote im Kleiderschrank eines alten Mannes. Gleich hinter der Tür steht ein großer Korb auf dem Boden, und davor liegt ein handgeschriebener Zettel. WARME KLEIDUNG. Unter einem Kapuzenpullover schauen ein Paar Handschuhe hervor, die ich herausziehe.

Auf der rechten Seite geht es von der großen Diele in eine ordentliche und saubere Küche mit einem quadratischen Holztisch und ein paar Stühlen. Am Küchentisch sitzt Matilda, dieser alte Vogel mit spitzem Profil und wuscheligem silberlockigen Haar, ihr gegenüber ein Mann in Polizeiuniform. Sie blicken auf, als ich an ihnen vorbeigehe, und ich nicke Matilda zu.

»Von der Kripo?«, fragt er.

»Klar.«

Er schielt auf die Handschuhe in meiner Hand, und ich senke den Blick auf den Boden, wo man deutliche Schuhabdrücke erkennen kann. Es sind keine Stiefel, sondern eher irgendwelche Sportschuhe. Ich platziere meinen eigenen Schuh neben den Abdruck und stelle fest, dass ich ebenso große Füße habe wie der, der eben hier gewesen ist.

»Wo sind die anderen Frauen?«

»Es war nur sie hier«, erwidert Matilda.

»Ist sie Ihnen bekannt?«

»Sie war in diesem Sommer mehrere Male hier. Ich glaube, sie heißt Rebekka.«

»Mit zwei k?«

»Ich weiß es nicht, aber ich glaube mit Doppel-c.«

»Und ihr Nachname?«

Sie schüttelt den Kopf.

»Wie gesagt, ich weiß nicht mal, wie sie ihren Vornamen schreibt.«

Ich gehe weiter durch die Diele und in den Schlafraum. Die Wände sind blass und mit Bildern behängt. Ein Fenster steht einen Spaltbreit offen. Die Augustnacht dringt herein und kühlt den Raum unnatürlich ab. Acht Betten stehen an den Längsseiten des Raums. Die Decken sind nicht einheitlich, einige sind geblümt wie die Wände in einer Siebzigerjahre-Wohnung, andere in starken Farben einfarbig blau, grün oder orange, wieder andere haben hässliche, nichtssagende Muster. Jedes Bett ist mit einer schlampig auf das Holz gemalten Zahl gekennzeichnet. In Bett Nummer sieben, ganz hinten im Raum, liegt mit dem Rücken zu mir ein Körper in hellen Jeans und Strickpullover auf der Seite. Ungepflegtes dunkles Haar ist zu sehen. Ich lege meine Schuhe auf eines der Betten und ziehe die Handschuhe an.

Die Menschen erschießen, erstechen, erschlagen, treten, zerstückeln, ertränken, verätzen, ersticken und überfahren einander, und das optische Ergebnis pendelt zwischen diskret und effizient wie bei einem chirurgischen Eingriff und schmutzig wie bei einer mittelalterlichen Hinrichtung. Dieses Mal hat das Leben plötzlich und sauber geendet, fast unmerklich.

Wäre da nicht die kleine rotbraune Blume, die ihre Schläfe ziert, könnte sie genauso gut schlafen. Sie ist jung, zwischen zwanzig und fünfundzwanzig, aber ein hartes Leben hinterlässt einen Abdruck im Gesicht der Menschen. Ich beuge mich über sie, um ein besseres Bild von dem Einschussloch zu erhalten. Etwas größer als eine Reißzwecke ist es, und die spärlichen Spuren von Blut und schwarzem Schmauch von der Waffe sprenkeln ihre Stirn. Jemand hat mit einer kleinkalibrigen Pistole hinter ihr gestanden.

Ich betrachte ihre Hosentaschen. Sie scheinen leer zu sein. Ihre Kleider wirken unberührt, unter dem Strickpullover schaut ein Stück Hemd heraus, doch es deutet nichts darauf hin, dass ihr Körper abgesucht worden wäre, jemand etwas hätte finden wollen. Vorsichtig lege ich die Hände auf den Körper und befühle ihre Seite, die Schultern und den Rücken, in der Hoffnung, etwas zu entdecken, was nicht dorthin gehört. Als ich den Pulloverärmel hochschiebe, erkenne ich die Folgen der Drogenabhängigkeit in der Armbeuge, doch auch die Einstichnarben sehen ordentlicher aus als bei anderen, als hätte sie sich einen Sport daraus gemacht, sich so präzise wie möglich zu spritzen.

Hinter mir höre ich Matildas Schritte. Sie bleibt in der Tür stehen, als hätte sie Angst hereinzukommen.

»Das Fenster«, sage ich, »ist das immer offen?«

»Nein, wir halten es sonst geschlossen. Es war auch zu, als ich kam.«

»Hat sie gedealt?«

»Glaube schon. Sie kam vor einer Stunde hierher und sagte, sie brauche einen Platz zum Schlafen. Die meisten Frauen kommen erst später am Abend her.«

»Hatte sie etwas dabei? Kleider, eine Tasche?«

»Nichts außer dem, was sie am Leib trägt.«

»Sind das ihre eigenen Kleider?«

»Ich denke schon.« Sie schnieft. »Zumindest sind sie nicht von uns.«

»Hatte sie Schuhe?«

»Vorm Bett.«

Schwarze Converse-Turnschuhe mit weißen Schnürsenkeln, die viel zu dick sind. Die hat sie extra gekauft und gegen die Originalschnürsenkel ausgetauscht. Die Schuhbänder sind brüchig und sehen aus wie das Bleiband in einer Gardine. Sie hat Kapseln darin aufbewahrt. Ich halte einen der Schuhe hoch und betrachte die Sohle, nichtssagend und dunkelgrau, dann stelle ich den Schuh vorsichtig wieder zurück. Ich hole mein Handy heraus und richte es auf ihr Gesicht, mache ein Foto, und einen Moment lang lässt der kleine Blitz ihre Haut schmerzhaft weiß erscheinen.

»Wie war sie drauf, als sie heute Abend kam?«

»High und erschöpft, wie alle anderen auch, die hierherkommen. Sie sagte, sie habe einen miesen Abend gehabt und wolle einfach nur schlafen.«

»Wo warst du, als es passiert ist?«, frage ich.

»Ich habe mit dem Rücken zur Tür in der Küche gestanden und das Geschirr gespült, habe also weder etwas gesehen noch gehört. Das mache ich immer um diese Uhrzeit, vorher kommt man überhaupt nicht dazu.«

»Wie hast du gemerkt, dass sie tot war?«

»Ich bin reingegangen, um nachzusehen, ob sie eingeschlafen ist. Als ich hinging, um das Fenster zu schließen, sah ich, dass sie ...«

Sie lässt den Satz unvollendet.

Ich gehe in einem weiten Bogen um die Leiche herum zum Fenster. Es ist etwas erhöht, und von dort ist es ein ganz schön tiefer Sprung auf die Chapmansgatan hinunter. Ich schaue wieder zur Leiche, und im Licht der Straßenlaterne sehe ich eine dünne Kette in ihrer Hand blitzen.

»Sie hat etwas in der Hand«, sage ich zu Matilda, die mich fragend ansieht.

Aus der Diele höre ich eine bekannte Stimme. Ein letztes Mal betrachte ich die Frau, dann nehme ich meine Schuhe und gehe hinter Matilda aus dem Schlafraum und treffe auf Gabriel Birck. Es ist lange her, dass ich ihn gesehen habe, aber er hat sich nicht verändert: sonnengebräuntes Gesicht und dunkle, kurz geschnittene volle Haare, bei deren Anblick man sofort das Shampoo wechseln möchte. Und er trägt einen diskreten schwarzen Anzug, so als sei er gerade von einem Fest geholt worden.

»Leo«, sagt er erstaunt. »Was zum Teufel machst du denn hier?«

»Ich ... bin aufgewacht.«

»Bist du nicht suspendiert?«

»Beurlaubt.«

»Die Marke, Leo«, sagt er und verzieht den Mund zu einem blassen Strich. »Wenn du deine Marke nicht dabeihast, dann musst du hier raus.«

»Sie liegt in meiner Brieftasche in meiner Wohnung.«

»Hol sie.«

»Ich wollte gerade gehen«, sage ich und halte meine Schuhe hoch.

Birck betrachtet mich mit stummem, grauem Blick, und ich lege die Handschuhe zurück und gehe zur Tür und wieder ins Treppenhaus hinaus, vorbei an der Polizistin, die erstaunt aussieht.

»Wie zum Teufel ist der da reingekommen?«, ist das Letzte, was ich höre.

Ich gehe nicht in meine Wohnung, sondern die Treppe hinunter und um den Fahrstuhl im Erdgeschoss herum, dann hinaus auf den leeren dunklen Innenhof. Erst dort, als ich den kalten Boden an den Fußsohlen spüre, merke ich, dass ich immer noch die Schuhe in der Hand halte. Ich schlüpfe hinein und zünde mir eine Zigarette an. Die Wände der hohen Häuser rahmen den Himmel ein, und ich stehe ein Weilchen da, rauche und kaue abwechselnd auf meinem Daumennagel. Ich gehe über den Innenhof und schließe eine Tür auf, die mich wieder ins Haus lässt, wenn auch in einen anderen Teil davon. Hier ist das Treppenhaus kleiner und älter, wärmer. Ich gehe zur Eingangstür und hinaus auf die Pontonjärgatan.

Wir befinden uns in einer Zeit, in der man sich unter Fremden unsicher fühlt. Irgendwo in der Nähe pulsiert schwere Clubmusik. Vor mir liegt stumm und düster der Pontonjärs-Park, und in einiger Entfernung kreischen ein paar Autobremsen, dann ein Motor, der heruntergeschaltet wird. An der T-Kreuzung stehen ein Mann und eine Frau, die streiten, und das Letzte, was ich sehe, ehe ich losgehe, ist, wie einer der beiden die Hand gegen den anderen erhebt. Ich denke daran, wie sie einander wehtun werden, denke an die tote Frau in Bett Nummer sieben, an den kleinen Gegenstand, der in ihrer Hand zu sehen war, an die Worte, die ich heute an der Tunnelwand gesehen habe, Schweden muss sterben, und ich denke, wer auch immer das geschrieben hat, vielleicht hat er recht.

Ich biege wieder in die Chapmansgatan ein und zünde mir eine neue Zigarette an, ich brauche etwas, um die Hände zu beschäftigen. Das stumme Blaulicht flackert immer noch über die Fassaden, wieder und wieder. Jetzt sind noch mehr uniformierte Polizisten um das Haus unterwegs, sie sind dabei, Teile der Straße abzusperren, den Verkehr und die Menschen auf dem Bürgersteig umzudirigieren. Sie winken, heftig und wütend. Starke, weiße Suchscheinwerfer erleuchten den Asphalt. Aus einem Auto wird ein großes Zelt gehievt, um auf möglichen Regen vorbereitet zu sein.

Die geöffneten Fenster des Chapmansgården schlagen leicht im Wind. Drinnen sehe ich Köpfe vorbeihuschen. Gabriel Birck, ein Kriminaltechniker und Matilda. Unterhalb des Fensters liegt der Bürgersteig, den ich gern näher betrachten würde, doch der ganze Tumult um das Haus herum macht das unmöglich.

Stattdessen sehe ich auf mein Handy. Vor einer halben Stunde hat ein neuer Tag begonnen. In der Nähe höre ich die summenden Geräusche einer Bar mit offen stehendem Fenster und Musik, jemand singt *Every time I see your face I get all choked up inside*, ich trete die Zigarette aus und wende der Chapmansgatan den Rücken zu.

Ein kurzer Streifen blassen Asphalts verbindet zwei der größeren Straßen auf Kungsholmen miteinander. Ich weiß nicht, wie er heißt, aber er ist so kurz, dass man vom einen Ende der Straße zum anderen einen Ball kicken könnte. In einem der wenigen Häuser, die hier stehen, gibt es eine weinrote Tür, auf der nur ein Wort steht: BAR, in blassgelber Farbe. Ich öffne sie und sehe einen blonden, zerzausten Kopf auf dem Tresen ruhen. Als die Tür hinter mir zuschlägt, hebt sich der Kopf langsam, das wellige Haar fällt zu einem Mittelscheitel, und Anna sieht mit halb geschlossenen Augen auf.

»Endlich«, murmelt sie und fährt sich mit der Hand durch die Haare. »Ein Gast.«

»Bist du betrunken?«

»Zu Tode gelangweilt.«

»Ein bisschen Werbung auf der Tür würde mehr Leute anlocken.«

»Peter will keine Werbung. Er will den Laden einfach nur loswerden.«

Der Besitzer der BAR ist ein desinteressierter Unternehmer in den Dreißigern, dessen Vater das Lokal Anfang der Achtziger gekauft, eine Bar daraus gemacht und sie bis zu seinem Tod betrieben hat. Danach ging die BAR per Testament an Peter, der sie nach dem Wunsch des Vaters erst nach fünf Jahren verkaufen darf. Das war vor viereinhalb Jahren, wenn also die Welt nicht untergeht, dann hat Anna noch sechs Monate hinter dem Tresen.

Die BAR ist so ein Ort, den man nur findet, wenn man danach sucht. Hier drinnen ist alles aus Holz: der Tresen, der Fußboden, die Decke, die leeren Tische und Stühle, die wie zufällig verteilt sind. Die Beleuchtung ist gelblich und warm und lässt Annas Haut gebräunter wirken, als sie ist. Sie macht vorsichtig ein Eselsohr in das dicke Buch vor ihr und klappt es zu, nimmt eine Flasche Absinth aus einem Schrank, stellt ein Glas hin und gießt ein, wahrscheinlich sollen es zwei Zentiliter sein, es ist aber viel mehr. Absinth zu verkaufen verstößt gegen das Gesetz, aber Bars machen vieles, was nicht ganz gesetzlich ist.

»Ziemlich still hier«, sage ich.

»Soll ich die Musik anmachen? Ich habe sie ausgemacht, weil sie mich gestört hat.«

Ich weiß nicht, was ich will. Also setze ich mich auf einen der Barhocker und trinke aus dem Glas. Absinth ist der einzige Alkohol, den ich vertrage. Ich trinke selten, aber wenn, dann nur so etwas. Zu Beginn des Sommers habe ich die BAR eines Abends auf dem Heimweg entdeckt. Ich war high und blieb stehen, um mir eine Zigarette anzuzünden. Ich musste mich an die Wand lehnen, um die Balance zu halten. Alles in mir driftete zur Seite, was es mir unmöglich machte, meinen Blick zu fokussieren. Als ich es schließlich schaffte und die weinrote schwere Tür auf der anderen Straßenseite anstarrte, da sah ich das Wort BAR. Ich war ganz sicher, dass es sich um eine Halluzination handelte, stolperte aber trotzdem über die

Straße und fing an, fest an die Tür zu schlagen. Nach einer Weile öffnete Anna mit einem Baseballschläger in der Hand.

Ich weiß nicht, wie alt sie ist. Sie könnte zwanzig sein. Ihre Eltern besitzen einen Herrensitz in Uppland, nördlich von Norrtälje. Vor fünfzehn Jahren startete Annas Vater zur richtigen Zeit ein Internetgeschäft und verkaufte es, kurz bevor die Blase platzte. Das Geld investierte er in neue Geschäfte, die er wachsen ließ. Auf diese Weise werden die Leute heutzutage reich. Anna verachtet ihren Vater, hat aber gleichzeitig das große Bedürfnis, von ihm akzeptiert zu werden. Sie studiert Psychologie und arbeitet nebenher hier als Barkeeperin, aber ich sehe sie niemals Seminarliteratur lesen. Das Einzige, was sie liest, sind dicke Bücher mit merkwürdigen Umschlägen. Das ist alles, was ich von ihr weiß, und es ist fast genug, um unsere Bekanntschaft als Freundschaft durchgehen lassen zu können.

Ich erkenne mich selbst im Spiegel, der hinter dem Tresen hängt. Meine Kleider sehen ausgeliehen aus. Ich habe abgenommen. Für die Jahreszeit bin ich blass, ein Hinweis darauf, dass ein Mensch sich versteckt. Anna stützt die Ellenbogen auf den Tresen, legt den Kopf in die Hände und betrachtet mich mit kühlem Blick aus den blauen Augen.

»Du siehst düster aus«, sagt sie.

»Du hast einen guten Blick für so was.«

»Ich habe einen superschlechten Blick für so was. Du strahlst das aus.«

Ich trinke von dem Absinth.

»In meinem Haus ist eine Frau erschossen worden«, sage ich und stelle das Glas ab. »Und es gibt Details daran, die … mich stören.«

Anna zieht die Augenbrauen hoch. »In deinem Haus?«

»In einer Unterkunft für Obdachlose im unteren Stockwerk. Sie ist gestorben.«

»Aber jemand hat sie ermordet?«

»Wenn es Leute in dieser Stadt gibt, die eine Tendenz zum Sterben haben, dann sind es Drogenabhängige und Huren.« Ich sehe das Glas vor mir an. »Aber meistens ist es eine Überdosis oder Selbstmord. Die wenigen, die von anderen ermordet werden, sind fast immer Männer. Das hier war eine Frau. Das ist ungewöhnlich.« Ich kratze mich an der Wange und höre ein schrappendes Geräusch. Ich sollte mich rasieren. »Es sah ... einfach aus. Diskret und sauber. Das ist noch ungewöhnlicher, und diese Tatsache stört mich am meisten.«

Im Innenhof meines Hauses machen ein paar Kinder, ich glaube, es sind Geschwister, oft tagsüber einen Wettlauf über den Hof, von der einen Seite zur anderen. Laut und lachend, sodass die Geräusche zwischen den Wänden widerhallen. Ich weiß nicht, warum ich jetzt daran denken muss, doch an dem Bild und den Geräuschen ist irgendetwas für mich von Bedeutung, etwas, das verloren gegangen ist.

»Das ist nicht deine Abteilung«, sagt Anna, »Ermittlung in Gewaltverbrechen. Oder?«

Ich schüttele den Kopf.

»Was ist denn deine Abteilung?«

»Habe ich das nicht schon erzählt?«

Sie lacht. Annas Mund ist symmetrisch.

»Du sagst nicht sonderlich viel, wenn du hier bist. Aber«, fügt sie hinzu, »das ist in Ordnung. Es gefällt mir.«

»Ich bearbeite Amtsdelikte, Dezernat für Interne Ermittlungen.«

Ich nehme noch einen Schluck und merke, dass ich wieder rauchen möchte.

»Du ermittelst gegen andere Polizisten?«

»Ja.«

»Ich dachte, nur sechzigjährigen Herren würde diese Ehre zuteil. Wie alt bist du? Dreißig?«

»Dreiunddreißig.«

Sie betrachtet den Tresen, dunkel und sauber, runzelt die Augenbrauen und holt ein Tuch raus, um ihn noch sauberer zu wischen.

»Es ist ungewöhnlich, dass Dreiunddreißigjährige beim D.I.E. sind. Aber es kommt vor.«

»Du musst ein ziemlich guter Polizist sein«, meint sie, legt den Lappen zurück und lehnt sich an den Tresen.

Anna trägt ein schwarzes Hemd mit hochgekrempelten Ärmeln, das über dem Brustkorb aufgeknöpft ist. Ein schwarzes Schmuckstück hängt an einer dünnen Kette um ihren Hals. Ich sehe von dem Schmuck zum Glas, und die Beleuchtung blinkt. Hier gibt es keine Fenster.

»Nicht wirklich. Ich habe gewisse Defizite.«

»Die haben wir alle«, sagt sie. »Bist du echt dreiunddreißig?«

»Ja.«

»Ich dachte, du wärst jünger.«

»Du lügst.«

Sie lächelt. »Ja. Betrachte es als Kompliment.«

Ich mustere mich wieder im Spiegel, und einen kurzen Moment lang erlebe ich, wie mein Abbild sich auflöst und transparent wird. Ich war zu lange zivil. Eigentlich bin ich nicht hier.

»Warum bist du Polizist geworden?«

»Warum bist du Barkeeperin geworden?«

Sie scheint über eine Antwort nachzugrübeln. Ich denke an die kleine Kette, die ich in der Hand der toten Frau gesehen habe, und frage mich, was das wohl war. Ein Amulett, das sie brauchte, um schlafen zu können? Vielleicht, aber unwahrscheinlich. Es sah platziert aus. Ich hole mein Handy heraus, rufe das Bild von dem Gesicht der Frau auf und starre es an, so als würden sich ihre Augen jeden Moment öffnen.

»Ich nehme mal an, dass sich alle mit irgendwas beschäftigen müssen, während sie versuchen, das zu finden, was sie eigentlich tun wollen«, sagt Anna schließlich.

»Genau.« Ich leere mein Glas, sehe das Bild auf dem Handy an und zeige es ihr. »Kennst du sie?«

Anna betrachtet das Bild.

»Nein, ich kenne sie nicht.«

»Möglicherweise hieß sie Rebecca.«

»Mit zwei k oder mit Doppel-c?«

»Wieso?«

»Ich frage mich nur.«

»Unklar, aber momentan glaube ich, Doppel-c.«

Sie schüttelt den Kopf. »Ich kenne sie nicht.«

»Einen Versuch war's wert.«

Ich verlasse Anna, als sie die ersten Stühle auf die Tische stellt. Der tickenden alten Wanduhr zufolge ist es kurz vor drei, doch angesichts der Atmosphäre in der BAR deutet nichts darauf hin, dass das auch stimmen muss.

»Ich finde, du solltest mich mal anrufen«, sagt sie, als ich die Hand auf die Türklinke lege. Ich drehe mich um.

»Ich habe deine Nummer nicht.«

»Die kriegst du schon raus.« Sie stellt einen weiteren Stuhl hoch und erzeugt ein hartes, klapperndes Geräusch von Holz auf Holz. »Ansonsten sehen wir uns bestimmt bald wieder.«

Die Beleuchtung flackert erneut, ich drücke die Türklinke herunter und verlasse die BAR. In meinem Kopf schaukelt es leicht und angenehm.

Die Stockholmer Nacht ist auf eine neue Weise rau. Wenn die Wanduhr hinter Anna richtig ging, dann wird es noch ein paar Stunden dunkel sein. In meinem Augenwinkel flimmert etwas, ein Schatten. Ich erstarre und drehe mich um. Jemand folgt mir, da bin ich mir sicher, doch als ich den Blick über die Straße schweifen lasse, ist niemand dort zu sehen, nur eine

Ampel, die von Rot auf Grün springt, ein Auto, das ein paar Kreuzungen entfernt abbiegt, und das Rauschen einer großen Stadt, die mit der Dunkelheit wächst und die Einsamen verschlingt.

Als ich in die Chapmansgatan zurückkehre, parken noch mehr Autos beim Absperrband: noch ein Polizeiauto, Wagen von der Nachrichtenagentur *TT*, vom Schwedischen Fernsehen und dem *Aftonbladet*, und ein Van mit getönten Scheiben und dem schwarzen Text AUDACIA AB auf dem silbernen Lack. Die Straße ist abgesperrt, und hinter dem Band stehen Menschen, die im Gegenlicht der eingeschalteten Scheinwerfer des Streifenwagens zu dunklen Silhouetten werden. Einzelne Blitzlichter flackern auf. Jemand breitet auf der Höhe des Vans ein Tuch aus, und die Fotoblitze gehen in ein intensives, ratterndes Flimmern über. Ich kann eine Bahre erkennen, eine Hand, die ihren Griff umklammert, aber nicht mehr.

Kein Blaulicht mehr. Die Signale des Todes sind ausgeschaltet, und übrig bleiben nur die Blitzlichter der Fotografen. Ein Seufzen geht durch die Reihe derer, die entlang des Absperrbandes stehen, vielleicht vor Aufregung, aber wahrscheinlich aus Enttäuschung. Das Tuch, das von zwei uniformierten Polizisten hochgehalten wird, verbirgt alles, was die Menge herangelockt hatte. Zwei Männer, die Bestatter, steigen in den silbernen Van, und er wird vorsichtig durch die Absperrung gelenkt.

Ich betrete die Chapmansgatan Nummer 6 durch den Hintereingang. Als ich an der Wohnung im Hochparterre vorbeikomme, steht die Tür offen, und drinnen kann ich Gabriel Bircks Stimme hören. Das Absperrband ist noch da, und das wird es auch noch ein paar Tage bleiben, vielleicht sogar länger. Aber ich bin von all dem ausgeschlossen und gehe in meine Wohnung hinauf und lege mich ins

Bett, als wäre es nur ein paar Minuten her, seit ich aufgewacht bin.

Seltsam, wie, kurz bevor der Morgen anbricht, ein Schauer durch den Raum zu gehen scheint.

3 Wie es war, in Salem aufzuwachsen?
An das hier erinnere ich mich: Der erste Polizist, den ich jemals sah, hatte sich lange nicht rasiert. Der zweite hatte mehrere Tage nicht geschlafen. Der dritte stand an einer der Kreuzungen in Salem und dirigierte den Verkehr nach einem Unfall. Eine Zigarette hing ihm im Mundwinkel. Der vierte Polizist, den ich sah, platzierte einem meiner Freunde ungerührt und ohne provoziert worden zu sein mit einem schnellen Schlag einen Schlagstock zwischen die Beine, während seine zwei Kollegen ebenso ungerührt dabeistanden und wegschauten.

Ich war fünfzehn. Ich wusste nicht, ob das, was ich sah, gut oder schlecht war. Es war einfach so.

Ich wohnte dort, bis ich zwanzig war. In Salem wuchsen die Häuser acht, neun, zehn Stockwerke in den Himmel, aber doch niemals so nahe an Gott heran, dass er sich die Mühe gemacht hätte, seine Hand herabzustrecken und sie zu berühren. In Salem schienen die Menschen sich selbst überlassen zu sein, und wir wuchsen schnell auf, wurden vorzeitig erwachsen, weil das verlangt wurde.

Es war Nachmittag, und ich nahm die Treppe vom achten in den siebten Stock und forderte dort den Fahrstuhl an. Mit dem konnte man nur bis zum siebten Stock fahren, nicht höher. Niemand wusste, warum. Wenn ich an Salem denke, dann erinnere ich mich daran, dass ich jeden Morgen die Treppe ein Stockwerk hinunterging und jeden Nachmittag für das letzte Stück nach Hause die Treppe hinauf nehmen musste. Und ich erinnere mich, dass ich niemals darüber nachdachte, warum das so war oder warum überhaupt irgendetwas so war, wie es war. Wir wuchsen nicht mit dem Bedürfnis auf, den Zustand der Dinge infrage zu stellen. Wir wuchsen in dem Wissen auf, dass niemand uns etwas geben würde, wenn wir nicht bereit waren, es ihm wegzunehmen.

Im siebten Stock wartete ich, während der Fahrstuhl den Schacht hinaufrumpelte. Ich war nun sechzehn und nirgendwohin unterwegs, wollte nur raus. Hinter einer der Wohnungstüren hörte ich schweren, gedämpften Hip-Hop, und als ich die Fahrstuhltür öffnete, roch es darin stark nach Zigarettenrauch. Draußen auf der Straße hing der weiße kalte Himmel tief. Die Straßenlaternen flammten auf, als ich gerade am Haus der Jugend vorbeiging. Ein Nebel breitete sich aus. Daran erinnere ich mich auch: Wenn der Nebel nach Salem kam, dann verschluckte er alles. Er spülte über uns hinweg, umschloss Häuser, Bäume und Menschen.

In der Entfernung konnte ich zwischen den Bäumen Salems hohen pilzförmigen Wasserturm aufragen sehen. Der dunkle Beton hob sich gegen den kalten Himmel in einer schwarzen Silhouette ab, und ich fragte mich, ob die Absperrungen wohl weggeräumt worden waren. Ein paar Tage zuvor war jemand dort heruntergefallen. Ich kannte seinen Namen nicht und wusste nur, dass wir dieselbe Schule besuchten und dass es hieß, er habe am letzten Tag NICHTS ZU VERLIEREN an seinen Spind geschrieben, wie eine letzte Nachricht. Am Tag nach seinem Tod, als alle schon zu Hause waren und die Flure ganz leer, ging ich, begleitet vom Klang eines CD-Spielers, den jemand vergessen hatte auszuschalten, ehe er ihn in den Spind warf, lange an allen Schränken entlang und suchte nach der Nachricht, ohne sie zu finden.

Der Wasserturm war so ein Platz, den die Erwachsenen von Salem am liebsten konstant unter Polizeibewachung gesehen hätten, wenn es die Ressourcen der öffentlichen Hand zugelassen hätten. Tagsüber gingen die Kinder dorthin und spielten, abends und nachts wurden Feste und Versammlungen dort abgehalten. Die Kinder blieben am Boden und die Partygänger meistens auch, aber manchmal kletterten wir auf den Turm. Und nachts geschah es bisweilen, dass jemand herunterfiel, aus Versehen oder auch nicht, und der Wasserturm war hoch. Wer fiel, überlebte nicht.

Nachdem ich mich durch das Walddickicht, das den Turm umgab, gearbeitet hatte, stand ich an seinem Fuß. Der Boden bestand aus fest geschichtetem Kies, und ich suchte nach Spuren von jemandem, der vor mir hier gewesen war, fand aber keine. Keine Dosen, keine Kondome, gar nichts. Vielleicht hatte jemand sauber gemacht, nachdem der Typ heruntergefallen war. Ich fragte mich, wo er wohl aufgeprallt war.

Irgendwo über mir knallte es, und dann raschelte es in den Baumkronen dort oben, und ich sah im Augenwinkel, wie etwas auf die Erde plumpste. Unsicher, was mich erwarten würde, schaute ich zum Himmel. Als nichts weiter geschah, ging ich zu dem, was da runtergefallen war. Ein Vogel, schwarz-weiß mit halb geöffnetem Schnabel, die Flügel ausgebreitet und verdreht. Auf den weißen Federn konnte ich dunkelrote Spritzer sehen. Das eine Auge des Vogels war zerschossen, eine einzige orangerote offene Wunde, als hätte jemand einen Teelöffel genommen und ein Stück aus seinem Kopf herausgegraben. Ich stand da und betrachtete das Tier, zündete mir eine Zigarette an und hatte gerade ein paar Züge genommen, als es in einem der Flügel zuckte und eines der Beine zappelte.

Ich fing an, nach etwas Schwerem zu suchen, womit ich das Tier erschlagen könnte. Als ich nichts fand, hob ich den Blick zur runden Kuppel des Turms, dann sah ich wieder zu dem Vogel. Er bewegte sich nicht mehr.

Ich ließ die Zigarette zu Boden fallen, trat sie mit dem Schuh aus und lief zu der schmalen Treppe, die außen an dem Turm nach oben führte. Die Treppe bebte unter meinen Schritten, und ich hielt mich am Geländer fest. Die Anstrengung ließ meinen Arm schmerzen. Auf halbem Weg nach oben hörte ich erneut einen Schuss.

Der Wasserturm hatte einen Absatz, und von diesem aus führte eine kurze Leiter noch ein paar Meter weiter nach oben auf eine Plattform direkt unter dem pilzförmigen Dach des Turms. Über mir hörte ich Stoff an Stoff rascheln, und ich zündete mir geräuschvoll eine neue Zigarette an. Das Rascheln verstummte abrupt mit dem Klacken des Feuerzeugs, und ich sah mit zusammengekniffenen Augen zum Himmel hoch, der mir unnatürlich hell und intensiv vorkam.

»Wer ist da?«, hörte ich eine Stimme.

»Niemand«, erwiderte ich. »Schießt du hier?«

»Wieso?«

Die Stimme klang abwartend, aber nicht drohend.

»Hab mich nur gefragt.«

»Komm rauf. Du verjagst die Vögel.«

Ich versuchte, ihn da oben auf der Plattform zu sehen, doch das war nicht möglich. Die Plattform war aus massivem Holz und nicht wie der untere Absatz nur aus Planken gezimmert, durch die man hindurchsehen konnte.

»Kannst du mal meine Kippe halten?«

Ich stieg die Leiter hinauf, hielt die Zigarette über den Boden der Plattform und spürte eine Hand, die sie mir abnahm. Ich packte einen der Balken, an denen die Leiter befestigt war, und hievte mich hinauf. Mich streifte der Gedanke: Wenn ich fiele, würde ich nicht überleben.

Die Plattform war breit genug, um mit dem Rücken an der Turmwand zu lehnen und die Beine zu der zaunähnlichen Balustrade auszustrecken, ohne von unten gesehen zu werden. Die Balustrade reichte bis zum Oberschenkel. Hier oben war der Wind stärker, und vor mir breitete sich Salem dort unten aus, die klobigen Klötze mit ihren kleinen Fenstern, die geduckten Villen mit den schrägen Dächern und warmen Farben, das sporadische Grün und der dunkelgraue schwere

Beton. Von hier aus wirkte die Landschaft noch seltsamer als vom Boden aus betrachtet.

Ich sah die Hand, die mir die Zigarette entgegenstreckte. Er hielt sie nicht so, wie ein Raucher es tut, sondern unsicher, mit drei Fingerspitzen am Ende des Filters.

»Du bist das also, der hier schießt«, sagte ich.

»Wie kommst du denn darauf?«

Ich erkannte ihn. Er ging aufs Rönninge-Gymnasium, aber in eine andere Klasse als ich. Er hatte kurze blonde Haare und ein schmales, kantiges Gesicht, trug Baggy-Jeans und rote Converse. Dazu einen grauen Pullover mit über den Kopf gezogener Kapuze. Seine Augen waren tiefgrün und klar. In den Händen hielt er ein schweres dunkelbraunes Luftgewehr, und neben ihm lag eine offene Packung mit Munition. Er legte den Kopf in den Nacken und schloss die Augen.

»Was machst du?«

»Schsch. Man muss horchen.«

»Auf was?«

»Auf die Vögel.«

»Ich hör nichts.«

»Du lauschst nicht.«

Ich rauchte die Zigarette zu Ende und hörte immer noch nichts außer dem Rascheln der Baumkronen und jemandem, der sich in der Nähe auf die Hupe eines Autos lehnte.

»Ich heiße John«, sagte er schließlich.

»Leo«, erwiderte ich.

»Sitz still.«

Er öffnete die Augen, hob die Waffe und legte das Auge an das schwarze Visier des Gewehrs. Ich folgte dem Lauf mit dem Blick, versuchte zu sehen, worauf er zielte. In den Bäumen um uns herum schien alles still zu sein. John atmete tief ein und hielt die Luft an, während ich mich instinktiv an die Wand drückte. Auf den Knall folgte ein neuerliches Rascheln in einem der Bäume. Ich konnte ihn nicht sehen, doch es fiel ein Vogel zu Boden.

»Warum erschießt du sie?«

Er legte das Gewehr weg.

»Ich weiß nicht. Weil ich es kann? Weil ich gut darin bin?« Er sah auf meinen rechten Arm. »Hast du Schmerzen?«

Das Klettern hatte dem Arm nicht gutgetan, und ich massierte ihn. Er erinnerte mich an Vlad und Fred, zwei der älteren Jungs in Salem, die hatten harte Fäuste. Sie schlugen immer auf denselben Punkt direkt am Nerv, was den Arm erst taub werden ließ und dann, wenn das Gefühl zurückkehrte, wehtat. Sie hatten schon lange damit aufgehört, doch wenn ich den Arm anstrengte, dann kam der Schmerz manchmal zurück, und das erinnerte mich für alle Zeiten an sie.

»Bin heute in ein Treppengeländer geflogen.«

»Treppengeländer«, meinte John.

»Ja. Kommst du oft hierher?«

»Wenn ich meine Ruhe haben will«, sagte er. »Man braucht irgendeinen Ort, wo man hingehen kann, wenn man nicht nach Hause gehen kann.«

»Soll ich abhauen?«

»So war das nicht gemeint.«

Ich rauchte die Zigarette bis auf den Filter hinunter, warf sie dann über das Geländer und sah ihr nach, bis sie außer Sicht war.

»Was heißt du sonst noch außer John?«

»Grimberg.«

Neben sich hatte John Grimberg eine große Sporttasche von der Sorte stehen, wie sie die Fußballer in Rönninge herumschleppten. Er öffnete sie, legte das Gewehr hinein und nahm dann ein Stoffbündel heraus: eine in einen Pullover eingewickelte Wodkaflasche. Er schraubte den Deckel ab und nahm, ohne eine Miene zu verziehen, einen Schluck. Ich dachte daran, wie weit über dem Erdboden wir uns befanden. Unter uns wurde Salem langsam vom Nebel verschluckt.

»Die Leute nennen mich Grim«, erklärte er. »Oder«, verbesserte er sich, »wer mich kennt.« Er betrachtete die Flasche in seiner Hand. »Und das sind nicht sonderlich viele.«

»Das geht mir genauso.«

»Du lügst.« Er schielte auf die Flasche und schien zu erwägen, sie mir anzubieten. »Ich habe dich in der Schule gesehen. Du bist nie allein.«

»Man kann sehr gut allein sein, auch wenn man von anderen umgeben ist.«

John schien den Wahrheitsgehalt dieses Satzes zu überdenken, ehe er mit den Achseln zuckte, mehr für sich als zu mir, und noch einen Schluck nahm. Dann hielt er mir die Flasche hin. Ich nahm sie und trank ein wenig von der durchsichtigen Flüssigkeit. Sie brannte im Hals, und ich räusperte mich, was John zum Lachen brachte.

»Schwächling.«

»Das ist stark.«

»Man gewöhnt sich daran.«

Er nahm mir die Flasche ab, trank daraus und schaute über Salem. Der Nebel waberte und umschloss alles.

»Hast du Geschwister?«, fragte ich aus irgendeinem Grund.

»Eine kleine Schwester. Und du?«

»Einen großen Bruder.«

Auf der Höhe des Absatzes, nur eine Armlänge vom Geländer entfernt, flatterte eilig ein schwarzer Vogel vorbei und krächzte, danach folgte noch einer, und dann kam eine lange, lange Reihe von Vögeln, die vor uns zu einem verschwommenen dunklen Strich wurden. Ich schielte auf Johns freie Hand, aber er unternahm keinen Versuch, nach dem Gewehr zu greifen.

»Hat er dir den Arm kaputt gemacht?«, fragte er stattdessen, als die Vögel vorüber waren. »Dein Bruder?«

Die Frage überrumpelte mich.

»Nein.«

John legte wieder den Kopf in den Nacken und trank.

»Wie alt ist deine Schwester?«, fragte ich.

»Fünfzehn. Sie fängt im Herbst auf dem Rönninge an.« Ohne die Augen zu öffnen, drehte er mir das Gesicht zu und schnupperte, sog drei-, viermal den Atem durch die Nase ein. »Du wohnst in den Triaden, oder?«

Ich nickte. Die Triaden nannte man die drei identischen Betonklötze, die vom Säbytorgsvägen und dem Söderbyvägen umschlossen wurden. Die Straßen wanden sich und kreuzten einander und bildeten einen ungleichmäßigen Kreis um die drei Häuser.

»Im linken, wenn man von Rönninge kommt. Woher weißt du das?«

»Ich erkenne den Geruch vom Treppenhaus. Ich wohne im mittleren. Die Häuser riechen gleich.«

»Du musst einen guten Geruchssinn haben. Und ein gutes Gehör.«

»Ja.«

Später gingen wir kichernd und lallend gemeinsam durch ein nebliges Salem zurück, und es fühlte sich plötzlich so an, als wäre ein Band zwischen uns gesponnen worden, als würden wir ein Geheimnis miteinander teilen. Ein Jahr vergeht schnell zwischen den Hochhäusern, aber dennoch sollte sich die Zeit, die nun folgte, lang anfühlen.

Daran erinnere ich mich: Dass am Rand von Salem feine Villen und kleine Reihenhäuser standen, mit ordentlich getrimmtem Rasen, und wenn man im Sommer dort vorbeiging, roch man gegrilltes Fleisch. Je näher man dem Bahnhof Rönninge kam, desto mehr wurden die kleinen Häuser durch Asphalt und schwere Betonklötze mit Graffiti ersetzt. Junge und ältere Menschen, Halbkriminelle, Teenager, Hooligans, Synthi-

Abhängige und Raver und alle, die hiphop drauf waren, versammelten sich um den Bahnhof, und ich erinnere mich an einen Song, den ich oft hörte, eine scharfkantige Stimme, die *Head like a hole, black as your soul, head like a hole* sang. Wir saßen auf Bänken und Bürgersteigen, tranken Alkohol und warfen Getränke- und Süßigkeitenautomaten um oder besprühten sie mit Farbe. Viele wurden wegen Nötigung, Körperverletzung und Sachbeschädigung festgenommen, doch Grim und ich kamen immer davon, wir rannten in die Schatten, die wir viel besser kannten als diejenigen, die uns jagten. In den Augen der Erwachsenen waren wir alle zukünftige Gangster, und auch wenn es in Salem schon lange übel zuging, sagten die Leute, es wäre noch nie so schlimm gewesen. Die Polizei hatte es nicht mehr unter Kontrolle. Sogar in die Kirche von Salem war eingebrochen worden, und vor dem Altar hatte man eine Party gefeiert. Ich hörte davon in der Schule, war zwar selbst nicht dabei gewesen, wusste aber, wer es getan hatte, denn sie gingen in meine Parallelklasse, und wir hatten Schwedisch zusammen. Ein paar Wochen später wurde wieder in die Kirche eingebrochen, und die Einbrecher hängten eine Schwedenflagge, so groß wie eine Kinoleinwand, mit einem dicken schwarzen Hakenkreuz in der Mitte auf. Niemand verstand, was der Witz daran sein sollte, vielleicht, weil es gar keinen gab.

Salem. In der Schule lernten wir, dass es einmal Slaem geheißen hatte, worin das Wort »Heim« versteckt war, aber irgendwann im 16. Jahrhundert benannte man den Ort in Salem um. Warum, wusste niemand, aber die Lokalhistoriker und die Gemeindefräuleins mochten die Vorstellung, dass es eine mögliche Verbindung zum biblischen Salem von Jerusalem gäbe. Das machte Salem zu einem Ort des Friedens, weil das Wort auf Hebräisch »Frieden« bedeutet. Ein Ort, an den unsere Eltern einmal, lange bevor es so schlimm wurde wie jetzt, gezogen waren, um ein glückliches Leben zu führen.

Und in den Vorortsmietskasernen standen wir an den Fenstern, wir, die wir Freunde waren, und beobachteten uns aus der Entfernung, wenn wir einmal nicht hinausgehen konnten. Wenn wir draußen waren, hielten wir uns von denen fern, die uns schaden konnten, und rotteten uns mit denen zusammen, die so waren wie wir. Wir hingen vor den Hauseingängen der anderen herum, wenn wir keinen Ort hatten, an den wir gehen konnten, aber auch nicht nach Hause wollten, während man in der Entfernung Rufe und Schreien und Lachen hörte und die Alarmanlagen der Autos, die durch die Nacht tönten.

4 Das Absperrband in der Chapmansgatan schlägt im Wind. Mit dem schwachen Summen des Sobrils in den Schläfen trete ich auf den Balkon. Ein Stück entfernt überquert eine Frau mit einem Jungen im Rollstuhl die Straße, vielleicht ist es ihr Sohn. Er ist an Schläuche angeschlossen und sitzt so still, als wäre er nur eine Hülle.

Ein blau-weißer Streifenwagen steht vor dem Haus, und zwei Polizisten bewegen sich gelangweilt entlang der Grenze der Absperrung auf und ab. Ich folge ihnen mit dem Blick, bis einer von ihnen zu mir hochsieht, was mich wie ein verschrecktes Tier in die Wohnung zurücktreibt.

In der Zeitung steht eine Notiz über das, was geschehen ist: Eine Frau um die fünfundzwanzig ist in einer Obdachlosenunterkunft erschossen aufgefunden worden. Die technische Untersuchung war zum Zeitpunkt der Nachricht noch nicht abgeschlossen. Die Polizei arbeitet intensiv daran, die Hinweise zu bearbeiten, die schon aus der Bevölkerung eingegangen sind, doch es bleibt noch viel zu tun. Alle, die scheinbar etwas gesehen haben, behaupten, ein dunkel gekleideter Mann wäre von dem Ort weggerannt.

Die kleine Zeitungsnotiz reicht aus, um mich auf das zurückzuwerfen, was im Frühjahr geschehen ist, aber vielleicht schon viel früher angefangen hat, ich weiß es nicht. Ich weiß nur, dass ich nach einer Zeit als Kriminalassistent im Dezernat für Gewaltverbrechen bei der City-Polizei von Polizeidirektor Levin, dem alten Fuchs, für das Dezernat für Interne Ermittlungen ausgewählt wurde. Man hatte aber nicht geplant, dass ich Mitglied der Internen Ermittler werden sollte, die Amtsdelikte von anderen Polizisten untersuchten. Man ging vielmehr noch einen Schritt weiter, die Einheit selbst sollte nämlich kontrolliert werden. Levin hatte den Verdacht, dass die Internen Ermittlungen, vor allem diejenigen, die mit der Informanten- und V-Mann-Tätigkeit der Polizei zu tun hatten, verzerrt und konstruiert waren. Im *Haus*, wie das Hauptquartier der Kripo auf Norrmalm genannt wurde, gab es ein umfassendes Problem, das wussten alle, doch allein Levin hatte den Mut, es dort zu lokalisieren, wo es wirklich lag, nämlich in der eigenen Kontrolle der riskanteren Projekte der Organisation, an Stellen also, wo die Polizei bewusst mit Kriminellen zusammenarbeitete und manchmal Verbrechen durch Provokation erst erzeugte.

Formell gesehen war ich nur ein Teil der administrativen Abteilung des Dezernats, doch meine eigentliche Arbeitsaufgabe war es, die Protokolle der Internen Ermittlungen durchzugehen und zu kontrollieren, um nach verknappten Darstellungen, Unterlassungssünden, Glättungen oder direkten Lügen zu suchen, zu denen die Internen Ermittler von höheren Instanzen genötigt wurden, wenn sie gegen ihre eigenen Leute ermittelten. Die normalen Mappen waren rot. Die besonderen, um die ich mich kümmern sollte, waren blau und wurden stets von Levin selbst auf meinen Schreibtisch gelegt. Jede Interne Ermittlung wurde von Levin durchgesehen, und wenn ihm etwas zu einfach oder offensichtlich unlogisch erschien, dann schob er die Unterlagen in eine blaue Mappe und gab sie mir zur eingehenderen Untersuchung.

Sehr oft waren die Lücken leicht zu finden. Die Mehrzahl der Projekte wurde mit dem guten und bagatellisierenden Begriff »Vorfälle« bezeichnet, und die Rechtfertigungen für das, was geschehen war, folgten einem typischen Muster: »Das Verhalten des Festgenommenen führte zu den Vorfällen in Fahrstuhl Nummer 4. Während der Fahrt im Fahrstuhl erlebten die Streifenbeamten die Person als aggressiv und zwangen sie, sich auf den Bauch zu legen. Das führte zu Verletzungen im Gesicht (l. Wange, r. Augenbraue), am Körper (blaue Flecken zwischen zweitem und viertem Rippenbogen, l.) sowie am rechten Handrücken (Fraktur). Die Verletzungen der Organe des Festgenommenen rühren daher, dass der Festgenommene, nachdem die Streifenbeamten ihn beruhigt und ihm aufgeholfen hatten, unglücklich gefallen ist.«

Der Festgenommene behauptete, seine Weichteile seien etwas ausgesetzt worden, das man in der Truppe »Trommelsolo« nannte: wiederholte Schläge mit dem Schlagstock in den Schritt. Der Schläger war nicht geständig, sondern beteuerte seine Unschuld. Der Vorfall kam vor Gericht, wo zwei glattgestriegelte Polizisten gegen einen schwer von fünfzehnjähriger Opiatsucht gezeichneten Mann aussagten. Die Polizisten gingen natürlich als Sieger aus der Verhandlung, allerdings mit dem Vorbehalt, dass man eine interne Ermittlung durchführen werde. Diese wurde einen Monat später mit dem Ergebnis abgeschlossen, dass nicht auszuschließen sei, dass die Verletzungen durch den Fall verursacht worden seien. Es war kein medizinischer Sachverständiger hinzugezogen worden. Als ich mich selbst an einen wandte, zeigte sich sogleich, dass man diese Ursache sehr wohl ausschließen konnte. Vergleichbare Fälle geschehen oft, vor allem mit jungen Leuten in der Innenstadt oder in den Vororten. Bei anderen Fällen wiederum war es bedeutend schwieriger, etwa wenn die besagten Polizisten sehr viel geschickter waren, die Verbrechen avancierter oder die »Vorfälle« sehr viel komplexer und undurchsichtiger.

Ich lernte schnell und wurde bald gut in meiner Aufgabe. All das geschah im Stillen, hinter von Levin geschickt aufgebauten Spiegeln und Nebelwänden. Ich leistete die Basisarbeit, identifizierte die Lücke und gab die Mappe wieder zurück – immer blau und ohne Bezeichnung –, dann übernahm Levin. Zu Beginn des Frühjahrs waren fünf große Interne Ermittlungen aufgeflogen, und auf den Fluren des burgähnlichen *Hau-*

ses wurde heftig geflüstert. Im Grunde genommen war ich Levins Ratte und die schlimmste Sorte Polizist.

Das war der Moment, in dem alles aus der Spur lief.

Später wurde es die Affäre Gotland genannt, für manche war es auch die Lasker-Affäre, nach Max Lasker, dem Informanten, der starb. Ein Polizist und zwei Täter waren auch noch in den Fall verwickelt, aber der tote Lasker wurde zum Symbol. Lasker war eine schlaue kleine Ratte, ein Mann mit feuchtem Blick, schmutzigen Fingernägeln und einer jahrelangen Drogenkarriere. Das ist nicht gerade die Sorte Mensch, die man als Informanten haben will, doch Lasker hatte Kontakte, Informationen und Geld. Das machte ihn kostbar und zum wichtigsten Verbindungsglied zwischen dem organisierten Verbrechen und den Drogenabhängigen in Stockholm. Ich kannte ihn seit meiner Zeit bei der Mordkommission, und ich glaube, er vertraute mir. Im Frühjahr erfuhr er von einer großen Ladung Waffen, die auf Gotland den Besitzer wechseln sollte, und nahm mit mir Kontakt auf, indem er mir einen Zettel mit einer Handynummer in meinen Briefschlitz in der Chapmansgatan warf.

Ich hatte mich an die Arbeit im D.I.E. gewöhnt, wo ich im Wesentlichen an meinem Schreibtisch saß, Berichte las und Telefongespräche führte, um Hinweise zu überprüfen. Ich gab Laskers Information an das Fußvolk unten bei der Kripo weiter, ohne dabei über Levin zu gehen. Mir kam nicht in den Sinn, was das D.I.E. mit den Informationen anfangen sollte, doch auf irgendeine Weise hörte Levin dennoch davon, denn ein paar Tage später kam er zerknirscht und besorgt in mein Zimmer und nötigte mich, mit ihm in den Keller des *Hauses* auf eine Toilette zu gehen. Dort bat er mich, die Operation im Blick zu behalten. Die Waffen, die auf Gotland den Besitzer wechseln sollten, sollten weiter nach Stockholm gebracht und dann an zwei der in den südlichen Vororten rivalisierenden Gangs verkauft werden.

»Das gibt einen großen Zugriff«, sagte Levin. »Es werden Informanten vor Ort sein, zusammen mit ihren Kontaktleuten hier im *Haus*. Das bedeutet, dass jemand, wohl kaum der Landespolizeidirektor selbst, aber garantiert jemand direkt unter ihm, einen oder vielleicht auch zwei D.I.E.-Männer auf die Sache ansetzen wird, damit sie den Rücken frei haben, falls was schiefgeht.«

Dies war die neue Richtlinie, das D.I.E. von Anfang an einzubinden, damit es bei einer Operation beratend auftrat. Es ging dabei nur um eines, nämlich den Rücken frei zu haben. Für Außenstehende mag das besorgniserregend klingen, doch für uns handelte es sich lediglich um eine praktische Veränderung.

»Und Sie wollen, dass ich ein Auge auf das D.I.E. habe.«

Levin lächelte, ohne jedoch etwas zu sagen. Ich lehnte mich an die kühlen Kacheln der Toilettenwand und schloss die Augen.

»Sie wissen, dass im *Haus* schon getuschelt wird, dass irgendwas nicht so läuft, wie es sollte«, sagte ich.

»Was denken Sie von mir?«, erwiderte Levin und strich sich über seine Hakennase. »Natürlich weiß ich das. Sie berichten ausschließlich an mich. Wenn jemand anders Kontakt zu Ihnen aufnimmt, dann nur in dem Versuch, Sie auffliegen zu lassen.«

Meine Aufgabe sollte es sein, die D.I.E.-Ermittler zu observieren und nur im Ausnahmefall einzugreifen, um die Aktion zu retten. Dass ich in den Randbereichen dieser Operation mit im Spiel war, wusste niemand außer Levin.

In den Tagen vor der Aktion reiste ich nach Gotland und verkroch mich in einem kleinen Kaff vor den Toren von Visby. Ich war noch nie zuvor dort gewesen und musste die Gegend kennenlernen. Es war Mai und grau, windig und kalt. Die Vögel jagten die Küste entlang, als wären sie auf der Flucht, und vielleicht waren sie es ja auch. Ich ging spazieren, merkte mir Fußwege und Autostraßen, rauchte Zigaretten und wartete darauf, dass etwas passieren würde. Je näher der Zugriff rückte, desto nervöser wurde ich, ohne genau zu wissen, warum. Nachts wurde ich von Albträumen mit Sam und Viktor geplagt, und manchmal fand ich mich selbst im Badezimmer des Hotelzimmers stehend wieder, wo ich mein eigenes Spiegelbild anstarrte.

An einem späten Abend stand ich dann unten im Hafen von Visby, einen Steinwurf von dem Ort entfernt, an dem der Zugriff stattfinden sollte, und sah zum Himmel, als ich hinter mir eine Stimme hörte. Ich wandte den Kopf, und dort war jemand, der sich nicht zu erkennen gab – großer Pullover mit Kapuze über dem Kopf, darauf eine Kappe und sackartige Jeans –, und winkte mir zu. Lasker.

»Was zum Teufel machst du hier?«, fragte er und zog mich in den Schatten eines der großen Gebäude im Hafen.

»Ferien.«

»Hau hier ab, solange du noch kannst, Junker. Hier ist irgendwas faul.«

»Wie meinst du das?«

»Es wird was schiefgehen.« Er ließ mich los und begann, sich wieder von mir zu entfernen. »Es ist faul, alles.«

Dann wurde er von der Dunkelheit verschluckt, und ich blieb rauchend allein zurück. Schauer jagten mir über den Rücken. War das hier, wie Levin gesagt hatte, ein Versuch, mich auffliegen zu lassen? Ich nahm es an, begriff aber Laskers Rolle in der Sache nicht. Er arbeitete doch schließlich für uns, oder?

Zwei Tage später kam das Schiff mit den Waren. Ich hielt mich bis dahin versteckt, checkte aus dem Hotel aus und wohnte unter falschem Namen in einem der Gasthäuser in der Nähe. Es war wichtig, dass ich in Bewegung blieb. Ich bemerkte, dass die D.I.E.-Ermittler und die Einsatzkräfte in Visby ankamen, beobachtete die Fahrzeuge der Zivilstreifen, die aus dem Bauch der Gotland-Fähre rollten, und sah, um welche Polizisten es sich handelte, wo sie wohnten, was sie taten. Alle Informationen sammelte ich ausschließlich in einem schwarzen Notizbuch, das ich ständig in der Innentasche meiner Jacke aufbewahrte. Das gab mir das Gefühl, die Welt unter Kontrolle zu haben.

Die Internen Ermittler würden im Hafen nicht dabei sein, sondern sich in einer nahe gelegenen Wohnung aufhalten und Berichte vom Einsatzleiter erhalten, die sie ihrerseits nach Stockholm weiterleiten sollten. Ich fragte mich, wer wohl dort am anderen Ende der Leitung wartete, wie hoch oben diese Sache hier angesiedelt war und was passieren würde, wenn etwas schiefging.

Das Schiff war ein kleines Motorboot ohne Beleuchtung, das durch die Nacht geglitten kam. Ich stand im Schatten des Gebäudes an der Stelle, wo ich zwei Tage zuvor mit Lasker gesprochen hatte. Am Kai bewegten sich Schatten, und ich versuchte, die Stimmen zu erkennen. Die Polizeikräfte hielten sich auf Abstand, sie würden nicht eingreifen, ehe nicht die Übergabe der Waren vollzogen war. Ich trug meine Dienstwaffe bei mir, obwohl ich das nicht wollte.

Ich sah das Boot anlegen, sah die Schatten sich in der Dunkelheit eilig bewegen. Der Hafen war menschenleer. Irgendwo aus dem Nichts tauchte ein großer Jeep auf und rollte langsam auf das Boot zu. Er hielt an, jemand stieg aus und öffnete den Kofferraum. Zischelnde Stimmen. Käufer trafen auf Verkäufer.

»Muss es sehen«, sagte ein Mann. »Mach eine davon auf.«

»Nicht genug Zeit«, sagte ein anderer an seiner Seite.

Die Stimme erkannte ich: Max Lasker.

»Schnell jetzt.«

»Ich will sehen«, wiederholte der Erste. »Mach auf.«

»Wie du meinst«, sagte ein Dritter.

Das Geräusch einer Kiste, die geöffnet wurde, und dann sagte lange keiner etwas, viel zu lange.

»Machst du Witze, oder was?«, hörte ich die erste Stimme.

Der Mann, der die Kiste hielt, hob den Deckel hoch und sah selbst hinein.

»Was?« Er steckte die Hand in die Kiste und wühlte darin herum. »Das … Ich … Ich weiß nicht, was …«

Irgendwo hinter ihnen wurde plötzlich ein riesiger Scheinwerfer eingeschaltet, sein starkes, gelbweißes Licht erleuchtete den Hafen und die langen Silhouetten. Stimmen hinter dem Scheinwerfer schrien »Polizei!«, und so fing es an. Alle, sogar Lasker, waren bewaffnet. Seine Bewegungen waren ungelenk und zuckend, als könnte er sie nicht kontrollieren. Der Mann, der in eine der Kisten geschaut hatte, stand mit einer Pistole in der Hand da und blickte nach oben, zu dem Scheinwerfer, ehe er mit einer hastigen Bewegung aus dem Lichtkegel verschwand, Schutz hinter dem Auto suchte und sich damit für mich unsichtbar machte. Die Kiste fiel abrupt und mit einem schweren Krachen zu Boden. Ich zog meine Pistole aus dem Holster und hielt die Luft an.

Die Einsatzkräfte kamen, als würden sie in einen Krieg ziehen, mit Waffen und Schilden angerannt. Ich weiß nicht, wer oder welche Seite den ersten Schuss abfeuerte, doch irgendwo knallte es. Lasker hob seine Waffe, wurde aber in den Oberschenkel getroffen, noch ehe er schießen konnte. Im Gegenlicht wurden die herumspritzenden Blutstropfen schwarz, und sein Bein sackte unter ihm zusammen. Sein Gesicht verzerrte sich, und er ließ die Waffe fallen, packte seinen Oberschenkel mit beiden Händen und gab einen gellenden Schrei von sich.

Jemand ließ den Motor des Bootes wieder an, wohl in dem Versuch, aus dem Hafen zu verschwinden. Knallen von Schüssen, splitterndes Glas. Im Augenwinkel sah ich einen Polizisten zu Boden fallen und fragte mich, wer er wohl war. Die Uniformen machten sie gesichtslos.

Im Hintergrund gingen Blaulicht und Martinshorn an, es

blinkte und heulte. Ich bewegte mich mit gezogener Waffe aus dem Schatten, unsicher, was ich jetzt tun sollte. Der Mann, der hinter dem Auto Schutz gesucht hatte, musste mich entdeckt haben, denn etwas Kaltes und Hartes sauste an mir vorbei und zwang mich wieder in die Dunkelheit zurück.

Die Fahrertür des Jeeps wurde aufgerissen, der Mann kletterte hinein und ließ den Motor an. Der Innenraum des Wagens leuchtete auf, nachdem er die Tür hinter sich zugeschlagen hatte und anfuhr. Ich sah dem Wagen nach, bis er verschwunden war. Meine Hände zitterten.

Es wurden immer noch Schüsse abgegeben, doch es wurden weniger. Ein Polizeiauto jagte dem Jeep nach, und ich fragte mich, wie viele Polizisten hier eigentlich im Einsatz waren, wie viele sich noch im Dunkeln verbargen. Ich lief zu Lasker, der sehr still dalag, seine Hände umklammerten seinen Oberschenkel. Als ich ihn herumdrehte, sah ich, dass Lasker auch am Kopf getroffen war. Sein Mund stand halb offen, und der leere Blick war auf einen Punkt über meiner Schulter fixiert.

Mehrere Polizisten schafften es an Bord des Bootes und entwaffneten den Mann, der in der Kajüte Schutz gesucht hatte. Von irgendwo war ein Schuss zu hören, ich weiß nicht mehr, woher, ich muss von Panik ergriffen worden sein, denn ich feuerte blind auf etwas in der Lücke zwischen zwei übereinandergestapelten Containern.

Ich hatte schon früher Menschen verletzt, aber noch niemals jemanden erschossen. Es war ein bestürzendes Gefühl: Um mich herum wurde alles still, und alle Sensoren in meinem Körper sandten Impulse in meine Hand und meinen Zeigefinger. Der Finger, der abgedrückt hatte, brannte und pochte, als hätte ich Verbrennungen erlitten, und ich glaube, ich starrte darauf.

Die Beine trugen mich vorwärts. Ich eilte auf das zu, was ich getroffen hatte, und ahnte zwei schwere Stiefel. In der Gewissheit, dass alles unglaublich schiefgegangen war, riss ich mein

Handy aus der Tasche, um damit zu leuchten. Daran erinnere ich mich jetzt, lange danach, am stärksten. Es war so unnatürlich dunkel im Hafen. Ich beleuchtete den Boden vor mir und sah das Blut, das aus einem breiten Streifen in seinem Hals rann, sah, wie still er dalag und dann seine Schulterklappe, die in Blau und Gold glänzte: POLIZEI.

5

John Grimberg und ich wurden Freunde, und ich fing an, ihn Grim zu nennen. Wir waren sehr unterschiedlich. Ich kapierte schnell, dass er zeitweilig äußerst widersprüchlich war, zumindest nach außen. Er behauptete, er tue sich schwer im sozialen Umgang, gleichzeitig konnte sich Grim aber aus jeder Situation herausreden. Wenn er einmal in eine knifflige Lage geriet, gelang es ihm, die Sache zu erklären und ganz einfach und scheinbar vollkommen ehrlich zu bedauern und sich zu entschuldigen. Ich hingegen kam mit solchen Situationen bedeutend schlechter zurecht und lernte nie, wie er das eigentlich anstellte. Er schien auch nie Probleme damit zu haben, mit anderen zu reden. Ich fragte ihn, wie das möglich war, dass er, wie er behauptete, asozial sei und gleichzeitig so locker mit anderen Menschen umgehen konnte.

»Das ist doch nur eine Maske«, erklärte er und blickte mich verständnislos an. »Wenn jemand mit mir redet, bin ich eigentlich gar nicht da.«

Ich kapierte nicht, was er meinte.

Grim sah gut aus. Mit seinem kantigen Gesicht, dem dicken, blonden Haar und seinem schiefen Lächeln erinnerte er an die Leute in Sommer-Reklamen. Ich war größer als er, aber schlaksig und hatte nicht so breite Schultern. Ich versuchte, in der Schule zurechtzukommen, während Grim an diesem Projekt ziemlich wenig Interesse zeigte. Er war ein Jahr älter als ich und hatte ein Jahr wiederholt, weil er in der Neunten nicht die Abschlussnoten für das weiterführende Gymnasium erreicht hatte. Er schwänzte zwar seltener und war viel schlauer als ich, aber vielleicht hatte er erkannt, dass man seine Zeit mit wichtigeren Dingen verbringen konnte als mit Schule. Das ließ für mich nur den einzigen Schluss zu, dass Grim manchmal einfach nur zur Schule ging, weil er nicht wusste, wo er sonst hingehen sollte. Ich war schlampiger als er. Grim nahm sich nur wenig Dinge vor, aber die zog er dann ziemlich gründlich durch.

Er besaß eine kleine Filmkamera, und wir drehten gemeinsam kurze Filme, die wir auf einem Computer in der Schule bearbeiteten. Es waren einfache Filmchen, die oft mit dem Wasserturm zu tun hatten. Wir nahmen sie auf, während wir Alkohol tranken, schrieben Drehbücher, führten Regie und spielten alle Rollen selbst. Es fiel ihm so leicht, sich in verschiedene Rollen einzufühlen, als könnte er sich je nach Bedarf verändern. Ich lernte das nach einer Weile auch ganz gut, war aber nie so perfekt wie Grim.

Wir kannten uns erst ein paar Wochen, und der Himmel über Salem war tintenblau, als ich vor die Tür trat. In meiner Hand hielt ich eine Tüte mit Bierdosen, ich war spät dran auf dem Weg zu einem Fest. Schnell lief ich um unser Haus herum, dann an dem Haus vorbei, in dem die Familie Grimberg wohnte, und hob den Blick zur Hausfassade und den viereckigen kleinen Fenstern. Manche waren dunkel, aber viele erleuchtet. In einem der Fenster im obersten Stockwerk wurde ein Licht eingeschaltet, und kurz darauf öffnete jemand das Fenster und warf etwas heraus. Der Gegenstand fiel in einem weiten Bogen herunter und knallte mit einem Scheppern auf den Boden. Ich sah wieder zu dem Fenster, doch die Silhouette war verschwunden, das Licht brannte aber noch. Ich ging weiter, hielt aber inne, als die schwere Haustür geöffnet wurde und mit dröhnendem Laut wieder zuschlug. Jemand kam heraus und lief zu dem Ding, das auf die Erde geworfen worden war, und sammelte die Teile ein. Als er den Blick hob, sah er mich unter einer der Straßenlaternen stehen.

»Leo?«

»Alles okay?«, fragte ich und machte ein paar Schritte auf ihn zu.

»Mein Discman.«

Grim hielt ihn vor sich hin. Der Deckel hing schief in der Halterung, und der Kopfhörerbügel war zerbrochen.

»Sieht ziemlich kaputt aus«, sagte ich.

»Ja.« Grim kratzte sich am Kopf und drückte auf einen Knopf am Discman, der wahrscheinlich dazu dienen sollte, den Deckel zu öffnen. Doch der drehte einen Salto in der Luft und fiel zu Boden. Grim sah traurig aus. »Scheiße, das zahl ich ihm heim.«

»Wem?«

Er nahm die CD heraus, die in dem Gerät lag, und steckte sie in die Gesäßtasche seiner sackförmigen Jeans. Dann schleuderte er das Gerät in einen der Büsche hinter den Bänken und sah auf die Tüte in meiner Hand.

»Fest?«

»Glaub schon. Irgendwo ist doch immer Party.«

»Wahrscheinlich«, sagte Grim gedankenverloren und deutete mit einem Nicken zu einer Reihe Bänke. »Sollen wir uns kurz hinsetzen?«

»Eigentlich bin ich schon unterwegs«, sagte ich, doch als ich bemerkte, wie fertig Grim aussah, nickte ich und setzte mich, holte zwei Dosen aus der Tüte und gab ihm eine.

»Jetzt wäre ein bisschen Musik gut«, meinte er und öffnete lachend seine Dose.

Ich öffnete die meine, nachdem ich zweimal mit dem Zeigefinger auf die Oberseite der Dose geklopft hatte.

»Was machst du da?«, fragte Grim.

»Wieso, was mache ich?«

»Du hast auf die Dose geklopft. Warum?«

»Wenn viel Kohlensäure in der Nähe der Öffnung ist, dann sprudelt das Bier raus.«

»Und das Klopfen soll daran was ändern?«

»Glaub schon. Weiß nicht.«

»Sinnlos«, murmelte Grim und trank von seinem Bier, und ich nahm ebenfalls einen Schluck.

Erst jetzt wurde mir klar, dass ich nur deshalb immer auf die Dose klopfte, ehe ich sie öffnete, weil ich das bei meinem Bruder gesehen hatte.

Wir saßen da und redeten. Nach einer Weile hörten wir Musik und kreischende Stimmen, und auf der anderen Straßenseite zog eine Horde Glatzköpfe vorbei, von denen sich einer eine schwedische Flagge über die Schultern gelegt hatte. Sie spielten Ultima Thule und schienen auf der Suche nach jemandem, der auf sie reagierte und ihnen entgegentrat. Die Glatzennazis gab es schon eine ganze Weile, sogar auf dem Rönninge-Gymnasium. In der Umgebung von Salem hatte es bereits mehrere Schlägereien gegeben. Erst vor ein paar Wochen waren einem zwanzigjährigen Typen aus Mazedonien alle Zähne ausgeschlagen worden.

Ich dachte nicht mehr an das Fest, zu dem ich unterwegs war. Es war unkompliziert mit Grim, vielleicht weil wir über einfache Dinge redeten: Musik, Schule, Filme und Gerüchte, die über die älteren Jungs in Salem kursierten, die schon ihr Abi hatten. Ein paar von denen hatten bereits Kinder. Einige arbeiteten Vollzeit, während andere auf Achse waren und herumreisten. Wieder andere studierten. Einige wenige saßen im Jugendstrafvollzug. Und einem waren eben kürzlich alle Zähne ausgeschlagen worden.

»Kennst du jemanden, der im Gefängnis gesessen hat?«, fragte ich.

»Nur meinen Vater.«

»Weswegen hat er gesessen?«

»Trunkenheit am Steuer und Körperverletzung.« Grim lachte kurz, ein resigniertes Lachen. »Einmal ist er besoffen Auto gefahren und hätte fast jemanden überfahren, der die Straße überquerte, ohne sich umzusehen. Mein Vater hat angehalten und den Typen beschimpft. Es gab einen Streit, der damit endete, dass mein Vater ihm die Faust ins Gesicht gedonnert hat. Der Mann schlug mit dem Kopf auf die Erde auf und war bewusstlos. Er hatte eine Gehirnerschütterung.«

»Kriegt man dafür Gefängnis?«

»Wenn man Pech hat, schon. Aber er hat nur sechs Monate bekommen.«

Grim trank von seinem Bier und holte ein Päckchen Zigaretten aus der Tasche, öffnete es und hielt mir eine hin. Er selbst rauchte nicht, aber wenn er Zigaretten fand, bewahrte er sie trotzdem auf, um mir dann eine anbieten zu können. Ich nahm sie, zündete sie an und dachte eine Weile darüber nach, was ich wohl getan hätte, wenn mein Vater im Gefängnis gesessen hätte. Mit einem Mal fühlte ich mich unruhig, ich hatte das Bedürfnis, mich zu bewegen, zu dem Fest zu gehen.

»Da kommt Julia«, sagte Grim und deutete mit einem Nicken auf eine Gestalt, die in der Dunkelheit herankam.

»Wer?«

»Meine Schwester.«

Sie hatte dunkle lange Haare, die zu einem Knoten zusammengebunden waren, und trug ein weißes Kleid unter einer offenen Jeansjacke. Aus der Jackentasche verlief ein Kabel zu ihrem Kopf, das sich unter ihrem Kinn teilte und zu zwei weißen Kopfhörern führte. In der Halskuhle baumelte ein Schmuckstück. Ihre Beine in der schwarzen Strumpfhose waren schmal und lang. Im Unterschied zu Grim, dessen ganze Erscheinung etwas Schräges an sich hatte, sah Julia Grimberg nicht so aus, als würde es ihr irgendwelche Schwierigkeiten bereiten, ab Herbst auf das Rönninge zu wechseln. Ihre Haut war etwas dunkler als die ihres Bruders, sie hatte aber das gleiche schmale Gesicht und die markanten Wangenknochen. Sie lächelte, als sie ihn sah.

»Wo warst du?«, fragte er.

Julia nahm die Kopfhörer aus den Ohren, und ich hörte die Musik, jemand, der *Our lives have come between us, but I know you just don't care* sang. Sie zog den Discman aus der Tasche ihrer Jeansjacke und schaltete ihn aus.

»Draußen.«

»Und wo?«

Sie zuckte mit den Schultern und sah mich an.

»Hallo.«

Dann streckte sie mir die Hand entgegen, was mich erstaunte. Julia verhielt sich mehr wie ein Elternteil als wie eine kleine Schwester. Sie lächelte. Ihre Vorderzähne waren groß und fast quadratisch wie die eines Kindes, aber in ihrem Blick lagen die kühle Distanz und Skepsis, die man nur bei Erwachsenen sah. Daran erinnere ich mich jetzt: wie kindlich und gleichzeitig erwachsen Julia Grimberg war und wie sie in Sekundenschnelle von einem Thema zum anderen wechseln konnte.

Ihre Hand war warm und klein, aber stark.

»Julia.«

Ich nahm einen Schluck von meinem Bier.

»Leo.«

»Gibt es da noch ein Bier in der Tüte?«

»Ja«, sagte ich und sah zögernd zu Grim, der seinen Blick auf etwas anderes konzentriert hatte und uns nicht zu hören schien.

Julia setzte sich neben mich und schlug die Beine übereinander. Sie trug schwere schwarze Stiefel mit offenen Schnürsenkeln, und sie roch fruchtig, nach Shampoo. Auf der Straße vor den Triaden ging jemand in einem langen schwarzen Mantel und mit Kopfhörern um den Hals vorbei. Ich betrachtete ihn, bis er von der Straße abbog und aus meinem Blickfeld verschwand.

»Sollen wir irgendwohin gehen?«, fragte Julia.

»Leo ist auf dem Weg zu einem Fest.«

»Ich glaube, dafür ist es eh zu spät«, log ich und zündete mir noch eine Zigarette an. »Da ist es jetzt bestimmt schon öde.«

»Dann könnten wir doch zu dir gehen, oder?«, fragte Grim.

Meine Eltern waren übers Wochenende verreist, und mein Bruder war irgendwo unterwegs. Nur deshalb ging ich überhaupt darauf ein. Unsere Wohnung bestand aus vier Zimmern und einer kleinen Küche, und es war zwar nicht das erste Mal, dass ich jemanden mit nach Hause brachte, aber es geschah auch nicht oft. Allerdings war es das erste Mal, dass ich die Wohnung mit den Sinnen eines anderen erlebte. Ich sah den hässlichen Teppich im Flur, nahm den Geruch von Zigarettenrauch wahr, der aus den Jacken, die an den Haken bei der Tür hingen, aufstieg. Ich hörte das Brummen der Klimaanlage im Haus, sah die Fotografie meiner Großeltern und wie schief sie über dem Sofa im Wohnzimmer hing. In der Spüle in der Küche stand immer Wasser, und es tropfte beständig aus dem Hahn. Ich hörte das schon gar nicht mehr, so wie es mit den meisten Geräuschen ist, die einen fortwährend umgeben, doch an diesem Abend fiel es mir auf, und es wurde immer lauter.

Mein Vater arbeitete als Lastwagenfahrer in einem großen Lager in Haninge. Als junger Mann war er Boxer gewesen und behauptete, dass er deshalb keine Zeit für eine Ausbildung gehabt habe. Sein Körper konnte arbeiten, das war ihm lieber, als den Kopf zu benutzen. Er zog es vor, den Kopf in Ruhe zu lassen und sich um andere Dinge zu kümmern. Ich mochte den Gedanken. Meine Mutter arbeitete an der Rezeption eines Hotels in Södertälje. Sie waren gleich alt, hatten sich mit neunzehn in einer Kneipe auf Södermalm kennengelernt und sich mit zweiundzwanzig wieder getrennt, weil sie noch nicht bereit für Größeres waren. Dann begegneten sie einander mit fünfundzwanzig wieder, und mit siebenundzwanzig bekamen sie meinen Bruder. Die Geschichte hatte etwas Romantisches, ihre Trennung und ihre Suche nach jemand anderem, bis sie dann feststellten, dass sie die Person, die sie gesucht hatten, schon getroffen hatten. Mein Vater arbeitete tagsüber, meine Mutter oft im Nachtdienst, und die Wohnung war nur selten aufgeräumt.

»Was macht da so ein Geräusch?«, fragte Grim.

»Das Wasser in der Spüle. Kann man nicht abstellen.«

Er stieg aus seinen Stiefeln und sah sich um.

»Welches ist dein Zimmer?«

»Gleich links neben der Eingangstür.«

Die Einrichtung in meinem Zimmer bestand aus einem Bett und einem Bücherregal, halb gefüllt mit CDs, Filmen und einem Buch, das ich einmal von einem Verwandten geschenkt bekommen hatte. Gegenüber dem Bett stand ein Schreibtisch, an dem ich mich so gut wie nie aufhielt. Kleider und Schuhe lagen auf dem Boden, und die Wände waren mit *Reservoir Dogs* und *White Men Can't Jump* tapeziert.

»Nett«, urteilte Grim, ohne hineinzugehen.

Die drei Häuser der Triaden waren identisch. Wahrscheinlich sah ihre Wohnung exakt so aus wie diese, höchstens spiegelverkehrt. Ich machte eine neue Dose Bier auf und setzte mich in einen Sessel im Wohnzimmer. Zwei Dosen hatte ich noch, und die stellte ich für Grim und Julia auf den Couchtisch. Grim ging auf die Toilette, und Julia warf die Stereoanlage hinter meinem Rücken im Regal an und suchte in der CD-Sammlung meiner Eltern nach Musik. Als sie nichts fand, das sie hören wollte, schaltete sie das Radio ein.

»Nimm doch eine von meinen CDs«, sagte ich, als sie sich mir gegenüber aufs Sofa setzte. »Falls du da was findest, was du magst.«

»Ich will nicht in dein Zimmer gehen, das ist so privat«, erklärte sie.

»Ist in Ordnung, kannst du ruhig.«

»Trotzdem.«

Als Grim von der Toilette zurückkam, setzte er sich in den Sessel neben meinem, und wir tranken so lange Bier, bis wir alle anfingen, über den Radiomoderator zu kichern und seine gelangweilte, verschlafene Stimme nachzumachen. Ich schaltete den Fernseher ein, und wir sahen MTV. Als das Bier alle war, holte ich eine Flasche Schnaps aus dem Keller, und wir tranken sie mit Limonade gemixt. Nach einer Weile schlief Julia auf dem Sofa ein. Sooft ich es wagen konnte, ohne Grim misstrauisch zu machen, schielte ich zu ihr hinüber. Ihr Mund stand halb offen, und ihre Augen waren sanft geschlossen. Plötzlich bewegte sie sich und fing unbeholfen an, den Knoten zu lösen, den sie im Haar hatte. Ich glaube, das tat sie im Traum, ohne aufzuwachen.

»Trinkt ihr immer gemeinsam?«, fragte ich.

»Besser, wenn sie es mit mir tut als mit jemand anderem.«

Ich lachte betrunken. »Das klingt verdammt überbeschützend.«

»Ist es vielleicht auch.«

»Findet sie das nicht anstrengend?«

»Woher soll ich das wissen«, schnaubte Grim und wedelte mit der Hand. »Übrigens, brauchst du Geld?«

»Wieso?«

»Ich weiß, wo es liegt.«

»Woher?«

Er tippte sich leicht an die Nase.

»Ich erkenne den Geruch.«

»Geld hat keinen Geruch«, entgegnete ich.

»Alles hat einen Geruch«, widersprach Grim und erhob sich aus dem Sofa, ging in die Küche und stellte sich vor den Schrank, der über Spüle und Herd hing.

Oben auf dem Küchenschrank standen teurere Weingläser, ein paar Vasen, eine alte Blechkanne und ein schwerer Mörser, der einmal meinem Großvater gehört hatte. Grim betrachtete ihn, während er in die Luft schnupperte.

»Die da«, sagte er und zeigte auf die Vasen.

»Welche?«

»Die geblümte, ganz links.«

»Die ist leer.« Ich sah ihn fragend an. »Ich habe gesehen, wie meine Mutter sie heute sauber gemacht hat.«

»Sollen wir wetten?«

»Wie viel?«, fragte ich.

»Die Hälfte von dem, was in der Vase ist.«

»Und was kriege ich, wenn du falsch liegst?«

Er zögerte.

»Mein Gewehr.«

»Ich will dein Gewehr nicht.«

»Dann verkaufe ich es und gebe dir das Geld.«

Ich lachte über sein Selbstvertrauen, zog einen Stuhl heran und stellte mich schwankend darauf. Dann hob ich die Hand, schob sie in die Vase und spürte raschelnde Scheine an meinen Fingern. Als ich sie herauszog und Grim zeigte, wirkte er nicht erstaunt.

»Wie viel ist es?«

Ich stieg vom Stuhl und zählte das Geld.

»Eintausendsechshundert.«

Er hielt die Hand auf.

»Die Hälfte für mich.«

Ich sah ihm an, dass er seinen Anteil erwartete, wir hatten gewettet. Doch das war Geld, das meine Eltern für irgendetwas gespart haben mussten. Es war nicht viel, aber alles, was wir hatten.

»Ich kann dir das hier nicht geben.«

Grims Blick verfinsterte sich.

»Wir haben gewettet.«

»Aber … das gehört meinen Eltern. Das kann ich nicht.«

»Wir haben gewettet. Das kann man nicht einfach zurücknehmen.«

Ich sah ihn lange an und stellte mir das Gesicht meiner

Mutter vor und wie verletzt sie sein würde. Dann gab ich ihm einen Fünfhunderter und drei Hunderter.

»Das reicht schon fast für einen neuen Discman«, sagte er, faltete die Scheine zusammen und steckte sie in die Gesäßtasche.

Ich habe angefangen zu halluzinieren. Das kommt vom Schlafmangel. Manchmal gelingt es mir zu schlafen, doch es können mehrere Tage vergehen, ohne dass ich Schlaf finde. Konnte ich nicht mehr zustande bringen, als so ein Mensch zu werden, wie ich es jetzt bin? Wahrscheinlich blieb mir nur das, oder eine Überdosis zu nehmen. Das wäre besser gewesen, denke ich jetzt. Vielleicht sollte ich es tun? Wenn ich nicht so feige wäre. Zu feige.

Ich stehe nicht mehr vor deinem alten Hauseingang, sondern halte mich versteckt. Während ich das hier schreibe, bin ich unterwegs, in Bewegung. Als ich ein Kind war, mochte ich das nicht, aber jetzt schon. Wer sich bewegt, kann nicht gefasst werden. Das habe ich gelernt. Wer sich bewegt, wird nicht gesehen und ist nur ein verwischter Schatten auf den Fotos. Wenn du dich im selben Wagen befändest wie ich, würdest du mich dann bemerken? Würdest du mich erkennen? Ich glaube nicht. Du erinnerst dich nicht. Du erinnerst dich an gar nichts.

Ich schreibe das hier, weil du dich erinnern musst, aber der Text wird nicht so, wie ich ihn mir vorgestellt habe. Ich bin zu zersplittert, zu zerhackt. Zittrig. Vielleicht vom Methadon. Ich gehe durch das Laub, das von den Bäumen fällt. An einer Straßenecke beim Bahnhof hängen Typen herum, und ich denke: Früher einmal waren wir wie diese Typen. Sind wir es noch?

Ich hätte dir schon längst schreiben sollen.

6

Der Polizist, den ich im Schatten der Finsternis im Hafen von Visby in den Hals getroffen hatte, starb. Er, Max Lasker und je ein Mitglied aus den beiden Gangs wurden die vier Todesopfer des missratenen Zugriffs. Ich kenne ihre Namen. Hinterher habe ich die Bilder von ihren Gesichtern so oft gesehen, dass ich sie zeichnen könnte. Die vermeintlichen Waffenkisten enthielten in Wahrheit alte Zeitungen, gelb-rote Plastikautos, Schwerter und Rüstungen in Grau und Schwarz, Jungen- und Mädchenpuppen in Blau und Rosa und massenhaft Legosteine. Das war nicht das Werk der Polizei gewesen. Niemand schien zu wissen, wer hier wen reingelegt hatte.

Als der Skandal in den Medien hochkochte, fingen alle an, nach einem Sündenbock zu suchen. Die Arbeitsmethoden der Polizei wurden als riskant und ungesetzlich bezeichnet, und jeder innerhalb des *Hauses* versteckte sich hinter jemand anderem – abgesehen von mir, ich hatte niemanden, hinter dem ich mich hätte verstecken können. Ich hatte angeblich eine Art Zusammenbruch erlitten und wurde unter strikter Beobachtung gehalten, zunächst in Visby und dann später, nachdem ich in Begleitung zweier Bewacher mit einem Schiff nach Stockholm verfrachtet worden war, im St.-Görans-Krankenhaus. Einer meiner Bewacher hieß Tom, und als ich ihn während der Überfahrt fragte, ob er mir eine Zigarette geben könne, sah er mich an, als hätte ich eben nach seiner Elektropistole verlangt. Ich schloss mich auf der Toilette ein und verbrachte dort den größten Teil der Reise, den Kopf in die Hände gestützt und ohne die geringste Ahnung, was jetzt als Nächstes geschehen würde. Das Schiff schaukelte konstant, und dadurch wurde mir derartig übel, dass ich kotzte, was die beiden Bewacher dazu veranlasste, die Tür aufzubrechen. Sie meinten, ich hätte versucht, mir das Leben zu nehmen. Ich wurde vom Boot geschleift und in ein ziviles Polizeifahrzeug gesetzt, das mich ins St. Görans brachte. Dabei hörte ich jemanden, vielleicht einen Kollegen, in mein Ohr flüstern, ich solle besser mit niemandem sprechen.

Ich bekam ein eigenes Zimmer. Vor dem Fenster hingen keine Gardinen, vielleicht weil sie Angst hatten, dass die Patienten sie dafür benutzen würden, sich aufzuhängen. Auf einem Tisch neben mir stand ein Plastikbecher mit einem dazu passenden Plastikkrug. Die Decke des Raumes war weiß wie frisch gefallener Schnee.

Levin kam am selben Nachmittag zu Besuch, mit einer bedauernden Miene. Er zog sich einen Stuhl an die Bettkante, schlug die Beine übereinander und beugte sich vor.

»Wie geht es Ihnen, Leo?«

»Sie haben eine Menge Tabletten in mich reingeschüttet.«

»Fühlen Sie sich besser davon?«

»Wie neugeboren.«

Levin lachte kurz auf. »Gut. Das ist gut.«

»Was ist bloß passiert?«

»Das wollte ich eigentlich Sie fragen.«

»Da waren keine Waffen«, murmelte ich. »Nur Spielzeug und Zeitungen. Ich weiß nicht, welche Seite angefangen hat zu schießen, aber als es erst mal losgegangen war, hörte es einfach nicht mehr auf.« Ich zögerte und sah Levin an. »Zwei Abende zuvor war ich im Hafen.«

»Und?«

»Lasker war dort.«

Levin verzog keine Miene.

»Er sagte, ich solle abhauen«, fuhr ich fort, »und dass irgendwas schieflaufen würde.«

»Und was haben Sie gesagt?«

»Nichts.« Meine Lippen waren ausgetrocknet, und ich fuhr

mit der Zungenspitze darüber. »Ich nahm einfach an, dass er Angst hatte. Aber scheinbar wusste er, dass etwas schiefgehen würde.«

»Oder auch nicht. Lasker war ein paranoider Typ, das wissen Sie selbst. Vielleicht hätte er davor dasselbe gesagt, wenn alles wie geplant gelaufen wäre.«

»Und genau das frage ich mich. Was eigentlich der Plan war, wie es laufen sollte.«

»Sie fragen sich, ob jemand Sie dort platziert hat?«

»War das so?«

»Nein.«

Ich sah Levin an und versuchte, nicht zu blinzeln. Als mir das misslang, blickte ich wieder zur Seite.

»Warum waren da keine Waffen?«, fragte ich.

»Keine Ahnung.«

»Jemand muss das doch wissen.«

»Irgendjemand weiß das bestimmt. Es gibt immer jemanden, der Bescheid weiß. Aber ich habe keine Ahnung, wer das sein könnte.«

Ich glaubte ihm nicht, konnte aber nicht sagen, warum. Irgendetwas stimmte da nicht. Wir schwiegen eine Weile. Er sah auf seine Armbanduhr, goss Wasser aus dem Krug in den Becher, trank ihn leer, um ihn dann wieder zu füllen und mir zu reichen. Ich schüttelte den Kopf.

»Sie müssen Wasser trinken.«

»Ich bin nicht durstig.«

Levin zog einen Block aus seiner Jackentasche und schrieb etwas darauf, um ihn mir dann zuzuschieben.

Ich glaube, der Raum wird abgehört.

Ich blickte ihn an.

»Und das sagen Sie jetzt?«

Es ist gut, wenn die Ihre Version zu hören kriegen.

»Wer sind ›die‹?«

Levin reagierte nicht. Ich lehnte mich wieder zurück und

seufzte. Der Raum schien sich zu bewegen, und ich hatte das Gefühl, zum Fenster hingezogen zu werden, war aber zu erschöpft, um aufzustehen.

Ich glaube, sie hatten Angst, dass ich entgegen meiner Anweisung reden könnte. Levin erläuterte nicht, wer »die« genau waren. Es war Polizei, so viel war klar. In der Situation, in der sie sich nun befanden, war die Informationskontrolle das Wichtigste. Sie wollten genau überwachen, was ich sagte und zu wem.

Levin schrieb noch etwas auf seinen Block und legte ihn mir auf den Brustkorb. Ich hob ihn hoch, hielt ihn mir vors Gesicht und bemühte mich, den Blick zu fokussieren.

Ich kann Sie jetzt nicht retten, Leo.

Sie brauchten einen Sündenbock und bekamen ihn. Nach außen hieß es, wie der Pressesprecher den Medien mitteilte, ich sei bis Ende des Jahres krankgeschrieben und würde danach, falls ich weiter bei der Polizei beschäftigt werden wollte, an eine andere Stelle versetzt. Sowohl die Medien als auch das *Haus* waren zufrieden, denn in Wahrheit wurde ich natürlich suspendiert. Das war allen klar. Die Schuld an dem missglückten Zugriff wurde mir angelastet, dem Welpen beim D.I.E. Das war das Einfachste und außerdem eine wasserdichte Lösung. Da eine Ermittlung über die Beteiligung der Polizei an der ganzen Geschichte dem Dezernat Interne Ermittlungen übertragen worden wäre und ich mich aber bereits dort befand, gab es niemanden, an den ich mich hätte wenden können. Ich bekam Tabletten gegen die Panikanfälle verschrieben und andere, um schlafen zu können und meine allgemeinen Unruhezustände zu dampfen, wie der Arzt es ausdrückte. Ich versuchte, Levin anzurufen, aber er meldete sich nie, wahrscheinlich wagte er es nicht, mit mir zu sprechen. Ende des Frühjahrs wurde ich aus dem Krankenhaus entlassen, der Sommer begann und glitt mit verschwommenen Tagen und langen Nächten an mir vorüber.

Entweder machten mich die Tabletten paranoid, oder sie ließen mich erkennen, was sich wirklich zugetragen hatte. Ich war nicht sicher, was tatsächlich der Wahrheit entsprach, und bin es immer noch nicht. Allmählich schwante mir, dass ich aus ebendiesem Grunde und unter dem Vorwand, die Internen Ermittler zu kontrollieren und zu überwachen, auf Gotland platziert worden war. Ich war praktisch für sie, sie konnten allesamt den Scheinwerfern entfliehen, indem sie sich einer hinter dem anderen versteckten, und für den Fall, dass etwas schiefgehen würde, konnten sie mich allein im Licht stehen lassen.

Draußen. Ich bin draußen und stehe vor einem Schaufenster auf Kungsholmen, in dem Sommerhütten präsentiert werden. Ich betrachte die Bilder, die kleinen roten Häuser mit den weißen Ecken. Auf einigen Fotos flattert sogar die schwedische Flagge auf dem Dach. Ich stelle mir Menschen mit Gläsern in den Händen vor, die sich zuprosten und lachen und fröhlich sind, Kinder mit Kränzen in den Haaren. Alles ist so, wie es schon immer war, als hätte die Zeit stillgestanden. Ich sehe vor mir, wie auf der Rückseite des Hauses ein Glas auf einem Tisch steht, leer wie Worte. Wie auf dem Rasen, außer Sichtweite für Passanten, ein zerrissener, rot bespritzter Pullover liegt. Die Bilder ergreifen Besitz von mir, und es dauert eine Weile, bis mir klar wird, dass die Hütten zum Verkauf angeboten werden und dass ich vor einem Maklerbüro stehe. Ich knirsche mit den Zähnen und lehne die Stirn an die Schaufensterscheibe. Wolken rasen über den Himmel, als würden sie jemanden jagen.

Mein Handy klingelt. Ich stehe im Treppenhaus vor dem Fahrstuhl, ich bin durch den Hintereingang ins Haus gegangen, nachdem ich die Absperrung um die Chapmansgatan 6 betrachtet hatte. Ich bleibe stehen, es klingelt weiter, die Nummer ist unterdrückt.

»Hallo?«

Es ist Gabriel Birck. Er will mit mir über das, was gestern geschehen ist, reden. »Was geschehen ist« – er verwendet diese Formulierung.

»Ich dachte, du hättest andere, die diese Fleißarbeit für dich erledigen«, sage ich und hole den Fahrstuhl nach unten.

»Mindestens ein Gespräch führe ich immer selbst.«

Er klingt strikt und professionell, so, als hätte er es entweder vergessen oder als würde es ihm nichts ausmachen, dass ich mir vor weniger als zwölf Stunden Zutritt zu seinem Tatort verschafft habe und dort rumspaziert bin. Das verunsichert mich.

»Okay«, sage ich.

»Passt es dir gerade nicht?«

»Äh … nein.«

Ich stehe vor meiner Wohnungstür und betrachte das Schloss. Da sind Kratzer, die mir nicht vertraut sind. Ich trete einen Schritt zurück und sehe mir den Boden vor der Tür an. Da ist nichts zu entdecken. Ich fahre mit den Fingern über die Kratzer um das Schloss und frage mich, ob sie wohl frisch sind, dann drücke ich vorsichtig die Klinke herunter, doch die Tür ist verschlossen. Ich brauche ein Sobril, also schließe ich auf und gehe in die Küche, wo ich mir ein Glas Wasser eingieße und eine Tablette aus der Packung nehme.

»Leo?«

»Was?«

»Hast du gehört, was ich gesagt habe?«

»Nein, tut mir leid, ich … es ist nichts.« Ich lege die Tablette auf die Zunge und trinke einen Schluck Wasser. »Mach weiter.«

»Ich muss dieses Gespräch mitschneiden, ist das in Ordnung?«

Ich zucke mit den Schultern, obwohl er das nicht sehen kann.

»Hallo?«

»Ja, ich denke schon.«

Birck drückt auf den Knopf an seinem Telefon, und ich höre das schwache, aber deutliche Piepen. Das Band läuft.

»Sag mir bitte, was du gestern gemacht hast.«

»Ich war zu Hause. Nein, am Nachmittag bin ich nach Salem gefahren.«

»Was hast du in Salem gemacht?«

»Ich habe meine Eltern besucht. Dann bin ich nach Hause gefahren.«

»Um wie viel Uhr bist du nach Hause gekommen?«

»Ich weiß nicht. Um fünf, vielleicht um sechs.«

»Und was hast du zu Hause gemacht?«

»Nichts.«

»Jeder macht immer irgendetwas.«

»Ich habe nichts gemacht. Ich habe ferngesehen, Essen gegessen, geduscht, gegen elf Uhr bin ich eingeschlafen. Nichts.«

»Wann bist du aufgewacht?«

»Daran erinnere ich mich nicht. Aber ich bin von dem Blaulicht wach geworden.«

»Davon bist du aufgewacht?«

Birck klingt erstaunt.

»Ich schlafe nicht mehr so fest«, murmele ich.

»Ich dachte, du kriegst Medikamente dafür.«

»Die helfen nicht sonderlich gut«, sage ich zerstreut, denn irgendetwas in der Wohnung erregt meine Aufmerksamkeit, aber es fällt mir schwer, es genau zu benennen.

Ich gehe zur Badezimmertür und mache sie einen Spaltbreit auf. Alles wirkt unberührt. Ich trete einen Schritt in den Raum und sehe mein verwirrtes Gesicht im Spiegel, die Hand, die das Telefon hält.

Das Deckenlicht brennt. Habe ich es angelassen?

»Was?«, frage ich, ganz sicher, dass Birck etwas gesagt hat.

»Was hast du gemacht, nachdem du wach geworden bist?«, wiederholt er, hörbar ärgerlich und ungeduldig.

»Hab mich angezogen und bin rausgegangen, um zu sehen, was passiert ist.«

»Und was heißt das?«

»Dass ich zum Chapmansgården runtergegangen bin.«

Mit der freien Hand öffne ich den Badezimmerschrank und betrachte den Inhalt: Hygieneartikel und starke Medikamente, eine kleine Schachtel, in der ein Ring liegt, den ich früher täglich getragen habe und der damals mein wichtigster Besitz war. Ich schließe den Schrank.

»Und?«, fragt Birck. »Was noch?«

Ich erzähle, wie ich den Chapmansgården betreten habe, nachdem ich mit den beiden Polizisten geredet hatte, wie ich an Matilda vorbeiging, die dasaß und mit einem dritten Polizisten sprach. Birck hört zu und stellt weitere Fragen, jetzt interessierter als zuvor. Ich merke, dass ich mich etwas Wichtigem nähere, und höre auf zu reden.

»Hast du die Leiche untersucht?«, will Birck wissen.

»Nicht wirklich.«

»Das hier ist eine offizielle Befragung«, sagt Birck. »Jetzt benimm dich.«

»Ich habe sie nicht untersucht.«

»Hast du sie berührt?«

»Nein. Ich habe sie nur angesehen.« Das stimmt im Großen und Ganzen. »Wieso?«

»In der Hand«, fährt Birck fort, als hätte er mich nicht gehört, »hast du gesehen, ob sie etwas in der Hand hatte?«

Ich zögere und setze mich auf die Bettkante.

»Ich erinnere mich nicht.«

»Du lügst. Hatte sie etwas in der Hand?«

»Ja.«

»Hast du es angefasst?«

»Was?«

»Ich frage, ob du das angefasst hast, was sie in der Hand hatte.«

»Nein.«

»Bist du ganz sicher?«

Ich überlege, was er denkt.

»Ja«, sage ich. »Ich bin sicher. Warum?«

»Danke.« Er atmet aus. »Das war alles.«

Nachdem Birck das Gespräch beendet hat, sitze ich mit dem Telefon in der Hand da. In meinem Kopf dreht sich alles, ich versuche Knoten zu entwirren, doch es gelingt mir nicht. Schlussfolgerungen zu ziehen, war immer meine schwache Seite, ich bin zu langsam, zu wenig logisch veranlagt, zu irrational. Stattdessen lasse ich den Blick schweifen auf der Suche nach Hinweisen, dass jemand hier in der Wohnung war. Ich bin sicher, dass da etwas ist, direkt vor meiner Nase. Ich kann es nur nicht sehen. Vielleicht bin ich aber auch paranoid. Ich blicke wieder zur Deckenlampe im Badezimmer hoch. Sie konnte auch noch eingeschaltet gewesen sein, als ich ging. Ich spüre, wie das Sobril wirkt und in meinen Schläfen surrt. Ich öffne die Balkontür und rauche eine Zigarette.

Ein Nachname. Ich brauche ihren Nachnamen. Wenn ich den habe, bin ich schon einen Schritt weiter. Als ich die Zentrale in der Kungsholmsgatan anrufe, werde ich zu Bircks Büro und dann weiter auf sein Handy verbunden. Er gehört zu den Polizisten, die sich nur mit Nachnamen melden.

»Ich bin's, Leo.«

»Ach so. Du, Leo, ich habe noch nicht zu Mittag gegessen, ich habe keine Z…«

»Rebecca«, sage ich. »Ich glaube, sie hieß Rebecca mit zwei c.«

»Ja, Rebecca Salomonsson«, erwidert Birck in fragendem Ton. »Glaubst du, wir wüssten das nicht?«

»Gut«, sage ich. »Danke. Ich wollte euch nur alle Informationen geben, die ich habe.«

Ich glaube schon, dass er merkt, dass ich ihn reingelegt habe, aber er gibt es nicht zu. Rebecca Salomonsson. Als ich mich vor den Spiegel im Badezimmer stelle und den Rasierer heraushole, bin ich über meine Augen erstaunt: Sie sehen wach und lebendig aus, so als hätten sie nach einer Zeit des Dahindämmerns endlich die Aussicht, sich mit etwas beschäftigen zu dürfen.

In meiner Anfangszeit als Polizist musste ich lange Nächte durch die Straßen rund um den Medborgarplatsen Streife fahren. Ich hielt mich mit rezeptpflichtigen Koffeintabletten wach, die mein Kollege und ich draußen in Nacka im Zusammenhang mit einem Raubüberfall beschlagnahmt hatten. Wenn niemand hinsah, rauchte ich Zigaretten und schickte SMS an Tess, meine damalige Freundin. Sie hatte die rotesten Haare, die ich je gesehen habe, und arbeitete in der Garderobe der Blue Moon Bar. Mein Kollege im Streifenwagen war ein Mann aus Norrland, den alle »Tosca« nannten, weil er gern Opernsänger geworden wäre. Er war breit und kräftig, aber fromm und freundlich zu allen, wählte die Zentrumspartei und behauptete einmal, ich würde wie einer von den Moderaten reden, was vielleicht auch stimmte. Wir hatten nicht sonderlich viele gemeinsame Gesprächsthemen, aber als ich mit Tess Schluss machte, war er der Erste, der davon erfuhr. Ich nehme an, so ist es eben, wenn zwei Männer viel Zeit zusammen in einem Auto verbringen und darauf warten, in Aktion treten zu können.

Doch damals, als ich anfing Streife zu fahren, lernte ich als Erstes, wie wichtig Kontakte waren. Die Drogensüchtigen, die Huren, die Ratten in den organisierten Gangs, die Teenager, die auf den Vorortstraßen herumfluten, die alten Junkies, die jeden Morgen auf den Treppen vor der Methadonklinik sitzen – einige ausgewählte Personen können eine Ermittlung mehr voranbringen als dreihundert andere. Die Herausforderung besteht darin, sie auszumachen, und wenn ich etwas gut kann, dann das: entscheiden, ob jemand wertvoll ist oder nicht. Das ist kein Charakterzug, der einen Menschen beliebt macht, aber ich besitze ihn.

Vom Streifendienst kam ich zur Kripo als Assistent bei der City-Polizei in Stockholm, wo schwere Gewaltverbrechen auf meinem Schreibtisch landeten. Dort lernte ich Charles Levin kennen, der damals Kommissar war. Ich war mehrere Jahre bei der City-Polizei, und in dieser Zeit arbeitete ich in der Nähe von Levin, der mir mehr über die Polizeiarbeit beibrachte als irgendein anderer. Levin sah, wie ich mich von einem anerkannten Polizisten zu einem geschickten Ermittler entwickelte. Damals hatte ich auch Sam kennengelernt, und er bekam mit, wie unsere Beziehung wuchs und starb.

Levin wohnt in einer Wohnung in der Köpmangatan 8 in Gamla Stan, und als ich dorthin komme, nieselt ein kühler Regen herab, und heruntergefallene Blätter kreiseln im Wind. Der Herbst kommt, ich kann es auf der Zunge spüren. In der Nähe der Eingangstür hat jemand in weißen Lettern ICH WEISS, DASS ICH VERLOREN HABE auf die Hausfassade geschrieben, jeder Buchstabe so groß wie das Gesicht eines erwachsenen Mannes. Ich betrachte die Worte und versuche, sie zu interpretieren, versuche mir vorzustellen, wie jemand dort steht und sie schreibt. Um mich herum der Geruch von nassen Kleidern und das stete Gemurmel von Touristen, die sich auf zu schmalen Gassen drängen. Ich nehme den Fahrstuhl nach oben und klingele an der Tür.

»Leo«, sagt Levin, offensichtlich erstaunt, als er die Tür öffnet. Er betrachtet mein Gesicht. »Wann haben Sie sich zuletzt rasiert?«

»Vor einer Stunde.«

»Das habe ich befürchtet.« Er tritt zur Seite und lässt mich in den Flur. »Ihr Anliegen muss von Bedeutung sein.«

»Danke. Ja.«

Levin hat ein besonderes Auge für Details. Das ist der Schlüssel zu seinem Erfolg. Er selbst sagt, das liege daran, dass er sich schon früh in seiner Kindheit für Eisenbahnen und Modellbau interessiert habe. Flugzeuge, Gebäude, Autos, Landschaften und Kriegsschiffe in Miniatur waren das größte Interesse des jungen Charles Levin. Die Details waren es, die ein gutes Modell von einem mittelmäßigen unterschieden. Inzwischen hat er sie in einer großen Vitrine versammelt, die fast die gesamte Längswand des hellen Wohnzimmers einnimmt. Die Modelle sind in chronologischer Ordnung aufgereiht, wie eine alternative Lebensgeschichte.

Hier oben ist es still. Durch die Fenster sehe ich, wie die Häuser eine Front bilden, doch sie halten Abstand. Die Stadt wirkt hier nicht so erstickend. Stille – das kann man für Geld in Stockholm kaufen. Abstand.

»Einen Kaffee?«, fragt er, als ich mich mit dem Rücken zur Vitrine in einen der bequemen Sessel gesetzt habe.

»Und Absinth, wenn Sie haben.«

»Absinth?«

»Ja.«

»Tut mir leid«, entgegnet er kühl.

»Dann Wasser?«

»Das wird sich machen lassen.«

Levin ist hochgewachsen und schlank, der Schädel rasiert. Er hat eine runde kleine Brille auf der Nasenspitze und trägt schwarze Jeans, ein weißes T-Shirt und ein aufgeknöpftes Hemd. Offenbar war er im Ausland, auf dem Tisch liegen noch die Reiseprospekte von Argentinien. Nachdem seine Frau Elsa an Krebs gestorben war, fing Levin an zu reisen, weil Elsa schrecklich gern reiste, aber sie es nie zusammen tun konnten. Levins Arbeit stand immer dagegen. Also war sie allein gereist und hatte ihm, wenn sie nach Hause kam, die Bilder gezeigt. Jetzt ist es Levin, der seine Reisen dokumentiert. Wenn er zurückkehrt, geht er zu ihrem Grab, sitzt da, zeigt die Bilder und erzählt von der Reise, genau, wie sie es früher für ihn getan hat.

Levin kehrt mit zwei Tassen schwarzem Kaffee und einem Glas Wasser ins Wohnzimmer zurück.

»Vor mir hat die Wohnung einem Kripomann gehört, wussten Sie das?«, fragt er.

»Nein.«

»Es war einer von der guten Sorte. War irgendwann vor Urzeiten mal Chef der Mordkommission. Ist nach der Scheidung von seiner Frau hierhergezogen.«

Ich hole eine Sobril-Tablette aus meiner Innentasche und lege sie auf die Zunge, um sie dann mit einem Schluck Wasser herunterzuspülen.

»Ich muss drei am Tag nehmen«, erkläre ich, als ich Levins Blick bemerke.

»Weil Sie das immer noch brauchen?«

»Weil sie kontrollieren, ob ich sie nehme.«

»Sie könnten sie doch auch wegwerfen.«

»Wahrscheinlich schon.«

Wir trinken den ersten Schluck Kaffee, ohne uns anzusehen, als wäre es eine Zeremonie. Ist es aber nicht, ich versuche nur, ein Gesprächsthema zu finden. Seit der Gotland-Geschichte hatten wir nur sehr wenig Kontakt, und der war kühl und abwartend. Er weiß etwas, das ich nicht weiß, da bin ich mir ganz sicher.

»Wie geht es Ihnen, Leo?«

»Ich komme zurecht.«

»Und Sam?«

»Wir sprechen nicht mehr miteinander. Nur damals, als ich nach Gotland aus dem Krankenhaus entlassen wurde, hat sie noch mal nachgefragt, wie es mir geht.«

Er nickt bedächtig, so wie ein Psychologe es tun sollte.

»Nun, Leo.« Er hebt die Kaffeetasse, trinkt schlürfend einen Schluck. »Ich nehme mal an, dass Sie ein Anliegen haben.«

»Das ist richtig.«

»Geht es um die Gotland-Geschichte? Ich weiß dazu nichts Neues.«

»Nein, darum geht es nicht.«

Das erstaunt ihn. Er lehnt sich im Sessel zurück, schlägt die Beine übereinander.

»Lassen Sie hören.«

»Heute Nacht ist in meinem Haus eine Frau ums Leben gekommen. Ihr wurde aus nächster Nähe in die Schläfe geschossen. Der Täter ist allem Anschein nach ein Geist.«

Ich sehe Levin an, dass er von dem Fall gehört hat, aber es dauert einen Moment, bis er ihn mit meiner Wohnung verknüpft.

»Direkt unter Ihnen«, sagt er langsam, »oder?«

»Acht, neun Meter unter mir.« Ich räuspere mich. »Sie hieß Rebecca Salomonsson. Irgendetwas an ihrem Tod irritiert mich.«

»Rebecca Salomonsson«, wiederholt Levin.

»So um die fünfundzwanzig, drogenabhängig, vielleicht Prostituierte.«

»Es ist ungewöhnlich, dass Frauen getötet werden«, sagt Levin nachdenklich und trinkt wieder von seinem Kaffee. »Und dass sie erschossen werden.«

»Noch ungewöhnlicher, dass bald vierundzwanzig Stunden vergangen sind und noch kein Verdächtiger ermittelt wurde. Und auch kein Motiv, soweit ich weiß. Und keiner hat eine Ahnung, wie die Tat vor sich gegangen sein soll, abgesehen davon, dass der Täter durch die Tür zum Chapmansgården reingekommen ist und durchs Fenster wieder rausgestiegen ist. Seine Schuhgröße ist dreiundvierzig, und man weiß, dass er mit kleinkalibrigen Waffen umgehen kann.«

»Manchmal dauert es, bis der richtige Zeuge aufkreuzt oder bis die technische Analyse fertig ist. So viel Zeit ist noch nicht vergangen.«

»Sie hatte etwas in der Hand, irgendein Schmuckstück, vielleicht eine Halskette.«

»Ach so?«

»Ich glaube, es ist wichtig.«

»Ist die Kette eingeschickt worden?«

»Ja.«

»Nun?« Levin sieht mich fragend an. »Dann wird das Ergebnis doch in ein paar Tagen kommen.«

Ich blicke auf meine Hände.

»Ich möchte an der Ermittlung teilnehmen«, sage ich so leise, dass es fast nur ein Flüstern ist.

»Das tun Sie bereits, weil Sie in dem Haus wohnen. Als potenzieller Zeuge.«

Ich hebe den Kopf und blicke ihn an. Ich glaube, dass ich flehend aussehe, bin mir aber nicht sicher. Hinter meinen Augen spüre ich ein Brennen.

»Sie wissen, was ich meine. Ich muss etwas tun. Ich brauche… ich kann nicht einfach nur in meiner verdammten Wohnung sitzen und Zigaretten rauchen und Tabletten frühstücken. Ich muss etwas tun dürfen.«

Levin sagt lange nichts und weicht meinem Blick aus.

»Was genau wollen Sie von mir, Leo?«, fragt er schließlich.

»Ich will wieder in den aktiven Dienst zurückkehren.«

»Das wird nicht auf meinem Schreibtisch entschieden.«

»Ziemlich wenig von dem, was Sie getan haben, ist auf Ihrem Schreibtisch entschieden worden.«

»Wie meinen Sie das?«, fragt er ruhig und trinkt von seinem Kaffee.

Ich zögere, wünsche mir, ich könnte ihn provozieren.

»Sie können mir helfen«, versuche ich es stattdessen. »Sie wissen, dass ich ein guter Ermittler bin. Niemand kann sagen, was in Visby eigentlich passiert ist und wer eigentlich wen reingelegt hat. Es herrschte Chaos. Wenn Sie da gewesen wären, würden Sie das verstehen. Es lag nicht an mir.«

»Aber Sie waren es, der zusammengebrochen ist«, sagt er und klingt mit einem Mal sehr kühl. »Sie waren es, der Waltersson erschossen hat.«

»Und das *Haus* war es, das mich verkauft hat«, entgegne ich, und erst jetzt merke ich, dass ich aufgestanden bin, dass ich stehe und auf Levin herabsehe, der da im Sessel sitzt und seltsam klein aussieht. Meine Stimme zittert. »Sie sind mir das hier schuldig.«

»Ich glaube, wir sollten nicht von Schuld sprechen, Leo. Diese Diskussion werden Sie niemals gewinnen.«

Ich merke, wie ich unwillkürlich wieder in den Sessel sinke.

»Ich will nur … Irgendetwas stimmt nicht mit dem Tod von Salomonsson.«

Levin kratzt sich gedankenverloren den kahlen Schädel, wo die sonnengebräunte Haut sich zu schälen begonnen hat.

»Wer ist der verantwortliche Ermittler?«

»Birck.«

»Dann ist also Pettersén dabei.«

Olaf Pettersén ist der einzige schwedisch-norwegische Staatsanwalt des *Hauses*. Er ist auch die einzige Person, deren Anordnungen Gabriel Birck zu ertragen bereit ist.

»Wenn Sie ernsthaft glauben, dass etwas nicht stimmt«, beginnt Levin, »dann tun Sie das, was Sie gut können. Aber«, fügt er hinzu, »bisher haben Sie nichts gesagt, was darauf hindeutet, dass irgendetwas sonderbar ist, mal abgesehen davon, dass so ein Mord ein ungewöhnliches Ereignis ist. Aber ungewöhnliche Ereignisse gibt es immer wieder.«

»Ich kann das, was ich gut kann, nicht ohne offizielle Erlaubnis tun.«

»Habe ich Sie womöglich überschätzt?« Levin nimmt einen der Reiseprospekte und reißt ein Stück von der ersten Seite ab. Aus der Gesäßtasche seiner Jeans fischt er einen Stift und schreibt etwas auf das Papierstück, um es mir dann hinzuhalten. »Benutzen Sie Ihre Fantasie. Und rufen Sie diese Nummer an, wenn Sie Hilfe brauchen.«

Ich sehe auf den Zettel.

»Wem gehört die?«

»Jemandem, den ich sehr gut kenne«, ist alles, was Levin antwortet.

7 Ich verbrachte viel Zeit allein. Ich weiß nicht, warum das so war, denn ich hatte schon Freunde, doch aus irgendeinem Grund unternahm ich außerhalb der Schulzeit nicht so viel mit ihnen.

Vlad und Fred verprügelten mich regelmäßig. Das fing an, als ich zehn Jahre alt war, und ging ein paar Jahre so. Zu Anfang habe ich nicht zurückgeschlagen, und als ich es später tat, fühlten sie sich provoziert und schlugen nur noch stärker zu, sodass ich mich nicht weiter wehrte. Das war am besten so, für alle. Vlad war am schlimmsten, Fred sah mich manchmal mit einer Art Mitleid an, die ich nur schwer beschreiben kann. Aber Vlad niemals. Der verabscheute mich einfach nur.

Ich habe niemals jemandem davon erzählt, ich schämte mich. Es geschah immer draußen, wenn wenige oder keine anderen Menschen in der Nähe waren, und obwohl ich ganz bewusst bestimmte Orte mied, fanden sie mich doch immer, so als würden sie mich verfolgen und könnten meine Spur erschnüffeln. Sie stahlen meine Kappe und mein Geld. Dann schlugen sie mich in den Bauch oder auf die Arme, niemals ins Gesicht, wo man es gesehen hätte. Meinen Eltern erzählte ich, ich hätte die Kappe verloren und für das Geld Süßigkeiten gekauft, ich wäre in der Schule unglücklich gefallen, hätte Muskelkater in den Bauchmuskeln, hätte mit einem Klassenkameraden Armdrücken gemacht und mir dabei etwas gezerrt. Ich verstand einfach nicht, was da passierte und warum sie ausgerechnet mich ausgewählt hatten, aber ich nahm an, dass ich irgendetwas falsch gemacht hatte und dass das Leben einfach so war.

Einmal, zu Beginn des Frühjahrs, als ich vielleicht dreizehn oder vierzehn war, hatte ich früher Schulschluss gehabt, aber ein Buch im Spind in der Schule vergessen. Meine Mutter zwang mich, zurückzugehen und es zu holen. Als ich aus dem Bus ausgestiegen war und den Rönninge Skolväg entlangging, hörte ich ein Keuchen. Es war ein unterdrückter Laut, so als würde jemand versuchen, trotz großer Schmerzen zu atmen.

Die Rönninge-Gesamtschule lag wie ein großer Koloss zwischen kleinen Einfamilienhäusern und Bäumen, die frisch ausgeschlagen hatten, und ich näherte mich ihrer Rückseite mit dem Lieferanteneingang. Ich sah mich suchend um, woher der Laut kam. Für die Lieferanten gab es eine Rampe, an der tagsüber Waren angenommen wurden. Nach Einbruch der Dunkelheit hörte man von dort manchmal dröhnende Musik aus einem Ghettoblaster, Stimmengewirr und plötzliches Lachen, Bierdosen, die geöffnet wurden, und das Klicken von Feuerzeugen. Wenn man nah genug heranging, konnte man den süßen Geruch von Haschisch wahrnehmen.

Doch jetzt passierte hier etwas anderes.

Oben auf der Rampe standen mit dem Rücken zu mir zwei Jungs, die ich nicht kannte. Sie schienen nicht von der Gesamtschule zu kommen, sondern eher vom Gymnasium. Ich stellte mich hinter einen der Bäume, sodass ich mich unsichtbar machte, sie aber beobachten konnte. Die beiden Jungs hatten jemanden zwischen sich eingeklemmt und standen dicht nebeneinander, die eine Handfläche jeweils an die Ziegelsteinwand gelehnt. Wer auch immer sich in diesem Schwitzkasten befand, hatte keine Chance herauszukommen.

»Du kleine Fotze.«

Einer von ihnen schlug zu, und ich hörte das Stöhnen von jemandem, dem alle Luft aus den Lungen entwich, sah, wie sein Oberkörper zwischen ihnen zusammenklappte. Und da erkannte ich Vlads Gesicht, rot und verzerrt, nach Atem ringend.

»Noch eine«, sagte der andere.

Der Erste drückte ihn noch einmal gegen die Wand und zielte mit einem Schlag auf den Bauch, woraufhin Vlad wieder vornüberkippte. Ich blieb stehen und sah weiter zu, obwohl das eigentlich nicht nötig war, um zu begreifen, was da geschah. Vielleicht hatte Vlad mit einem Mädchen, das ihm nicht gehörte, rumgemacht oder sogar Sex gehabt, oder er hatte sich Geld geliehen und es nicht zurückzahlen können, doch das bezweifelte ich. Alle hatten solche Situationen schon einmal erlebt. Sie passierten, weil die Leute das tun konnten, sie behandelten einander so, weil sie es konnten. Weil sie gelangweilt waren. Weil sich niemand darum scherte.

»Geldbeutel«, sagte einer von ihnen und hielt die Hand auf.

»Was zum Teufel machst du?«, zischte der andere.

Der Erste wandte den Kopf und sah sich um, woraufhin ich blitzschnell einen Schritt weiter hinter den Baum machte.

»Den können wir ruhig nehmen«, sagte der Erste. »Als ob dieser Arsch uns jemals verpfeifen würde. Das hat er bisher nicht gemacht, warum sollte er es denn jetzt tun?«

»Wir haben ihm aber auch noch nie was weggenommen.«

»Er war aber auch noch nie so frech wie diesmal.«

»Fotzen«, brachte Vlad hervor.

»Und er bettelt geradezu darum. Er verdient es, das Ding loszuwerden.«

Ich hörte, wie sie anfingen, in seinen Kleidern zu suchen. Als sie den Geldbeutel genommen hatten, stieß ihm der eine das Knie in den Bauch, während der andere sich wieder besorgt umsah. Vlad sackte auf der Rampe in sich zusammen, und die beiden sprangen lautlos auf die Erde und gingen mit betont beherrschten Schritten davon.

Als er und Fred das nächste Mal über mich herfallen wollten, wurde Vlad weiß im Gesicht, als ich ihn mit diesem Vorfall konfrontierte. Ich erinnere mich nicht, was ich sagte, vielleicht irgendetwas in der Art, dass er doch bloß feige sei. Fred sah Vlad erstaunt an, der mich nur anstarrte und einmal blinzelte, ehe er mich durch die Außenbezirke von Salem jagte.

Das war jetzt mehrere Jahre her, doch als Grim und ich aus dem Bus stiegen und auf den Lieferanteneingang der Rönninge-Gesamtschule zugingen, fiel mir die Sache wieder ein. Vlad und Fred waren inzwischen achtzehn und beide von Salem weggezogen, wie so viele. Sie verschwanden einfach.

Ich versuchte mich zu erinnern, ob sie mich damals bei ihrer Jagd erwischt hatten. Dieser Vorfall verschwamm mit vielen anderen. Vielleicht bin ich damals davongekommen, vielleicht auch nicht.

»Du siehst nachdenklich aus«, sagte Grim, der neben mir ging.

»Mir ist nur grad was von früher eingefallen.«

»Etwas Unbehagliches?«

»Wie kommst du darauf?«

Er senkte den Blick und nickte kurz.

»Deine Hände sind verkrampft.«

Ich vermied es hinzusehen. Stattdessen bemühte ich mich zu entspannen.

»Gar nicht.«

Er sah wieder auf meine Hände, die jetzt überdeutlich willenlos und schlapp herunterhingen. Wir gingen zur Rampe und sprangen hoch. Ich lehnte mich an den Teil der Wand, gegen den Vlad gedrückt worden war. Wir warteten auf Julia, die noch einige Zeit auf der Rönninge-Gesamtschule verbringen musste, ehe sie aufs Gymnasium wechseln konnte. Ich fragte mich, wie es möglich war, dass ich sie nie zuvor gesehen hatte. Sie hatte ein Jahr nach mir dort angefangen, wir mussten einander auf den Fluren begegnet sein. Und Julia Grimberg war die Sorte Mensch, die mir aufgefallen wäre. Grim saß da und baumelte mit den Beinen. Links von uns klickte das große Rolltor und wurde mit einem Rasseln hochgeschoben. Als das

Tor auf der Höhe meiner Oberschenkel war, hielt es an, und Julia kam herausgekrochen in hellen Jeans und einem schwarzem T-Shirt mit der Aufschrift THE SMASHING PUMPKINS in geschwungenen gelben Buchstaben.

»Du kannst auch außenrum gehen, weißt du das?«, meinte Grim. »Du musst nicht hier so rausschleichen.«

»Die Pausenaufsicht steht genau an der Ecke. Die hätte mich gesehen.«

Julia setzte sich zu Grim auf die Rampe, und ich setzte mich neben Julia. Ich glaube nicht, dass Grim das komisch fand, aber ich war nicht ganz sicher. Der Stoff ihrer Jeans rieb gegen meine. Grim nahm einen Collegeblock aus seiner Tasche und blätterte zu einer leeren Seite vor. Ich sah, dass die meisten Seiten übersät waren mit Skizzen und kleinen Zeichnungen, die nichts mit der Schule zu tun hatten. Manche Seiten waren so mit Text vollgekritzelt, dass ich nicht lesen konnte, was da stand.

»Was soll ich schreiben?«, fragte Grim.

»Ich weiß nicht«, meinte Julia. »Irgendwas in der Art, dass wir wegfahren.«

»Fahrt ihr weg?«, fragte ich.

»Nein. Aber wir machen eine Klassenfahrt, um den Zusammenhalt in der Klasse zu stärken. Man braucht die Unterschrift der Eltern, wenn man nicht mit will.«

»Kannst du sie denn nicht darum bitten?«

Sie schüttelte den Kopf.

»Heute ist der letzte Tag, an dem man die Entschuldigung abgeben kann, und ich hatte es vergessen. Außerdem wären meine Eltern niemals einverstanden.«

»Warum nicht?«

Julia sah Grim an, der nichts erwiderte. Er hatte einen kurzen Text in einer Handschrift, die nicht die seine war, geschrieben. Jetzt fehlte nur noch die Unterschrift. Er blätterte zu einer anderen vollgeschriebenen Seite in seinem

Block vor. Dort standen drei Reihen mit ein und demselben Schnörkel, der eine Unterschrift sein musste. Auf der Seite klebte ein Zettel, der, wie ich später begriff, wohl das Original war. Er betrachtete es einen Moment, dann blätterte er zurück und kopierte die Unterschrift mit ein paar raschen Handbewegungen. Er riss das Blatt heraus und zeigte es Julia.

»Ist das in Ordnung?«

Die Unterschrift war die exakte Kopie des Originals.

»Perfekt«, sagte Julia.

Er faltete das Blatt in der Mitte und gab es ihr.

»Die haben schon rausgekriegt, dass wir die Unterschriften fälschen«, erklärte sie und sah mich an. »Bei uns in der Klasse gab es sogar einen Elternabend deswegen, und wenn man jetzt noch damit durchkommen will, muss es wirklich gut gemacht sein.«

»Im Ernst?«

»Im Ernst.« Sie stand auf, faltete das Blatt noch einmal und steckte es in die Gesäßtasche ihrer Jeans. »Ich muss gehen, ich hab gleich Unterricht.«

»Bis später zu Hause«, sagte Grim.

»Bis später«, echote ich und versuchte zu lächeln.

»Ja, bis später«, sagte Julia und verschwand wieder unter dem Rolltor hindurch.

Er schoss Vögel mit dem Luftgewehr, konnte Geld riechen und fälschte die Unterschrift seiner Eltern. Und wurde Grim genannt. Mehr und mehr kam er mir wie eine Comicfigur oder ein Filmheld vor. Aber das war er nicht. Er war ganz gewöhnlich und wirklich.

»Jemand muss die Rechnungen bezahlen und Papiere unterschreiben«, sagte er, als wir uns in den Bus gesetzt hatten, der uns zum Rönninge-Gymnasium zurückbrachte. »Das ist in allen Familien so, in eurer auch, nehme ich mal an. Daran ist nichts Besonderes.« Er zuckte mit den Schultern. »In meiner Familie mache ich das, weil sonst niemand daran denkt.«

Es hatte damit angefangen, dass seine Mutter vergaß, ein Formular der Krankenkasse zu unterschreiben. Grim fand es auf dem Küchentisch. Damals war sein Vater krankgeschrieben, und von dem Formular hing ihre finanzielle Unterstützung ab. Gleich daneben fand er Unterlagen vom Sozialamt, auch die ohne Unterschrift. Grim suchte sich ein Papier mit der Unterschrift seiner Mutter, übte ein paarmal auf einem Block, ehe er sorgfältig die beiden Formulare unterschrieb und abschickte. So etwas geschah danach noch öfter, und Grim erzählte es Julia, die es wiederum ihrem Vater weitersagte.

»Der war natürlich scheißwütend. Eigentlich ist es ja auch nicht erlaubt. Ich weiß nicht, jedenfalls hatte ich ziemlich schnell einen besseren Überblick über ihre Finanzen als sie selbst. Papa kriegt es nicht auf die Reihe, und Mama ist zu krank. Durch die ganzen Medikamente fällt es ihr schwer, die Dinge in Ordnung zu halten. Also mache ich das, ich kümmere mich darum, bezahle Rechnungen und all das, und eigentlich tue ich das nur für Julia, damit sie … ich weiß nicht. Damit sie sich keine Sorgen machen muss.«

Der Busfahrer hatte das Radio angestellt, und während Grim und ich schwiegen, hörte ich den Song, der da vorn gespielt wurde.

»Wieso krank?«, fragte ich.

»Was meinst du?«

»Du hast gesagt, deine Mutter ist krank.«

»Habe ich das nie erzählt?«

»Glaube nicht.«

Er seufzte und sah durch die Scheibe nach draußen.

»Nach Julias Geburt wurde Mama depressiv und sogar eine Zeit lang psychotisch. Die haben gesagt, es käme von der Geburt. Sie war … sie hat versucht …« Grim zögerte lange. »Ich war sauer, als sie kam, also, als Julia geboren wurde. Zumindest haben sie mir das erzählt, ich war ja damals nicht viel älter als zwei. Ich war sauer, weil sie alle Aufmerksamkeit bekommen hat. Doch eines Tages, als Mama schon eine Psychose hatte, saß ich zu Hause, und Julia lag einfach nur da und schrie. Es heißt ja, man habe keine Erinnerungen aus so frühen Jahren, aber ich bin sicher, dass ich mich daran erinnere, denn ich sehe es so deutlich vor mir. Ich kam ins Wohnzimmer, und da hatte meine Mutter offensichtlich gesessen und Julia gestillt. Aber mittendrin hatte sie das Baby einfach auf den Fußboden gelegt. Oder sie fallen lassen oder nicht festgehalten, ich weiß es nicht, und ich will es auch nicht wissen. Jedenfalls hatte sie sie einfach dort liegen lassen. Mein Vater war bei der Arbeit, also habe ich Julia auf den Arm genommen, und wir haben uns aufs Sofa gesetzt, bis sie aufhörte zu schreien. Das dauerte lange, oder zumindest hat es sich so angefühlt. Ich erinnere mich, dass ich schreckliche Angst hatte. Als Julia endlich still war, hat Mama mich angesehen und gesagt: ›Jetzt kann ich sie ja wieder nehmen.‹« Grim schüttelte den Kopf. »Ich wollte ihr Julia nicht geben. Das ist natürlich komplett verrückt, schließlich konnte ich kaum reden, so klein war ich. Aber ich hatte das Gefühl, dass irgendwas nicht stimmte. Am Ende stand Mama auf und nahm sie mir weg und stillte sie weiter. Aber ich saß die ganze Zeit da und hatte Angst, dass etwas passieren würde. Ich glaube, mein Vater hat nie etwas davon erfahren.«

Er schien unsicher, wie er weitererzählen sollte.

»Später, viele Jahre danach, wusste ich immer noch nicht, ob Mama sie nun fallen gelassen hatte oder nicht, und da fing ich an, mir Sorgen zu machen, ob sie damals vielleicht in irgendeiner Weise verletzt wurde. Und ich begann, nach Anzeichen dafür zu suchen.«

»Anzeichen für was? Wie denn?«

»Na ja, wenn sie fallen gelassen wurde, dann hätte das ja zu einem Hirnschaden führen können, dachte ich. Und ich wusste, dass es bei manchen Verletzungen lange dauern kann, bis man sie entdeckt, wenn überhaupt. Also fing ich an, auf Sprachschwierigkeiten, Erinnerungslücken und Lernprobleme zu achten.«

Grim erzählte, er sei als Kind nie krank gewesen. Er war gesund geboren worden und das auch geblieben, er hatte nicht einmal die üblichen Kinderkrankheiten gehabt. Julia hingegen hatte Windpocken, Keuchhusten, Krupp und all das andere. Sie war immer krank, und als sie in die Schule kam, befand sie sich ständig an der Grenze zur Unterernährung. Das ging so weit, dass sich die Gemeindeschwester auch schon besorgt darüber äußerte – das war die alte Beate, die die gelben Blend rauchte und schon die Eier von allen Jungs, inklusive Grims und meine, befühlt hatte, um zu kontrollieren, dass alle Grundschüler in Salem zwei und nicht drei oder nur eins hatten.

»Solche Dinge nahm ich als Zeichen.« Er lachte kurz. »Voll krank, wenn man bedenkt, dass Julia inzwischen die Gesündeste in unserer Familie ist. Wohl kein Problem. Aber meine Mutter hat sich nie ganz aus der Depression befreien können. Sie hat bessere und schlechtere Tage, aber niemals richtig gute, deshalb ist es schwer für sie, die Dinge, also etwa Geld und so, unter Kontrolle zu haben. Und mein Vater kriegt es nicht auf die Reihe.«

»Die alte Beate ist übrigens inzwischen tot«, fügte Grim noch hinzu. Sein Vater hatte ihm das erzählt, sie war offensichtlich die Mutter eines Arbeitskollegen gewesen.

»Ach so«, sagte ich, unwillig, das Gespräch von Julia abzubringen, doch Grim schien nicht mehr über seine Schwester reden zu wollen.

Ich sah aus dem Busfenster, wo die Welt vorbeiwischte. Grüne Bäume, grauer Himmel, blassgelbe Häuser.

Später am Abend klingelte das Telefon. Wir hatten drei Geräte in unserer Wohnung: eines im Zimmer meines Bruder, eines im Schlafzimmer meiner Eltern und ein tragbares, das niemals da lag, wo man es vermutete. Mein Vater schimpfte oft, dass dieses Telefon ihn eines Tages noch wahnsinnig machen würde.

Das Klingeln tönte durch die Wohnung, aber ich ging nicht ran. Ich saß da und blätterte in alten Schuljahrbüchern der Rönninge-Gesamtschule und suchte nach Julia Grimberg. Ich hatte sie noch nicht gefunden, aber die Schule war groß und die Klassen zahlreich. Draußen in der Küche ging jemand schließlich ans Telefon, und bald klopfte es an meiner Tür.

»Leo, es ist für dich.«

»Wer ist dran?«

»Eine Julia.«

Ich stand auf, öffnete die Tür und übernahm das Telefon von meiner Mutter. Dann schloss ich ohne ein Wort die Tür wieder, schlug das offene Schuljahrbuch zu, legte es auf die anderen und schob den Stapel beiseite.

»Hallo?«

»Hallo, hier ist Julia.«

»Hallo.«

»Was machst du?«

»Nichts Besonderes.«

Bei ihr im Hintergrund war es still. Ich fragte mich, ob Grim wohl zu Hause oder ob sie allein war.

»Gut«, sagte sie.

»Was … ist was passiert?«

»Nö, gar nicht.«

Ist was passiert. Wer sagt denn so was? Ich hätte mich am liebsten selbst geohrfeigt.

»Ich wollte nur«, fuhr sie fort, »ich weiß nicht, ich hab deine Nummer in Johns Zimmer gesehen.«

»Rufst du alle Nummern an, die du in seinem Zimmer siehst?«

Sie lachte.

»Das hier ist das erste Mal.«

Ich legte mich aufs Bett und schloss die Augen. Wir redeten eine Weile, ohne eigentlich wirklich etwas zu sagen. Ich fragte mich, warum sie angerufen hatte, wagte aber nicht, nachzubohren.

»Siehst du fern?«, fragte sie.

»Nein.«

»Auf dem Dritten läuft *Zurück in der Zukunft*. Hast du den schon gesehen?«

Hatte ich nicht. Ich schaltete den Fernseher ein, stellte aber den Ton aus. Michael J. Fox war gerade dabei, einem Mädel aus dem Weg zu gehen, das in ihn verliebt war.

»Das ist seine Mutter«, erklärte Julia. »Er ist in der Zeit zurückgereist, um dafür zu sorgen, dass sie und ihr Vater zusammenkommen, damit er selbst geboren wird. Das Problem ist nur, dass seine Mutter sich in ihn, also in ihren Sohn, verliebt hat. Aber sie weiß ja nicht, dass er das ist.«

Wir schauten den Film zusammen an. Ab und zu lachte Julia auf. Sie hatte ein schönes Lachen, das mich an Grim erinnerte.

»Wohin würdest du reisen, wenn du eine Zeitreise machen könntest?«, fragte sie.

»Och, ich weiß nicht, darüber habe ich noch nicht nachgedacht.«

»Würdest du in die Zukunft oder in die Vergangenheit reisen?«

»In die Vergangenheit. Nein, in die Zukunft. Nein, in die Vergangenheit.« Ich hörte Julia lachen. »Ich weiß es nicht, das ist echt schwer. Darf ich nur einmal reisen?«

»Ja.«

»Das klingt nach einer ziemlich miesen Zeitmaschine, wenn man nur einmal reisen darf.«

»Aber wenn du so viel reisen dürftest, wie du willst, dann ist das Ganze doch witzlos.«

»Dinosaurier«, sagte ich.

Sie lachte.

»Was?«

»Es heißt doch, dass Dinosaurier durch einen großen Meteor gestorben sind. Aber man weiß es nicht. Ich würde gern nachsehen, ob es stimmt.«

»Cool, Leo. Du kannst reisen, wohin du willst, dir alles Mögliche ansehen, und du entscheidest dich für die Dinosaurier. Außerdem stirbst du dann vielleicht selbst. Konnte man da überhaupt atmen? Also, war vor so langer Zeit die Luft nicht vielleicht total giftig und gefährlich?«

»Ich würde sicherheitshalber eine Flasche Sauerstoff mitnehmen.«

»Und was würdest du tun?«, fragte sie. »Einfach dastehen und sie ansehen? Sie streicheln?«

»Du machst dich lustig über mich.«

»Nur ein bisschen.«

»Wohin würdest du selbst denn reisen?«

»Ein bisschen in die Zukunft.«

»Und warum?«

»Um zu sehen, wie alles wird. Damit man sich keine Sorgen machen muss. Obwohl«, fuhr sie fort, »dann reist man vielleicht in seine eigene Zeit zurück und ist ganz gelassen, weil man ja glaubt, dass alles gut wird, weil doch die Zukunft wunderbar zu sein scheint. Und dann unterlässt man es vielleicht, manche Dinge zu tun, die nötig wären, damit die Zukunft so wird, wie sie wird. Verstehst du?«

»Ich, äh … ich glaube schon.«

Ich hatte keinen Schimmer, was sie meinte.

»Vielleicht ist es wichtig, dass man nicht weiß, wie das Leben wird. Vielleicht sollte ich doch in die Vergangenheit reisen. Obwohl, wenn in der Zukunft alles ganz schlimm aussieht, dann hat man schließlich die Chance, sie zu verbessern, wenn man nur weiß, was man ändern muss.« Sie zögerte. »Ich wüsste gern, wie es für meine Eltern weitergeht. Und für John und für mich.«

»Machst du dir Sorgen wegen der Zukunft?«

»Das tun doch alle, oder?« Sie schwieg einen Augenblick, und ich hörte sie atmen. »Ich glaube, mein Vater ist nach Hause gekommen.«

»Darfst du nicht telefonieren?«

»Doch, aber ich will nicht, dass er das hört. Mein Zimmer liegt Wand an Wand mit dem Schlafzimmer meiner Eltern.«

Es wurde wieder still, aber das fühlte sich beruhigend und behaglich an. Dann redeten wir weiter, darüber, was wir im Sommer machen würden, dann über Musik und Filme und die Schule. Sie fragte, ob ich von *Der Mann ohne Namen* gehört hätte.

»Der Film mit Val Kilmer?«

»Ja.«

»Der läuft im Kino, oder?«

»Ja. Ich wollte reingehen, aber niemand, den ich kenne, will mitkommen. Willst du ihn sehen?«

»Mit dir?«, fragte ich und riss die Augen auf.

»Wenn du willst, meine ich.« Sie klang unsicher. »Du musst nicht. Es ist einfach nur so öde, allein zu gehen.«

»Nein, ich dachte nur … ja, klar.«

»Sag John nichts.«

Ich glaube, ich dachte viel über die Familie Grimberg nach. Wie es ihnen ging, und was eigentlich schiefgelaufen war. Der äußere Zustand dieser Familie war in Salem nichts Ungewöhnliches, vielen anderen, die ich kannte, ging es genauso. Ich glaube, dass häusliche Gewalt eine Rolle spielte, oder zumindest war das früher so gewesen. Julia geriet zwischen die Fronten der Eltern, während Grim sich, so gut er konnte, heraushielt. So war das immer in unserem Leben. In der Schule, zu Hause, in der Freizeit: Irgendjemand kam davon, ein anderer geriet in die Schusslinie. Das Besondere an Grim war, dass er so überbeschützend war, was Julia anging. Da schien es einiges zwischen den Zeilen zu geben, was ich nicht entziffern konnte, obwohl ich es versuchte und eigentlich immer noch tue.

»Manchmal, wenn ich allein bin, habe ich das Gefühl zu verschwinden«, pflegte Grim zu sagen, und auch wenn ich nicht richtig begriffen habe, was er damals meinte, geht es mir heute immer noch so mit den beiden. Ich musste sie festhalten, Grim und Julia, musste sie in bestimmte Szenen einbauen, damit sie nicht verschwanden.

Die Jugend, die Kindheit, je mehr Zeit vergeht, desto diffuser werden die Erinnerungen, und desto mehr werden Grim und Julia zu dem Mysterium, das sie vielleicht die ganze Zeit über waren.

Alles fühlte sich verboten an. In der sehr kurzen Zeit, die Grim und ich uns kannten, waren wir einander nahegekommen. Zumindest erlebte ich es so, bei ihm konnte man das nie wissen. Trotzdem telefonierten wir nicht ein einziges Mal miteinander. Nach dem ersten Gespräch mit Julia verbrachte ich mindestens eine Stunde täglich auf meinem Bett mit ihr am Telefon. Es gab eine Nähe zwischen uns, die alles in mir vibrieren ließ. Ich fühlte mich auf eine ungekannte Art lebendig, als wären meine Gefühle Augen, die zuvor verbunden gewesen waren. Julia Grimberg ließ alles herumwirbeln und größer werden, unendlich.

»Was hast du an?«, fragte sie am Abend vor dem Kinobesuch am Telefon.

Ich lachte.

»Wieso?«

»Ich will es wissen.«

»Warum denn?«

»Ich will es einfach nur wissen.«

Ich kontrollierte, ob die Tür zu meinem Zimmer geschlossen war.

»Boxershorts.«

»Das heißt Unterhosen.«

»›Unterhosen‹ ist so ein hässliches Wort.«

»Aber so heißt es.«

»Und du?«, fragte ich.

»Was?«

»Was hast du an?«

»Slip. Auch ein hässliches Wort, oder?«

»Nein.«

»Ich mag die Unterwäsche von Jungs«, sagte sie, und es klang, als würde sie sich strecken, und dann hörte ich, dass sie ausatmete.

»Bist du Jungfrau?«

Die Frage platzte einfach so aus mir heraus, überraschte mich. Ich hätte sie gern zurückgenommen.

»Nein«, antwortete sie. »Und du?«

»Nein«, log ich, ganz sicher, dass sie mir nicht glaubte.

»Wie alt warst du?«, fragte sie.

»Fünfzehn, und du?«

»Vierzehn.«

Ich hörte sie Luft holen.

»Was machst du?«, fragte ich.

»Was glaubst du?«, flüsterte sie.

Bald klang ihr Atem angestrengt. Das Geräusch war einfach betörend. Ich horchte auf jede Nuance von dem, was am anderen Ende der Leitung geschah.

»Fass dich an«, sagte sie leise und mit einer Heiserkeit in der Stimme, die ich noch nie gehört hatte.

»Okay«, antwortete ich, obwohl ich das längst getan hatte.

»Wie fühlt es sich an?«

Was sagt man da? Ich versuchte es mit: »Gut.«

»Stell dir vor, es wäre meine Hand.«

Ich war kurz davor, zu explodieren. Plötzlich keuchte sie, als würde ihr die Luft ausgehen, bis sie sich langsam wieder fing.

»Ich habe mir auf die Lippe gebissen«, kicherte sie hinterher. »Ich glaube, das blutet.«

Alles drehte sich. Noch nie hatte ich etwas Vergleichbares erlebt.

8

Der Dealer ist ein Spatz von einem Mann mit eng stehenden Augen, einer Nase wie ein scharfer Schnabel und ruckartigen Bewegungen. Das zurückgegelte Haar entblößt seine hohe bleiche Stirn. Er trägt einen langen schwarzen Mantel, der hinter ihm herflattert. Auf jedem Handrücken hat er zwei eintätowierte Diamanten. Ich halte ihm das Handy entgegen.

»Kennst du die?«

»Ist sie tot?«

»Kennst du die?«

Er lächelt matt und zeigt schiefe Zähne.

»Du bist doch noch suspendiert, oder? Dir muss ich nicht den kleinsten Scheiß erzählen.«

»Ich bin wieder im Dienst.«

»Dann zeig mir die Marke.«

Ich sehe mich um. Wir stehen auf Södermalm in einer Ecke in der Nähe der Maria-Kirche. Ich nehme den Duft von frisch gebackenem Brot aus einer der Bäckereien in der Nähe wahr, und etwas entfernt rauscht der Verkehr auf der Hornsgatan. Es ist ein schöner Tag. Ich trete einen Schritt näher an ihn heran.

»Wie viel Geld schuldest du mir?«

Das Lächeln verschwindet, und er sieht mich an.

»Weiß nicht.«

»Ziemlich viel.«

»Du kriegst es zurück.«

»Gib mir das hier, und dann bist du auf null.«

Felix ist ein ehemaliger Informant. Als wir vor einigen Jahren die Zusammenarbeit abbrachen, hatte er nichts mehr und musste eine Weile ins Ausland fliehen. Als er zurückkam, verschaffte ich ihm die Möglichkeit, neu anzufangen, und Felix fing neu an, indem er genauso weitermachte wie bisher und das Geld verprasste. Wahrscheinlich ist ein Preis auf seinen Kopf ausgesetzt, und es ist ein Wunder, dass er noch lebt, aber Kakerlaken wie Felix neigen zum Überleben.

»Im Ernst?«, fragt er.

»Im Ernst.«

Sein Blick flackert über das Display des Handys.

»Sie muss ganz schön wichtig sein, was?«

Ich schiebe Felix in den Schatten, den der Turm der Maria-Kirche wirft.

»Weißt du, wie sie heißt?«

Felix spielt mit der Zungenspitze in seinem Mundwinkel, als würde er sich kratzen, und betrachtet das Bild.

»Rebecca.«

»Rebecca was?«

»Simonsson, glaube ich. Nein, Salomonsson?« Er sieht mich an. »Salomonsson, genau. Rebecca Salomonsson. Das war die im Chapmansgården, oder? Ich hab in der Zeitung davon gelesen.«

»Woher kennst du sie?«

»Sie hat gedealt.«

»Was?«

»Was denn wohl?«

»Die Leute dealen alles Mögliche«, erwidere ich.

Felix nickt zufrieden.

»Stimmt. Aber Rebecca hat sich an Drogen und Sex gehalten.«

»Und woher kommt es, dass du sie kennst?«

Er senkt den Blick, als würde er etwas abwägen. Plötzlich ist seine Stirn feucht.

»Ich weiß, dass das nicht gut aussieht, aber verdammt, ich sag dir, Junker, ich hab es nicht getan.«

»Lass hören.«

Er sieht sich um und beugt sich dann zu mir, die kleinen Augen aufgerissen und glänzend.

»Ich war es, der sie mit Zeug versorgt hat.«

»Und was könnte nicht gut aussehen, wie meinst du das?«

»Ich mach keinen Scheiß mit dir, also mach du auch keinen mit mir«, braust er auf, doch dann reißt er sich wieder zusammen. »Du weißt genau, was ich meine. Solche Sachen passieren aus zwei Gründen. Entweder schuldet sie jemandem Geld, und dieser Jemand wäre in dem Fall ich, oder sie hat was gesehen, das sie nicht sehen sollte. Am wahrscheinlichsten ist das Erste. Also«, er holt aus der Innentasche seines Mantels eine Zigarettenschachtel, »sieht das nicht gut aus.«

Während er sich eine Zigarette anzündet, betrachte ich Felix' Schuhe. Es sind kleine Converse, um mehrere Größen kleiner als meine. Und um mehrere Größen kleiner als der Schuh, der auf dem Fußboden des Chapmansgården den Abdruck hinterlassen hat. Er könnte andere Schuhe angehabt haben, doch das bezweifle ich.

»Auch eine?«, fragt er und hält mir die Schachtel hin.

»Ich hab eigene. Erzähl, was du von ihr weißt.«

Felix zieht Rauch ein und atmet ihn durch die Nase aus. Sein Blick wandert ununterbrochen die Gegend ab, um sich zu versichern, dass er nicht in meiner Gesellschaft gesehen wird.

»Sie kam nicht von hier. Ich glaube, sie kam aus Nyköping oder Eskilstuna oder so, auf jeden Fall eine kleinere Stadt. Ein paar Jahre war sie hier. Typischer Sozialfall wie die meisten anderen auch. Ist hierhergekommen, um Arbeit zu finden oder zu studieren, ist dann aber ganz schnell in die falschen Kreise geraten. Der Typ, mit dem sie rumgehangen ist, war ein echt abgetakelter Jugo aus Norsborg. Erst hat er sie mit in die Scheiße gezogen, dann hat er sich eine Überdosis verpasst. Und da kam sie dann zu mir.«

»Da fing sie an zu dealen?«

Er nimmt einen Zug.

»Genau.«

»Was hat sie gedealt?«

»Alles, was ich ihr gegeben habe. Aber sie selbst hat nur Heroin genommen.«

»Und was hast du ihr gegeben?«

»Du kennst mich doch.« Felix lächelt. »Alles. Man kann sich nicht auf einen Stoff spezialisieren, das funktioniert nicht mehr. Man braucht Zugang zu allem. Heroin, Morphium, Amphetamine, Koks, Benzos, Mario, den ganzen Scheiß.«

»Was ist Mario?«

»Du weißt doch, Super Mario? Die Nintendo-Figur?«

»Ja.«

Er sieht mich an, als würde das alles erklären.

»Ist das Spiel vielleicht voller Mushrooms? Mann, Junker, du verlierst den Überblick. Du warst zu lange von der Straße weg.«

»Und trotzdem hab ich nicht länger als einen Nachmittag gebraucht, um dich zu finden.« Ich zünde mir eine eigene Zigarette an, und mein Rauch mischt sich mit seinem. »Hatte sie mit irgendjemandem eine Rechnung offen?«

»Alle haben irgendwas mit irgendwem offen.«

»Du weißt, was ich meine.«

Felix zieht an seiner Zigarette und spielt wieder mit der Zungenspitze im Mundwinkel.

»Nicht, soweit ich weiß, nein. Sie hat alles gemacht, was sie sollte. Und sie kam fast nie zu spät mit der Kohle. Ich weiß nicht, ob sie Geschäfte mit anderen gemacht hat. Viele Freunde hatte sie nicht, weil sie von woanders kam.«

»Wo hat sie gewohnt?«

»Überall und nirgends.«

»Und wo hat sie zuletzt gewohnt?«

»Die letzte Zeit hatte sie keine feste Wohnung, wahrscheinlich hat sie deswegen im Chapmansgården übernachtet.«

»Sie hatte kein Gepäck dabei im Chapmansgården, aber sie

muss doch zumindest einen Rucksack mit Zeug gehabt haben, oder?«

»Zum Teufel, woher soll ich das wissen? Wahrscheinlich schon.« Er macht eine unschuldige Geste und hustet, ehe er einen neuen, angestrengten Zug nimmt. »Sie ist oft mit der roten Linie nach Süden gefahren, auch nachdem ihr Typ in Norsborg sich schon umgebracht hatte. Vielleicht kannte sie dort jemanden oder hat bei einem gewohnt.«

»Hast du Namen von ihren Freunden?«

»Nein.«

»Wie hieß ihr Typ?«

»Miroslav irgendwas.«

»Miroslav Djukic?«

Felix nickt hitzig und ruckartig.

»Ja, so hieß er.«

Einen Moment lang zögert er, dann legt er den Kopf schief und grinst, als wäre ihm gerade etwas eingefallen. Das ist eine seltsame Geste, doch das ganze Bewegungsmuster von Felix ist unvorhersehbar, so als hätte er längst vergessen, welcher Gesichtsausdruck zu welchen Worten passt.

»Kann ich jetzt gehen?«

Ich wedele müde mit der Hand.

»Du weißt schon, mit wem du reden musst, was?«, sagt er, während er mit flatterndem Mantel in die Sonne tritt und sich umsieht.

»Nein.«

»Klar weißt du das.«

»Nein.«

Aber ich weiß es natürlich. Felix verschwindet ein Stück entfernt um eine Hausecke, und ich bleibe mit der Zigarette in der Hand zurück.

Ich muss mit Sam reden.

Mittlerweile ist Sam mit dem Besitzer des »Pierced« zusammen, dem bekanntesten Piercing-Studio südlich des Mälaren. Er heißt Rickard, nennt sich aber Ricky und hat, abgesehen von seinen unzähligen Piercings, sich von Sam den lateinischen Originaltext von Carl Orffs *O Fortuna* auf den Rücken tätowieren lassen. Es handelt sich hier um eine Person, die ich, wahrscheinlich aus verständlichen Gründen, niemals wirklich habe ernst nehmen können, obwohl ich nur von ihm gehört und ihn niemals selbst getroffen habe.

Sam und ich haben uns auf einem Fest in einer Wohnung an der Nytorgsgatan kennengelernt. Ich hatte gerade bei der City-Polizei unter Levin zu arbeiten begonnen und war dort, um alte Freunde zu treffen, mit denen mich nichts mehr verband. Das Fest schien mir bedeutungslos, ich ging aber pflichtschuldig hin. Sam war aus demselben Grund da. Es war Sommer, und ihre Haut war sonnengebräunt. Das Haar war von Strähnen in verschiedenen helleren Nuancen durchzogen und mithilfe eines groben Kohlestifts im Nacken zu einem lässigen Knoten zusammengesteckt, aus dem dicke wellige Strähnen heraushingen. Ihre Schultern waren mit Tätowierungen bedeckt, scharfe Linien in Schwarz, eiskaltem Blau und Stahlgrau. Sie stand allein da, mit einem milchig weißen Drink in der Hand und einem Blick, der entschieden ihren Wunsch verriet, ganz woanders zu sein.

Später am Abend, als der Alkohol ihre Laune aufgehellt hatte, kam sie zu mir in die Küche, wo ich mir gerade selbst einen Drink mixte, und wir begannen uns zu unterhalten. Wenn sie einmal die Tür geöffnet und einen hereingelassen hat, ist es schön, mit ihr zu reden. Sie ist aufmerksam und kann zuhören, ohne die Konzentration zu verlieren, und wirkt auch nicht passiv oder in sich gekehrt. Bis heute ist sie die beste Gesprächspartnerin, die ich je gehabt habe. Sam besitzt die Fähigkeit, das Beste aus mir herauszuholen.

Leider auch das Schlechteste.

»Ich habe ein Tattoo-Studio«, erklärte sie, »auf der Kocksgatan.«

»Kocksgatan«, wiederholte ich und kippte meinen Drink.

»Da muss ich jetzt hin.«

»Jetzt? Du willst jetzt zur Arbeit?«

Es war weit nach Mitternacht.

»Ich hab meine Schlüssel von zu Hause dort vergessen«, nuschelte sie. »Ich hab verschiedene Schlüsselbunde für zu Hause und für die Arbeit.«

»Wie … unpraktisch.«

Plötzlich nuschelte ich auch, unbeabsichtigt.

In jener Nacht hatten wir Sex im Studio, stehend an ihrem großen braunen Sofa, auf dem normalerweise ihre Kunden warteten. Die Hosen an den Knöcheln, meine eine Hand auf Sams Brust und die andere mit festem Griff an ihrer Hüfte. Ihre Haare in meinem Gesicht, der Geruch von Haarspray und Tinte, ihre Nägel in meiner Haut, die Erkenntnis, dass das hier etwas war, was ich lange nicht gefühlt hatte.

Zwei Wochen später wurden wir ein Paar. Sam war diejenige, die es ansprach, und ich musste lachen, weil mir die Frage so jugendlich unschuldig vorkam. Schon bald teilten wir alles, außer der Wohnung, verbrachten aber nur wenige Nächte getrennt voneinander. Sooft wir konnten, blieben wir zu Hause und schauten uns Filme oder schlechte Fernsehserien an. Manchmal gingen wir ins Restaurant oder ins Kino und unternahmen lange Spaziergänge am Söder Mälarstrand. Morgens, mittags und abends hatten wir Sex. Im Bett, unter der Dusche, auf dem Fußboden, auf dem Küchentisch, wieder in Sams Tattoo-Studio, auf der Kinotoilette, im Katarinahissen oder mitten in der Nacht gegen das Geländer des Monteliusvägen gelehnt, wo sich ganz Stockholm unter uns ausbreitete. Die Monate rauschten vorbei, wir tauschten Schlüssel aus, und schon bald zog ich bei ihr auf Södermalm ein und vermietete meine Wohnung an der Chapmansgatan weiter.

Es dauerte ungefähr eine Woche, bis Sam herausfand, dass ich Polizist war. Ich hatte es ihr nicht gesagt, weil ich damals noch Angst hatte, sie würde sich dann zurückziehen. In Wirklichkeit hatte sie von Anfang an schon so einen Verdacht, wie sie mir später erzählte. Das hätte mir eigentlich klar sein müssen. Ich hatte behauptet, Vertreter zu sein, etwas Besseres war mir nicht eingefallen. Hinterher kam mir das total lächerlich vor.

Sam bewegte sich in den Randbezirken der Unterwelt. Gefährliche Männer schätzen gute Tätowierungen, und Sam ist geschickt. Der Tätowierer hat da in etwa die Rolle des Friseurs an der Ecke in der normalen Welt: Er weiß einfach allein durch seinen Beruf viel über das Leben seiner Kunden. Wir balancierten beide an den Grenzen des jeweils anderen, und ich glaube, deshalb fühlten wir uns zueinander hingezogen.

Dann wurde sie schwanger. Anfänglich waren wir uns nicht sicher, doch dann entschieden wir, das Kind zu behalten. Wir kauften Ringe, nicht um uns zu verloben, sondern um ein gemeinsames materielles Band zu haben, bis das Kind kam. Dies war der Beginn der glücklichsten sieben Monate meines Lebens. Wir würden einen Jungen haben und ihn nach Sams Großvater Viktor nennen. Eines Abends saßen wir auf dem Nachhauseweg von einer Party im Auto. Sam fuhr, ich saß neben ihr, das Radio lief, und ich erinnere mich, wie jemand *If I had the chance, I'd ask the world to dance* sang.

Es war Winter, und der Fahrer des Wagens vor uns hatte einen so hohen Promillegehalt im Blut, dass er eigentlich hätte bewusstlos sein müssen. Plötzlich passierte vor uns irgendetwas, und Sam holte ruckartig Luft und riss das Lenkrad herum. Ich weiß immer noch nicht, was damals geschehen war, ich erinnere mich an nichts. Die Straße war glatt, überall vereiste Stellen. Das Auto überschlug sich, die Welt wurde auf den Kopf gestellt. Alles war schwarz, dann öffnete ich die

Augen und sah einen sternenklaren Himmel. Ich lag auf dem Rücken auf einer Trage, und in meinem Kopf drohte alles zu explodieren. Jeder Atemzug stach schmerzhaft in meiner Brust, als würde mich jemand mit Nadeln durchbohren. Ich hatte vier gebrochene Rippen. Als ich das nächste Mal aufwachte, lag ich unter einem grellen weißen Licht im Söder-Krankenhaus. Ich fragte nach Sam, und sie sagten, sie würde immer noch operiert. Sie würde es schaffen. Viktor war es, den sie zu retten versuchten.

Es gelang nicht. Sam hatte zu viel Blut verloren, und Viktor selbst hatte starke innere Blutungen erlitten. Das bekam ich gesagt, ohne Sam an meiner Seite zu haben. Sie lag noch im Aufwachraum. Ich erinnere mich, wie das Licht blendete, wie kühl es in dem Raum war und dass auf dem Tisch vor mir eine kleine blau-gelbe Flagge aus Holz stand.

Der Mann, der vor uns die Kontrolle über seinen Wagen verloren hatte, wurde wegen grober Fahrlässigkeit im Straßenverkehr verurteilt. Er bekam ein halbes Jahr auf Bewährung. Ich habe das nie jemandem erzählt, aber nach ungefähr einem Jahr habe ich ihn spätabends aufgesucht, an seine Tür geklopft, und als er aufmachte, habe ich ihm mit einem Faustring ins Gesicht geschlagen. Er leistete keinen Widerstand.

Viktors Tod wurde zu einem irreparablen Riss in unserer Beziehung. Ein Jahr hielten wir noch durch. Im gleichen Maße, wie es bergab ging und sich das ganze Dasein so anfühlte, als liefe man auf Nadeln, kam der Streit. Auge um Auge, fliegendes Porzellan um fliegendes Porzellan, Rücken gegen Rücken in der Dunkelheit. Spektakuläre Auseinandersetzungen um nichts und gleichzeitig alles Wesentliche. Wir versuchten, die Risse zu kitten, indem wir Sex hatten, und machten damit alles nur noch schlimmer.

Sam und ich waren einander die einzige Zuflucht, die erste Person, an die jeder von uns sich wandte, wenn etwas schiefging, und wir kannten die finstersten Winkel unserer Herzen. Ich weiß, dass sie Angst vor der Dunkelheit hat. In ihrem Tattoo-Studio hängen die Umschläge von Filmen wie *Fight Club*, *Der Pate* und *Pusher*, doch ihr eigentlicher Lieblingsfilm ist *Manche mögen's heiß*. Ich weiß, dass sie auf der Innenseite des Oberschenkels eine Tätowierung trägt, zwei Tauben, die so hoch sitzen, dass eine der Flügelspitzen über ihre Leiste streicht. Ich weiß, dass Sams Mutter von Sams Vater misshandelt worden ist.

Während Viktors Geist an uns zerrte, begrub sich jeder von uns in seiner Arbeit. Was früher sehr gut funktioniert hatte, vielleicht weil Sam und ich unsere Beziehung vor vielen geheim gehalten hatten, ließ jetzt weitere Defizite zutage treten. Sie hatte Kontakt zur Unterwelt. Sie hörte gewisse Dinge. Als sich das Gerücht verbreitete, dass sie mit einem Polizisten zusammen war, verlor sie nicht nur Kunden, sondern wurde auch von vielen bedroht. Sam nahm das scheinbar gelassen, doch ich konnte sehen, dass es sie erschütterte. Mich auch, denn ich hatte das Gefühl, daran schuld zu sein.

»Du solltest aufhören damit«, sagte ich, »und was anderes machen.«

»Warum soll ausgerechnet ich aufhören? Warum nicht du?«

»Für dich ist es leichter.«

»Das ist es gar nicht«, schnauzte sie. »Du bist nicht gern Polizist. Ich liebe meine Arbeit.«

»Du liebst es, Verbrecher zu tätowieren?«, brüllte ich zurück. »Wirklich eine ehrenwerte Arbeit, Sam.«

»Immer drehst du mir das Wort im Mund herum«, gab sie mit einer Stimme zurück, die vor Wut und Enttäuschung zitterte.

Und so ging es Tag für Tag, Wochen und Monate weiter.

»Ihr werdet euch doch wohl nicht trennen?«, fragte eine von Sams Freundinnen bei einem Kaffee.

»Heute nicht«, erwiderte Sam.

Zwei Wochen nachdem ich ihr in einem Versöhnungsversuch eine kleine Kette mit schwarzen Klötzchen geschenkt hatte, trennten wir uns. Wenn die Kette um Sams Hals lag, sah das fast so aus, als wollte sie jemand mit einem Draht erdrosseln. Doch Sam mochte sie. Ich zog zurück nach Kungsholmen und in die Chapmansgatan, und ein Jahr danach wurde ich in das hineingezogen, was man später die Gotland-Affäre nennen sollte.

Sie rief mich an, nachdem sie aus den Medien von der Sache erfahren hatte, um zu hören, wie ich damit zurechtkam. In dem Moment wollte ich gerade nicht reden, doch etwas später rief ich sie zurück, und wir führten ein von Schweigen und Worten zwischen den Zeilen geprägtes Gespräch. Vielleicht habe ich sie deshalb ein paar Tage später noch einmal angerufen. Da war ich high. Sam beendete das Telefonat, und ich stellte die Anrufe ein, zumindest für ein paar Tage. Dann rief ich wieder an. Ich weiß nicht, warum, wahrscheinlich wollte ich einfach ihre Stimme hören, die mich daran erinnerte, wie unkompliziert und vielversprechend alles einmal gewesen war. Ich war ziemlich unspektakulär dreißig geworden, aber vielleicht stellten sich ja jetzt die Konsequenzen des Erwachsenwerdens wirklich ein. Nachts träume ich immer noch von Viktor.

»Sam«, meldet sie sich knapp, als ich anrufe.

Ich weiß nicht, was ich sagen soll. Also schweige ich und schäme mich.

»Hallo?«, fragt sie müde. »Leo, du musst aufhören, mich anzurufen. Bist du high?«

»Nein.«

»Ich lege jetzt auf.«

»Nein, warte.«

»Was denn, Leo? Was willst du?«

Im Hintergrund höre ich, wie jemand sich bewegt, ein nackter Mann in einem Bett, der versucht, seine Freundin dazu zu bringen, nicht weiter mit dem Typen zu reden, der sie vielleicht immer noch liebt. Zumindest habe ich dieses Bild vor Augen, als ich es höre.

»Du fehlst mir«, sage ich leise.

Sie erwidert nichts, und ich spüre den Schmerz in mir.

»Sag das doch nicht«, murmelt sie.

»Es ist aber so.«

»Nein.«

»Woher willst du das wissen?«

»Hör auf, hier anzurufen, Leo.«

»Ich bin nicht high. Ich habe aufgehört.«

Sie schnaubt.

»Das hast du überhaupt nicht.«

»Doch.«

»Was willst du?«

»Habe ich doch gesagt. Du fehlst mir.«

»Ich werde dir nicht die gewünschte Antwort geben.«

Wir atmen aus, gleichzeitig. Ich frage mich, was das bedeutet.

»Ich müsste dich mal sehen«, sage ich.

»Warum?«

»Ich brauche deine Hilfe.«

»Wobei?«

Ich zögere.

»Hast du von der Frau gehört, die in der Herberge in der Chapmansgatan erschossen worden ist?«

»Ja.«

»Irgendwas ist komisch an der Sache. Ich glaube, du kannst mir helfen.«

»Meinst du das ernst?«

»So was von ernst.«

»Vielleicht morgen um zwölf?«, schlägt sie zögerlich vor. »Ich habe um zehn einen Kunden, und vorher schaffe ich es nicht.«

»Danke. Gut.«

»Gut«, erwiderte sie.

Ich überlege, was sie wohl denkt. »Bist du glücklich?«, frage ich schließlich.

Sam legt auf, und ich rufe nicht wieder an.

Jetzt ist später Abend. Um mich herum ist es dunkel. Von meinem Balkon aus kann ich das Haus sehen, in dem die BAR ist, und ich muss an Anna denken, die mich gebeten hat, sie anzurufen. Vielleicht sollte ich das tun. Vielleicht würde es mir guttun. Dann fällt mir ein, dass ich wieder nach Salem fahren sollte, und der Gedanke erfüllt mich mit Resignation. Im Radio höre ich eine Nachrichtensendung und einen Beitrag über die Ermittlungen. Die Eltern von Rebecca Salomonsson sind zu Hause in Eskilstuna über den Tod ihrer Tochter informiert worden. Wie sie die Nachricht wohl aufnehmen? Es tut weh, jemanden zu verlieren.

Auf dem Balkon ist es kalt, und ich rauche eine letzte Zigarette. Als ich wieder hineingehe, vibriert das Handy in meiner Tasche: Es ist eine Nachricht von einer unbekannten Nummer.

– *ich sehe dich, Leo*

Ich sinke auf das Sofa und antworte:

– *wer schreibt hier?*

– *ich habe gehört, dass du einen Mörder jagst*

– *sag, wer du bist*

Ich drücke ein Sobril aus dem Blister, der auf dem Couchtisch liegt, schlucke es und hole tief Luft.

Da kommt seine Antwort:

– *rate*

– *soll das hier ein Witz sein?*

– *nein*

Unten auf der Straße wird ein Motor angelassen. Ich trete

wieder auf den Balkon hinaus und sehe ein Auto davonrollen, sehe, wie sich die Lichter der Stadt in dem glänzenden dunklen Lack spiegeln, die Rücklichter leuchten rot, und ich sehe den Fond des Wagens, schwach erleuchtet vom weißen Schein eines Handys.

Ich bin zwölf Jahre alt. Papa nennt mich seinen einzigen richtigen Freund, alle anderen wären gegen ihn. Im Fernsehen läuft Beverly Hills, 90210. *Papa sagt, ich sei wie Dylan. Ich verstehe nicht, was er damit meint, aber es fühlt sich gut an. Er hat den Arm um mich gelegt. Wir sind allein zu Hause. Nach der Serie setzen wir uns ins Auto. Wir wollen nirgendwo hin, einfach nur fahren. Wir hören Musik, und die Sonne scheint. Es ist Frühling. Nach einer Weile werden wir von einem Polizisten am Straßenrand herausgewunken. Papa muss in ein Mundstück pusten. Dann müssen wir aus dem Auto aussteigen und mit dem Polizeiauto nach Hause fahren. Papa überredet den Polizisten, uns etwas weiter entfernt abzusetzen, sodass wir das letzte Stück laufen müssen, ich weiß nicht, warum.*

Mama schimpft nicht. Sie sagt nichts. Sie sagt niemals etwas. Im folgenden Frühling lässt sich Papa freiwillig zu einer sechsmonatigen Behandlung einweisen. Nach drei Monaten kommt er zurück und erklärt, er sei gesund, alles in Ordnung. Wir reden nicht mehr miteinander, denn ich glaube ihm nicht, und er weiß es. Doch einmal sage ich es zu ihm, da wirft er mit einem Stuhl nach mir. Ich renne in mein Zimmer und schließe die Tür ab. Papa steht draußen und will reinkommen, um zu reden. Er wird wütend, als ich nicht aufmache, aber ich schalte die Stereoanlage an und drehe die Lautstärke hoch, um seine Stimme nicht hören zu müssen. Papa schlägt mit der Faust an die Tür, er schlägt so fest, dass in dem billigen Holz sofort ein Loch ist. Die Splitter schneiden ihm tief in die Hand, er fährt mit dem Taxi ins Krankenhaus und muss genäht werden.

Was hast du gemacht, während ich mit Papa im Auto saß? Wo

warst du? Warst du allein? In letzter Zeit tue ich das sehr oft, ich wähle eine frühe Erinnerung aus und denke daran, denke an die frühen Jahre, ehe wir uns begegneten. Die Zeit, als wir Fremde waren.

9

Als der Morgen kommt, sitze ich schlaflos und mit roten Augen in der Wohnung. Im Radio spielen sie eine Art wahnsinnigen Jazz, um etwaige Tote aufzuwecken, die vergessen haben, das Radio auszuschalten, ehe sie von hinnen gegangen sind. Die Musik ist schwer und wütend und scheint kein Ende zu nehmen, sondern immer weiter anzuwachsen und sich in immer hitzigere Umdrehungen zu schrauben. Sam. Ich werde Sam treffen. Ihre Stimme ist seit dem Gespräch gestern in meinem Kopf. Ich hatte fast vergessen, wie sie klingt, wie forsch und gleichzeitig sanft sie ist.

Ich betrachte das Handy.

ich habe gehört, dass du einen Mörder jagst

Jemand möchte sich zu erkennen geben. Ich soll wissen, dass mich jemand beobachtet.

Der Psychologe, zu dem ich seit einiger Zeit gehe, ist bekannt aus Funk und Fernsehen. Ich weiß nicht, wie ich bei ihm gelandet bin, ich weiß nur, dass ich nicht derjenige bin, der die Sitzungen bezahlt. Zu Anfang bin ich zu einem Therapeuten gegangen, der auf die Behandlung von traumatisierten Polizisten spezialisiert war, doch nach einer Weile schickte man mich zu jemand anderem. Dieser hier hat sonnengebräunte Haut, grau gesprenkelte Bartstoppeln und ein kantiges Kinn. Er redet viel von seinen zukünftigen Projekten: seinem Auftritt in einer Fernsehserie über mentale Gesundheit, Vorträgen in Gymnasien, das Buch über seine Kindheit, das er zu schreiben plant. Und dann fragt er unvermittelt: »Wie geht es Ihnen?«

»Gut. Nehme ich an.«

»Der Sommer ist bald vorüber.«

»Ja.«

»Der Herbst kommt.«

»Das nehme ich an«, erwidere ich und blicke auf mein Handy, wechsle zwischen Rebecca Salomonssons stillen Gesichtszügen und den Textmitteilungen von der unterdrückten Nummer hin und her.

»Erwarten Sie etwas?«

»Wie?«

Es deutet auf das Handy.

»Können Sie das nicht weglegen?«

»Nein.«

Er lächelt und macht eine ergebene Geste, dann lehnt er sich zurück. Alles soll so laufen, wie ich es will. So geht es voran, behauptet er. Die Wahrheit ist, dass ich seit über einem Monat nichts von Bedeutung gesagt habe. Anfänglich interessierte er sich für mich, wahrscheinlich, weil er meinen Hintergrund kannte, doch das Interesse kühlte schnell ab. Während unserer Sitzungen rauche ich Zigaretten und trinke Wasser. Ich lüge, wenn er mich fragt, warum ich zu ihm komme und was ich glaube, wo meine Probleme liegen. Manchmal schreie ich ihn an, manchmal weine ich, meist sage ich nichts. Oft vergeht die Zeit unter Schweigen. Manchmal bleibe ich die ganze Stunde über sitzen, dann wieder erhebe ich mich und gehe hinaus, ohne etwas zu sagen.

Diesmal verlasse ich das Zimmer des Psychologen nach fünfundvierzig Minuten.

Irgendetwas ist mit dieser Stadt. Irgendetwas mit der Art, wie der Mann im Anzug hinter der Theke der Espressobar nur den gut Gekleideten, aber niemandem sonst zulächelt, irgendetwas mit den scharfkantigen Ellenbogen in der Untergrundbahn. Etwas mit der Art, wie sich unsere Blicke niemals begegnen, wie wir einander nie sehen werden. Alle warten darauf, dass Gott etwas Neues erfindet, was es leichter machen wird durchzuhalten.

Die meisten Dinge in Stockholm sind irgendwie recycelt. Alles kann wiederverwendet und erneuert werden. Nichts hat einen Kern. Räume, die Wohnungen waren, sind zu Geschäften geworden, und umgekehrt. Das Restaurant in der Nähe der Polizeiburg an der Kungsholmsgatan war früher ein Friseursalon. Ein Gothic-Laden am Ringvägen befindet sich in den Räumen eines ehemaligen Strip-Lokals. Ein Strip-Lokal auf der Birger Jarlsgatan war früher ein Antiquariat.

Ich stehe auf Södermalm und sehe zu, wie die mittägliche Hektik die Kapazitäten der Götgatan ausreizt, bis der Verkehr komplett zum Stillstand gekommen ist. An jeder roten Ampel bleiben Trauben von Fußgängern stehen. Ich trage eine Sonnenbrille, denn ich habe immer eine Sonnenbrille auf, wenn ich zu meinem Psychologen gehe oder von ihm komme. Ich begebe mich in die kleineren Straßen östlich der Götgatan und nehme ein Sobril, als ich das Schild mit der Aufschrift »S TATTOO« sehe. Sams Studio befindet sich in einem alten Lebensmittelgeschäft aus den Fünfzigerjahren.

Die Tür ist ausgetauscht worden und schwarz gestrichen, die eingelassene Plexiglasscheibe liegt hinter dickem Eisengitter. Die Tür ist zu, aber nicht abgeschlossen. Im Studio sitzt auf dem berühmten Stuhl ein junger Mann mit speigrünen Haaren und Piercings im Gesicht, sein Oberkörper ist nackt und vornübergebeugt, er hat die Augen geschlossen, als würde er schlafen. Sam ist nicht zu sehen.

Doch da kommt sie schon aus einem kleinen Raum ganz hinten im Studio. In der Hand hat sie eine Flasche rote Tinte, und ich hole reflexhaft tief Luft und hebe die Hand, um an die Tür zu klopfen.

Mit der einen Hand auf der Türklinke der geöffneten Tür und der anderen am Türrahmen steht Sam vor mir, ihr Blick hat sich sofort verfinstert, die Kiefermuskulatur ist angespannt. Hinter ihr hat der grünhaarige, junge Mann den Kopf gehoben und sieht uns neugierig an.

»Hallo«, sagt sie.

»Hallo.«

»Willst du die aufbehalten?«

»Was?« Doch da erinnere ich mich und nehme die Sonnenbrille ab. »Nein. Ich war bei meinem Psychologen.«

»Okay«, sagt sie und scheint verwirrt. Sie senkt den Blick auf den kleinen Streifen Betonfußboden zwischen uns und lässt die Türklinke los. »Ich habe einen Kunden. Du musst warten.«

»Ist in Ordnung. Ich habe es nicht eilig. Glaube ich jedenfalls.«

Im S TATTOO riecht es streng nach Sterilisierflüssigkeit und Tinte. Ich lasse mich in das große dunkelbraune Ledersofa sinken. Es ist abgenutzt und zerschlissen. Das Sofa steht in der Ecke des Studios neben dem kleinen Raum, in dem Sam Tinte, Nadeln, Verbände, antiseptische Seife, Buchführungsakten und alles andere aufbewahrt. Die Wände im S TATTOO schmücken Fotografien von Körperteilen mit Motiven. Rücken, Schultern, Nacken, Gesichter, Hände, Bäuche, Brüste und Oberschenkel – alle von Sam tätowiert.

Sie trägt dunkle Jeans und ein weißes Hemd. An ihrem einen Unterarm ist der Schwanz einer Schlange zu sehen, die sich unter dem Stoff weiter nach oben und um ihren Oberarm schlängelt. Sam zieht ein Paar neue Gummihandschuhe an und fährt fort, die Rückentätowierung des Jungen, ein Wesen aus der Unterwelt mit Stiergesicht und Drachenschwingen in Schwarz, Rot und Gelb, auszufüllen. Die elektrische Nadel sieht aus wie ein Zahnarztbohrer und klingt auch so, wenn Sam ihre Geschwindigkeit mit dem Fußpedal kontrolliert.

Die Gesichtsfarbe des jungen Mannes wechselt von Bleich zu Rot und dann wieder zu Bleich, und er klammert sich an dem Stuhl fest, als würde er sonst zum Himmel auffahren.

»Ich denke, wir werden noch eine Sitzung brauchen«, sagt Sam ruhig. »Aber jetzt fehlt nur noch der eine Flügel.«

»Hm.« Er ist nun ganz weiß im Gesicht, seine Augen sind weit aufgerissen. »Geht klar.« Es wirkt, als würde er sich schämen.

Als der Kunde S TATTOO verlassen hat, steht Sam mit dem Rücken zu mir da, als würde sie ihm hinterhersehen, doch ich glaube nicht, dass sie das tut. Dann holt sie tief Luft und dreht sich um, geht an mir vorbei in ihr Lager und kommt mit zwei Dosen Limonade zurück. Sie lässt sich so weit wie möglich von mir entfernt auf das Sofa sinken. Dann öffnet sie die eine Dose und nimmt einen Schluck, und mir wird plötzlich klar, dass sie noch besser aussieht als vor einem Jahr.

»Ich brauche deine Hilfe«, sage ich.

»Das habe ich kapiert.« Sie blickt auf die Wanduhr. »Ich habe zehn Minuten.«

Ich hole das Handy heraus und rufe das Bild auf.

»Kennst du sie?«

Sam betrachtet das Bild und sieht dann mich an.

»Du bist doch wirklich unmöglich. Wie kannst du mir ohne Vorwarnung das Bild einer toten Frau ins Gesicht drücken?«

»Entschuldige.« Ich hole Luft. »Ich bin … entschuldige. Kannst du sehen, ob du sie kennst?«

Sam streckt ihre Hand aus. Als ich ihr das Telefon gebe, berühren meine Finger die ihren.

»Du wirst rot«, sage ich.

»Mir ist warm. Und das hier macht mir schlechte Laune.«

Sie betrachtet das Bild mit verkniffener Miene, blinzelt langsam, den Mund zu einem Strich zusammengezogen, und runzelt die Augenbrauen. Es ist schwer, einen Toten anzuschauen. Sie gibt mir das Handy mit einer Geste zurück, als wollte sie von sich stoßen, was sie da sieht. Unsere Finger berühren sich wieder.

»Rebecca«, sagt sie, »nicht wahr?«

Ich rücke näher an sie heran. In ihrem Gesicht sehe ich Erinnerungsfetzen aus der Vergangenheit: wie Sam aussieht, wenn sie lacht. Wenn sie weint. Wenn sie schläft. Ich erinnere mich, dass Sams Gesicht dann friedlich wird wie das eines Kindes.

»Woher weißt du, wie sie heißt?«

»Ich bin ihr vor ein paar Monaten einmal auf einem Fest begegnet. Sie war da und versuchte zu verkaufen. Aber damals wusste ich nicht, wie sie hieß, das habe ich erst gestern gehört.«

»Von wem?«

»Du weißt, dass ich dir das nicht sagen kann. Schon dass du hier sitzt, ist riskant.«

Die Drohungen, die kamen, als bekannt wurde, dass Sam Falk mit einem Polizisten zusammen war, hatten zur Folge, dass einige Kunden wegblieben. Doch stattdessen kamen andere, die zuvor woandershin gegangen waren. Nachdem sich die Wogen geglättet hatten, war Sams wirtschaftliche Lage wieder im Gleichgewicht. Dann trennten wir uns, und ich weiß nicht, was danach geschehen ist, abgesehen davon, dass sie immer noch gewisse Dinge zu hören kriegt.

»Sam, sie ist in meinem Haus gestorben«, sage ich und sehe sie an.

»Das weiß ich.«

»Sie war mit Miroslav Djukic zusammen. Kommt dir der Name bekannt vor?«

Sam zieht die Augenbrauen hoch.

»Mit dem? Ich dachte, der sei tot.«

»Das ist er auch. Aber weißt du was über ihn?«

»Nicht viel mehr, als dass er ein Sozialfall aus Norsborg war.«

»Felix meint, dass sie vielleicht bei einem seiner Freunde gewohnt hat.«

»Solche Leute kenne ich nicht mehr.«

Ich nicke, als sie das sagt, obwohl es nicht stimmt.

»Kannst du noch mehr von ihr erzählen? Irgendwas?«

Sam beißt sich auf die Unterlippe, was schon immer eine

ablenkende Wirkung auf mich gehabt hat, aber als sie merkt, dass ich sie anstarre, hört sie abrupt damit auf.

»Weißt du, wo sie gewohnt hat?«, frage ich.

»Nein. Nur, dass es nicht im Chapmansgården war.«

»Und woher weißt du das?«

»Vor ein paar Monaten hatte ich eine Kundin, die manchmal, wenn ihr Typ sie verprügelt hat, da übernachtet hat. Die hat mir erzählt, dass man dort nicht wohnen könne, das sei einfach kein Ort dafür. Man schläft, und man kann Essen und Kleider kriegen, aber es ist nicht direkt ein Ort, den man ein Zuhause nennen könnte.«

Ich kratze mich an der Wange. Das tue ich, wenn ich nachdenke. Zumindest hat Sam das einmal behauptet.

»Irgendwas stimmt bei der Sache nicht, ich kriege nur nicht raus, was.«

Ich erzähle ihr, was ich von Rebecca Salomonsson weiß und wie unlogisch ihr Tod mir vorkommt, wie effektiv der Täter war.

»Und Felix meint also«, sagt sie anschließend, »dass es niemanden gab, der ihr schaden wollte?«

»Nicht, soweit er wusste. Natürlich hat er sich damit verteidigt, dass er ja nicht alles wisse.«

»Hast du schon mal überlegt ...«, Sam unterbricht sich. Sie beißt sich wieder auf die Unterlippe, ich senke den Blick.

»Was?«, frage ich nach.

»Dass es vielleicht gar nicht um sie geht?«

»Wie meinst du das?«

»Vielleicht geht es nicht um eine Person, sondern um einen Ort.«

»Du meinst, den Chapmansgården?«

»Es gibt massenhaft verborgene Orte in dieser Stadt, in Häusern und draußen. Gassen, Parks, Drogenviertel, Kellerräume. Und Leute wie Rebecca Salomonsson halten sich gern an diesen versteckten Plätzen auf. Wenn es also um sie geht, warum hat man sie nicht an einem dieser Orte umgebracht? Warum ausgerechnet im Chapmansgården, wo die Gefahr, entdeckt zu werden, doch viel größer ist?«

»Vielleicht hatte es jemand eilig«, schlage ich vor. »Möglicherweise wurde sie gejagt.«

»Aber geht man hin und legt sich schlafen, wenn man gejagt wird?«

Ich schüttele den Kopf. »Vor allem nicht, wenn man sich an einem so öffentlichen Ort wie dem Chapmansgården befindet«, gebe ich zu bedenken. »Da kann doch jeder einfach reinspazieren.«

Die Frage ist vielleicht gar nicht, warum sie gestorben ist, sondern, warum sie im Chapmansgården gestorben ist. Oder auch: warum überhaupt jemand im Chapmansgården gestorben ist. In den dunklen Winkeln meiner Brust erhebt sich etwas. Ich kenne das Gefühl: Das Problem ist nicht gelöst, es gibt keine Antwort auf die Frage, das Problem ist nur weitergeschoben worden. Aber es ist eine These, über die man nachdenken kann, etwas, woran man arbeiten kann. Arbeiten – ich denke das Wort. Es fühlt sich gut an.

Die Tür zum S TATTOO geht auf, und eine Frau mittleren Alters kommt herein und sieht sich um.

»Ich habe ein Geschenk zum Vierzigsten bekommen«, sagt sie unsicher.

»Wenn ich mich recht entsinne, einen chinesischen Drachen«, erwidert Sam.

»Hm.«

»Vielleicht fangen wir erst mit etwas Kleinerem an?«

Die Frau lächelt und scheint dankbar.

»Einen Moment noch«, sagt Sam und wendet sich wieder mir zu. »Gibt's Neues von Gotland?«

»Wieso?«

»Ich wollte es nur wissen.«

»Irgendwann Mitte Juli habe ich aufgehört, herausfinden

zu wollen, was da passiert ist. Niemand weiß, warum in den Kisten Spielsachen waren. Niemand weiß, was da eigentlich vor sich gegangen ist. Der verschwundene Jeep … die Ermittlungen haben nichts erbracht. Zumindest, soweit ich weiß. Vielleicht waren sie nur darauf aus gewesen, mich reinzureiten?«

Sam zieht die Augenbrauen hoch.

»Warum sollten sie?«

»Keine Ahnung.«

»Das klingt nicht sehr wahrscheinlich.«

»Ich weiß.«

»Und du?«, fragt sie.

»Was meinst du?«

»Wie geht es dir?«

»Im neuen Jahr kehre ich in den Dienst zurück.«

»Das ist noch lange hin.«

»Ja.«

Sie scheint Mitleid zu haben, aber da liegt noch mehr in ihrem Blick. Mit einem Mal wirkt sie verletzlich.

»Hast du jemanden kennengelernt?«

»Nein«, sage ich. »Aber ich könnte, wenn ich wollte.«

Ich will sie nicht verletzen, aber als ich den Anflug eines schlechten Gewissens in ihrem Blick sehe, kann ich doch nicht umhin, das auch angemessen zu finden.

»Verstehe«, sagt sie.

»Bist du glücklich?«, frage ich. »Mit ihm?«

»Ja, das bin ich.« Sie steht vom Sofa auf. »Und jetzt geh mal. Ich muss arbeiten.«

Es fällt mir schwer zu erraten, was sie denkt. In dem Moment ruft mich jemand von einer unterdrückten Nummer aus an. Ich muss an die Textnachrichten denken und ob mich jetzt vielleicht der Absender der Nachrichten anruft, deshalb melde ich mich, während ich noch auf dem Sofa sitze.

»Leo.«

»Ich brauche dich so schnell wie möglich hier im *Haus*.«

Birck. Verdammt. Sam sieht mich fragend an und wendet sich der Wanduhr zu. Sie hat die Arme unter ihren kleinen Brüsten verschränkt, sodass das Hemd über ihnen spannt.

»Ich bin außer Dienst.«

»Du bist suspendiert. Aber es sind ein paar Dinge aufgetaucht, und wir müssen dich noch einmal verhören.«

»Was für Dinge?«

»Du weißt, wie wir arbeiten, Leo. Wir besprechen das hier.«

Ich sehe auf die Uhr.

»Ich kann in einer halben Stunde da sein.«

»Das freut uns zu hören«, erwidert Birck, und sein Sarkasmus hängt noch in der Luft, als wir das Gespräch schon beendet haben.

»Ruf mich an«, ist das Letzte, was ich zu Sam sage. »Nur falls du noch was hörst«, füge ich hinzu, als ich sehe, wie verwirrt sie ist. Sie nickt und wird rot.

10

Der Film lief im Rigoletto. Ich wäre ja lieber nach Haninge oder Södertälje gegangen, aber Julia bestand darauf, dass das Rigoletto das einzige Kino sei, das es verdiene, Filme zeigen zu dürfen. Außerdem habe es den größten Saal.

Als wir uns draußen vor dem Kino trafen, wusste ich weder, wie ich mich verhalten, noch, was ich sagen sollte. Julia lächelte, als sie mich sah, und ich schluckte mehrmals. Während sie die Arme um mich schlang und mich lange umarmte, fühlte ich ihre Lippen an meinem Ohrläppchen.

Julia wollte Popcorn, und ich lud sie dazu ein, obwohl sie eigentlich selbst bezahlen wollte. Sie hielt die Packung auf dem Schoß, und auch ich aß daraus und beugte mich immer wieder zu ihr hinüber. Schon das, eine so einfache Sache, gab mir das Gefühl von Nähe.

Diese Augenblicke, dachte ich, würde ich für immer im Gedächtnis behalten. Unsere Lehrer und unsere Eltern erzählten uns ständig, dass uns in einigen Jahren gewisse Dinge, die uns jetzt lebensentscheidend vorkamen, lächerlich übertrieben erscheinen würden, doch da täuschten sie sich. Sie hatten ganz einfach vergessen, wie es war, sechzehn zu sein. Sie verstanden uns nicht, und zwar in keiner Hinsicht. Wir sprachen nicht mehr dieselbe Sprache. Alle fürchteten sich vor unserer Generation, wir waren wie Fremde für sie.

Ich musste an den Film denken, den Grim und ich an einem der Tage zuvor gemacht hatten. Ich war nicht ganz bei der Sache gewesen, und es war mir schwergefallen, nicht andauernd zu grinsen.

»Du bist zu fröhlich«, hatte Grim gesagt, als er hinter der kleinen Kamera aufgeschaut hatte. »Du kannst in dieser Szene aber nicht fröhlich sein, du sollst schwermütig aussehen, kapierst du? Genauso wie ich es war.«

»Schon klar«, sagte ich, aber wie sehr ich mich auch anstrengte, die Szene blieb schlecht.

Weil ich einfach gut drauf war. Ich war zwar an sich weder schweigsam noch eigenbrötlerisch, doch ich hatte mich immer so gefühlt. Papa behauptete, das würde dazugehören, aber ich wusste nicht, was er damit meinte. Jetzt war es nicht mehr so, plötzlich fühlte ich mich unbezwingbar.

Julia sah mich eingehend an. Dann machte sie den Mund auf, um etwas zu sagen, überlegte es sich aber anders, als das Licht heruntergedimmt und der schwere rote Vorhang aufgezogen wurde. Ich kann mich an nichts aus der ersten Hälfte des Films erinnern, weil ich immerzu daran denken musste, was Julia wohl hatte sagen wollen, doch das traute ich mich nicht zu fragen.

Irgendwann, während *Der Mann ohne Namen* lief, legte Julia ihre Hand auf meinen Oberschenkel, und obwohl sie sie gleich wieder wegzog und auf ihrem Sitz neben mir erstarrte, durchfuhr mich ein Zittern. Sie beugte sich zu mir, und ich spürte ihren Atem in meinem Ohr.

»Entschuldigung. Ich wollte sie auf deine Hand legen.«

Ich hielt ihr meine Hand im Dunkeln hin, und sie legte ihre Handfläche vorsichtig auf meinen Handrücken. Da wir einander berührten, wurde es für mich noch schwerer zu denken und unmöglich, dem Film zu folgen. Nach einer Weile strich sie vorsichtig mit ihren Fingerspitzen über den kurzen Flaum, die Adern und die Knöchel, so als würde sie meine Hand untersuchen. Ich wusste nicht, was ich tun sollte, also holte ich tief Luft und hoffte, dass sie meine Aufregung nicht bemerkte. Ich war kurz davor, an meinem Herzschlag zu ersticken, als säße mir das Herz im Hals und wäre auf bestem Wege, mir aus dem Mund und in den Schoß zu fallen.

Hinterher spazierten wir durch ein lauwarmes Stockholm zum Bahnhof. Sie schob ihre Hand in meine.

»Ich mag dich«, sagte ich nach einiger Zeit.

»Wie lange schon?«

Mit dieser Reaktion hatte ich nicht gerechnet.

»Ich, öh, ja, weiß nicht, eine Weile vielleicht?«

»Eine Weile vielleicht«, äffte sie mich lachend nach. »Ich werde nicht dasselbe sagen.«

»Warum nicht?«, mein Herz pochte wieder lauter. »Magst du …«

»Es fällt mir nicht so leicht, so etwas zu sagen.«

Ich küsste sie in der Bahn. Ihre Lippen schmeckten salzig vom Popcorn und ihre Zunge süß von der Limonade. Ich war es, der sie küsste, nicht umgekehrt, und ich war darauf gefasst, dass sie mir für den Versuch eine Ohrfeige verpassen würde. Julia Grimberg schien mir diese Art Mädchen zu sein. Doch stattdessen kam sie mir mit ihrem Mund entgegen, und bald spürte ich wieder ihre Hand auf meinem Oberschenkel. Diesmal nahm sie sie nicht wieder weg, und ich wollte gern ihre Haare berühren, doch ich wagte es nicht, den Arm zu bewegen, aus Angst, dass der Moment dann vorüber sein könnte. Der Zug hielt an, und Leute stiegen ein. Sie kicherten, wahrscheinlich über uns, dachte ich, doch es scherte mich nicht.

Wir trennten uns vor den Triaden, wo die drei Häuser sich hoch und weiß vor uns erhoben. Ich blickte Julia an. Sie wirkte nachdenklich.

»Hundert Kronen, wenn du sagst, was du denkst«, meinte ich.

Sie lachte. »Da musst du schon was drauflegen«, entgegnete sie und ließ meine Hand los. »Bis bald.«

Grim kam mir auf dem Schulhof entgegen. Ich schämte mich nicht, doch mir wurde klar, dass ich ihn würde anlügen müssen. Für ihn war Julia wichtiger als alles andere, und er fand es sicher nicht witzig, dass ich sie geküsst hatte. Ich stellte mir seinen Gesichtsausdruck vor, wenn ich sagen würde, dass ich ihre Hand gehalten hatte.

»Was hast du am Wochenende gemacht?«, fragte er.

»Nix Spezielles. War beim Fußball.«

»Fußball? Magst du Fußball?«

»Nein. Wegen Papa. Wir sind zusammen nach Söder gefahren.«

Da war die Lüge. Vielleicht hätte es schwer sein sollen, doch das war es nicht. Es war leicht. Ich musste an Julias Gesicht denken. Seit wir uns am Freitag verabschiedet hatten, war ich ihr nicht begegnet, und ich hatte auch ihre Stimme nicht gehört, was meine Laune beeinträchtigte.

»Und was hast du gemacht?«, murmelte ich, ohne ihn anzusehen.

»Das hier.« Er hielt mir etwas hin. »Mein erster.«

Ich sah Grim an, seine Augen funkelten.

»Wie findest du das?«

Er hatte mir seinen Personalausweis gegeben. Ich betrachtete ihn, drehte und wendete ihn. Das war sein Ausweis, nichts sonst.

»Soll das ein Witz sein?«

»Nun, was glaubst du, was das ist?« Er grinste stolz.

»Ein Perso.«

»Stimmt.« Er beugte sich zu mir. »Guck mal aufs Geburtsjahr.«

Er legte seinen Zeigefinger auf die Zahl. Da begriff ich.

»Du bist 79 geboren, oder?«, fragte ich. »Hier steht 78.«

»Vergleich mal mit dem hier«, sagte er mit exaltierter Stimme. »Kannst du einen Unterschied erkennen?«

Er zog einen Personalausweis aus der Tasche, der identisch mit dem war, den ich in der Hand hielt. Gleiche Angaben, gleiches Bild von Grim, der mit ausdruckslosem Gesicht in die Kamera starrte, das blonde Haar kurz und die Lippen angespannt.

»Das Geburtsjahr«, sagte ich. »Auf dem einen steht 78, auf dem anderen 79.«

»Aber sonst? Kein Unterschied?«

»Nein.«

»Perfekt.«

»Hast du den schon jemand anderem gezeigt?«

Er schüttelte den Kopf.

»Du solltest der Erste sein.«

Ich sah von dem Personalausweis auf und begegnete seinem Blick. Er war sehr stolz, und ich wusste nicht recht, was ich tun sollte. Ich wollte ihn wegen Julia nicht anlügen, aber die Wahrheit konnte ich auch nicht sagen.

»Zuerst habe ich es mit Tipp-Ex auf einem alten Ausweis probiert, auf der Außenseite«, erklärte er. »So vor einem halben Jahr ungefähr. Ich habe einen winzig kleinen Klecks auf der Neun platziert. Wenn man eilig darüberschaute, konnte man nicht sehen, dass da eigentlich Neunundsiebzig stand. Aber wenn man mit dem Finger über die Fläche fuhr, spürte man einen winzig kleinen Krümel, der da klebte. Also habe ich überlegt, wie man das besser machen könnte, und andere Sachen ausprobiert, bis ich eine Methode entdeckt habe, die ganze Ausweiskarte zu fälschen.«

Ich strich mit den Fingern über den Ausweis und fühlte die Riffel in dem harten Plastik.

»Ganz glatt ist es nicht«, gab ich zu bedenken.

»Man muss vorsichtig ins Plastik schneiden, um es hinzukriegen. Das hat am längsten von allem gedauert. Das, und ausreichend dickes Plastik zu finden. Dies hier ist das Gleiche, das sie auch verwenden.«

»Sie?«

»Die Behörde, die die echten ausstellt.« Er nahm mir beide Plastikkarten ab und steckte sie wieder in seine Tasche. »Ich glaube, damit werde ich Geld verdienen können.«

»Vermutlich«, stimmte ich zu und dachte an all die Leute,

die wir kannten, die sich nichts sehnlicher wünschten, als in die Klubs mit Altersbeschränkung hineinzukommen, vor deren Eingängen hirntote Türsteher wachten, die es nicht geschafft hatten, Polizisten zu werden, und jetzt vor der Klubtür die Welt lenkten.

»Willst du einen?«

»Ich, öh, klar.«

»Dann gib mir deinen Ausweis. Ich brauche ihn nur eine Woche oder so.«

Ich hielt ihm meinen Personalausweis hin, er nahm ihn und studierte ihn so eingehend, dass die Karte fast seine Nasenspitze berührte.

»Das wird das erste Mal, dass ich es für jemand anderen mache«, murmelte er und drehte den Ausweis um. »Bin gespannt, ob es genauso gut wird.«

»Grim, ich …«

»Was?«

Sie waren sich ähnlich, nicht auf den ersten Blick, aber die Ähnlichkeit war trotzdem da, in ihren Gesichtern.

»Nichts.« Ich senkte den Blick auf meine Schuhe. »Schon gut.«

Wir einigten uns auf einen Preis für den Ausweis, der niedriger war, als ich erwartet hatte. Trotzdem hatte ich keine Ahnung, wie ich an das Geld dafür kommen sollte. Vielleicht konnte ich das Geld, das er zu Hause bei mir erschnüffelt hatte, nehmen. Ich hatte die restliche Hälfte noch nicht angerührt.

Die Pause war vorbei, und ich ließ Grim stehen und ging auf die seelenlosen Eingangstüren der Schule zu.

Sie wartete hinter dem Wasserturm auf mich. Als ich dort ankam, war es dunkel, und schwarze krächzende Vögel kreisten um den Turm, als würden sie jemanden dort oben dazu ermuntern herunterzufallen. Ich hatte die Hände in den Taschen meines Kapuzenpullovers und zog sie jetzt in der Hoffnung heraus, dass sie dann weniger feucht sein würden.

Sie trug Jeans, ein rotes Top mit schmalen Trägern und schwarze Converse. In der Hand hatte sie eine dicke schwarze Strickjacke. Ich fragte mich, ob sie wohl fror. Doch als ich näher kam, merkte ich, wie es wärmer wurde, und hörte gleichzeitig ein dumpfes Brummen. Etwas im Turm, vielleicht ein Generator oder irgendein Motor, erwärmte den Platz, an dem Julia stand, auf unnatürliche Weise.

»Du bist früh dran«, sagte sie.

»Du auch.«

Als sie die Arme um mich schlang, stellte sie sich auf die Zehenspitzen, und ihr schmaler Körper wurde an meinen gedrückt, die kleinen Brüste schmiegten sich sanft an meine Rippen. Ihre Hände in meinem Nacken und ihre Haare in meinem Gesicht.

»Hier ist es sehr warm«, sagte sie leise, die Lippen an mein Ohr gelegt.

»Du hättest dich ja woanders hinstellen können.«

»Das wollte ich nicht, dann hättest du mich vielleicht nicht gefunden.«

Sie ließ mich los und wir sahen einander an.

»Grim hat meinen Ausweis«, sagte ich, denn irgendwas musste man ja sagen.

»Ich weiß. Er hat ihn mir gezeigt.« Julia kicherte. »Du siehst lustig aus darauf. Irgendwie klein.«

Nach einer Weile erklommen wir den Turm und setzten uns oben auf den Absatz. Julias Hand ruhte in meiner, und ich kam mir sehr klein vor.

»Es macht mich immer irgendwie nachdenklich oder so, wenn ich hier oben sitze«, sagte sie.

»Warum?«

Sie deutete mit einem Nicken zur Stadt hinüber.

»In einem der Häuser da hinten, das mit dem roten Dach, hat einer gewohnt, den ich kannte. Von hier aus kann man sein altes Fenster sehen. Das macht mich immer ein bisschen, ja, irgendwie nachdenklich.«

Julia erzählte, dass sie in dieselbe Tagesstätte gegangen waren, dass sie gleich alt gewesen waren und die gleichen Schuhe gehabt hatten. So hatte es angefangen, der kleine Junge war dafür gehänselt worden, dass er die gleichen Schuhe gehabt hatte wie eines der Mädchen. Julia hatte ihm geholfen, indem sie den anderen klargemacht hatte, dass es keineswegs so war, dass er Mädchenschuhe trug, sondern dass sie Jungenschuhe hatte. Julia war ein ruhiges Kind gewesen – die Ruhe vor dem Sturm, du weißt schon, sagte sie zu mir und lachte – und er ebenso, deshalb spielten sie oft dieselben Spiele und gingen gemeinsam zum Spielplatz, der ein Stück entfernt lag. Sie wurden Freunde und fingen auf derselben Schule an, hörten gemeinsam Musik. Nach einer Weile verloren sie sich ein wenig aus den Augen, wie es eben ist, wenn man in eine neue Schule geht und in verschiedene Klassen kommt, doch sie waren immer noch Freunde.

»Aber trotzdem«, sagte Julia jetzt, »ich weiß nicht, irgendwas war mit ihm. Als wir ungefähr elf waren, fing ich an zu begreifen, dass er etwas vor mir verbarg. Erst war ich ziemlich sicher, dass er sich in mich verliebt hatte. Aber das war es nicht, unsere Beziehung war niemals so, immer eher wie unter Geschwistern, weißt du?«

Julia hatte ihm sogar von ihrer Familie erzählt, was sie sonst wirklich nur beim Jugendamt, und auch da nur unter mehr oder minder klaren Drohungen, getan hatte.

»Ist das nicht seltsam?«, fragte sie. »Dass er nichts von sich verraten hat?«

»Schon«, sagte ich.

Sie hatten sich mehr und mehr voneinander entfernt, obwohl sie weiterhin dieselbe Schule besuchten. Doch wenn sie einander auf den dunkelgrauen Korridoren begegneten, gab es nicht mehr als einen Gruß.

Ein Sommer war vorübergegangen, wie immer in Salem, warm und ereignisreich. Im Juni hatte Julia ihn noch beim Schulabschluss auf dem Fußballplatz gesehen. Und dann, nach dem Sommer, war er einfach weg gewesen. Verschwunden. Es dauerte ungefähr eine Woche nach Schulbeginn, bis es Julia auffiel. Sie hatte ihn nicht gesehen und machte sich aus unerfindlichen Gründen Sorgen. Deshalb rief sie bei ihm zu Hause an, und musste feststellen, dass die Familie nicht mehr dort wohnte, und sie hatte keine Ahnung, wohin sie gezogen sein könnte.

»Seither habe ich ihn nicht mehr gesehen«, sagte Julia. »Und ich weiß nicht, warum, aber es belastet einen, wenn Leute einfach verschwinden. Irgendwie fällt es schwer, damit umzugehen. Auch wenn man ihnen davor nicht mehr sonderlich nahestand, man, ja, man vermisst sie.«

»Wie hieß er?«, fragte ich.

»Du hast ihn bestimmt nicht gekannt.«

»Trotzdem, wie hieß er?«

»Tim«, sagte Julia. »Tim Nordin.«

Der Name war wie ein unsichtbarer Schlag in die Magengrube. Mir blieb die Luft weg.

»Du hast recht. Den kenne ich nicht.«

Es war wieder Sommer geworden, und zwar die Sorte Sommer, die eine ganze Stadt lähmt. Zusammen mit Papa hatte ich meinem Bruder Mikael geholfen, von zu Hause auszuziehen. Er war achtzehn geworden und arbeitete in einer Lackiererei, wo er jeden Tag von acht bis vier damit verbrachte, alte Autos wie neu aussehen zu lassen. Ich hatte mich erst bereit erklärt zu helfen, nachdem mir Geld versprochen worden war, doch als wir dann fertig waren, fiel es mir schwer, es anzunehmen. Es fühlte sich gut an, etwas gemeinsam gemacht zu haben, denn wir taten das inzwischen immer seltener. Als wir noch klein gewesen waren, hatten wir im Sommer Ausflüge zu Tierparks und Vergnügungsparks unternommen. Wir fuhren Gokart und spielten auf einem Bolzplatz draußen vor der Stadt Fußball. Dort war ich jetzt lange nicht gewesen. Vielleicht sollte ich einmal mit Grim hingehen, dem würde es bestimmt gefallen.

Wegen des Umzugs waren wir im Keller unten und wühlten in Kisten herum. In einer davon lag ein eingerahmter, alter Zeitungsartikel von 1973 mit einem Bild, auf dem die Reste einer alten Tankstelle vor Fruängen abgebildet waren. Im Hintergrund waren umgestürzte Telegrafenmasten zu sehen. WAHNSINNSFAHRT ENDET IN KATASTROPHE, lautete die Überschrift. Papa erzählte die Geschichte sehr gern, das war in der Zeit gewesen, als er noch nicht wieder mit Mama zusammengekommen war und stattdessen viel auf Pferde gewettet hatte. Einmal gewann er ziemlich viel Geld und kaufte einen eierschalenfarbenen Volvo PI 800 davon, »das Modell, das Simon Templar in *Der Mann ohne Namen* fährt«. Er liebte es, den Wagen auf den Straßen um Fruängen so richtig auszureizen. An der besagten Kreuzung hatte er die Kontrolle über das Auto verloren, donnerte in die Tankstelle, fällte die beiden Zapfsäulen und krachte durch einen der tragenden Pfeiler, die das Dach der Tankstelle stützten. Hinter dem Auto stürzte das Dach herunter, während Papa weiter auf die nächstgelegenen Telegrafenmasten zuraste. Das Letzte, woran er sich danach erinnerte, war das Blitzen über der Motorhaube. Der Strom schlug in die Umgebung ein, und zu dem Zeitpunkt, als der Artikel geschrieben wurde, war noch nicht klar, ob der »Verrückte« (das waren die Worte des Arztes, nicht des Reporters) überleben würde. Papa lag zwei Monate im Krankenhaus und erhielt ein Schreiben, in dem er für mehrere hunderttausend Kronen regresspflichtig gemacht wurde. Höchstwahrscheinlich fand er, das war es wert gewesen.

Während der Umzugsarbeiten erzählte uns Papa die Geschichte. Wir hatten sie schon einmal gehört, aber ausnahmsweise ließen mein Bruder und ich ihn sie noch einmal erzählen. Es war schön, etwas von früher zu hören, wie ein Echo aus der Kindheit.

»Das ist doch seltsam«, sagte Papa hinter dem Steuer, als wir zu den Triaden zurückfuhren. »Jetzt ist Micke ausgezogen, und bald bist du dran.«

»Da ist es noch ein bisschen hin, Papa.«

»Ich weiß.« Er zögerte. »Hast du mal überlegt, dir einen Job zu suchen?«

»Wie meinst du das?«

»Einen Sommerjob, irgendwo. Wäre es nicht langsam an der Zeit dafür? Das machen ziemlich viele in deinem Alter.«

»Dazu ist es jetzt zu spät.«

»Ja, vielleicht, aber hast du überhaupt mal daran gedacht?«

Das hatte ich nicht. Schon der Gedanke, arbeiten zu müssen, langweilte mich zu Tode.

»Ja«, sagte ich. »Ich habe daran gedacht. Aber ich weiß nicht, wo.«

»In deinem Alter muss man nehmen, was einem angeboten wird.«

Ich lauschte dem Radio, die Nachrichten waren gerade vorbei, und nun folgte ein Song von jemandem, der *Well I can dance with you honey, if you think it's funny* sang. Papa drehte die Lautstärke hoch, und als das Lied zu Ende war, sah er mich mit einem schwachen Lächeln an.

»Deine Mutter und ich haben immer dazu getanzt.«

»Ganz bestimmt.«

»Doch, ganz bestimmt. Das ist schließlich ABBA.« Er schwieg eine Weile. Dann sagte er: »Er hatte es gut, oder? Bei uns?«

»Was meinst du?«

»Micke.«

»Ja. Ja, er hatte es gut.«

Papa sah mich an und lächelte.

»Danke.«

Wir fuhren weiter. Papa räusperte sich, was er immer machte, wenn er die Rede auf etwas Schwerwiegendes bringen musste.

»Das Geld in der Vase«, sagte er. »Es ist mir egal, warum du es genommen hast, und wenn du es schon ausgegeben hast, dann will ich es auch nicht zurückhaben. Aber mach so was nie wieder. Nimm niemals etwas, was dir nicht gehört. Das ist hässlich, ordinär und gemein. Wenn du Geld brauchst, dann leih dir was von uns. Oder noch besser: Besorg dir einen Job.«

Ich wusste nicht, was ich darauf antworten sollte, also schwieg ich.

Grim hatte einen gefälschten Ausweis für mich angefertigt. Jetzt konnte ich behaupten, dass ich 1978 statt 1980 geboren sei. Er sah tadellos aus, und irgendwie war ich darüber nicht erstaunt. Ich bewahrte den Ausweis in meinem Nachttisch auf.

Eines Vormittags Anfang Juni traf ich Grim vor den Triaden. Er kam aus Richtung Zentrum, die Kopfhörer von seinem neuen CD-Spieler in den Ohren. Als er mich sah, hob er die Hand, lächelte und zog sich die Kopfhörer ab.

»Du siehst zufrieden aus«, sagte ich.

»Ich bin zufrieden.«

»Wieso?«

»Ich hab ein bisschen Geld verdient.« Er blinzelte. »Ich geh jetzt zum Wasserturm, kommst du mit?«

»Nein«, sagte ich, ohne nachzudenken.

Er zog die Augenbrauen hoch.

»Warum nicht?«

»Ich hab … ich kann nicht.« Ich ging weiter in Richtung Zentrum, und er sah mir hinterher. »Ich komme später nach.«

Er schien enttäuscht zu sein, nickte aber, wandte sich um und ging weiter.

»Leo.«

Ich drehte mich noch einmal um.

»Ja?«

Grims Zufriedenheit war aus seinem Gesicht verschwunden, und er sah mich mit einem resignierten, kühlen Ausdruck an.

»Nach Mittsommer bin ich einen Monat weg.«

»Was?«

»Ich, hm… ich habe Geld aus der Reisekasse der Schule geklaut. Es war nicht das erste Mal, aber diesmal ist es bis zum Jugendamt gegangen, und die schicken mich weg.«

»Du machst Witze.«

Er schüttelte den Kopf.

»Es war viel Geld. Das brauchte ich, um das mit den Ausweisen machen zu können und so.«

»Warum hast du denn nichts gesagt?«

Er zuckte mit den Schultern und antwortete nicht, sondern senkte nur den Blick.

»Wohin schicken sie dich?«, fragte ich vorsichtig.

»Ins Jugendlager in Jumkil. Sie meinen, das sei am besten so. Ich wollte erst abhauen und mich eine Weile verstecken, damit sie mich nicht finden, aber das würde alles nur noch schlimmer machen.«

»Vermutlich.«

Er zögerte.

»Kannst du vielleicht… kannst du vielleicht ein bisschen auf Julia aufpassen, während ich weg bin? Damit sie nicht… einfach nur ein bisschen aufpassen, solange ich es nicht kann?«

»Klar«, brachte ich heraus.

Er schaute mich lange an, dann nickte er und winkte.

»Geh nur. Wir sehen uns später.«

»Logisch. Ehe du wegfährst, sehen wir uns noch ganz oft. Ich komme nachher.«

»Klar.«

Der Sommer würde lang werden.

Das Jugendlager lag bei Jumkil in der Nähe von Uppsala und war angeschlossen an eine der landesweit strengsten Erziehungsanstalten für Jugendliche. Ich wusste von dem Heim, weil der Freund meines Bruders zu einem Aufenthalt dort verurteilt worden war, nachdem er versucht hatte, ein Auto zu stehlen. Das war einer der Orte, wo Jugendliche, die auf die schiefe Bahn geraten waren, erzogen und auf den rechten Weg gebracht werden sollten, wo aber meist genau das Gegenteil geschah. Das Jugendlager hatte deshalb keinen guten Ruf, und Julia machte sich Sorgen, wie es Grim dort ergehen würden.

»Er wird es schon schaffen«, sagte ich, als ich am Montag nach Mittsommer neben ihr unter dem Wasserturm lag.

Ihre Hand suchte die meine und fand sie. Ich hatte Mittsommer zusammen mit meiner Familie in Blåsut verbracht, wo mein Großvater wohnte. Arthur Junker hatte mehrere Jahre lang über Alzheimer Witze gerissen, doch als die Krankheit dann von ihm Besitz ergriff, kamen keine Witze mehr, und er wurde finster und introvertiert. Er nannte meine Mutter Sara, was der Name meiner Großmutter war. In manchen Momenten während des Abendessens schien er weder sich selbst noch mich oder meinen Bruder zu erkennen. Nach dem Abendessen war ich mit Grim auf ein Fest in der Nähe der Kirche von Salem gegangen. Grim hatte keine Lust, mit anderen zusammen zu sein, und ich glaube, er kam nur mir zuliebe mit. Während des Festes saß er in einer Ecke und sah verunsichert aus, als wüsste er nicht, wie er sich verhalten sollte. Und jetzt war er auf dem Weg nach Jumkil.

»Weißt du noch, wie du nach dem Kino erzählt hast, dass es dir schwerfällt, es jemandem zu sagen, wenn du ihn magst?«

»Hm.«

»Warum ist das so?«

Julia stützte sich auf die Ellenbogen.

»Ich hab wahrscheinlich einfach keine guten Erfahrungen mit Jungs gemacht.«

»Wieso?«

»Es ist nur ... ich bin bloß mit ein paar zusammen gewesen. Aber es endete immer damit, dass ich verletzt war und John tierisch sauer.« Sie sank wieder zurück und schaute zum Himmel hinauf. »Vor zirka einem Jahr war ich auf einem Fest und hab echt heftig getrunken. Ich war in einen Typen verknallt, der damals in die Neunte auf dem Rönninge ging. Schließlich bin ich weggesackt, ich weiß nicht genau, wie. Aber als ich aufwachte, lag ich ohne Slip auf einem Bett. Mir tat nichts weh, ich war also nicht ... ich war also nicht auf die Weise benutzt worden. Aber hinterher erfuhr ich, dass der Typ, in den ich verknallt gewesen war, mit mir rumgemacht hatte. Offensichtlich war aber währenddessen jemand reingekommen, um etwas aus dem Zimmer zur holen, die hatten nämlich ihre Getränke da versteckt, damit sie ihnen keiner klaute. Reiner Zufall also, dass jemand kam, und da kriegte der Typ es mit der Angst zu tun und ist abgehauen. Das ist in etwa die Sorte Erfahrung, die ich mit Jungs gemacht habe. Ich weiß, dass du überhaupt nicht so bist, okay? Du darfst nicht glauben, dass ich so von dir denke, nein, aber es ist einfach so verdammt schwer ... umzudenken.«

»Hast du Grim davon erzählt?«

»Er heißt John. Und natürlich nicht, nie im Leben, spinnst du? John hätte den Typen totgeschlagen.«

An dem Abend waren ihre Eltern nicht zu Hause, und sie nahm mich zum ersten Mal mit zu sich. Ihre Wohnung sah tatsächlich exakt so aus wie unsere, nur spiegelverkehrt. Hinter der Tür roch es leicht säuerlich nach der Mülltüte, die an die Wand gelehnt stand, was Julia offensichtlich peinlich war, denn sie ging rasch los und warf sie in den Müllschlucker.

Dann führte sie mich direkt in ihr Zimmer, und ich sah deshalb kaum etwas vom Rest der Wohnung, die aber aufgeräumter wirkte, als ich gedacht hatte. An der Garderobe hinter der Tür hingen Kleidungsstücke, die ich als Grims erkannte. Die Küche war einfach, im Grunde wie unsere, nur dass sie keine Geschirrspülmaschine hatte. Wir hatten uns eine gekauft, und ich nahm an, dass Familie Grimberg nichts dagegen hatte, von Hand zu spülen, oder dass sie sich einfach keine Maschine leisten konnte.

Eine der Türen hatte ein faustgroßes Loch, das zwar nicht durchging, aber doch deutlich zu erkennen war, als hätte jemand einen großen Stein geworfen oder mit der Faust gegen die Tür geschlagen. Dahinter lag Grims Zimmer.

Julia zog die Tür hinter uns zu, und wir standen in ihrem Zimmer. Mir schien, als wüsste sie nicht, was sie mit ihren Händen machen sollte. Schließlich fingerte sie an der Kette herum, die um ihren Hals baumelte.

Ein Bücherregal bedeckte die eine Wand des Zimmers, entlang der anderen stand ein schmales Bett. Das Regal war voll mit Büchern und Videokassetten. Neben dem Schreibtisch war ein Spiegel befestigt, und aus einem Necessaire quollen Schminkutensilien. An den Wänden hingen Bilder und Fotografien.

»Gefallen sie dir?«, fragte sie.

»Die Fotos?«

»Ja.«

Es waren meist Porträts von Personen in unserem Alter, doch ich kannte sie nicht. Ein paar andere Fotos zeigten Hochhäuser, aus der Froschperspektive aufgenommen, sodass große Teile der Bilder aus Himmel bestanden.

»Ja«, sagte ich.

Sie nickte, ließ die Halskette los, kam lächelnd auf mich zu und drückte sich an mich.

»Das ist das erste Mal, dass ein Junge in meinem Zimmer ist.«

»Das ist das erste Mal, dass ich im Zimmer von einem Mädchen bin.«

Sie küsste mich, und meine Nervosität stieg. Mein Herz schlug immer heftiger, bis ich es in meinen Ohren hören konnte.

»Sollen wir einen Film ansehen?«, fragte sie.

Ich hatte sie angelogen und wusste nicht, ob das eine Rolle spielte. Es ging dabei zwar nur um Sex, aber ich hatte noch nie welchen gehabt. Julias Haut war blass und unnatürlich weich, als wäre sie niemals irgendetwas ausgesetzt gewesen. Wenn ich sie berührte, durchfuhr mich ein Strom von Wärme, und ich spürte, wie sich die Härchen auf meinen Armen aufstellten. Sie saß angezogen rittlings auf mir, und über ihre Schulter hinweg konnte ich den Fernseher und die Szenen des Films in dem dunklen Zimmer vorüberflackern sehen.

»Zieh dich aus«, sagte sie.

»Alles?«

»Alles.«

Ich war noch niemals vor einem Mädchen nackt gewesen. Als ich vor ihr stand, schämte ich mich. Sie schien es zu merken, denn sie zog mich an sich und strich mir über Schultern und Arme.

»Du bist schön«, flüsterte sie, und ihre Berührung hatte etwas Entspannendes.

»Du auch. Aber ...«

»Was?«

»Ich hab dich angelogen.«

Sie erstarrte. »Wobei?«

»Von wegen, dass ich ... ich bin Jungfrau.«

»Und?«

»Was, und?«

»Alle Jungs lügen in der Sache, das erstaunt mich jetzt nicht wirklich. Was ist, willst du es lieber mit einer anderen machen?«

»Nein«, beeilte ich mich zu sagen. »Nein. Hast du auch gelogen?«

»Nein.«

In der Dunkelheit erzitterte irgendetwas in mir.

»Ich habe kein Kondom. Hast du eines?«

»Nur die Ruhe. Ich nehme die Pille.«

Ich fragte mich, ob Grim das wohl wusste, und begriff, von wie vielen Dingen ich selbst keine Ahnung hatte.

11

Es ist das erste Mal seit Anfang Juni, dass ich wieder im *Haus* bin, und irgendwie erstaunt es mich, dass sich nichts verändert hat. Ich werde von einem grimmigen Polizeiassistenten, den ich nicht kenne, durch die Flure geführt. In einem der Büros, an denen wir vorbeikommen, ist ein einsames Radio eingeschaltet und spielt *Oh baby don't hurt me, don't hurt me no more*, und in der Nähe hustet ein Drucker und beginnt Papier auszuspeien. Ich schaue aus dem Fenster und denke, wie groß die Distanz zwischen mir und allen anderen zu sein scheint.

»Gabriel kommt gleich«, murmelt der Assistent und hält die Tür zu einem der Verhörräume auf. »Möchten Sie irgendetwas?«

»Kaffee.«

Der Assistent verschwindet, und ich werde allein in dem Raum zurückgelassen, der klein und quadratisch ist, ein Tisch und zwei Stühle. In Wirklichkeit bin ich nicht allein, eine unsichtbare Kamera ist auf mich gerichtet und registriert jede Bewegung, die ich mache. An der einen Wand steht ein Regal, angefüllt mit Akten. Das gehört nicht hierher, vielleicht räumen sie gerade in einem der angrenzenden Zimmer um. Die anderen Wände sind kalt und stumm. Das Licht ist wärmer, als ich es in Erinnerung habe, fast behaglich. Wenn ich mich anstrenge, kann ich das Radio hören. Ich blättere die Nachrichten auf meinem Handy durch. Der Assistent kehrt mit einem hellblauen Kaffeebecher zurück, und als ich den ersten Schluck nehme, denke ich, dass ich wirklich hierher zurückkehren will.

Schritte sind zu hören, und Birck taucht in der Tür auf,

ohne mich anzusehen. Er trägt einen Ordner unter dem Arm, den er auf den Tisch legt, als sein Handy klingelt.

»Birck.« Kurze Stille. »Ach so?« Er kratzt sich die Wange. »Woher haben Sie diese Nummer?« Birck schielt zum ersten Mal zu mir herüber. »Kein Kommentar.« Er räuspert sich und geht zur Tür, um sie zu schließen. »Nein, darauf kann ich nicht antworten. Kein Kommentar. Danke.«

Er legt auf, und die Frauenstimme im Telefon verstummt abrupt.

»Eine gute Freundin?«, versuche ich.

»Vom *Expressen*.«

»Annika Ljungmark?«

»Ja.« Er setzt sich und sucht in seiner Jackentasche nach etwas, ohne es zu finden. »Die war doch hinter dir her, oder?«, fragt er immer noch suchend. »Ich meine, nach Gotland.«

»Ja. Was wollte sie jetzt?«

»Sie wollte einen Tipp bestätigt bekommen.«

»Und worum ging es?«

Er holt das Diktiergerät aus der Hosentasche, platziert es zwischen uns und fährt sich mit der Hand durch das dunkle Haar. Den Ordner lässt er geschlossen.

»So, Leo.« Er sieht auf, und sein Blick begegnet meinem. »Wir haben noch ein paar Fragen an dich, Rebecca Salomonsson betreffend.«

»Das habe ich verstanden. Worum ging es in dem Tipp?«

»Jetzt stelle ich die Fragen. Sei so gut und benimm dich.«

»Ich werde mich bemühen.«

Er glotzt mich an, während er müde Datum und Uhrzeit in das Diktafon spricht, erst seinen Namen sagt und dann meinen nennt und die Ermittlungsnummer, die zu Rebecca Salomonssons Fall gehört.

»Leo. Könntest du das Telefon weglegen?«

Ich stecke das Handy in die Tasche und trinke von dem Kaffee. Birck sieht ungewöhnlich angespannt aus.

»Sei so gut und beschreibe, was du gemacht hast, nachdem du dir Zutritt zum Chapmansgården verschafft hattest.«

Ich tue es in kurzen, einfachen Sätzen, formuliere so, dass man den Inhalt dessen, was ich sagen will, nur schwer falsch verstehen kann. Ich möchte so schnell wie möglich hier weg. Wieder beschreibe ich, wie ich in den Chapmansgården hineingegangen bin, wie ich Matilda mit einem Polizisten reden sah und wie ich zu der Leiche ging.

»Matilda sagt, du hättest die Tote angefasst«, unterbricht mich Birck. »Ich habe eine Zeugenaussage von ihr, die besagt, du hättest die Leiche angefasst.«

»Ja. Das stimmt. Aber ich hatte Handschuhe an.«

Nun ist er erstaunt.

»Deine eigenen Handschuhe?«

»Nein, welche, die ich in einem Korb am Eingang gefunden hatte.«

»Was hast du gemacht, als du die Leiche angefasst hast?«

»Nichts Besonderes. Das Übliche.«

»Das Übliche, wie zum Beispiel ...?«

»Was soll das hier?«, frage ich. »Worauf willst du hinaus? Sag es doch einfach, das macht es leichter für mich, als hier ...«

»Antworte auf meine Fragen, Leo.«

Wahrscheinlich habe ich die Augen verdreht, denn Birck wird jetzt sauer.

»Ich wollte sehen, ob sie irgendwelche Verletzungen hat«, erkläre ich. »Ob sie etwas in den Taschen hat.«

»Warum hast du das getan?«

»Damit ich es klauen und unten in Hammarbyhamnen verkaufen kann.«

»Leo, zum Teufel.«

»Ich weiß nicht. Um zu sehen, ob da ... mir war langweilig, okay? Und es störte mich, dass direkt unter mir jemand ermordet wurde.«

Das scheint Birck zu akzeptieren, vielleicht weil es einfach die Wahrheit ist.

»Das hast du gestern nicht gesagt.«

»Was?«

»Als ich gestern mit dir geredet habe, hast du nicht erwähnt, dass du die Leiche angefasst hast. Warum hast du gelogen?«

»Ich … ich weiß nicht. Du hast nicht gefragt. Das war nur ein Detail.«

Er legt die Handflächen auf die Tischplatte.

»Ich habe dich durchaus gefragt. Und das ist zum Teufel ein sehr bedeutsames Detail. Ein Unbefugter war vor uns am Tatort und hat dort herumgefuhrwerkt. Weißt du, was ein guter Anwalt in einem Gerichtssaal aus so einem kleinen Detail machen kann?«

»Sie hatte nichts in den Taschen«, sage ich. »Aber sie hatte etwas in der Hand.«

»Woher weißt du das?«

»Weil ich es gesehen habe. Es sah aus wie eine Halskette oder Ähnliches.«

»Und du hast sie angefasst.«

»Nein«, sage ich, und mein Gesichtsausdruck ist so engelsgleich, dass Birck keine Lüge darin entdecken kann, wie sehr er sich auch anstrengt. »Nein, das habe ich nicht getan. Ich hatte es gerade bemerkt, als du kamst.«

»Das heißt, du hast die Kette nicht angefasst«, sagte Birck. »Habe ich dich da richtig verstanden?«

Ich nicke. Birck zeigt müde auf das Diktiergerät.

»Ja«, sage ich und beuge mich vor. »Du hast mich richtig verstanden, als ich gesagt habe, dass ich ihre Hand oder das, was sie darin hatte, nicht berührt habe.«

Birck öffnet den Ordner zwischen uns auf dem Tisch. Zuoberst liegt eine Plastiktüte in A4-Größe, in deren Ecke etwas silbern Glänzendes liegt. Auf der Tüte ist ein Aufkleber mit hingekritzelten Notizen und einer Inhaltsbeschreibung sowie einer Ermittlungsnummer.

»Wenn du das Ding nie angefasst hast«, sagt er so langsam, dass es mich wütend macht, »wie ist es dann möglich, dass eine Analyse der Fingerabdrücke auf dieser Kette drei unterschiedliche Treffer ergeben hat, wovon einer mit fünfundneunzigprozentiger Wahrscheinlichkeit du bist?«

Er hebt die Tüte hoch und legt sie vor mich hin. Ich sehe die Kette, die darin liegt, und ein unsichtbarer Schlag trifft mich in die Magengrube und lässt die Welt ins Wanken geraten.

»Hielt Rebecca das in der Hand?«, frage ich, ohne den Blick von der Kette zu wenden.

»Ja.«

»Okay.«

Ich habe diese Kette schon gesehen, habe sie schon berührt. Ich habe sie sogar einmal im Mund gehabt.

»Ist wirklich alles okay?« Birck lächelt. »Du siehst ein wenig mitgenommen aus.«

»Nein, ich … ich bin nur … ich habe mich gefragt, wie sie wohl aussah. Du hast gesagt, es habe drei Treffer gegeben. Wer waren die anderen zwei?«

»Du musst auf meine Frage antworten, Leo.«

»Ich beantworte deine Frage, wenn du meine beantwortest.«

»Das hier ist kein Spiel!«

Birck erhebt sich so ruckartig, dass der Stuhl über den kahlen Fußboden schrammt. Er sieht abwechselnd mich und das Diktiergerät an und scheint zu erwägen, es abzuschalten, damit das, was jetzt folgt, nicht auf dem Band festgehalten wird.

»Annika Ljungmark vom *Expressen*«, sagt er, »hat auf irgendeine Weise den Tipp bekommen, dass eine der Personen, für die wir uns in dieser Ermittlung interessieren, ein Polizist ist. Und zwar ein Polizist mit einer, wie man sagen könnte, berüchtigten Vergangenheit. Wenn du nicht mit diesen Spielchen hier aufhörst und mir ganz genau erzählst, was zum Teufel du gemacht hast, dann wird dieser Tipp bestätigt werden, und du wirst nie wieder im *Haus* tätig werden. Oder«, fügt er hinzu, »wenn du entgegen aller Wahrscheinlichkeit doch wieder bei uns arbeiten wirst, dann werde ich persönlich dafür sorgen, dass es ausschließlich in Käffern wie Mjölby oder Säter geschieht.« Er setzt sich wieder. »Nun, wie hättest du es gern?«

Ich tue so, als würde ich darüber nachdenken, doch in Wirklichkeit starre ich die ganze Zeit auf die Kette. Sie ist von der billigen Sorte, von der es mehrere tausend gibt, doch es kann nur eine einzige geben, auf der meine Fingerabdrücke sind.

Es ist ihre.

Es muss ihre sein. Das kann ich Birck nicht sagen. Das geht nicht.

»In Ordnung«, sage ich. »Ich habe sie angefasst. Ich habe gesehen, dass sie etwas in der Hand hatte, und wollte einfach nur wissen, was. Ich habe sie angeschaut und dann zurückgelegt.«

»Hattest du nicht Handschuhe an?«

»Die musste ich ausziehen«, sage ich, um die Lüge durchzudeklinieren. »Ich musste sie ausziehen, denn es war ja nur so ein Paar, das ich aus dem Korb genommen hatte, viel zu groß und viel zu dick. Ich konnte die Kette damit nicht greifen, und deshalb habe ich die Handschuhe ausgezogen.«

Birck sieht mich an und versucht zu erkennen, ob ich die Wahrheit sage oder nicht.

»Wir werden noch mehr Analysen machen, Leo. Wenn du lügst, dann werden wir das herauskriegen.«

»Ich lüge nicht«, lüge ich und versuche zu lächeln.

»Du weißt ja wohl, was das hier bedeutet?«

Da ich Birck dazu gebracht habe, zu glauben, dass der Abdruck auf der Kette frisch ist, bedeutet das, dass ich von jetzt an ein potenzieller Täter bin. Nun könnte auch ich es gewesen sein, der in den Chapmansgården gegangen ist, eine Waffe an Rebeccas Schläfe gesetzt und abgedrückt hat, um dann durch das offene Fenster zu verschwinden.

»Wer waren die beiden anderen?«, frage ich.

»Das geht dich einen Scheiß an.«

»Jetzt komm schon«, dränge ich. »Ich wohne schließlich in dem Haus, verdammt noch mal.«

»Genau das ist der Grund, warum wir hier sitzen.«

»Nein. Wir sitzen hier, weil jemand eine Frau erschossen hat. Ich wohne in dem Haus, vielleicht kann ich behilflich sein. Komm schon. Ich habe sie nicht erschossen, erstens habe ich gar keinen Grund dazu, und zweitens würde ich, wenn ich ein Motiv hätte, nicht so bescheuert sein, sie in meinem eigenen Haus zu erschießen.«

Birck betrachtet mich lange genug, um mich glauben zu machen, dass ich ihn überzeugt hätte. Er schaltet das Aufnahmegerät aus, schiebt es wieder in die Hosentasche und sieht mich an. Es ist bemerkenswert, wie sich sein Gesichtsausdruck verändert hat. Er sieht fast mitleidig aus, und da ich hier Gabriel Birck vor mir habe, erstaunt mich das.

»Einer der Fingerabdrücke war ihr eigener. Der andere ergab keinen Treffer. Doch sowohl deiner als auch der unbekannte waren unvollständig und undeutlich.«

»Soweit ich gesehen habe, hatte sie keine Sachen dabei«, sage ich.

»Die haben wir heute früh gefunden. Oder besser gesagt, ein Hund hat sie gefunden. Er und sein Besitzer unternahmen einen Morgenspaziergang auf Kungsholmen, und da lagen die Sachen in einem Busch im Kronobergs-Park. Alles da, außer Handy, Geld und möglichen Narkotika.«

»Das heißt, sie wurde in der Mordnacht überfallen«, sage ich.

»Möglicherweise.« Birck zuckt mit den Schultern. »Niemand hat etwas bemerkt.«

»Sie soll überfallen worden sein und sich dann in den Chapmansgården gelegt haben, um zu schlafen?«

»Was hättest du denn an ihrer Stelle gemacht? Obdachlos und ohne deine Habseligkeiten? Außerdem war sie wahrscheinlich so high, dass sie nicht einmal mehr ihren Namen wusste. Sie wäre also kaum zur Polizei gegangen. Da sind schon sehr viel seltsamere Dinge passiert, als dass Leute sich in dieser Situation schlafen gelegt haben. Die Frage ist nur, ob sie jemand verfolgt hat, ein Zuhälter oder ein Dealer. Doch im Moment weist nichts darauf hin. Und«, fügt er hinzu, »ich sage dir das alles nur, weil ich dir glaube. Wenn jemand mich fragt, bist du immer noch mein Hauptverdächtiger.«

Ich bin nicht sicher, ob er mir wirklich glaubt. Vielleicht, aber er hat den Verdacht, dass ich mehr weiß, als ich zugebe, das spüre ich, und Polizisten, vor allem solche wie Gabriel Birck, sind gerissene Wesen. Sie sind darin geschult, mit anderen zu spielen, sind darauf trainiert, kleine Tricks anzuwenden, damit man denkt, sie wollten einem nur helfen. Unter Umständen hat er das nur in der Hoffnung gesagt, dass ich ihm mehr erzählen werde.

Oder er glaubt mir. Ich weiß es nicht.

»Okay«, sage ich, den Blick auf die Tischplatte gerichtet.

Er betrachtet mich weiterhin, und ich vermeide es hartnäckig, ihm in die Augen zu sehen. Es ist so still, dass ich meinen eigenen Puls höre.

»Gut«, sagt Birck tonlos. »Raus mit dir.«

Als ich unter dem bewölkten Himmel auf der Kungsholmsgatan stehe, hole ich ein paarmal tief Luft. In meinem Kopf dreht sich alles, mir ist übel, und es fällt mir schwer zu atmen. So lange habe ich nicht an sie gedacht. Manchmal aber, in gewissen Nächten, war sie wie ein Gespenst aufgetaucht.

Julia Grimbergs Halskette lag in der Hand von Rebecca Salomonsson. Die beiden können einander unmöglich gekannt haben. Sie muss von demjenigen, der sie getötet hat, dort platziert worden sein.

Und als würde mich jemand beobachten, surrt es in meinem Handy.

– willst du nicht mal raten?

Das schreibt der unbekannte Absender.

– was raten?

Während ich antworte, blicke ich über meine Schulter und halte nach jemandem Ausschau, der aus der Menge heraussticht.

– raten, wer ich bin

– hast du sie getötet?

– nein, das war ich nicht

– weißt du, wer es getan hat?

– vielleicht

– wer war es?

– ich sehe dich, Leo

12

Ich zünde mir eine Zigarette an, bleibe ein Stück vor dem Eingang zur U-Bahn stehen und schreibe: *was mache ich jetzt gerade?*

Autos fahren vorüber, Menschen gehen an mir vorbei. Schon bald surrt mein Telefon wieder.

– du stehst auf der Straße und rauchst

Es kann jeder sein. Die Fenster der Wohnungen an den Fassaden in der Kungsholmsgatan sind dunkel. Ich kann nicht erkennen, ob da jemand steht oder nicht. Um mich herum riecht es stark nach Abgasen und Bratfett, die Luft wirkt dick wie vor einem starken Regen. Ich blicke auf die Nachricht in meinem Handy und spüre, dass ich zum ersten Mal seit Langem Angst habe.

– wer hat sie getötet?

Ich wiederhole die Frage und starre mit angehaltenem Atem auf das Telefon. Nichts geschieht, keine Antwort.

Ich nestele den kleinen Zettel mit der Telefonnummer aus der Tasche, die Levin mir gestern aufgeschrieben hat und die ich anrufen soll, falls ich nicht weiterkomme. Ich starre die Leute an, die auf der Straße an mir vorbeigehen, denke, dass einer von ihnen der unbekannte Absender sein kann und dass er oder sie mir Böses will. Gleich wird jemand mit einem Messer in der Hand auf mich zukommen. Ich muss mich setzen. Ich brauche etwas Starkes zu trinken, brauche Einsamkeit.

Wo es jetzt wohl klingelt? Das Einzige, was Levin verraten hat, war, dass die Nummer jemandem gehört, den er gut kennt. Ich drehe mich um und blicke auf das *Haus*, das hinter mir thront. Dann stecke ich ein Sobril in den Mund, lege den Kopf in den Nacken und spüre, wie die Tablette in meinem Hals kratzt, ehe sie in mir verschwindet. Wahrscheinlich gehört die Telefonnummer jemandem im *Haus*. Auf dem Bürgersteig stehen zwei Jungen, einer mit dunkler Haut und wuscheligem Haar, der andere mit bleichem Gesicht und einer Haltung, als würde er sich schämen. Der dunkle Junge spielt auf einer Gitarre, und der andere singt, den Blick auf die Straße gerichtet, mit heller und klarer Stimme wieder und wieder *We found love in a hopelesse place, we found love in a hopeless place*, während die Leute an den beiden vorübergehen, ohne stehen zu bleiben.

»Alice«, sagt jemand in meinem Ohr.

»Hallo, hier ist, ich … mit wem spreche ich?«

»Wer sind Sie?«

»Ich heiße Leo Junker. Ich habe Ihre Nummer von Charles Levin bekommen.«

»Er hat Sie erwähnt.«

»Arbeiten Sie im *Haus*?«, frage ich.

»Exakt.«

»Und das hier ist ein sicheres Telefon?«

»Das hier ist ein sicheres Telefon.«

Sie klingt kontrolliert, aber desinteressiert, so als würde sie gleichzeitig etwas anderes tun, das ihre eigentliche Aufmerksamkeit erfordert.

»Wer sind Sie?«, frage ich.

»Alice. Ich arbeite für Charles.«

»Sie sind seine Sekretärin, nicht wahr?«

»So ist es.«

»Ich denke, ich brauche Ihre Hilfe.«

»Worum geht es?«

»John Grimberg. Ich muss mich mit einer Person treffen, die John Grimberg heißt. Ich habe keine Ahnung, wo er ist und ob er überhaupt noch lebt.«

»In Ordnung«, antwortet sie und klingt skeptisch.

»Ich habe ihn seit über fünfzehn Jahren nicht gesehen«,

sage ich in dem unerklärlichen Gefühl, mich rechtfertigen zu müssen.

»Geboren wann?«

»1979. Aber sehen Sie auch bei 1978 nach, sicherheitshalber.«

»Hat er zwei Geburtsdaten?«, fragt sie erstaunt.

»Ich weiß es nicht«, sage ich. »78 könnte falsch sein.«

»Geburtsort Stockholm?«

»Großraum Stockholm. Salem.«

Im Hintergrund höre ich die Tastatur klappern. Ich selbst verschwinde jetzt in der Unterwelt, stelle mich auf die Rolltreppe und versuche herauszubekommen, ob mich jemand verfolgt oder nicht.

»Ich habe einen John Grimberg, geboren 1979 und zuerst in Salem registriert«, höre ich Alice' Stimme. »Langes Strafregister, der erste Eintrag 1997. Mutter 1956 geboren und 1999 gestorben, der Vater 1954 geboren, vor drei Wochen gestorben.«

»Erst vor drei Wochen?«

»Das behauptet zumindest mein Computer.«

»Haben Sie eine Adresse? Also von John?«

»Nein. Ich, oh, warten Sie.« Sie klingt verwirrt, und nach ihrem plötzlichen Engagement zu schließen, hat Alice offenbar etwas entdeckt. »Der letzte Eintrag, den ich über ihn habe, ist im Einwohnermeldeamt in Hagsätra vorgenommen worden. Der ist zehn Jahre alt.«

Sie nennt mir die Adresse, und ich versuche, sie mir zu merken.

»Das heißt, er ist tot?«

»Nein. Und im Ausland ist er auch nicht. Zumindest geht das nicht aus den Daten hier hervor. Aber er ist im Vermisstenregister.«

»Im Vermisstenregister?«

»Mehr als das kann ich nicht sehen, nur, dass das Finanzamt ihn dort registriert hat. Bei denen kann ich nachfragen und um detaillierte Informationen bitten, aber selbst wenn ich die Anfrage mit Priorität versehe, wird es ein paar Stunden dauern.«

Das Vermisstenregister. Es wird von Individuen bevölkert, an die Schwedens Behörden aus irgendeinem Grund nicht herankommen. Menschen mit einer im Schatten liegenden Vergangenheit, aber auch solche, die nicht gefunden werden wollen. Bei Personen, die eine geschützte Identität bekommen, werden die alten Daten in dieses Register überführt. Das Gleiche gilt für Personen, die zwei Jahre oder länger ohne Wohnung im Volksregister geführt wurden. Das Vermisstenregister kennt keinen Filter, das heißt, selbst wenn jemand schon uralt wäre, würden die Daten über ihn immer noch dort geführt werden. Lediglich wenn eine Person für tot erklärt wird oder wenn herauskommt, dass sie Schweden verlassen hat, wenn sie auf irgendeine Weise ihre ursprüngliche Identität wieder annimmt oder wenn die Person als in Schweden wohnhaft gemeldet wird, dann fällt sie aus dem Register heraus. Für einen der drei letztgenannten Fälle genügt es schon, dass man irgendwo mit einer Kreditkarte bezahlt, an der Mautstation registriert wird oder sich bei einem Makler für eine Wohnung interessiert. John Grimberg hat nichts dergleichen getan, denn sonst befände er sich nicht mehr in diesem Register.

»Ich gehe mal davon aus, dass es wichtig ist«, sagt Alice jetzt, und ich stehe unten auf dem Bahnsteig und sehe zu, wie die U-Bahn schnaubend in Blau und Silber aus dem dunklen Hals des Tunnels kommt.

»Ja«, bestätige ich, »das ist es. Es geht um seine Schwester.«

»Julia«, höre ich Alice vom Bildschirm ablesen. »Julia Grimberg?«

»So ist es.«

»Gestorben im August 1997.«

Ich schlucke, und als ich blinzele, flimmert die Halskette vor meinen Augen.

»So ist es.«

Über Hagsätra scheint die Sonne, und auf dem Platz steht eine Gruppe Kinder, die einen Ball zwischen sich hin und her kicken. Sie sind sonnengebräunt und sprechen miteinander in einer Sprache, die ich nicht verstehe. Hier, direkt an dem Platz, war Grim zuletzt gemeldet. Die hellen Hochhäuser mit ihren kleinen Fenstern erinnern an Salem. Die Tür des Hauses steht offen, ich nehme die Treppe in den zweiten Stock und klingele an der ersten der drei Türen. Nichts. Die beiden anderen Türen aber werden geöffnet, und ich stelle mich als John Grimbergs Freund vor, doch keiner hat seinen Namen je gehört. Die Leute haben ihre Wohnungen über das Wohnungsamt bekommen. Ich überlege, in welcher der drei er wohl gewohnt hat, und unterdrücke den Impuls zu fragen, ob ich hereinkommen und mich umsehen darf, weil ich gern sehen würde, wie er gelebt haben könnte. Aber das würde nichts bringen. Ich bedanke mich für die Hilfe und gehe.

Dann rufe ich Felix an, der sich aber nicht meldet. Danach verbringe ich den restlichen Nachmittag damit, über meine üblichen Kontakte eine Spur von John Grimberg zu finden, doch keiner kann etwas von Wert beisteuern. Ich fahre sogar zum Finanzamt auf Södermalm und setze mich dort an einen Computer, um in ihrem öffentlichen Register nachzusehen, aber auch das bringt mich nicht weiter. Es scheint, als hätte Grim vor zehn Jahren seine Existenz ausradiert.

Ich beginne, an mir selbst zu zweifeln. Kaum jemand weiß besser als ich, welchen Preis man unter Umständen dafür bezahlen muss, wenn man in einer polizeilichen Ermittlung Informationen zurückgehalten hat. Also stehe ich spät am Abend in meiner Wohnung und bin bereit, Gabriel Birck anzurufen und ihm alles zu erzählen. Da vibriert das Telefon in meiner Hand. Es ist Sam.

Vor dem Haus in der Chapmansgatan flattern immer noch die Absperrbänder im Wind, und ich sehe, wie Passanten neugierig stehen bleiben. Die Straße entlang parken Autos, und ich glaube, dass in einem davon jemand sitzt, der mich beobachtet, doch ich bin mir nicht sicher.

»Hallo?«

»Hier ist Sam.«

»Hallo, Sam.«

»Ich, ähm ... störe ich?«

»Nein. Nein, du störst nicht.«

»Ich dachte nur ... weil du doch heute hier warst.«

»Ja?«, frage ich und drücke den Hörer fester ans Ohr. »Ja, danke, dass du dir die Zeit genommen hast.«

»Später kam noch ein Kunde zu mir, ich glaube, du kennst ihn, er wird Viggo genannt.«

Ich weiß, wer das ist. Einer von Felix' Dealern. Einer von denen, die ich heute aufgesucht habe, nachdem ich Hagsätra verlassen hatte. Er hat das Gerücht bestätigt, dass jemand in der Nähe des Kronobergs-Parks eine Hure überfallen hat, hatte das aber noch nicht mit dem Gerücht über Rebecca Salomonssons Tod verknüpft.

»Ich habe ihn heute getroffen«, sage ich. »Aber es hat nichts ergeben.«

»Das hat er mir erzählt. Weil er weiß, dass du und ich ... ja, jedenfalls hat er erwähnt, dass er dich getroffen hat und dass du nach jemandem namens Grim gefragt hast.«

»John Grimberg«, sage ich und erstarre. »Das stimmt.«

»Das hast du mir nicht gesagt, als du da im Studio warst. Du hast seinen Namen nicht genannt und nicht erzählt, dass du nach ihm suchst.«

Diesen Ton in ihrer Stimme kenne ich nur zu gut: Sam ist verletzt.

»Das war zu dem Zeitpunkt noch nicht aktuell«, erwidere ich entschuldigend.

»Ich glaube … ich weiß nicht, wer John Grimberg ist, aber der Name Grim kommt mir bekannt vor.«

Unten auf der Straße startet jemand ein Auto. Unsicher gehe ich wieder zum Fenster. Der Innenraum des Wagens ist von dem Schein eines Handys erleuchtet. Ich ahne eine Silhouette, aber nicht mehr.

»Wo bist du jetzt gerade?«, frage ich.

»Wieso?«

»Wir müssen uns treffen.«

»Leo, ich glaube, das ist keine gute Idee, wir können …«

»Darum geht es nicht.«

»Worum geht es dann?«

Ich hole tief Luft und frage mich, wer unten in dem Auto sitzt. Und ich frage mich, ob ich paranoid bin und wie es wohl klingt, wenn ich sage: »Ich glaube, dieses Telefon wird abgehört.«

13 Es ist Abend. Ich gehe durch die Straßen von Kungsholmen in die BAR. Es ist ein blöder Ort, um sich mit Sam zu treffen, aber es ist der einzige neutrale Platz, der mir einfällt. Auf dem Weg dorthin unternehme ich unzählige Versuche herauszufinden, ob ich beschattet werde oder nicht, doch das ist schwer. Das Viertel ist von zahlreichen kleinen Sträßchen und Gassen durchzogen. In dieser Stadt gibt es Ecken, von denen ich glaube, dass man nie wieder herausfindet, wenn man sie betritt. Jenseits der Neonbeleuchtungen und der Straßenlaternen wartet ein unnatürlich dichtes Schwarz, eine Art Finsternis, die sich fast materialisiert und die man auf der Zunge spüren kann, wenn man den Mund öffnet.

Das Auto, das vorhin auf der Straße gewartet hatte, ist nirgends zu sehen, seit ich unterwegs bin. Mein Telefon schweigt. Rebecca Salomonsson ist tot, und sie hatte Julias Halskette in der Hand – mit meinem Fingerabdruck darauf. Jemand hat die Kette dort platziert, und ich muss Grim finden. Wir haben uns seit über fünfzehn Jahren nicht gesehen, das ist fast die Hälfte meines Lebens. Und seines. Aber vielleicht kann er mir dennoch eine Antwort auf meine Fragen geben. Vielleicht gibt es Zeugen, die Birck dazu bringen können einzusehen, dass ich es nicht war, dass ich nichts mit Rebeccas Tod zu tun habe. Das Problem mit Zeugen ist nur, dass sie unzuverlässig sind. Sie fungieren nur als Leitfäden. Kein Polizist vertraut ihnen voll und ganz, und wenn andere Anzeichen auf mich hinweisen, dann bin ich schlecht dran.

Grims Mutter ist früh gestorben, als er noch jung war. Das wusste ich nicht, und ich frage mich, wie es wohl passiert ist. Vielleicht Selbstmord. Wahrscheinlich Selbstmord. Dann der

Vater. Ich versuche mich zu erinnern, was Alice am Telefon gesagt hat. Drei Wochen, sein Vater ist vor drei Wochen gestorben, hat sie gesagt. Ganz gleich, wo und wer Grim ist, er hat jetzt keine Eltern mehr.

Ich muss an Rebecca Salomonsson denken. Was wollte sie als Kind wohl einmal werden? Sie hat gar nicht mitbekommen, wie ihr Leben zu Ende ging. Wahrscheinlich war es schon vor langer Zeit bergab gegangen, und die Zukunft sah sicherlich auch nicht rosig aus, denn das ist bei Frauen wie ihr selten der Fall. Vielleicht war es sogar gut, dass es so zu Ende ging, das Leben. Dieser Gedanke ist abstoßend, aber die Wahrheit sieht eben oft so aus.

Anna steht in der Ecke der Theke und füllt ein Glas aus einer schwarzen Jim-Beam-Flasche. Sie sieht auf, als ich an der Tür stehe, lächelt blass und trinkt.

»Ich dachte, du würdest anrufen«, sagt sie.

»Ich konnte nicht…« Als ich zur Theke gehe, horche ich auf das Geräusch meiner Schuhe auf dem Boden. »Bist du allein?«

»Wir haben zehn Kunden, die vielleicht eine Stunde in der Woche hier sind.« Sie leert ihr Glas. »Ich bin fast immer allein da.«

»Ich bleibe länger.«

»Du zählst nicht.« Sie stellt das Glas weg. »Was möchtest du?«

»Nichts. Einen Kaffee.«

Das erstaunt sie. Das blonde Haar ist nachlässig zu einem Dutt hochgesteckt, aus dem einzelne Strähnen in ihr Gesicht und den Hals hinunter bis zum Schlüsselbein fallen, das unter dem weiten Kragen ihres Hemds zu sehen ist. Sie ist Sam ein wenig ähnlich, denke ich.

»Nachher kommt jemand hierher«, sage ich. »Jemand, der glaubt, dass ich ganz aufgehört habe.«

»Verstehe«, sagt sie und dreht mir den Rücken zu, um an der

alten Kaffeemaschine zu hantieren. »Wenn du sie nun treffen musst, denn ich nehme mal an, dass es eine Sie ist, oder?«

»Ja.«

»Wenn du nun jemanden treffen musst, der glaubt, dass du nicht mehr trinkst«, fährt sie fort, »ist es dann so klug, das in einer Bar zu tun?«

»Ist alles in Ordnung?«, frage ich zweifelnd.

»Ja. Alles ist okay.«

»Ich wusste keinen anderen Ort, an dem man ...«, sage ich, weiß aber nicht so recht, wie ich den Satz beenden soll.

»An dem man?« Sie wirft, ohne sich umzudrehen, die Kaffeemaschine an, die zu schnauben und zu zischen beginnt.

»An dem man sicher ist.«

»Bist du sonst nirgends sicher?«

»Ich glaube nicht.«

»Nun klingst du paranoid.«

»Ich weiß«, gestehe ich und merke, dass ich mein Handy berühre, also höre ich damit auf.

»Weshalb glaubst du, dass du hier sicher bist?«

Jetzt ist genug Kaffee in die Kanne gelaufen, um einen Becher zu füllen, und sie gießt ihn mir ein und dreht sich wieder um. Ihre Miene ist nur schwer zu deuten, es könnte sein, dass sie verletzt ist, aber sie sieht fast ängstlich aus.

»Ich glaube es einfach nur.«

»Wie heißt sie?«

»Wer?«

»Sie, die auf dem Weg hierher ist.«

»Sam.«

»Sam, wie in ...«

»Wie in Sam.« Ich zögere. »Wir waren mal zusammen.«

»Was ist passiert?«

»Ein Unglück.«

Anna geht zum Rand des Tresens, gießt sich selbst noch mehr Jim Beam ein und kommt dann zurück. Als sie meinen

Blick sieht, der auf das Glas in ihrer Hand fixiert ist, wird sie verlegen.

»Ich kann auch aufhören zu trinken, wenn das für dich blöd ist.«

Ich schüttele den Kopf.

»Nein, trink du nur.«

Die Tür zur BAR geht auf, und Sams Gesicht erscheint. Draußen hat es zu regnen begonnen, und Sams Jacke ist nass. Ihre Haare kleben ihr strähnig an der Stirn und an den Wangen. Sie geht zum Tresen und zieht die Jacke aus, während sie den Kaffeebecher in meiner Hand mustert, als würde sie versuchen zu dechiffrieren, was er bedeutet. Dann bestellt sie ein Bier.

»Ich kenne dich«, sagt Anna. »Du tätowierst.«

»Genau.«

Sam bekommt ihr Bier und prüft etwas auf ihrem Handy, ehe sie sich umsieht.

»Das ist aber mal ein interessanter Ort, um sich zu treffen.«

»Sehr speziell.« Ich schiele zu Anna, die ein paar Schritte zurücktritt und versucht, sich unsichtbar zu machen, indem sie das Geld in der Kasse zählt, die, abgesehen von ein paar einzelnen Scheinen und Münzen, leer ist. »John Grimberg«, sage ich und sehe Sam an. Wie so oft, wenn sie meinen Blick erwidert, verschwimmt alles andere, wird körnig und dunkel. Das Einzige, was ich sehe, ist Sam.

»Ja.« Sie trinkt von ihrem Bier, und ein dünner Streifen Schaum legt sich auf ihre Oberlippe. Sie wischt ihn mit dem Handrücken weg. »Oder, ich glaube, dass er es war.«

»Du glaubst?«

»Es ist jetzt mehrere Jahre her, das war noch in der Zeit, als wir … in der Zeit, als wir noch zusammen waren. Ich habe dir damals nichts davon erzählt.«

»Warum nicht?«

»Weil es sich um die Sorte Dinge handelte, von denen man einem Polizisten nichts erzählt.«

Das schmerzt. Obwohl ich damit gerechnet hatte, schmerzt es.

»Ich habe mit dir zusammengelebt.«

»Wie auch immer«, fährt sie fort, »ich glaube, es war im Herbst. Da hat mich eines Abends jemand angerufen, als ich gerade aus dem Studio gehen wollte, und er weigerte sich zu sagen, wer er ist. Normalerweise akzeptiere ich so einen Kunden nicht, das weißt du, und außerdem war es schon spät. Aber diese Person hat mir sehr viel Geld angeboten. Ich würde die Hälfte vorab bekommen, sowie er den Laden betreten würde, und den Rest hinterher.«

»Wie viel Geld?«

»Fünfzigtausend.«

»Mein Gott.«

»Ich weiß.« Sam nimmt einen Schluck von ihrem Bier. »Also habe ich gefragt, worum es geht, und das Einzige, was er sagte, war, dass er eine Tätowierung entfernen lassen wollte. Das ist eigentlich ein medizinischer Eingriff, weshalb ich ihm eine Hautklinik empfohlen habe, doch das wollte er nicht. Er hatte gehört, dass ich so etwas schon mal gemacht hätte, und das stimmte, das war nämlich, bevor die Richtlinien geändert worden waren. Ich beharrte darauf, dass er stärkere Schmerzen haben würde und es auch weniger sicher wäre, wenn ich es machte, als wenn er in eine Klinik ging, doch er blieb dabei, dass das keine Alternative für ihn sei. Ich glaube, er hat mich sogar ausgelacht. Dann bat er mich, im Studio zu warten, und legte auf. Eine Stunde später stand ein sehr, sehr blonder Mann an der Tür. Ich erinnere mich, dass ich noch gedacht habe, dass die Haare wahrscheinlich gefärbt waren, denn die Augenbrauen waren viel dunkler. Erst meinte ich, er wäre derjenige, mit dem ich gesprochen hatte. Er stellte sich als Dejan vor, aber ich bezweifle, dass dies sein richtiger Name war. Er sagte, er sei da, um seine Tätowierung entfernen zu lassen. ›Hab ich mit Ihnen telefoniert?‹, fragte ich, und er schüttelte den Kopf und ging an mir vorbei ins Studio. Hinter ihm stand noch eine Person, die ich bis dahin nicht bemerkt hatte. Es war schließlich dunkel, und wenn jemand genau rechts vom Studio steht, dann ist das wegen des Winkels nur schwer zu erkennen. Diese andere Person«, fährt sie fort und senkt den Blick, »das war der, mit dem ich geredet hatte. Er war sehr groß und auch blond, doch nicht auf diese aufdringliche Art wie Dejan. Er hatte ein feines Gesicht, eckig, aber gut geformt und sonnengebräunt. Hatte einen schicken Trenchcoat an und sah aus wie ein Werbeheini, der eben aus dem Urlaub zurückgekommen ist. Doch irgendwas war mit seinem Blick, der war sehr sonderbar, irgendwie ... leer. Hohl.« Sie nimmt einen Schluck von ihrem Bier. »Da war nichts, keine Identität, weder Wärme noch Kälte, überhaupt kein Gefühl, gar nichts.«

»Welche Augenfarbe hatte er?«

»Blau. Aber«, fügt sie hinzu, »ich glaube, er trug Kontaktlinsen.«

»Wie kommst du darauf?«

»Ich trage Linsen, Leo, und ich weiß, wie Augen nach einem ganzen Tag mit Linsen aussehen.«

»Hat er sich vorgestellt?«

»Als Grim. ›Du kannst mich Grim nennen.‹ Das war alles, was er gesagt hat. Ich war nervös, und du weißt, dann versuche ich immer Witzchen zu machen, also habe ich irgendwas über die Märchen der Gebrüder Grimm gesagt und gefragt, ob er Hans im Glück oder der Froschkönig ist, aber er meinte nur, ob wir jetzt mal anfangen könnten. Und dann schob er die Hand, er trug übrigens dünne Handschuhe, in den Trenchcoat und zog ein Bündel Scheine heraus. ›Fünfundzwanzigtausend‹, hat er gesagt, ›so sauber, dass Sie die direkt zur Bank tragen können.‹ Ich hatte noch nie in meinem Leben so viel Bargeld gesehen, so als Bündel, und ich konnte nur nicken und legte sie im Büro auf den Tisch. ›Ich habe gehört, Sie sind gut‹, sagte er. ›Der Typ, zu dem ich sonst gehe, ist in Unannehmlichkeiten geraten, deshalb muss ich es leider mit jemand Neuem versuchen.‹ Wenn ich etwas kann, dann meinen Job. Also habe ich geantwortet: ›Ja, ich bin gut, aber vor allem darin, Menschen Tätowierungen zu machen, nicht, sie ihnen zu entfernen.‹ Daraufhin beugte er sich zu mir herunter, und ich weiß, das klingt krank, aber ich bin ganz sicher, dass er an mir gerochen hat.« Sam wird rot. »Es fühlte sich sehr unangenehm an. Ich weiß nicht, was er daraus geschlossen hat, aber danach hat er Dejan angesehen, dann kurz genickt und gesagt: ›Los geht's.‹ Also setzte ich Dejan in meinen Stuhl, und er zeigte mir die Tätowierung. Ein faustgroßer, schwarzer, dreiköpfiger Adler auf Herzhöhe. Das ist ein bekanntes Symbol, doch in diesem Fall sollte es offensichtlich an sein Heimatland erinnern.«

»Albanien.«

»Genau.«

Dejan Friedrichs. Ich war einmal wegen Brandstiftung mit Todesfolge in einer Kneipe am Sveavägen hinter ihm her. Der Besitzer des Lokals war nicht auf das Angebot eingegangen, vom Syndikat beschützt zu werden, und der Preis, den er für seine Selbstständigkeit zahlen musste, war, dass jemand den Laden in Brand setzte. Ich habe Dejan nie verhört, und ich glaube nicht, dass er jemals für den Brand verantwortlich gemacht werden konnte, doch ich hatte so ein Gefühl, dass er der Täter war. Er verdiente sein Geld als Ausputzer für Silver, der damals über Teile der Stockholmer Unterwelt herrschte.

»Das klingt ganz nach ihm«, sage ich und trinke von dem Kaffee.

Warum er sich wohl als Grim vorgestellt hatte? Zu der Zeit hätte er doch schon unter einem anderen Namen arbeiten können. Vielleicht verwendet er den Namen immer noch informell?

Im Augenwinkel sehe ich, wie Anna sich darum bemüht, so zu tun, als würde sie etwas anderes machen als zuzuhören. Sam sorgt dafür, dass meine Gedanken klarer und schneller sind. Wenn ich sie vor mir sehe, fühle ich mich wach und beweglich. So war es schon immer, als würden die Teile an ihren richtigen Platz fallen.

»Grim hat sich also auf das Besuchersofa gesetzt und sich mit seinem Handy beschäftigt, während ich anfing, an der Tätowierung zu arbeiten. Betäuben und Säubern und so weiter, aber ich war schon ganz sicher, dass das Ergebnis schlecht werden würde und definitiv nicht fünfzigtausend Kronen wert. Als ich ungefähr zur Hälfte fertig war, schlug ich Grim deshalb vor, dass die fünfundzwanzigtausend genug wären, doch er sagte, wir hätten eine Vereinbarung, und die müsse man einhalten.«

»Schienen die beiden sich gut zu kennen? Er und Dejan?«

Sie schüttelt den Kopf.

»Ich hatte den Eindruck, dass Dejan ein Klient war. Grim telefonierte fast die ganze Zeit. Wenn man im Studio sitzt und intensiv arbeitet – ich war unglaublich müde, das weiß ich noch –, wenn man dasitzt und einfach nur arbeitet, dann verselbstständigt sich diese Tätigkeit, und ich hörte unfreiwillig seine Stimme direkt hinter mir. Es klang, als würde er mehrere Sachen gleichzeitig schaukeln, und ich glaube, er wollte dem Typen helfen, das Land zu verlassen. In den Gesprächen wurde auch über Geld geredet. Es gab Komplikationen, und Grim klang verärgert, beendete das Gespräch, rief jemand anderen an und informierte ihn darüber, dass es mehr kosten würde, als er gedacht hatte. Er klang hektisch, so als stünden sie unter Zeitdruck, und ich wurde sehr unruhig, weil Dejans Tätowierung nicht professionell gemacht war. Es war die Arbeit eines Amateurs, wahrscheinlich im Knast gestochen, und sie saß ungleichmäßig tief. Ich musste ohne Ende Haut abkratzen und hätte nicht in der Nähe von dem Typen sein mögen, wenn die Betäubung nachließ. Seine Haut sah total zerfleddert aus, aber Grim schien das nicht zu kümmern. Genau, ich erinnere mich noch, dass er, während ich an Dejan arbeitete, eine Tablette nahm. Die hatte er in einem Röhrchen, das fiel mir auf. Es war nicht die Sorte Röhrchen, die man kriegt, wenn man Tabletten in der Apotheke kauft. Daran erinnere ich mich.«

Sie sieht mich an, als hätte das eine Bedeutung.

»Okay«, sage ich.

»Auf jeden Fall war ich irgendwann fertig, es war gegen halb drei Uhr nachts, und ich hatte die Wunde versorgt. Die war so tief, dass ich seinen Brustmuskel sehen konnte, stell dir mal vor! Total krank. Ich habe ihnen Anweisungen gegeben, wie die Wunde behandelt werden musste, und sie mit Mitteln versorgt, die ihm über die ersten Tage helfen würden. Grim gab mir die ausstehenden fünfundzwanzigtausend und dankte für die gute Zusammenarbeit. Aber bevor er das Studio verließ, beugte er sich zu mir herunter und flüsterte mir etwas zu, das ich nicht einordnen konnte.«

»Und das war?«

Sam räuspert sich, trinkt noch einen Schluck von dem Bier und sieht abwechselnd zu mir und auf ihre Füße.

»Er hat geflüstert, ich würde wie ein alter Freund riechen.«

Sie wird für einen Moment still, und Anna hat aufgehört, das Geld zu zählen, und wischt stattdessen die Flaschen ab, die an der Wand hinter ihr aufgereiht sind, eine nach der anderen.

»Ich habe es so interpretiert, dass er mir vertraute«, fährt Sam fort. »Als wäre ich ein Freund, verstehst du?«

»Ja.«

Aber das hatte Grim nicht gemeint. Für einen Augenblick bin ich wieder zurück in Salem. Ich bin sechzehn Jahre alt und sehe, wie mein Freund die Handschrift seiner Mutter fälscht, wie er auf dem Pausenhof des Rönninge-Gymnasiums steht und seine erste selbst gemachte Ausweiskarte hochhält. Wie er aus dem Jugendlager zurückkommt und gelernt hat, wie man eine Kreditkarte knacken kann, ohne dass es im Bankomat registriert wird. So muss es angefangen haben. Seit über zehn Jahren wird er im Vermisstenregister geführt. Er ist nicht tot, aber existiert auch nicht.

Ich schwanke etwas, und Sam greift nach meinem Arm und stützt mich.

»Leo«, sagt sie und sieht besorgt aus. »Bist du in Ordnung?«

»Es war ein langer Tag«, murmele ich, wende mich Anna zu und bitte um ein Glas Wasser.

Es sind achtundvierzig Stunden vergangen, seit Rebecca Salomonsson tot aufgefunden wurde. Die Zeitspanne für einen raschen Fahndungserfolg nähert sich dem Ende. Der Täter ist dabei, sich in Luft aufzulösen, zu verschwinden. Gleichzeitig bekomme ich eine SMS von der unterdrückten Nummer.

– ich glaube, du solltest mal Nachrichten sehen

14 17-JÄHRIGER BEI MESSERSTECHEREI IM JUGEND-LAGER SCHWER VERLETZT

Julia stand vor dem Fernseher in meinem Zimmer mit der Fernbedienung in der Hand und las die Nachricht im Teletext. Ich war im Badezimmer gewesen, als sie nach mir gerufen hatte, schlang mir das Handtuch um die Hüften und ging zu ihr. Draußen schien die Sonne, und es war der letzte Arbeitstag meiner Eltern. Ich hatte zum ersten Mal mit jemandem zusammen geduscht.

»Es ist das Lager«, sagte Julia erstaunlich gefasst. »Vor Jumkil. Das ist das Lager, in dem er ist.«

Während sie las, suchte ihre Hand, vielleicht unbewusst, nach der meinen. Als ich ihren Griff fühlte, merkte ich, dass es ernst war.

In einem Jugendlager für Fünfzehn- bis Zwanzigjährige war ein siebzehnjähriger Junge niedergestochen worden. Polizei und Rettungswagen waren sofort gekommen, und der Junge war in das Universitätskrankenhaus von Uppsala gebracht worden, wo er auf der Intensivstation lag. Sein Zustand war ernst, aber stabil.

In meinem Magen krampfte sich etwas zusammen, und ich hatte Mühe zu atmen.

»Mein Gott«, hörte ich meine eigene Stimme.

»Ruf da an«, sagte sie und holte das Telefon. »Ruf da an. Hier ist die Nummer.«

»Ist es nicht besser, wenn d...«

»Ich kann nicht. Ich traue mich nicht. Wenn mit ihm alles in Ordnung wäre... dann hätten wir was gehört. Er hätte angerufen.«

Ich wählte die Nummer und wurde vom Besetztzeichen abgewiesen. Ich probierte es noch einmal, erfolglos.

»Ruf noch mal an.«

Julia starrte mit ausdruckslosem Blick auf den Fernseher. Beim fünften Versuch kam ich durch. Ein Mann meldete sich, und ich sagte so gefasst, wie ich konnte, dass wir von einem Ereignis aus den Nachrichten erfahren hätten und nachfragen wollten, ob mit unserem Freund alles in Ordnung sei. Als ich seinen Namen sagte, erklärte der Mann, dass Grim nicht verletzt war, dass ihn die Sache aber sehr mitgenommen habe, da es sein Freund gewesen sei.

»Sein Freund ist niedergestochen worden?«, rief ich. »Wer war das?«

»Nein, nein«, beeilte sich der Mann zu sagen. »John war mit dem Jungen befreundet, der das Messer hatte.« Er verstummte. »Das hätte ich nicht sagen sollen«, fügte er dann hinzu. »Erzählt es nicht weiter. Hier geht gerade alles ziemlich durcheinander.«

Die Lagerzeit wurde wegen des Ereignisses nicht abgebrochen. Offensichtlich war es wichtig, gemeinsam den Vorfall zu verarbeiten, um zu begreifen, was da passiert war. Julia und ihre Eltern fuhren noch am selben Tag nach Jumkil, um Grim zu besuchen. Am Tag danach fuhren Julia und ich allein hin. Julia hatte ihn gefragt, ob er mich treffen wolle, und eigentlich wollte er das nicht, tat es aber ihr zuliebe. Ich musste ihn einfach sehen, musste mich vergewissern, dass mit ihm wirklich alles in Ordnung war. Und er fehlte mir.

Nach ihrem ersten Besuch war Julia der Meinung, Grim wirke verletzt. Er hatte nicht viel gesagt, als sie ihn getroffen hatten, aber der Psychologe, der jetzt rund um die Uhr im Jugendlager arbeitete, hatte erklärt, dass der Schock noch anhalte. Es waren kaum achtundvierzig Stunden vergangen.

»John redet nie sonderlich viel«, sagte Julia, als wir im Bus nach Jumkil saßen. »Aber ich weiß, irgendwas ist anders. Ich hoffe, es ist nur der Schock.«

Ich suchte ihre Hand, doch diesmal zog sie sie weg und sah aus dem Busfenster. Ein leichter Sommerregen fiel. Die Häuser wurden spärlicher, und es wurde immer grüner, je näher wir Jumkil kamen. Julia fingerte an ihrer Halskette herum.

Die Jugendanstalt von Jumkil war ein eckiges, hellgraues zweistöckiges Gebäude, das durch die Bäume schimmerte, als der Bus um eine Haarnadelkurve fuhr. Ich sah es nur im Augenwinkel, bemerkte aber trotzdem den Zaun, der ganz den Eindruck einer geschlossenen Anstalt vermittelte. Die Bushaltestelle lag ein paar hundert Meter weiter, und anstatt zurück und zu der Anstalt zu gehen, liefen wir einen schmalen Schotterweg hinunter, der uns offenbar zu dem nahe gelegenen Jugendlager brachte. Julia wirkte zerstreut, hatte die Hände in den Taschen ihrer dünnen Strickjacke und den Blick auf Baumkronen und Himmel gerichtet.

Das Jugendlager Jumkil bestand aus fünf roten Holzhäusern mit weißen Ecken, die in Hufeisenform standen. Das hier sah nicht aus wie ein Ort, an dem jemand niedergestochen wurde oder lebensbedrohliche Verletzungen erlitt, doch es ist ja meistens so, dass der Schein trügt. Das Lager wurde von drei Leitern geführt, die alle zehn Jahre älter waren als ich, breite Schultern, tätowierte Arme und ein herzliches Lächeln hatten. »Vorbilder« war das falsche Wort, und doch war es das Erste, das mir einfiel, als ich sie sah. Einer von ihnen stellte sich mit ernstem Gesicht vor und nahm uns mit zu einem der fünf Häuser.

Die Umgebung wirkte freundlich und einladend, doch als Julia und ich uns der Schwelle des Hauses näherten, hatte ich plötzlich das Gefühl, einen formellen Besuchsraum zu betreten. Die Tatsache, dass Grim befohlen worden war, an dem Jugendlager teilzunehmen, verursachte mir Unbehagen.

»Eigentlich haben wir keinen Besuchsraum«, sagte der Jugendleiter, »aber wir haben übergangsweise einen der Aufenthaltsräume dazu umfunktioniert. Ihr kommt doch aus Salem, oder?«

Ich nickte.

»Dann wisst ihr ja, wie das ist. Wenn man von so einem Ort kommt, ist das einzig Positive, dass alle ein Auge auf einen haben. Wenn man auf der schiefen Bahn landet, bekommt man Hilfe, um wieder in Spur zu kommen. Darum bemühen wir uns hier.«

»Indem ihr ihnen Messer gebt?«

»Das war ein Besteckmesser. Er hatte es gestohlen und selbst geschärft.« Der Jugendleiter zuckte mit den Schultern. »Ich bin hier draußen in der Nähe. Sagt Bescheid, wenn ihr fertig seid.«

Der Aufenthaltsraum bestand aus Stühlen und Tischen in einem seltsamen Durcheinander, einem Billardtisch und einer Wurfscheibe ohne Pfeile. An der Wand hing ein großer Fernseher, der ohne Ton Musikvideos abspielte. Auf eine Pinnwand waren Flugblätter und Informationen von verschiedenen Organisationen geheftet. Ich erkannte mehrere davon wieder, denn die Leute waren im Rönninge-Gymnasium gewesen und hatten über ihre Arbeit gegen Gewalt und Drogenmissbrauch berichtet.

Grim saß an einem der Tische und las. Er hatte sich in den drei Wochen, in denen er nun fort war, verändert. Seine Haut war braun gebrannt, und er hatte sich die Haare abrasiert. Statt der blonden Tolle hatte er jetzt nur noch kurze weizenblonde Stoppeln. Als wir den Raum betraten, lächelte er uns müde zu und legte das Buch beiseite.

»Hallo.«

»Hallo.«

Julia und ich setzten uns an den Tisch, der mit kleinen Kerben und Schnitten übersät war, alle ungelenk und krumm, als ob sie mit Schlüsseln gemacht worden wären. Manche waren mit Bleistift ausgemalt. Ich spürte die Kerben an meinen Fingern. Grim sah aus wie ein Junge, der plötzlich sehr alt geworden war.

»Wie geht's?«, fragte ich.

»Ist okay.«

»Nur noch eine Woche jetzt.«

»Ich weiß.«

»Ziemlich guter Deal«, ich versuchte, witzig zu sein, »man klaut die Reisekasse der Schule und darf für einen Monat aufs Land.«

Grim lachte, doch das Lachen erreichte nicht seine Augen.

»Ja, denke schon.« Er schnupperte in der Luft. »Du riechst gut.«

»Ehrlich?«

»Es erinnert mich an den Geruch zu Hause bei uns«, sagte er.

»Manchmal ist dein Geruchssinn schlechter als du glaubst«, murmelte Julia, und ich war sicher, dass sie rot wurde, konnte es aber nicht sehen, weil sie neben mir saß.

»Da sagen die Leute hier aber anderes«, sagte Grim.

»Wirst du bewundert für deinen Geruchssinn?«, fragte ich.

»So was in der Art.«

»Was heißt das?«, fragte Julia.

»Nichts«, sagte Grim, lächelte und fuhr sich mit der Hand durch die Stoppeln auf seinem Kopf. »Nur ... dass es okay ist hier.«

»Dein Kumpel ist vor zwei Tagen niedergestochen worden«, warf ich ein.

»Er war nicht mein Kumpel, das sag ich dir«, zischte Grim, und ein schwarzer Schatten fiel über sein Gesicht. »Jimmy ist mein Kumpel.«

»Jimmy?«, fragte ich.

»Der mit dem Messer.«

Wie Grim erzählte, war Jimmy ein blasser und hagerer Junge mit langen braunen Haaren. Sein Vater trank zu viel, und mit der Mutter war es noch schlimmer. Sie lebte nicht mehr bei den beiden, sondern war mit einem Finnlandschweden aus Botkyrka zusammen, der ihr Drogen besorgte. Außerdem war Jimmy ein Mobbingopfer in der Schule. Aber eines Tages hatte er die Schnauze voll gehabt und war drauf und dran gewesen, das Gesicht eines der Jungen mit einem Heftklammerer zu traktieren. Deshalb war er im Jugendlager gelandet. Dort hatte sich eine Gruppe aus fünf der Teilnehmer gebildet, die von einem Typen namens Dragomir, einem Hockeyspieler aus Vällingby, angeführt wurde. Zu Anfang hatte Jimmy sich ganz im Hintergrund gehalten und Grim ebenso. So hatten sie einander gefunden. »Einander gefunden«, das war der Ausdruck, den Grim verwendete.

»Wir haben nicht sonderlich viel gemacht«, sagte Grim. »Die meiste Zeit haben wir geredet, über alles Mögliche.«

Nach einer Woche fand Jimmy heraus, dass Grim einen besonderen Geruchssinn besaß. Zum Beispiel gelang es ihm, den Schrank mit dem Geld der Organisation zu erschnuppern, das er dann mit Jimmy teilte. Die anderen Teilnehmer kamen allerdings schnell dahinter. Sie nahmen Jimmy seinen Anteil weg, ließen Grim aber den seinen, welchen er dann wiederum insgeheim mit Jimmy teilte.

»Trotzdem habe ich mich nicht für ihn eingesetzt«, sagte er jetzt und schien sich deshalb zu schämen. »Nicht vor den anderen. Stattdessen, ja ... stattdessen war ich mehr mit ihnen zusammen als mit ihm, auch wenn wir uns trafen und darüber redeten, was so lief.«

Zwei Wochen später ging Grim eines Abends über den Hof, nachdem er in einem der Häuser, das als Sporthalle eingerichtet war, Basketball gespielt hatte. Hinter einer der Hausecken hörte er Leute, die versuchten, ihre Aufregung zu unterdrücken, um nicht erwischt zu werden. Er sah die Silhouette von Dragomir und noch mehr Leute, die um ihn herum standen.

»Jetzt ist es so weit, du kleine Hure.«

Grim ging zu der Gruppe hin und blickte auf das hinunter, was in ihrer Mitte auf dem Boden lag: lange braune Haare und Jimmys angsterfülltes Gesicht.

»Nicht die Haare«, flüsterte er. »Bitte, nicht die Haare.«

Dragomir hielt einen Trimmer in der Hand, der aggressiv brummte.

»Möchtest du Friseur spielen?«, fragte Dragomir und hielt Grim den Trimmer hin.

»Ich habe Jimmy in die Augen gesehen«, erzählte Grim jetzt. »Und dann habe ich den Kopf geschüttelt und wollte weggehen. Kaum dass ich ihnen den Rücken zugewandt hatte, hörte ich das raspelnde Geräusch, mit dem der Trimmer sich durch sein Haar arbeitete.«

Grim hatte Tränen in den Augen. Das erstaunte mich. Julia streckte ihre Hand über den Tisch aus, um die ihres Bruders zu berühren, doch er zog sie zurück. Ich sah seinen rasierten Kopf an.

»Hast du dir deshalb ...«

»Danach«, fuhr er fort und wischte sich schnell über die Augen und blinzelte ein paarmal, »ein paar Tage später saß er im Speisesaal, und ich fragte ihn, ob ich mich zu ihm setzen dürfe. Er zuckte nur mit den Schultern, aber ich war schon mal froh, dass er nicht Nein gesagt hatte. Auf seinem Kopf waren einige dünne Haarsträhnen stehen geblieben, es sah furchtbar aus, und ich fragte ihn, ob ich ihm helfen sollte, sich den Kopf ganz zu rasieren. Er sah mich nur an, lächelte und schüttelte den Kopf, als ob das keine Bedeutung mehr hätte. Ich bin sicher, dass er beim Essen ein Messer hatte, doch nach dem Mittagessen saß er nur noch mit einer Gabel da. Er muss das Messer während des Essens direkt vor meinen Augen versteckt haben.

Ein paar Tage später hat er das Messer dann Dragomir in den Bauch gerammt, genau an dem Ort, wo Dragomir ihn drangsaliert hatte. Das ist passiert«, beendete Grim seine Erzählung, und das Schweigen senkte sich schwer auf uns.

Am Abend verließen wir Jumkil.

»Wir sehen uns in einer Woche«, sagte ich.

»Ja, dann ist Schluss mit der Ruhe«, meinte Grim.

Er wusste es. Ich war überzeugt davon. Er bemerkte ihren Geruch an mir. Und ich glaube, dass er auch meinen Geruch an ihr bemerkte, aber er sagte es nicht, zumindest nicht so, dass ich es gehört hätte.

»Es wird schön, dich wieder zu Hause zu haben«, sagte Julia und strich ihm über den Rücken. Grim ließ sie gewähren, auch wenn er zunächst bei der Berührung erstarrt war.

»Was passiert, wenn du zwanzig Jungs zusammensammelst, die alle dieselben Probleme wie John haben, wenn nicht üblere?«, murmelte Julia, als wir im Bus nach Hause saßen. »Dann passiert genau das. Jemand wird verletzt, und diejenigen, denen geholfen werden sollte, kommen noch schlimmer zurück, als sie hingefahren sind. Das ist doch total krank, ich begreife nicht, was die vom Jugendamt sich dabei denken.«

»Ich glaube, er weiß es«, sagte ich leise. »Das mit uns.«

»Er weiß es nicht. Er hat nur einen Verdacht.«

»Bist du sicher?«

»Er ist mein Bruder. Ich weiß, wie er tickt.«

»Was passiert, wenn er es rauskriegt? Sollten wir es ihm nicht lieber selbst sagen?«

Julia antwortete nicht. Ich fragte sie, ob alles in Ordnung sei, und sie sah mich an und lächelte. Ja, alles ist gut, meinte sie schließlich, und obwohl ich ahnte, dass das nicht stimmen konnte, entschied ich mich dafür, es zu glauben.

Grim und ich konnten über alles reden. Alles, außer Julia. Er hatte schon mehrmals gefragt, ob ich mich für irgendjemanden interessieren würde, oder wegen irgendwelcher Mädchen, die wir kannten, auf den Busch geklopft. Ich hatte immer ausweichend geantwortet. Denn ich konnte nicht voraussehen, wie er reagieren würde, wenn ich ihm von Julia und mir erzählte.

Im Grunde war mein Schweigen kein grober Verrat an unserer Freundschaft. Ich hatte solche Szenarien schon in Filmen gesehen, da ging es immer gut aus. Manchmal jedoch auch nicht, und dann endete es in einer Katastrophe.

Aber möglicherweise hatte Grim auch gar kein Problem damit. Vielleicht war es für ihn anfangs ein wenig komisch und unbequem, aber das würde bestimmt vergehen. Aber es konnte auch sein, dass er es vollkommen inakzeptabel fand, und die Vorwürfe würde er nicht Julia machen. Sie waren Geschwister. Ich war derjenige, der gezwungen würde, sich zwischen den beiden zu entscheiden. Wenn ich überhaupt die Möglichkeit zu wählen bekam. Vielleicht würde Grim auf Abstand zu mir gehen und es unmöglich machen, Julia weiter zu treffen. In dem Fall würde ich sie beide verlieren.

Im Grunde lief es ja noch nicht lange, kaum mehr als einen Monat, aber mir kam es vor, als würde sich die Zeit dehnen, verlangsamen, und das machte jeden Tag besonders.

Ich war noch nie zuvor mit jemandem zusammen gewesen, aber ein Klassenkamerad von mir hatte eine Fernbeziehung mit einem Mädchen, das er in den Ferien in Skåne kennengelernt hatte. Jedes zweite Wochenende fuhr er dorthin, und ich dachte, dass es ihm wohl genauso ging, an den Tagen, an denen er mit ihr zusammen war. Weil es so wenige waren und sie bald vorbei sein würden, waren sie äußerst bedeutungsvoll, und es war eine Verschwendung, wenn man sein Leben einfach so wie sonst auch lebte.

Falls sie etwas verstimmt hatte, als wir Grim in Jumkil besuchten, war das jetzt zumindest nicht mehr zu spüren. Julia war so wie immer. Wir gingen baden. Ich hielt ihre Hand auf dem Weg dorthin, und im Wasser wurde ihr Körper sonderbar sanft und leicht. Als wir nach Salem zurückkamen, fragte Julia, ob ich mit zu ihr kommen wollte. Sie war allein zu Hause, sagte sie. Doch als wir ihre Wohnung betraten, war sofort klar, dass wir alles andere als allein waren. In der Wohnung roch es stark nach Essen.

In einem Sessel im Wohnzimmer saß eine Frau mit lockigem Haar und einem schönen Gesicht. Sie sah nicht auf, als wir hereinkamen. In der Küche hörte ich das Klappern von Porzellan, das gespült wurde, und Julia an meiner Seite erstarrte und ließ meine Hand los.

Ihr Vater schaute aus der Türöffnung. Sein Gesicht war verbissen und hart, die Haut leicht rotfleckig, und die Augen waren geschwollen, so als wäre er eben erst aufgewacht. Er sah erstaunt aus. In der Hand hatte er einen Teller und ein Geschirrtuch.

»Ich dachte, ihr wärt nicht zu Hause«, sagte Julia.

»Das sind wir aber.« Er versuchte zu lächeln und sah mich an. »Kennen wir uns?«

»Nein, ich glaube nicht.«

»Das wird sowieso nichts«, kam es von der Frau. Ihre Stimme klang eintönig, war aber mit einem ansprechenden, leichten Krächzen unterlegt. Mit einer etwas variableren Tonlage hätte sie im Callcenter die Betreuung verärgerter Kunden übernehmen können. »Sie bleibt sowieso bei niemandem.«

»Mama«, sagte Julia vorsichtig, doch ich sah, dass ihre Kiefermuskulatur angespannt war.

»Das ist die Wahrheit.«

»Leo«, stellte ich mich vor. »Ich heiße Leo. Ich wohne im Nachbarhaus.«

»Leo«, wiederholte Julias Vater, als versuchte er sich zu erinnern, wo er den Namen schon gehört hatte.

»Ich bin mit Gr… mit John befreundet. Wir gehen in dieselbe Schule. Nicht in dieselbe Klasse, aber in dieselbe Schule. Wir sind schon eine Weile befreundet.«

Ich konnte nicht aufhören zu reden und spürte, wie mir

die Farbe die Wangen hochstieg. Vielleicht bemerkte Julia es, denn als sie die Schuhe ausziehen wollte, legte sie, scheinbar um sich abzustützen, behutsam eine Hand auf meine Schulter und drückte sie sanft.

»Ich verstehe.«

Das war alles, was er sagte. Der Teller, den er in der Hand hielt, war trocken, und er verschwand wieder in die Küche.

»Wollt ihr was essen?«, fragte er. »Es ist in ein paar Minuten fertig.«

»Vielleicht später, Papa«, sagte Julia, nahm mich am Arm und zog mich eilig mit sich in ihr Zimmer.

»Wie heißen sie?«, fragte ich.

»Klas und Diana. Wieso?«

»Hab mich nur gefragt. Ihr beide habt das nie erwähnt.«

»Tut mir leid.« Sie schüttelte den Kopf. »Ich dachte wirklich nicht, dass sie zu Hause sein würden. Sie werden es John erzählen.«

»Nicht, wenn wir sagen, dass ich nur hier bin, um was zu holen oder weil du mir was zeigen wolltest, oder ... Ja.«

»Würdest du das glauben?«

»Ja.«

»Ich kann nicht gut lügen«, sagte sie.

»Ich auch nicht.«

Klas und Diana Grimberg. Ich hatte schon so viel von ihnen gehört.

»Sie sind nicht so, wie ich sie mir vorgestellt habe«, sagte ich dann.

»Mama und Papa?«

»Ja.«

»Wie hattest du sie dir vorgestellt?«

Genau darüber musste ich erst noch nachdenken. Dass sie immer herumschrien und niemals miteinander redeten? Ein Erinnerungsbild tauchte auf, wie Grims CD-Spieler aus dem Fenster geworfen wurde und auf die Erde fiel.

»Ich weiß es nicht«, sagte ich.

Ein vorsichtiges Klopfen an der Tür.

»Es gibt jetzt Essen«, war die Stimme von Klas zu vernehmen. »Wollt ihr kommen?«

Julia sah mich fragend an, und ich zuckte nur mit den Schultern.

Der Tisch war einfach gedeckt. Es war ein ganz gewöhnlicher Tag und nicht von Bedeutung, dass ich da war. Sie versuchten nicht, sich zu bemühen, jedenfalls nicht auf die übliche Weise. Das gefiel mir, vor allem im Vergleich zu meinen eigenen Eltern, die, wenn wir jemanden zu Besuch hatten, immer etwas Besonderes rauskehren wollten, weswegen ich mich immer schämte.

»Spaghetti mit Hackfleischsoße«, sagte ihr Vater. »Du isst doch Fleisch, oder?«

»Natürlich«, erwiderte ich.

»Das ist überhaupt nicht mehr natürlich«, murmelte er. »Die Essgewohnheiten der Leute werden immer komischer.«

Aus dem Wohnzimmer waren Schritte zu hören, und Diana Grimberg kam, um sich ihrer Tochter gegenüber an den Tisch zu setzen. Als sie an Julia vorbeiging, blieb sie kurz stehen, sah sie an und strich ihr lächelnd vorsichtig über die Wange.

»Du hast so ein reines Gesicht, weißt du das?«, murmelte sie monoton.

»Danke.«

»Und du.« Sie sah mich an. »Denk dran, dass sie ein guter Fang ist.«

Dianas Mundwinkel zuckten, und ihr Blick wirkte erstaunt, als wäre das etwas, was nur selten geschah. Am Ende teilten sich die Lippen zu einem Lachen, das ich nicht einschätzen konnte.

»Leo ist nur hergekommen, um eine CD zu holen«, sagte Julia, während sie sich einen großen Haufen Spaghetti auf den Teller lud.

»Ich verstehe«, sagte Klas.

»Aber ich habe sie nicht finden können«, fuhr sie fort, ohne die beiden anzusehen. »Vielleicht liegt sie in Johns Zimmer.«

»Ja. Vielleicht.«

Ich goss mir aus einem Krug Wasser ein, und Julia und ihr Vater schoben mir ihre Gläser zu. Ich schenkte allen ein und sah dann zu Diana, die ihr Glas nicht angerührt hatte. Stattdessen saß sie da und betrachtete etwas vor dem Fenster. Ich nahm ihr Glas, füllte es mit Wasser und stellte es wieder zurück. Bei dem Geräusch fuhr sie zusammen und sah mich an.

»Danke«, sagte sie. »Entschuldigung, ich musste nur an etwas denken.«

»Woran hast du gedacht?«, fragte Julia.

»Nichts.«

»Wie lange kennt ihr«, begann Klas und unterbrach sich dann, um zu kauen und zu schlucken, »wie lange kennt ihr euch?«

»Ein paar Monate«, sagte ich. »Ungefähr genauso lange, wie ich John kenne.«

»Er nennt sich selbst Grim«, sagte Diana und trank von ihrem Wasser. »Seltsam. Bin ich die Einzige, die das seltsam findet?«

»Nein, das bist du nicht«, sagte Klas. »Aber er ist siebzehn. In dem Alter hat man gerne seltsame Ideen, nicht wahr, Leo?«

Er lächelte, und hinter den Worten lauerte etwas, das aber nicht herauskam.

»Das nehme ich an.«

»Aus ihm wird etwas werden«, sagte er. »Das kann jeder erkennen.«

»Die Frage ist nur, was«, meinte Diana und sah mich an. »Tu ihr nicht weh.«

»Mama«, sagte Julia hart, und unter dem Tisch spürte ich ihre Hand auf meiner.

»Diana, lass gut s...«

»Ist es so verwunderlich, dass ich mir Sorgen mache?«

Julia legte ihre Gabel neben den Teller und hob den Blick.

»Ich sitze hier. Du musst nicht von mir in der dritten Person reden.«

Diana sah auf das Wasserglas von Klas.

»Trinkst du Wasser?«

»Ja.«

»Aber du hast doch Urlaub. Du musst dich vor denen hier nicht verstellen. Leo weiß es doch sicher, oder?«

»Ich, nein, ich ...«

»Hör jetzt auf, Diana.«

»Soll ich nicht die Flasche holen?«

Sie sah auf die Hände von Klas. Erst jetzt bemerkte ich, dass sie leicht zitterten.

»Ich sehe dir doch an, dass du sie haben willst.«

»Ich trinke Wasser.«

»Aber ...«

»Genug jetzt.«

»Er gibt dir die Schuld«, fuhr Diana ebenso monoton fort und ließ den Blick schweifen, bis er wieder an irgendetwas vor dem Fenster hängen blieb. »Du weißt, dass er das braucht, um es auszuhalten, mit mir zu leben, nachdem ...«

»Diana.« Klas' Stimme war so scharf, dass ich unwillkürlich die Gabel fester packte, und Julias Hand verschwand mit einem Zucken von meiner. »Genug jetzt.«

Ich verließ die Wohnung der Familie Grimberg verwirrt und ohne CD, was nicht sonderlich seltsam war.

Spät am Abend traf ich Julia am Wasserturm, der sich in den Himmel erhob und in der Dunkelheit finsterer wirkte als sonst, gröber als gewöhnlich. Ich hatte in seiner Form immer einen Pilz gesehen, doch jetzt wirkte er mehr wie der Hammer eines Richters. Julia schlang die Arme so fest um mich, wie sie es noch nie zuvor getan hatte. Es fühlte sich dringlicher an, fast verzweifelt, und ich ließ sie. Ich fragte etwas, was sie nicht hörte.

»Was?«, murmelte sie mit ihrem warmen Atem auf meiner Oberlippe.

»Ist es zu Hause bei euch immer so?«

»Schon.« Sie sah zum Turm hinauf. »Komm.«

Julia begann hochzusteigen, sie kletterte in der Dunkelheit vor mir. Ich folgte ihr bis zum obersten Absatz.

»Hier habe ich Grim zum ersten Mal getroffen«, sagte ich.

»Ach ja, du.«

Sie fuhr mit den Händen unter ihr Kleid und etwas Kleines, Schwarzes fiel auf ihre Knöchel.

»Mach deine Jeans auf«, flüsterte sie. »Und setz dich hin.«

Julias Atem an meinem Hals war brennend heiß. Über ihre Schulter sah ich Salem sich erstrecken und den Himmel, der immer dunkler wurde. Ich hielt die Augen angestrengt offen.

Ich sitze vor deiner Tür im Auto. Ich sehe dich durch das Fenster, aber du kannst mich nicht sehen. Das macht mich traurig. Ich will, dass du das weißt. Das Absperrband schlägt einsam im Wind. Erinnerst du dich? Wenn man sie das erste Mal sah, war man unangenehm berührt. Aber wir waren damals fast noch Kinder und sahen sie täglich. Wir gewöhnten uns daran.

In der Zeit vor Papas Tod sprechen wir viel über Mama.

»Ich kann mich an sie fast nur noch von den Fotografien erinnern«, sage ich, und das macht ihn wütend, obwohl er so schwach ist.

Ich versuche ihm klarzumachen, dass es gut ist, dass ich sie so in Erinnerung habe, denn die anderen Erinnerungen sind von der Art, die man am liebsten verdrängt, obwohl es ja auch gute Stunden gegeben haben muss. Aber Papa hört nicht zu, er kann nicht.

Habe ich erzählt, wie sie sich kennengelernt haben? Das hätte ich tun sollen, denn ich erinnere mich, dass du von deinen Eltern erzählt hast. Es war in einer Bar in Södertälje. Sie arbeitete in einem Musikgeschäft, und offensichtlich wollten alle Typen dort mit ihr schlafen, aber sie war, bevor sie Papa kennenlernte, nur mit zweien ins Bett gegangen. In der Bar war sie mit ein paar Freunden aus der Musikszene von Södertälje, und Papa war mit ein paar Schweißerkumpels dort auf einen Absacker nach der Arbeit. In der Bar fragte sie ihn, welche Musik er möge, und Papa sagte: »Ich höre keine Musik.«

Mama grinste und antwortete: »Perfekt.«

Zumindest hat Papa die Geschichte so erzählt. Als ich zur Welt kam, tat ich das ohne irgendwelche Komplikationen, und Papa sagt, dass sie so verdammt glücklich waren und ihre einzige

Sorgenwolke das Geld war. Sie hatten immer am Rand des Möglichen gelebt, und das taten sie weiterhin, obwohl Papa damals schon ziemlich viel trank. Dann wurde Mama wieder schwanger. Ich erinnere mich nicht daran, ich war ja so klein, aber hinterher habe ich es ansatzweise begriffen. Wie Mama nach der Entbindung aus irgendeinem Grund ins Koma gefallen war und wie sie dann, als sie nach ein paar Tagen erwachte, völlig verändert war: gefühlskalt und auf null gestellt, kombiniert mit nicht vorhersehbaren Ausbrüchen. Papa erzählt, nachdem das eine Weile so gegangen war und er Angst kriegte, dass es Mama nie wieder besser gehen würde, habe er jeden Abend geweint, weil er den Menschen, den er liebte, verloren hatte.

»Zumindest fühlte es sich so an«, sagt er. »Doch eigentlich hatten wir einander vielleicht schon viel früher verloren.«

Ich sage, dass er sich täuscht, dass sie das ganz und gar nicht hatten, obwohl mir natürlich klar ist, dass ich eigentlich nichts davon weiß. Das merkt Papa auch, aber er antwortet nichts, sondern legt nur seine Hand auf meine und meint, dass es so eine Sache ist mit Familien, und dann lächelt er verwirrt.

Sie waren sich so ähnlich, Papa und sie. Er brüllte sie häufig an und lobte sie nur selten, wenn sie etwas gut machte. Das quälte ihn, denn er wusste, warum er so zu ihr war, doch er konnte es nicht ändern. Er versuchte, in ihrer Gegenwart nicht zu trinken, weil er sich selbst nicht vertraute.

Er wandte sich nicht nur gegen sie, sondern gegen alles. Er hätte Mama nie verlassen können, dazu war sie viel zu abhängig von ihm, brauchte ihn viel zu sehr. Er war unglücklich, chronisch unglücklich, und es fiel ihm jeden Morgen schwerer, aufzustehen und in die Schweißerfirma zu gehen.

Papa atmet leise aus. Er bittet um Wasser. Ich gebe es ihm. Er fragt, wie es mir geht. Ich sage, dass er alles ist, was ich noch habe. Er lächelt und antwortet, dass ich mich täusche, aber er hat keine Ahnung.

15 POLIZIST UNTER MORDVERDACHT

Sam hat ihr Handy hervorgeholt und zeigt mir jetzt die neueste Schlagzeile des *Expressen*. Ich blicke von ihrem Telefon zu meinem.

ich glaube, du solltest mal Nachrichten sehen

Annika Ljungmarks Beitrag ist kurz, aber kernig. Seit zehn Uhr würden mehrere Quellen bei der Innenstadtpolizei bestätigen, dass die Ermittlungen im Fall Rebecca Salomonsson vorankämen. Die Polizei arbeite jetzt in eine bestimmte Richtung, in der ein Polizist von besonderem Interesse sei. »Es gibt eine Verbindung zwischen ihm und dem Tatort nach dem Tod des Opfers«, behauptet die Quelle.

Es wird nur noch wenige Stunden dauern, bis die Identität dieses Polizisten bekannt gegeben wird. So ist es immer. Ich stehe an den Tresen gelehnt und blicke vom Telefon auf. In meinem Kopf dreht sich alles. Sam sieht mich mit verunsicherter Miene an.

»Leo, das ...«

»Ich bin es nicht«, bringe ich heraus.

»Das weiß ich sehr gut.«

Ich schaue sie an und bin nicht sicher, ob sie verstanden hat, was ich meine.

»Gut.«

Sam blickt auf mein Handy.

»Was ist das?«

»Jemand schickt mir Nachrichten.«

»Wer denn?«

»Da bin ich nicht ganz sicher.«

Was dann passiert, ist seltsam, fühlt sich gleichzeitig aber so wohlbekannt, so selbstverständlich an: Sam legt ihre Hand auf meinen Oberarm. Im Augenwinkel sehe ich, wie Anna uns beobachtet.

»Sei vorsichtig«, sagt Sam.

»Ich gebe mir Mühe.«

»Das tust du gar nicht.« Ihre Hand bleibt auf meinem Arm. »Du warst schon immer schutzlos.«

Als würde Sam erst jetzt bemerken, was sie da gerade tut, zieht sie ihre Hand weg. Und da ist es, ich kann es in ihrem Blick sehen, weil ich selbst weiß, wie es sich anfühlt: Für den Augenblick eines Blinzelns ahnt sie die Spur von Viktor in meinem Gesicht.

»Wenn du nichts mehr brauchst, dann gehe ich jetzt mal«, sagt sie.

Ich begleite sie zur Tür. Draußen regnet es immer noch. Die Straßen glitzern und schimmern in Schwarz, und über uns treiben Wolken über den Himmel. Sie geht wortlos, sieht sich aber um. Ich zünde mir eine Zigarette an und sehe ihr nach, bis sie um eine Ecke biegt und verschwindet.

»Einen Absinth bitte«, sage ich, als ich wieder drinnen am Tresen stehe.

»Was war das denn gerade?«

»Was war was?«

Anna stellt mir ein Glas hin und gießt ein.

»Das eben. Sie, ihr.«

»Wir waren mal zusammen.«

»Das hast du schon gesagt.«

»Wir sollten einen Sohn kriegen. Hatten sogar schon einen Namen für ihn.«

»Was ist passiert?«

Ich trinke aus dem Glas. Die Anspannung an meinen Schläfen löst sich allmählich.

»Ein Autounfall.«

»Er ist gestorben?«

»Ja.«

Anna hat die Ellenbogen auf den Tresen gestützt und das Gesicht in die Hände gelegt. Die Kante des Tresens schiebt ihre Brüste hoch und macht den Spalt zwischen ihnen tiefer, als er eigentlich ist.

»Du bist doch Psychologin«, sage ich.

»Psychologiestudentin.«

»Was sagen deine Bücher über mich?«

»Keine Ahnung.« Sie sieht auf die Uhr. »Ich kann schließen, wenn du willst.«

»Warum?«

»Du siehst so aus, als könntest du … Zerstreuung gebrauchen.«

Sie lächelt schwach. Ich habe zu schnell getrunken, der Absinth ist mir schon in den Kopf gestiegen und fängt an, die Dinge undeutlich zu machen.

»Ich glaube, das siehst du sehr richtig«, murmele ich und schiele zur Tür. »Aber es ist nicht … entschuldige, aber das bist nicht du, die ich …«

»Ich weiß«, sagte sie. »Ist mir egal.«

Also erlaube ich mir nachzugeben, nur einmal.

Anna geht zur Tür und schließt sie zu. Auf dem Weg zurück zu mir knöpft sie ruhig ihr Hemd auf, zieht es aus und löst ihr Haar. Sie setzt sich auf den Barhocker neben mir, und ich mache einen Schritt zwischen ihre Beine. Sie legt die Hand auf meinen Brustkorb, lässt sie vorsichtig über meinen Bauch fahren und fängt an, meine Jeans aufzuknöpfen. Ich brauche das jetzt, und als ich die Augen schließe, bin ich erstaunt, dass die Farbe auf der Innenseite meiner Augenlider nicht Schwarz ist, sondern tiefdunkles Rot.

Irgendwann, vielleicht zwischendrin, vielleicht auch hinterher, rasselt mein Gedächtnis los, so, wie wenn man jemanden unerwartet in der U-Bahn trifft, den man lange nicht gesehen hat. Man redet ein Weilchen, und nach der kurzen Begegnung rauscht das Vergangene vorbei.

Ich bin dreizehn und habe genug davon, von Vlad und Fred geschlagen zu werden, also schlage ich zurück – allerdings jemanden, der kleiner ist als ich. Er heißt Tim. Über uns ist der Himmel schwer wie nasser Schnee. Ich schlage ihn in die Magengrube.

Ich bin fünf und habe eben Fahrradfahren gelernt. Mein Vater versucht, es zu filmen, aber jedes Mal, wenn er die Kamera in Gang hat, falle ich um, und das Einzige, was die Kamera einfängt, ist mein Bruder, wie er im Hintergrund unbekümmert und selbstsicher auf einem viel größeren Fahrrad mit größeren Rädern und mehr Gängen herumfährt.

Ich bin achtundzwanzig oder neunundzwanzig und habe gerade Sam kennengelernt. Sie lacht über etwas, das ich gesagt habe. Wir befinden uns auf einem Boot. Ich erkenne ein Gesicht unter den Passagieren, jemanden, der mich an Grim erinnert, aber er ist es nicht. Sam fragt, ob alles in Ordnung ist, ich sage Ja.

Ich bin sechzehn, und Grim und ich stehen am Fuß des Wasserturms. Er hatte Streit mit seinen Eltern. Es ist Ende des ersten Schulhalbjahres, und Klas Grimberg hat vom Klassenlehrer seines Sohnes einen Brief bekommen, in dem steht, dass er vergeblich versucht habe, die Eltern telefonisch zu erreichen. Grim habe einen Klassenkameraden geschlagen, und wenn das noch einmal geschehe, müsse der Klassenlehrer die Polizei verständigen. Klas wird wütend und betrinkt sich, während er darauf wartet, dass sein Sohn nach Hause kommt. Als Grim dann kommt, streiten sie, und es endet damit, dass Klas ihn anschreit, er solle sich in der Schule anständig benehmen und nicht so werden wie er, und wenn er sich nicht zusammenreiße, dann würde Klas ihn bewusstlos schlagen. Jedenfalls behauptet Grim, dass er das geschrien hätte. Wir steigen auf den Turm und schießen auf Vögel. Grim lacht, als ich sage, dass die Wolken einem ähneln, den wir kennen, einem fetten Typen, der Samsonite genannt wird. Eine andere Wolke ähnelt Julia. Das sage ich Grim nicht.

Dasselbe Jahr: Es ist Frühling, und Grim und ich sind draußen in Handen und warten auf jemanden, der uns Hasch verkaufen soll. Grim trägt ein T-Shirt mit dem Namen der Black-Metal-Band MAYHEM darauf. Wir streichen um die Häuser, und aus der Dunkelheit tauchen vier Männer mit Stiefeln, Nietenjacken und langen Haaren auf. Sie kommen zu uns und fragen, warum wir in solchen Klamotten hier herumlaufen. Sie zeigen auf Grims T-Shirt, das unter der offenen Jacke zu sehen ist. Dann treten sie uns zu Boden, sodass mir noch mehrere Wochen danach die Rippen wehtun. Hinterher hören wir, dass Leute mit Verbindung zu der Band Mayhem in Norwegen und Göteborg Kirchen niedergebrannt haben, und wir kriegen es mit der Angst. Grim wirft das T-Shirt weg. Wir sprechen niemals über die Sache, nicht einmal mit Julia. Es bleibt etwas, das nur Grim und ich miteinander teilen. Als wir an dem Abend nach Hause fahren, spielt in der U-Bahn jemand mit einem Ghettoblaster viel zu laut *I'm a firestarter, terrific firestarter* von The Prodigy.

Irgendwann nach dem missglückten Versuch in Handen kaufen wir von einem Typen Hasch, der von Södertälje heraufgekommen ist. Die Übergabe erfolgt in Rönninge, und wir rauchen den Stoff auf dem Wasserturm. Ich spüre gar nichts, und Grim wahrscheinlich auch nicht, aber wir kichern so, dass mir der Bauch wehtut, weil wir gehört haben, dass es anderen, die geraucht haben, so ergangen ist. Als wir das zweite Mal rauchen, schwitze ich wie verrückt, und mir wird schlecht. Grim sieht aus, als würde er dösen. Diesmal liegen wir im Gras auf dem Fußballplatz vor Salem. Es ist Abend, und die Luft ist kühl.

Grim interessiert sich für Technik, hat aber keine Ahnung von Mathematik. Wenn er Mathe-Hausaufgaben zu machen hat, muss ich ihm so lange helfen, bis einer von uns beiden keine Lust mehr hat. Er ist immer pünktlich, kommt nie zu spät. Daher fällt es ihm schwer, Personen gegenüber Respekt zu zeigen, die nicht auf die Zeit achten. Ebenso wenig kann er es akzeptieren, dass in Salem abends die Polizei herumfährt. Jedes Mal, wenn Grim eine Polizeistreife sieht, verfinstert sich sein Gesicht.

Es ist zu Beginn des Sommers 1997, und ich stelle fest, dass Grim nur selten von seinem Vater spricht. Wenn er es tut, dann sind es keine schmeichelhaften Geschichten, die er erzählt, doch ich ahne etwas hinter den Worten, etwas, das er nicht ausspricht. Als würde er sich mit ihm identifizieren. Vielleicht können sie deshalb nicht miteinander auskommen. Ich habe vor, Julia danach zu fragen, ihr meine Theorie darzulegen, doch dazu kommt es nicht.

Zwei Monate später lerne ich Klas Grimberg kennen, als wir genötigt werden, mit den Eltern zu Abend zu essen. Es erstaunt mich, wie ähnlich Grim seinem Vater ist. Ich überlege, das Grim und Julia gegenüber zu erwähnen, tue es aber nicht, weil ich nicht weiß, was es bedeutet.

»Was ist, wenn es das Wichtigste, was man hat«, beginnt Grim eines Nachmittags im Zug nach Norden, »eigentlich niemals hätte geben sollen?«

»Wie meinst du das?«

»Ja, stell dir vor, es gibt ein Schicksal oder so was, und es war niemals der Plan, dass wir eine Familie werden sollten. Wenn das eigentlich nie vorgesehen war, was dann? Wenn es einfach nur durch einen Zufall so gekommen ist? Ich meine, sieh uns doch nur an. Wenn man bedenkt, wie es bei uns zu Hause zugeht, dann könnte das doch alles ein Unfall gewesen sein.«

»Alle Familien sind *fucked up*.«
»Nein, das sind sie nicht.«

Ich bin siebzehn. Es ist mehrere Monate her, dass Julia gestorben ist. Ich lächele in die Kamera für das Klassenfoto, und ich kenne keinen von denen, die um mich herumstehen.

16

Grim kehrte in einem der unauffälligen weißen Autos des Sozialamts aus Jumkil zurück. Das Wetter war schwül, und ich hatte erst kurz zuvor eine Straße weiter Vlad und Fred gesehen. Mir blieb die Luft weg, und ich fragte mich, was sie wohl in Salem machten. Jetzt saß ich auf einer Bank zwischen den Häusern der Triaden und versuchte, mich so lange unsichtbar zu machen, bis sie verschwunden waren.

Das Auto hielt an, und eine der hinteren Türen wurde geöffnet. Grim stieg mit seiner Tasche aus, derselben schwarzen Sporttasche, in der er an dem Tag, als wir uns kennengelernt hatten, das Luftgewehr gehabt hatte. Mir kam es so vor, als wäre das eine Ewigkeit her, doch in Wirklichkeit kannten wir uns erst weniger als ein halbes Jahr. Ein Mann mit Systembolaget-Tüte, schmutziger Kappe und verfilztem Bart saß in der Nähe auf einer anderen Bank. Er starrte erschrocken auf das weiße Auto, dann sammelte er seine Sachen zusammen, erhob sich auf wackligen Beinen und ging mit erkämpfter Würde davon.

Grim schlug die Autotür zu, und der Fahrer – es war ein Mann, mehr konnte ich nicht erkennen – drehte den Kopf, machte einen U-Turn und brauste davon, als hätte er woanders noch eilige Dinge zu erledigen. Grim fuhr zusammen, als ich aufstand, doch als er erkannte, dass ich es war, verwandelte sich die Verwirrung auf seinem Gesicht in ein Lächeln, und er hob die Hand. Ich erwiderte das Lächeln, doch seine Rückkehr fühlte sich für mich seltsam an, als hätte ich vorübergehend eine Freiheit genossen, die nun wieder durch eine Zwangsjacke ersetzt wurde.

Später gingen wir zum Wasserturm. Die Luft stand still, und die Sonne schien über uns. Die meisten Autos, die unten auf der Straße fuhren, waren mit Campingausrüstungen und Familie beladen, es war Ende Juli, und die Sommerferien waren noch lang. Grim trug ein kurzärmeliges Hemd und Shorts, wischte sich aber trotzdem immer wieder die Stirn mit dem Handrücken ab.

»Morgen fahre ich nach Uppsala«, sagte er.

»Was machst du da?«

»Jimmy treffen. Er sitzt immer noch im Knast.«

»Weißt du, wie es ihm geht?«

»Nein. Aber ich glaube, ganz gut. Zumindest geht es ihm besser als dem Typen, den er niedergestochen hat.«

Grim wollte zum Wasserturm gehen. Ich hätte lieber etwas anderes unternommen und wäre lieber an einen Ort gegangen, den ich nicht mit Julia in Verbindung brachte. Aber wir kletterten auf den Turm, und Grim ließ sich auf dem Absatz nieder, genau dort, wo ich vor ein paar Tagen gesessen hatte, nachdem sie ihren Slip ausgezogen und sich rittlings auf mich gesetzt hatte. Das fühlte sich so absurd, so unwirklich an.

»Was lachst du?«, fragte er.

»Was?«

»Du hast gelacht.«

»Ach so. Nein, nichts. Ich hab nur grad was Komisches gedacht.«

»Als wir uns im Lager gesehen haben«, begann Grim, während er eine Flasche Schnaps und zwei Gläser aus dem kleinen Rucksack, den er bei sich hatte, nahm, »da haben wir es nicht einmal geschafft, von dir zu reden.«

»Da waren andere Sachen wichtiger«, murmelte ich.

»Wie war dein Sommer?«

»Ganz gut. Irgendwie. Micke ist zu Hause ausgezogen. Papa und ich haben ihm dabei geholfen, und seither hat ihn keiner mehr gesehen.« Ich zögerte. Es wäre komisch, wenn ich nichts sagen würde. »Ich war bei euch zum Abendessen.«

Grim füllte die Gläser und schob mir das eine zu. Ich trank ein wenig, und dann tat er es mir nach.

»Das ist verdammt starkes Zeug. Ich glaube, Absinth oder so.« Er trank aus seinem Glas. »Du warst bei uns zu Hause?«

»Ich wollte eine CD von euch ausleihen.«

»Welche?«

Ich zuckte mit den Schultern.

»Hab ich vergessen.«

»Ah. Ist was anderes dazwischengekommen.«

»Ja.«

»Und Papa hat dich genötigt, bei uns zu essen.«

»Genau.«

Aus einiger Entfernung war ein krachendes Geräusch zu hören, und dann fing eine Auto-Alarmanlage an zu brüllen.

»Es ist«, begann Grim, »nicht Julias Schuld, aber Mama ... habe ich schon mal erzählt, dass sie Probleme hat?«

Das wusste ich schon, war aber nicht sicher, ob Grim klar war, dass ich es wusste. In diesem Augenblick konnte ich mich nicht erinnern, wer mir was erzählt hatte. Alles war plötzlich so kompliziert geworden.

»Ich erinnere mich nicht. Vielleicht.«

»Auf jeden Fall hat sie welche. Und zwar schon, solange ich denken kann. Es geht auf und ab. Nachdem ich ins Jugendlager geschickt wurde, wurde es schlimmer als sonst, wenn ich das richtig mitgekriegt habe. Und Papa hat unbewusst, also, zumindest glaube ich, dass es unbewusst war, Julia die Schuld daran gegeben. Darum dreht sich in der Sache immer alles ... ich weiß auch nicht, aber ich bin irgendwie außen vor. Damit habe ich kein Problem, im Gegenteil, wenn man sieht, wie es Julia geht, dann ist es besser, nicht mit reingezogen zu werden. Aber das macht es ziemlich anstrengend, zu Hause zu sein.« Er lachte. »Trotz der ganzen Scheiße da im Lager war es doch schön, mal von zu Hause weg zu sein. Kannst du dir das vorstellen? Wahrscheinlich habe ich, bevor ich merkte, wie gern ich weg war, gar nicht gewusst, wie schlimm es ist.«

»Ihr könntet um Hilfe bitten.«

»Und wen?«

»Weiß nicht. Das Jugendamt?«

»Das Jugendamt geht mir quer am Arsch vorbei. Die waren schon bei uns und haben rumgeschnüffelt.«

»Dann jemand anders?«

»Wen denn?« Er sah wirklich gequält aus. »Wen bittet man um Hilfe? An wen soll man sich in so einem Fall wenden? Und ist das wirklich meine Verantwortung?«

»Weiß nicht«, sagte ich.

»Hör mal auf mit dem ewigen ›weiß nicht‹.« Er legte den Kopf in den Nacken, lehnte ihn an die Mauer des Wasserturms und schloss die Augen. »Als ich gerade oben war, um meine Sachen abzulegen, herrschte Chaos. Ich glaube, Mama hat vergessen, ihre Tabletten zu nehmen, und Papa hat getrunken. Er hat wieder angefangen zu arbeiten, und da trinkt er immer mehr als sonst, wahrscheinlich, weil sein Job so hirnlos ist.«

Wir schwiegen eine Weile. Ich wollte weg, um herauszufinden, wie es Julia ging. Die Frustration war offensichtlich, und meine Handflächen waren kalt und feucht.

»Ich habe Vlad und Fred gesehen.«

»Hm?«, machte Grim.

»Vlad und Fred.«

»Die Idioten, die dich immer zusammengeschlagen haben?«

»Ja. Also, die habe ich vorhin gesehen. Glaubst du …« Ich trank noch etwas aus dem Glas, es schnitt in den Hals und brannte im Magen. Ich strengte mich an, um nicht ängstlich zu wirken. »Glaubst du, dass sie wieder hierhergezogen sind?«

»Warum sollte jemand wieder hierherziehen? Bestimmt waren sie nur zu Besuch oder so.«

Er nahm seinen Discman aus dem Rucksack, gab mir

einen der Kopfhörer, und dann saßen wir da, hörten Musik und tranken, bis die Batterien ihren Geist aufgaben, und das taten sie erst sehr, sehr spät. Danach stolperte ich nach Hause, voll Angst, Vlad und Fred zu begegnen, doch ich sah sie nicht.

»Du wirkst bedrückt, Leo.« Mein Vater sah von der Zeitung auf und stellte die Kaffeetasse auf den Tisch.

»Ich bin einfach nur müde.« Mir brummte der Schädel, und jedes Mal, wenn ich blinzelte, brannten die Augenlider. »War spät gestern.«

»Spät?« Er nickte nachdenklich. »Ich habe nicht gehört, wann du nach Hause gekommen bist.«

»Ich weiß nicht, wie spät es war.«

»So, wie du riechst, ist zumindest nicht schwer zu erraten, was du gemacht hast«, sagte er.

»Ich rieche nicht.«

»Du stinkst.«

Ich kaute langsam auf einem Stück Toastbrot.

»Sag nichts zu Mama.«

»Woher kriegt ihr denn den Alkohol? Ist das Schmuggelware?«

»Nein, Papa«, protestierte ich matt und seufzte.

»Ich kann dich nicht daran hindern zu trinken. Wir haben Micke nie daran gehindert. Aber …«

»Doch, das haben wir«, war erst Mamas Stimme zu hören, und dann kamen auch ihre Schritte vom Badezimmer zu uns in die Küche. Sie sah mich mit verkniffener Miene an. »Wenn du noch mal trinkst, darfst du nicht mehr raus.«

»Annie«, begann Papa, »er ist doch nicht …«

»Nein«, unterbrach sie ihn mit harter Stimme und starrte ihn an. »Jetzt reicht es. Er ist ja überhaupt nicht mehr zu Hause.«

»Annie, lass mich mit ihm reden.«

Sie blickte von mir zu Papa und dann wieder zu mir.

»Von jetzt an reißt du dich zusammen«, sagte sie und ging.

Papa sah müde aus, er trank von dem Kaffee und betrachtete die halb gegessene Brotscheibe auf meinem Teller.

»Willst du nicht aufessen?«

»Ich habe keinen Hunger.«

»Du musst essen.« Er zögerte. »Deine Mutter und ich würden uns viel besser fühlen, wenn du dir einen Ferienjob besorgen würdest.«

»Papa, verdammt …«

»Ja, ja«, unterbrach er mich mit einer entschuldigenden Geste. »Ich weiß.« Er legte die Unterarme auf den Tisch und lehnte sich vor. »Sie hat recht, Leo. Aber da ist noch etwas, oder?«

»Was meinst du?«, murmelte ich.

»Wie gesagt, du wirkst bedrückt.« Er wartete, und als ich nichts sagte, fügte er hinzu: »Wenn du mich brauchst, kannst du mit mir reden.«

Ich schaute unsicher auf. »Wie gut kennst du die Leute, die in den Triaden wohnen?«

Er zog die Augenbrauen hoch. »Hier kennt eigentlich niemand den anderen, nicht einmal, wenn man Wand an Wand wohnt. Ich kann also nicht behaupten, dass ich die Leute kennen würde.«

»Okay.«

»Geht es um jemanden hier im Haus?«

»Nein.« Ich deutete mit einem Nicken zum Fenster. »Jemand da drüben.«

Er folgte meinem Blick zu dem Haus, in dem Familie Grimberg wohnte.

»Ich verstehe.«

»Du kennst also keinen, der da wohnt?«

Er schüttelte den Kopf und trank von seinem Kaffee.

»Es geht um ein Mädchen«, stellte er fest.

»Wieso meinst du das?«

»Väter sehen so was.«

Ich holte tief Luft, und Papa sah hoffnungsfroh aus. Er hat es zumindest versucht, dachte ich. Ich stand auf und ging, ohne etwas zu sagen, in mein Zimmer. Dort schloss ich die Tür und setzte mich ans Fenster. Ich sah zu dem Haus hinüber, in dem sie wohnten, und betrachtete die Fenster ihrer Wohnung, um einen Blick auf Julia zu erhaschen.

Nichts geschah, und ich fühlte mich langsam lächerlich, zumal Papa nicht hinter mir herkam. Also legte ich mich aufs Bett und hörte für den Rest des Tages Musik. Ich erwog, bei ihnen anzurufen, hatte aber Angst, dass Grim ans Telefon gehen würde, und der würde sich ganz sicher über meinen Anruf wundern. Und wenn Julia ranging, würde Grim vielleicht fragen, mit wem sie gesprochen hatte, und dann würde sie lügen müssen. Sie war nicht gut im Lügen, und das gehörte zu den Dingen, die ich an ihr mochte, doch in diesem Fall war es unpraktisch.

Schließlich rief ich doch an.

»Diana Grimberg.«

»Ich …«, stotterte ich. »Hier ist Leo, ist …«

»Moment«, sagte sie. »Julia. Telefon.«

Diana redete so leise, dass es unmöglich sein musste, ihre Stimme zu hören, wenn man nicht direkt neben ihr stand. Aber vielleicht entwickelte man eine Art Empfindsamkeit oder erweiterte Aufmerksamkeit, wenn man mit einer Person wie Diana Grimberg zusammenlebte, denn schon bald hörte ich Schritte.

»Wer ist es?«, murmelte Julia neben ihrer Mutter, erhielt aber keine Antwort. Also nahm sie den Hörer und sagte: »Hallo?«

»Hallo«, antwortete ich.

»Oh. Hi. Moment.«

Schritte, eine Tür, die geöffnet und dann geschlossen wurde. Musik im Hintergrund, die leiser wurde und verstummte.

Wir redeten so lange wie möglich. In ein paar Tagen würde ich für eine Woche nach Öland fahren. Mein Onkel lebte dort mit seiner Familie, und wir verbrachten jedes Jahr gegen Ende der Sommerferien eine Woche bei ihnen. Das waren die einzigen Tage im Jahr, in denen ich Stockholm verließ. Mein Bruder war immer mitgekommen, doch diesmal musste er arbeiten.

»Warum hast du das nicht gesagt?«, fragte sie und klang gekränkt.

»Ich habe nicht ... erst habe ich überlegt, nicht mitzufahren.«

»Warum nicht?«

»Deinetwegen.«

»Okay«, sagte sie zögerlich. »Aber jetzt machst du es doch?«

»Ich glaube schon.«

»Was hat sich geändert?«

»Ich weiß nicht ... nichts.«

»Irgendwas muss es doch sein.«

Ich lag lange da und horchte auf ihre Atemzüge. Ob Grim wohl auf der anderen Seite der Wand saß und uns reden hörte?

Die Zeit auf Öland verging unsäglich langsam. Eine Woche später kehrten wir zurück, und in Salem war etwas passiert: Ich begegnete Grim vor dem Jugendhaus, und sein eines Auge war blau-lila und geschwollen. Er versuchte, es hinter einer Wayfarer-Sonnenbrille zu verbergen, doch das gelang ihm nicht, denn das Veilchen war zu groß. Wir setzten uns auf eine Bank in die Sonne, und er erzählte, dass er für einen Typen einen Ausweis gemacht hatte, und der hatte versucht, damit in einen Klub zu kommen.

»Mit der Karte war alles okay«, sagte Grim, »der Typ wollte in Lokale reinkommen, für die man achtzehn sein muss, und das habe ich für ihn klargemacht. Aber der Idiot geht hin und versucht es in einem Laden, für den man zwanzig sein muss.

Kannst du dir das vorstellen? Natürlich haben sie ihn nicht reingelassen, zumal Freitag war. Und was macht er da? Fährt mit zwei Kumpels nach Salem raus, um mich verprügeln, weil er findet, dass ich ihn beschissen habe. Die waren sogar bei uns zu Hause. Papa war gerade besoffen, und als er erfuhr, was geschehen war, hat er mich aus der Wohnung gejagt. Draußen warteten der Typ und seine zwei Freunde, und ich kriegte noch einen Schlag aufs Auge ab, ehe ich da wegkam.« Er zuckte mit den Schultern. »So ein Scheiß.«

»Aber warum hat dein Vater dich denn rausgejagt?«

»Er hat mich nicht rausgejagt, sondern er hat mich gejagt. Und es war besser, nach draußen zu kommen, als sich erwischen zu lassen.«

Ich versuchte, mir Klas Grimberg vorzustellen, wie er seinen Sohn jagte. Während des Abendessens bei ihnen zu Hause hatte er zwar eine kontrollierte Ruhe an den Tag gelegt, doch etwas in seinem Blick hatte darauf hingedeutet, dass er zu so einer Tat imstande war.

Grim nahm einen doppelt gefalteten Umschlag aus der Innentasche seiner Jacke. Um die Ecke des Jugendhauses kam jemand in unserem Alter in Baggy-Jeans und mit breiten Adidas-Schuhen, Kapuzenpullover und Kappe. Er ging nicht auf unsere Schule, da war ich ganz sicher.

»Alles in Ordnung?«, fragte Grim, als der Typ zu uns an die Bank kam.

»Schon«, murmelte der und schielte zu mir.

»Er ist okay.«

Der Typ sah sich um und nickte unmerklich. Der Kapuzenpullover hatte eine Kängurutasche, aus der er nun sorgfältig gefaltete Fünfhunderter nahm und sie Grim gab. Dafür erhielt er den Umschlag. Es ging alles so schnell, dass ich es verpasst hätte, wenn ich geblinzelt hätte.

»Hast du Schläge gekriegt?«, fragte der Typ und sah Grim an.

»Das war nur so ein Idiot, der was falsch verstanden hat.«
»Soll ich ihn mir greifen?«
»Nein.« Grim sah sich um. »Bis später.«
»Okay.«
Er machte kehrt und ging vornübergebeugt davon, und wir trabten zu den Triaden zurück. Grim zählte das Geld.
»Fünfzehnhundert«, sagte ich.
»Ich werde immer teurer«, sagte Grim.

Wir beide waren in vielen Dingen völlig verschieden, doch im Grunde ergänzten wir uns. Inzwischen dachten wir manchmal dieselben Sachen in denselben Worten. Wir hatten begonnen, die Ausdrücke des jeweils anderen zu verwenden. Unbewusst hatte ich angefangen, Klamotten zu kaufen, die an seine erinnerten, und er besaß mehrere Stücke, die auch direkt aus meinem Kleiderschrank hätten stammen können.

Ich nehme mal an, das sind Veränderungen, die fast automatisch geschehen, wenn zwei Personen viel Zeit miteinander verbringen, sich gut verstehen und vieles teilen, doch vielleicht gab es auch eine tiefere Verbindung zwischen uns. Ich war der Einzige, der von Grims Ding mit den falschen Ausweisen wusste. Abgesehen von seinen Kunden natürlich, doch zu denen sagte er meistens, dass er lediglich der Überbringer der Ware sei. Nur wenige Menschen würden glauben, dass ein Siebzehnjähriger solche Fähigkeiten besaß wie er, behauptete er. Vermutlich hatte er recht. Das würde Misstrauen erregen, und das wiederum war schlecht fürs Geschäft.

Ich war wieder in Salem, wo der Hochsommer einem kühleren Spätsommer gewichen war. Es waren die letzten Ferientage, danach würde Julia auf dem Rönninge-Gymnasium anfangen, wohin Grim und ich bereits gingen. Wir würden auf denselben Fluren unterwegs sein und uns vielleicht in den Pausen treffen.

Am Tag nach unserer Rückkehr von Öland klingelte das Telefon. Papa ging hin, und dann klopfte er lächelnd an meine Tür.

»Für dich. Julia.«

Ich schubste ihn aus dem Zimmer und machte die Tür zu.

»Hallo?«, sagte ich.

»Hallo.«

»Ah. Hallo.«

Ihre Stimme hatte mir gefehlt.

»Wie geht es dir?«, fragte ich.

»Gut.« Sie räusperte sich. »Ich bin heute allein zu Hause.«

»Ehrlich?«

»John ist unterwegs. Mama und Papa sind bei meinem Großvater.«

Der Großvater von Grim und Julia wohnte in einem Altersheim bei Skarpnäck. Das war so ein Wartesaal des Todes, doch während man auf das Leben danach wartete, verbrachte man einen Abend im Monat mit einem gemeinsamen Essen mit den Angehörigen, das dort arrangiert wurde. Julia war einmal mit dabei gewesen und sagte, das sei wirklich eine schwer erträgliche Veranstaltung, und Grim und Klas teilten diese Auffassung. Die Einzige, der das Essen Spaß gemacht zu haben schien, war Diana, der offenbar besonders daran gelegen war, die Zeiten am Esstisch so unangenehm wie möglich zu gestalten.

»Willst du herkommen?«, fragte sie.

»Ja.«

Als ich an jenem Tag rausging, tat ich das in dem Gefühl, dass etwas Entscheidendes geschehen würde. So konnte es nicht weitergehen.

Die Tür zur Grimberg'schen Wohnung war nicht verschlossen, und ich betrat die Diele.

»Julia?«

»Komm rein.«

Sie saß in ihrem Zimmer auf der Bettkante und sah auf.

»Du hast irgendwas mit deinen Haaren gemacht«, sagte ich.

»Locken.« Sie zögerte. »Gefällt es dir nicht?«

»Ich …«

»Nein, sag nichts. Denn es sollte egal sein, okay? Es sollte total egal sein, was der blöde verdammte Freund von meinem blöden Bruder über meine Haare sagt. Es ist egal. Sag nichts.«

Ich setzte mich neben sie und sagte: »Schön.«

»Was?«

»Ich finde, dass es schön aussieht.«

Julia seufzte schwer. Ihr Zimmer war unordentlich, als hätte sie es nicht mehr aufgeräumt, seit ich das letzte Mal da gewesen war.

»Das hier war nur zum Spaß«, erklärte sie. »Zumindest für mich.« Sie vermied es, mich anzusehen. »Etwas, das ich tun wollte, vielleicht weil es verboten war. Der beste Freund meines Bruders, so eben. Das gibt's doch eigentlich nur in Komödien.« Sie lachte auf, doch es war kein freudiges Lachen. »Mich haben solche Sachen, die moralisch zweifelhaft sind, schon immer angezogen. So wie das mit der Jacke und dem Marihuana, wovon ich erzählt habe. Die ich in der Schule geklaut habe, weißt du noch?«

Ich nickte. Ich erinnerte mich.

»Ich habe erst jetzt, in der Woche, in der du weg warst, darüber nachgedacht, aber im Grunde war es nie so gedacht, dass es ernst werden sollte.«

»Aber das ist es dann doch geworden, oder?«, fragte ich ziemlich verunsichert.

»Ich glaube, ja.«

Dann küsste sie mich heftig, um sich danach zur Fernbedienung ihrer Stereoanlage auszustrecken und die Anlage anzuschalten.

»Julia, wir sollten reden. Wir sollten mehr reden.«

Julia drehte die Lautstärke höher. Ich brauchte kurz, bis ich begriff, dass es *Dancing Barefoot* war, und das wusste ich auch nur, weil Julia mir irgendwann erzählt hatte, dass es eines ihrer Lieblingslieder war.

Die Lautstärke machte es schwer, Text und Instrumente auseinanderzuhalten, und die Musik wurde zu einer pulsierenden Geräuschwand, die, das dachte ich jedenfalls, mit meinem Herzen im Takt schlug. Julias Kette baumelte vor meinem Gesicht, und in einem besonderen Augenblick hob ich den Kopf und küsste ihren Hals, nahm den Schmuck in den Mund und spürte, wie kalt er an meiner Zunge war. Ich schloss die Augen.

Plötzlich richtete sich Julia auf. Ich öffnete die Augen, und sie streckte die Hand nach der Fernbedienung aus. Es wurde sehr still. Das Schloss klickte, und jemand öffnete die Wohnungstür.

»Das ist John«, flüsterte Julia mir ins Ohr und stieg eilig von mir herunter, sodass das Bett unter uns knarzte. »Lieg still.«

Sie sah verärgert aus. Eilig zog sie sich eine Shorts über und öffnete das Fenster.

Ich war unsicher, was ich tun sollte, und blieb im Bett liegen. Kurz bevor es an der Tür klopfte, zog sie die Decke über meinen Kopf und flüsterte: »Rühr dich nicht.«

»Bist du zu Hause?«, hörte ich Grims erstaunte Stimme, als er die Tür aufmachte.

»Du hast doch schließlich auch Sommerferien, oder?«, erwiderte Julia.

»Schon, aber …«

Ich überlegte, worauf sein Blick wohl gerichtet war.

»Alles in Ordnung?«, fragte er.

»Ja.«

Ich war ganz sicher, dass ich ihn in der Luft schnuppern hörte.

»Du solltest mal aufräumen. Und dein Bett machen.«

»Ja, Papa.«

Er verschwand aus der Tür, und Julia schloss sie hinter ihm. Dann ließ sie sich mit einem tiefen Seufzer aufs Bett fallen.

»Scheiße«, flüsterte sie, und ich zog vorsichtig die Decke von meinem Kopf. »Das war knapp.«

»Ja.«

»Psst.«

»Ich flüstere doch nur.«

»Du flüsterst laut.«

»Wie kann man …«

»Psst.«

Vor dem Fenster waren zwei, drei, vier Explosionen zu hören. Knallpulver. Ein schwacher Wind wischte ins Zimmer und brachte die Gardine zum Flattern. Es war Nachmittag, und dieser Sommer war unnatürlich lang gewesen. Julia drehte sich um und sah mich an. Die eine Hand hatte sie an ihrer kleinen Kette und zog sie ein wenig von einer Seite zur anderen.

»So kann es nicht weitergehen«, flüsterte sie, und ich begriff, dass sie recht hatte.

»Ich gehe duschen«, war Grims Stimme etwas später vor ihrer Tür zu hören. »Was machst du?«

»Lass mich in Ruhe«, motzte Julia.

»Bist du alleine da drin?«

»Natürlich bin ich das.«

Er stand noch dort draußen, das hörte ich, sagte aber nichts mehr. Julia blickte auf ihre Hände, und ich merkte, dass ich die Luft anhielt. Kurz darauf wurde eine Tür geöffnet und wieder geschlossen, und Julia nickte mir zu.

»Er ist im Badezimmer, nix wie weg.«

Ich öffnete den Mund auf, um etwas zu sagen, aber mir fiel nichts ein, und Julia senkte den Blick. Ich begriff, dass ich besser schwieg. Also stand ich vorsichtig auf und ging aus ihrem Zimmer. Hinter der Badezimmertür hörte ich Grim, wie er das Wasser aufdrehte.

17

Der Morgen graut, und die Stadt erwacht. Ich stehe auf dem Balkon und sehe, wie ein junger Polizeiassistent das Absperrband wegnimmt. Er scheint diese Aufgabe, die ihm übertragen wurde, sehr ernst zu nehmen und wickelt sorgfältig das blau-weiße Band um seine Hand. Hinter meinen Augen brennt es, und ein plötzlicher Hunger überfällt mich, also gehe ich hinein und esse ein Sandwich mit übrig gebliebenem Fleisch und Gemüse, während ich auf einen unsichtbaren Punkt vor mir starre.

Fälscher. Das ist eigentlich das verkehrte Wort, doch in Polizeikreisen werden sie dennoch so genannt, weil die allermeisten mit solchen unbedeutenden Dingen anfangen wie Grim, nämlich indem sie Ausweise für Sechzehnjährige fälschen, die in Kneipen oder Klubs hineinkommen wollen. Alle wissen, dass es Fälscher gibt. Ihre Arbeit ist schwierig, und diejenigen, die den Anforderungen nicht entsprechen können, verschwinden – auf die eine oder die andere Weise. Doch es gibt sie, und die wenigen, die es tun, haben viel Geld, denn ihre Dienste sind sehr teuer. In dieser Stadt kann man mit Geld alles kaufen, und in einer Zeit, in der es fast unmöglich ist zu verschwinden, gibt es kaum etwas Wertvolleres als eine neue Identität.

Da John Grimberg seit zehn Jahren in keinem aktuellen Register mehr geführt wird, aber dennoch lebt, und sich damit zu ernähren scheint, dass er Menschen neue Identitäten verschafft, heißt das wahrscheinlich, dass auch er selbst eine neue Identität hat. Vielleicht sogar mehrere. Ganz bestimmt, so wird es sein, denke ich. Die ursprüngliche benutzt er bewiesenermaßen nicht, und es passt nicht zu Grim, sich auf eine einzige alternative Identität zu begrenzen.

Mein Telefon klingelt, es ist Levins Nummer.
»Hallo?«
»Leo. Guten Morgen.«
»Guten Morgen.«
»Wie ich höre, suchen Sie einen gewissen John Grimberg.«
»Woher wissen Sie das?«
»Meine Sekretärin hat das gesagt.«
»Oh.« Das hatte ich vergessen. »Ja, stimmt.«
»Ich weiß nicht viel«, sagt Levin, »aber ich werde es Ihnen erzählen.«
»Können wir uns treffen?«
»Deshalb rufe ich an. Aber Sie müssen sich beeilen, denn ich bin auf dem Sprung.«

Vor der Tür in der Chapmansgåtan schlägt mir gleißendes Licht entgegen, und ich bin erst einmal geblendet. Die Geräusche um mich herum, das Durcheinander von Stimmen, stammt von Journalisten. Mir wird ein schwarzes TV4-Mikrofon unter das Kinn geschoben, und ich blinzele unentwegt gegen die weißen Flecken, die über mein Gesichtsfeld fahren.
»Für die Polizei sind Sie ein möglicher Verdächtiger im Mordfall Rebecca Salomonsson. Was sagen Sie dazu?«
»Sie waren zu Hause, als sie starb, nicht wahr?«
»Ist dies eine Racheaktion für Ihre Suspendierung?«
Die Fragen prasseln nur so auf mich ein. Ich sehe mich Hilfe suchend nach dem jungen Polizeiassistenten um, doch er scheint passenderweise in eine andere Richtung zu blicken, fest auf das Absperrband konzentriert. Die letzte Frage fängt meine Aufmerksamkeit, und ich suche nach dem Gesicht der Person, die sie gestellt hat.
»Ich kenne Sie«, stelle ich fest.
»Annika Ljungmark, *Expressen*. Was sagen Sie zu diesen Anschuldigungen?«
»Ich habe nichts getan.«

Die Fragen erheben sich wieder, werden aber nur zu einem wortlosen Gemurmel. Mein Puls steigt, und ich mache das Einzige, was man auf keinen Fall tun sollte: Ich dränge mich zwischen zwei Reportern hindurch und renne los.

Sie folgen mir ein Stück weit, doch mit ihren Kameras, Taschen und kleinen Aufnahmegeräten in den Händen müssen sie bald aufgeben. Ich laufe zur Hantverkargatan hoch und dann atemlos in die Dunkelheit der U-Bahn-Station.

Ich stehe vor der Köpmangatan 8 in Gamla stan. Keine Journalisten. Es ist immer noch früher Morgen.

Der Türsummer ertönt, und ich drücke die schwere Tür auf, betrete das kühle Treppenhaus und merke erst da, wie heiß mir ist. Möglicherweise habe ich Fieber. Wahrscheinlich ist es so. Im Fahrstuhl wird mir schwindlig und schlecht, und ich kauere mich zusammen, fest davon überzeugt, dass ich gleich mein Frühstück auskotzen werde. Doch das geschieht nicht, ich stehe nur da und keuche, und die Fahrstuhltüren öffnen sich und warten darauf, dass ich aussteige. Irgendetwas stimmt nicht mit mir.

»Leo«, sagt Levin. Seine Augen hinter der kleinen Brille werden groß und rund, als er mich vor der Tür stehen sieht, und er fragt: »Was ist los mit Ihnen?«

Er nimmt mich am Arm, weil ich offensichtlich so aussehe, als ob ich das bräuchte, und in der Tat komme ich nur wankend durch die Tür und muss mich am Garderobenständer festhalten, während ich versuche, aus meinen Schuhen zu steigen.

»Schon okay. Mir ist vom Fahrstuhlfahren schwindelig.«

Ich schaffe es, die Schuhe auszuziehen, und wedle Levins Hand weg. Er bittet mich in die Küche, und ich gehe hinein und sinke auf einem der Stühle zusammen, die um den kleinen Tisch stehen. Der Stuhl knarrt, ist aber erstaunlich bequem, und mit einem Mal bin ich drauf und dran einzuschlafen. Levin nimmt ein Glas aus dem Küchenschrank, holt ein Röhrchen mit einer Aufschrift, die ich nicht kenne, schüttelt eine Brausetablette in das Glas und füllt es mit Wasser. Die Tablette fängt auf angenehme Weise an zu zischen und zu pfeifen.

»Ich habe nicht sonderlich viel geschlafen«, murmele ich und starre auf das Glas. »Was ist das?«

»Gegen die Erschöpfung.«

»Aber was ist es denn?«, beharre ich.

»Hilft wie zwanzig Tassen Kaffee. Das Militär benutzt das. Ich habe es von einem guten Freund bekommen, der Major ist. Selbst habe ich aber noch nie eine genommen.«

Ich ziehe das Glas zu mir. Levin rückt die Brille zurecht und sieht mich an.

»Trinken Sie.«

Ich nehme einen Schluck davon, und es schmeckt strenger, als ich dachte, wie Limonade mit viel zu viel Kohlensäure. Es brennt am Gaumen, auf der Zunge, den Zähnen, einfach überall.

»Schmeckt es gut?«, fragt Levin, und sein Mundwinkel zuckt leicht.

»Nicht wirklich.«

»John Grimberg«, sagt Levin. »Wie kommt es, wenn ich fragen darf, dass Sie nach ihm suchen?«

Ich hole tief Luft, und gleichzeitig nimmt das Unbehagen in meinem Mund ab, und eine Entspanntheit breitet sich in mir aus. Ein subtiles, aber deutliches Gefühl. Wärme steigt von meinem Magen in die Brust und bis in meine Fingerspitzen Mein Blick wird konzentrierter, meine Bewegungen exakter. Was immer mir Levin da gegeben hat – ich muss mir auch ein Röhrchen davon besorgen.

»Nun?«, fragt Levin.

Ich erzähle von Julia und ihrem Tod, aber nicht alles. Das schaffe ich nicht. Ich berichte wieder von Rebecca Salomonsson, von der Kette, die sie in ihrer Hand hatte. Davon, wie Grim einmal Sam aufgesucht hat. Mit jedem Wort, das aus meinem Mund kommt, werde ich verletzlicher. Levins Blick gleitet von mir zu dem Glas in meiner Hand, dann zu etwas vor dem Fenster, zu dem Muster der hölzernen Tischplatte, zu seiner Armbanduhr. Er könnte gelangweilt sein, doch in Wirklichkeit hört er aufmerksam zu. Ich trinke mehr aus dem Glas, und das Gefühl der Unruhe wird gedämpfter, ist aber noch da.

»So«, sage ich schließlich. »Deshalb muss ich wissen, was Sie wissen.«

»Verstehe«, entgegnet Levin. »Ich fürchte, dass Sie mir auf dem Weg zur Kungsholmsgatan Gesellschaft leisten müssen.«

Einen Moment lang bin ich überzeugt davon, einen groben Fehler begangen zu haben.

»Nein, nein«, fügt er rasch hinzu. »Nicht so. Nicht, um Sie festzusetzen. Aber ich bin spät dran. Mein Taxi wartet unten am Slottsbacken. Ich muss es unterwegs erzählen.«

Ich betrachte das Glas.

»Was ist das hier eigentlich?«

»Wenn ich mich nicht täusche, Amphetamin.«

Ich starre ihn an.

»Sie haben mich high gemacht?«

»Nur ein bisschen.« Er steht auf. »Kommen Sie.«

18 Levin geht in einem düster-grauen Jackett und schwarzen Jeans neben mir den Slottsbacken hinunter, er ist lang und dünn, und der kahle Schädel bleich und rund. Von irgendwoher kommt eine Bö, und in einer Straßenecke, halb hinter einem Container verborgen, sitzt jemand – vielleicht ein Penner, vielleicht auch nicht – und klappert mit einer Dose Münzen.

»Señor, bitte.«

Levin schüttelt den Kopf, und ich hebe, ohne stehen zu bleiben, abwehrend die Hand.

»Was für ein entsetzlicher Moloch«, murmelt Levin.

»So was gibt es in kleineren Städten auch.«

»Aber nicht in dem Ausmaß.«

Das Taxi wartet im Leerlauf. Hinter ihm erhebt sich das Königsschloss, und ein Junge steht neben seinen Touristen-Eltern und starrt es mit ausdruckslosem Blick an. Das Schloss starrt ebenso ausdruckslos zurück. Wir sitzen eine Weile stumm nebeneinander im Taxi, und Levin, der den Blick auf etwas jenseits der Fensterscheibe gerichtet hat, wirkt mit einem Mal schwermütig.

»Ich habe eine Zeit lang noch Zusatzaufgaben wahrgenommen«, sagt er schließlich, während das Taxi langsam die Myntgatan Richtung Vasabron hinunterfährt.

In der Ferne hockt der Reichstag, und das Stadshuset reckt sich und streckt seine drei Kronen wie blassgelb schimmernde Flecken in den weißen Himmel.

»Ich sollte ein Teil der Rekrutierungseinheit werden. In die Schulen gehen und darüber informieren, was es heißt, Polizist zu werden, welche Anforderungen gestellt werden und so weiter. Das war zur Abwechslung mal ein sehr netter Auftrag. Also nahm ich ihn an, und wenn ich nicht so viel zu tun hatte, kümmerte ich mich darum. Etwas später wurde ich gefragt, ob ich auch Kinder und Jugendliche in Anstalten besuchen könnte, weniger, um sie zu rekrutieren, sondern eher, um sie über die andere Seite der Behörde zu informieren, mit der sie für gewöhnlich nicht in Kontakt kamen. Das war eine sehr undankbare Aufgabe, denn wer konnte diesen jungen Menschen schon übel nehmen, dass sie etwas gegen die Polizei hatten? Schließlich haben auch die meisten in der Polizeitruppe etwas gegen die Jugendlichen, außerdem verbringt ein erstaunlich großer Teil der Polizisten seine Zeit damit, Jugendliche wegen kleinster Diebstähle und Sachbeschädigungen zu verfolgen, als wären sie Hexen. Warum also sollten diese Jugendlichen nicht auch etwas gegen die Polizisten haben?«

»Ich komme aus Salem«, sage ich. »Ich weiß, wie das läuft.«

»Natürlich«, beteuerte Levin. »Klar. Jedenfalls besuchte ich in einem Herbst, ich denke, es war vor elf oder zwölf Jahren, die Jugendanstalt Jumkil. Jenen berühmten Ort, in dem unter anderem einmal ein Typ einen anderen plattmachen wollte, indem er versuchte, einen großen Trockenschrank auf ihn zu kippen. Doch das Personal war aus Schaden klug geworden und hatte bereits dafür gesorgt, dass der Schrank in der Wand verankert war. Dennoch – dieses Ereignis hatte, nur eine Woche ehe ich meinen Besuch dort machen sollte, für ziemliche Turbulenzen gesorgt, und Sie werden verstehen, dass ich wenig bis keine Lust hatte, dorthin zu fahren. Es war nicht so, dass ich Angst hatte, aber ich hatte den Verdacht, dass die Jugendlichen meinen Besuch als Bedrohung oder Verhöhnung ansehen würden. Das hätte ich zumindest in ihrer Situation getan. Also versuchte ich, die Reise zu verschieben, aber Benny Skacke, Sie wissen schon, der alte Polizeichef, lehnte das ab. Er meinte, wenn überhaupt, müssten wir uns jetzt dort zeigen. Vielleicht hatte er recht, ich weiß es nicht, jedenfalls hatte ich keine andere Wahl und fuhr hin.«

Das Taxi biegt auf die Vasabron, wo der Verkehr jetzt dichter ist als vorher. Es ist immer noch früh am Morgen, und ich kann den Nebel rund um das schwere weiße Bahnhofsgebäude aufsteigen sehen. Die Wärme, die das seltsame Getränk verursacht hat, ist noch in mir, und ich fühle mich frisch und wach. Ich denke an die Zeit, von der Levin erzählt. Grim muss damals so um die zwanzig gewesen sein.

»Zuerst habe ich in einem der Säle dort eine Art Einführung und einen Vortrag gehalten, und dann verbrachte ich ein paar Stunden zusammen mit den Jugendlichen bei ihren alltäglichen Beschäftigungen. Dass ich mit ihnen ging, war nicht geplant gewesen, und ich glaube auch nicht, dass es Skacke gefallen hätte, doch der Leiter der Anstalt hatte es mir angeboten. Und ich hatte das Gefühl, das wäre das Mindeste, was ich tun konnte, um den Abstand zwischen mir und den Jugendlichen zu verringern. Also war ich dabei und sorgte auch dafür, ansprechbar zu sein, für den Fall, dass einer von ihnen reden wollte. Es herrschte natürlich Feindseligkeit mir gegenüber, doch keineswegs in dem Maße, wie ich es befürchtet hatte. Viele von den jungen Männern schienen am Polizeiberuf interessiert zu sein. John Grimberg jedoch gehörte zu denen, die mich überhaupt nicht ansprachen, weder beim Vortrag noch danach. Er saß immer ganz hinten und blieb auch im Laufe des Tages für sich. Ich bemerkte ihn, dachte aber nicht länger über ihn nach. Vor dem Mittagessen hatte ich eine kurze Zusammenkunft mit dem Anstaltsleiter, Per Westin, in seinem Büro im Hauptgebäude. Die war eigentlich für den Morgen geplant gewesen, doch da waren wir nicht dazu gekommen, weil alle noch mit der Aufarbeitung des Gewaltausbruchs beschäftigt waren. Wir unterhielten uns eine Weile, und Westin erzählte von den Problemen in Jumkil, von den Klienten – so nannte er sie – und den Vergehen, die sie innerhalb der Anstalt begingen. Natürlich machte er sich Sorgen über die vielen Fälle von Misshandlung, Bedrohung und Diebstahl. Keiner konnte mit Sicherheit sagen, wie viel Mist dort drinnen passierte, denn das, was die Leute vom Personal erfuhren, war ohne Frage nur die Spitze des Eisbergs, wie man so schön sagt.«

Das Taxi hält am Ende der Vasabron an, und ich betrachte das Viertel um den Regierungssitz Rosenbad und die Fredsgatan, die nach rechts verläuft, all die Fenster, die in den stummen Gebäuden erleuchtet sind. Ich erinnere mich, dass ich dort einmal einen Mann verfolgt habe, der eine Forex-Filiale beraubt haben sollte. Das hatte er jedoch nicht getan. Der Dieb war sein fünfzehnjähriger Sohn gewesen, und der Mann hatte den Sohn lediglich mit der Waffe ausgestattet.

»Auf Westins Schreibtisch stand ein kleiner Karton«, fährt Levin fort. »Ich habe hineingeschaut und gesehen, dass er eine Sammlung Ausweispapiere enthielt. ›Was ist das denn hier?‹, fragte ich. ›Sachen, die wir beschlagnahmt haben‹, erklärte er. ›Ach so‹, sagte ich, ›und von wem?‹ Und dann nahm ich den Karton und sah den Inhalt durch. ›John Grimberg‹, antwortete Westin. Angeblich behauptete Grimberg, er hätte nicht vor, irgendetwas damit anzustellen, und habe die Dokumente nur zum Zeitvertreib und zu Übungszwecken hergestellt. Es war ...« Levin verstummt. Dann fährt er fort: »Es war einzigartig. Wirklich einzigartig. Es waren nicht nur Ausweise, sondern auch verschiedene Arten von Rechnungen, Zeugnissen und Versicherungspapieren, Skizzen darüber, wie die Behörden bei der Registrierung und Abmeldung von Bürgern arbeiten, Listen über die Register, in denen alle automatisch von Geburt an geführt werden, Listen über andere Register und unter welchen Umständen man dort landet. Er hatte sogar Kopien von echten Papieren der Vereinten Nationen, die er am Rand mit schwer zu deutenden Notizen versehen hatte, vielleicht um herauszufinden, welche Informationen von anderen Geheimdiensten und welche von unseren kamen. Viele der Aufzeichnungen drehten sich um das Internet, das damals ja noch ganz neu war, das darf man nicht vergessen. Er hatte die Gefahr erkannt, die darin steckte, das war deutlich zu erkennen. Offenbar hatte er versucht herauszufinden, an welche Informationen man wo herankam. Und ich sage Ihnen, Leo, nach dem, was ich da zu sehen bekam, hatte er bereits mehr als genug Fähigkeiten, um im Betrugsdezernat angestellt zu werden. Ich fragte Westin, ob sich Grimberg während seiner Zeit in Jumkil auch noch etwas anderes hatte zuschulden kommen lassen. ›Rein gar nichts‹, antwortete er. ›Das hier war alles.‹ Ich musste lächeln, wofür ich mich im Nachhinein natürlich schäme. Aber ich sagte ihm, wegen der Holzköpfe, die sich gegenseitig verprügelten oder CD-Spieler klauten, müsse er sich keine Sorgen machen. Die meisten würden, noch ehe sie dreißig seien, ehrliche Berufe haben und wahrscheinlich auch Eltern werden. Solche wie John Grimberg, auf die musste man aufpassen. Auf Westins Stirn malten sich Fragezeichen, und er begriff nicht, wovon ich da redete. Das ist vielleicht sogar verständlich, aber es ist genau diese Einstellung, durch die es wieder und wieder zu Ereignissen kommt, die hätten verhindert werden können.«

Das Taxi schlängelt sich die Hantverkargatan hinauf, vorbei an den Straßen, in denen es mir vor nur einer knappen Stunde gelungen war, den Journalisten zu entkommen, die vor meiner Tür gewartet hatten. Ich halte nach ihnen Ausschau, rechne damit, dass sie immer noch an der Straßenecke stehen, doch da sind nur morgenmüde Stockholmer zu sehen, die an den Fußgängerüberwegen warten, den Blick auf die Ampeln, auf den Boden oder auf unsichtbare Punkte in der Luft gerichtet. Die ersten Cafés öffnen ihre Türen. Die Geräuschkulisse der Stadt steigt allmählich an.

»Ich habe gefragt, ob es die Möglichkeit gäbe, John zu treffen und mit ihm unter vier Augen zu sprechen. Westin sah ein wenig verwirrt aus, doch er nickte und bat mich, ihm in sein Zimmer zu folgen. Die langen Flure mit geschlossenen Türen erinnerten auf beunruhigende Weise an eine Erziehungsanstalt alter Schule, und als Westin eine von ihnen aufschloss und öffnete, war John nicht da. Westin bat mich, hineinzugehen und zu warten, und ich erkundigte mich, ob das denn wirklich in Ordnung sei, einfach so, ohne Wissen des Klienten – ich benutzte dieses Wort –, sein Zimmer zu betreten. ›Selbstverständlich‹, sagte Westin.« Levin schüttelte den Kopf. »In diesen Heimen wird die Privatsphäre der Menschen nicht respektiert. Ich glaube, heute ist es noch schlimmer, angeblich gibt es in manchen Zimmern sogar Überwachungskameras. Nun gut, ich ging hinein und setzte mich mit dem Rücken zum Schreibtisch auf einen Stuhl, während Westin John holte.«

»Wie sah sein Zimmer aus?«, frage ich.

»Spartanisch. Verglichen mit dem normalen Zimmer eines jungen Mannes sind alle Behausungen in solchen Heimen spartanisch, doch sogar im Vergleich zu den anderen dort wirkte Johns Zimmer ungewöhnlich schlicht. Er besaß nur wenige Kleidungsstücke. Obwohl das gegen die Regeln verstieß, war das Bett nicht gemacht. Der Schreibtisch weckte mein Interesse, doch ich empfand es als zu übergriffig, ihn mir näher anzusehen, solange John selbst nicht da war. Im Augenwinkel konnte ich eine Reihe von Dingen dort liegen sehen, nahm aber an, dass sie weder für John noch für jemanden wie mich von Wert sein würden – dazu war er viel zu schlau. Wenn er immer noch an irgendetwas arbeitete, dann hatte er es todsicher versteckt. Die Schachtel, die mir Westin zuvor gezeigt hatte, war in einem Hohlraum hinter dem Kleiderschrank gefunden worden. Ein Zufall, behauptete er, und ich war ziemlich sicher, dass das stimmte. John saß wegen schwerer Körperverletzung in Jumkil, doch das war nur der Hauptanklagepunkt. Daneben war er noch wegen Bedrohung, wegen

Verstoßes gegen das Waffengesetz, Urkundenfälschung und versuchten schweren Betrugs verurteilt worden. Wenn ich es richtig verstanden hatte, war er bei dem Versuch, jemandem Ausweise zu verkaufen, in ein Handgemenge geraten, und John hatte den Käufer mit einem Messer bedroht. Die Hauptverhandlung war einfach gewesen, massenhaft handfeste Beweise und eine ganze Reihe Zeugen. Soweit ich weiß, wohnte er damals nicht mehr in Salem. Seine Schwester Julia, die Sie auch erwähnt haben, war einige Jahre zuvor gestorben, und auch wenn es dort schon vorher Probleme gegeben hatte, hatte ihr Tod die Familie wohl völlig auseinandergerissen. Er war beim Einwohnermeldeamt als Untermieter von jemandem in Hagsätra gemeldet, und dort, auf der Straße vor dem Haus, war das mit dem Handgemenge auch passiert.«

Levin verstummt für eine Weile, als das Taxi an der Kreuzung von der Bergsgatan und der Polhemsgatan steht. Der große Kronobergs-Park ist sehr, sehr grün, aber ich glaube, dass der Drink, den ich bei Levin zu Hause bekommen habe, alle Farben unnatürlich verstärkt. Alles ist mit einem Schimmer überzogen, und das lässt die Welt in einem hoffnungsvolleren Licht erscheinen.

»John betrat, von einem der Assistenten der Anstalt begleitet, das Zimmer. Er war offensichtlich erstaunt, als er sah, dass ich es war, der mit ihm sprechen wollte, fasste sich aber schnell wieder und nickte mir leicht zu. ›Ist es in Ordnung, wenn ich hier sitze?‹, fragte ich. ›Natürlich‹, erwiderte er und setzte sich auf die Bettkante, als wollte er jederzeit schnell wieder aufspringen können. Er wirkte angespannt und unsicher. ›Wie lange sind Sie schon hier?‹, fragte ich, und John erwiderte, dass er das nicht wisse. ›Die Zeit verschwimmt hier drinnen‹, sagte er, doch er glaube, es seien ungefähr anderthalb Jahre. In Wirklichkeit hatte er an dem Tag, als ich dort war, fast auf den Tag genau anderthalb Jahre in der Anstalt gesessen. Er hatte eine viel bessere Kontrolle über alles, als er zugeben wollte. Das allein ist schon bemerkenswert, denn mit der Mehrheit der Kriminellen in seinem Alter ist es genau umgekehrt. Sie wollen uns glauben machen, sie wären schlauer, als sie es eigentlich sind. Ich fragte ihn, weshalb er einsitze, und er meinte, das würde ich doch sicher längst wissen. ›Stimmt‹, sagte ich, ›es tut mir leid, das war eine dumme Frage.‹ Also holte ich nun meine Polizeimarke heraus und hielt sie ihm hin. ›Haben Sie so eine schon mal aus der Nähe gesehen?‹, fragte ich. ›Nur die eines Polizeiassistenten‹, erwiderte er, ›die von einem Kommissar noch nicht.‹ Er nahm mir die Marke aus der Hand und betrachtete sie eingehend. Die Rückseite, die Ränder, das Muster im Kunststoffüberzug, den kleinen Chip. Dann hielt er die Karte ans Licht. Er wusste ganz genau, welches die wichtigen Details waren, nach denen er suchen musste. ›So eine könnten Sie doch auch machen, oder?‹, fragte ich. ›Polizeimarken sind schwer‹, entgegnete er, ›die haben ein anderes Muster, und der Chip wird nur ein sinnloses kleines Plastikteil. Man schafft es nicht, die notwendigen Informationen darauf zu speichern.‹ Ich fragte: ›Wo haben Sie das gelernt?‹, und er antwortete nur: ›Ich habe geübt.‹ Also wollte ich wissen: ›Und was gedenken Sie mit Ihren Fähigkeiten anzufangen?‹, und er sagte: ›Wer weiß.‹«

Das Taxi ist vor dem Eingang zum Polizeirevier auf der Kungsholmsgatan zum Stehen gekommen.

»Entschuldigen Sie«, meldet sich der Taxifahrer und sucht Levins Blick im Rückspiegel, »wir sind angekommen.«

»Hm?«, macht Levin und sieht auf.

»Wir sind da«, erkläre ich.

»Ah.«

Levin öffnet die Tür und steigt aus, während der Fahrer die Quittung ausdruckt und sie mir gibt. Ich reiche sie an Levin weiter, der sie versunken betrachtet.

»Ach so. Danke.« Er geht ein paar Schritte die Treppe hinauf und setzt sich dann auf eine der Stufen, kratzt sich den kahlen Kopf und rückt die Brille zurecht, die ihm ein Stück die Nase heruntergerutscht ist. »John wusste sehr gut, wozu er seine Fähigkeiten einsetzen wollte, das war ganz deutlich. Ich fragte ihn, woher er die Unterlagen von den Vereinten Nationen habe. Das könnte ein Leak sein, und zum Teufel, natürlich war es so. Ich habe allerdings nie herausbekommen, von wem die Dokumente kamen, und John verriet es mir natürlich nicht. Dann fragte ich ihn, ob er Interesse an der Polizeiarbeit hätte. ›Ja‹, antwortete er. ›Haben Sie jemals darüber nachgedacht, Polizist zu werden?‹, fragte ich, und da zeigte er zum ersten Mal so etwas wie Gefühl, indem er einfach über meine Frage lachte. Ich ignorierte das und sagte, dass er mit seinem Hintergrund und vor allem mit seinem Vorstrafenregister natürlich eine Menge Prüfungen und Tests über sich würde ergehen lassen müssen und dass ich draußen in Solna alle möglichen Strippen würde ziehen müssen, es aber keineswegs unmöglich sei. ›Wären Sie bereit, das zu tun?‹, fragte er. Ich erwiderte, das, was ich in dem Karton bei Westin gesehen hätte, sei ein Hinweis auf seine Kunstfertigkeit. Vermutlich würde er direkt im Betrugsdezernat anfangen können. Leider müsse man zu Anfang natürlich den üblichen Weg gehen, aber es gäbe durchaus Leute, die sehr schnell aufgestiegen seien. Innerhalb von sechs, sieben Jahren würde er mit ein paar Fortbildungen schon an dem Thema arbeiten können, das ihn auch jetzt interessierte. Ich bot ihm sogar an, dass er parallel zur Ausbildung die Möglichkeit erhalten würde, sich auf diesem Gebiet fortzubilden.«

Einer der Angestellten in der NOVA-Gruppe, der Abteilung bei der Stockholmer Polizei, die sich mit dem organisierten Verbrechen befasst, steigt aus einem schwarzen Auto mit getönten Scheiben und geht an uns vorbei die Treppe hinauf. Er nickt Levin zu und sieht mich fragend an, sagt aber nichts.

»Jetzt wollen Sie wissen, ob ich wohl eine Chance bei ihm hatte. Ja, das hatte ich, das konnte ich John ansehen. Er zog es in Erwägung. Er sollte genau zum Ende des Bewerbungszeitraums aus der Anstalt entlassen werden. Damit hätte er genug Zeit gehabt, seine Bewerbung vorzubereiten und abzuschicken. ›Aber‹, fügte ich hinzu, ›achten Sie darauf, dass die Bewerbung und alle Informationen auch echt sind.‹ Das brachte ihn zum Lachen. Ich sage Ihnen, jemandem wie John Grimberg bin ich nur wenige Male begegnet, vielleicht fünf-, sechsmal in meinen vierzig Jahren als Polizist, und es gab zwei Gründe dafür, warum ich versuchte, ihn zur Polizei zu holen. Zum einen ist es immer bedauerlich, wenn ein Talent den falschen Zwecken dient. Die Gefahr war groß, dass er als Krimineller in diesem Milieu nicht lange überleben würde. Ich wollte ihm eine zweite Chance geben. Das war immer meine Schwäche als Polizist, aber auch meine Stärke, denke ich. Andererseits ging es mir auch ganz schlicht um die Vermeidung von Verbrechen. Jemand wie John konnte erheblichen Schaden anrichten und große polizeiliche Ressourcen binden.«

»Haben Sie ihm das gesagt?«

»Den ersten Grund habe ich ihm genannt. Den zweiten nicht.«

»Wie hat er darauf reagiert?«

»Gar nicht. Er sagte nichts. Es war Zeit für mich zu gehen, und ich gab ihm meine Karte und bat ihn, mit mir Kontakt aufzunehmen, wenn er sich entschieden habe. Er rief niemals an.«

Ein älteres Paar geht auf der anderen Seite der Straße vorbei, und Levin schaut ihnen nach. Sie sehen erschöpft, aber treu verbunden, fast glücklich aus.

»Ungefähr ein Jahr später«, fährt Levin fort, »tauchte Grimberg in einer Ermittlung auf. Ein missglückter Bankraub. Das Problem war, dass die Täter maskiert waren, wir wussten also nicht, um wen es sich handelte. Natürlich hatten wir unsere üblichen Verdächtigen und setzten uns auf ihre Spur. Einer der Jungs wurde zusammen mit jemandem gesehen, den die

Ermittler nicht kannten. Man zeigte mir das Bild, und sehr richtig, es war John Grimberg. Kurz darauf löste sich unser Verdächtiger in Luft auf. John wurde verhört, doch das erbrachte gar nichts. Er kam wieder auf freien Fuß, und danach hörte ich nie wieder von ihm, bis jetzt Alice erwähnte, dass Sie nach ihm gefragt hätten.«

»Er hat eine andere Identität angenommen«, erkläre ich. »Seit zehn Jahren gibt es ihn nur noch im Vermisstenregister.«

»Hm«, brummt Levin.

»Sie klingen nicht erstaunt.«

»Nein«, sagt er. »Manche Leute haben das so an sich, dass sie vor unseren Augen verschwinden. Als würden sie stets eine Rolle spielen, eine Maske tragen, und das nicht nur anderen, sondern auch sich selbst gegenüber. Es macht etwas mit einem Menschen, auf diese Weise ohne Identität zu sein. Es ist natürlich gefährlich, aber wer sich selbst so drastisch verändert, der tut das oft, um sich vor etwas zu schützen, was möglicherweise noch gefährlicher ist. Ich weiß nicht, was das im Fall von John Grimberg gewesen sein könnte, darüber wissen Sie wahrscheinlich mehr als ich. Solch ein Rollenspiel ist im Grunde nichts Besonderes, sondern lediglich eine Frage der Übung und der Kompetenz, eine Fähigkeit, die die meisten von uns erlernen können. Zum Beispiel ist es auch ein Teil dieses Jobs hier, für Sie ebenso wie für mich. Doch im Unterschied zu uns, im Unterschied zu dem Polizisten, der sich manchmal als jemand anderes ausgibt, oder im Unterschied zu dem zufälligen Betrüger, der mal einen falschen Ausweis herzeigt und dann zu seinem ursprünglichen Ich zurückkehren kann, haben Menschen wie John Grimberg diese Möglichkeit verloren, und sie wollen sie auch nicht mehr. Diese Leere, die ein Mensch sich aneignen kann, verursacht mir Unbehagen. Jetzt, im Rückblick, wünschte ich natürlich, ich könnte behaupten, dass ich schon damals meiner Sache sicher gewesen sei, doch das war ich nicht. Es war nicht mehr als eine Ahnung, ein Moment der Einsicht, wie es auch für ihn ausgehen könnte. Und diese Einsicht hatte ich, als er dort während unseres Gesprächs plötzlich wie transparent für mich wurde. Es gab nichts hinter dem Gesichtsausdruck oder dem Blick, außer anderen Gesichtsausdrücken und anderen Blicken, und keiner davon war echter oder weniger echt als der andere.« Levin verstummt und bleibt eine Weile schweigend sitzen, dann schüttelt er den Kopf, erhebt sich und klopft seine Hose mit der einen Handfläche ab. »Entschuldigen Sie bitte mein Ausschweifen, Leo«, sagt er, scheinbar peinlich berührt. »Ich werde alt.«

»Haben Sie in dem Karton in Westins Zimmer irgendeinen Hinweis darauf gesehen, wo … oder wer er heute sein könnte?«

Levin schüttelt den Kopf.

»Ich bin mir nicht sicher, Leo, mein Gedächtnis lässt mich im Stich. Aber ich bezweifle es.«

»Keine Namen, keine Initialen, nichts?«

»Nichts. Soweit ich mich erinnere.« Er räuspert sich. »Ich erinnere mich an seine Sprache.«

»Seine Sprache?«

»Ich erinnere mich, dass er sich sehr gewählt ausdrückte. Das ist ungewöhnlich für einen Jugendlichen aus den Vororten.« Er blinzelt. »Doch, genau, an eines erinnere ich mich noch, aber das hat vielleicht gar nichts mit John Grimberg zu tun. Der Bankraub, den ich erwähnt habe, der missglückte, und bei dem er in den Ermittlungen auftauchte …«

»Ja?«

»Die Ermittler hatten den Verdacht, dass der Raub mit Drogen im Zusammenhang stünde, so wie meistens in dieser Stadt. Angeblich sollte der Grund für den Bankraub gewesen sein, dass ein oder ein paar Kilo Heroin verschwunden waren und die Bestohlenen nun ihre Schulden beim Lieferanten anderweitig begleichen mussten. Wahrscheinlich waren sie verzweifelt, und das wundert einen nun gar nicht. Wenn verzweifelte

Menschen binnen kurzer Zeit viel Geld brauchen, dann endet das oft mit einem Bankraub. Das Heroin wurde später bei einer Frau gefunden, von der ich meine, dass sie Anja hieß. Sie machte nicht viel her, wie man so schön sagt, aber sie hatte flinke Finger und stand in Kontakt zu einem der Kerle, die wegen des Bankraubs verurteilt worden waren. Über sein Kontaktnetz kam man auf ihre Spur. Auf irgendeine Weise war es Anja gelungen, Teile des Heroins für den Eigengebrauch beiseitezuschaffen, den Rest zu verkaufen und so ein paar Stufen in der Hierarchie aufzusteigen. Sie wurde wegen Verstoßes gegen das Betäubungsmittelgesetz verhaftet und zu einer Gefängnisstrafe verurteilt, ich weiß nicht, ob es zwei oder drei Jahre waren, jedenfalls sollte sie die in Hinseberg absitzen.«

»Und wann war das genau? Vorhin haben Sie was von ›ein paar Jahre später‹ gesagt.«

»Oh«, entgegnete Levin. »Das muss 2002 gewesen sein oder 2003, ich kann mich wirklich nicht erinnern. Jedenfalls war ich überzeugt davon, dass sie Hilfe von jemandem hatte, vielleicht nicht gerade einem Mitgefangenen, sondern von jemandem, der ihr nahestand und der sich in derselben Welt aufhielt. Denn Anja hatte sonst niemanden mehr, ihre Eltern waren tot, und sie hatte keine eigene Familie. Und als man ihr Handy untersuchte, das natürlich gestohlen war, fand sich eine Nummer, die man nicht nachverfolgen konnte.«

»Und dein Verdacht ist, dass John das war.«

»Genau. Irgendjemand hatte eine Liste mit den bekannten Kontakten von Anja angefertigt, die in ihrer Akte lag, und bei dem unbekannten stand ›JG?‹. Damals gab es viele relevante Personen mit diesen Initialen, sowohl Männer als auch Frauen. Johan Granberg, Juno Gomez oder Jannicke, Gretchen. Doch ich hatte einfach das Gefühl, er könnte es sein.«

»Woher kam dieses Gefühl?«

»Schwer zu sagen. Vielleicht Intuition.«

»Wo ist sie heute?«

»Auf dem Waldfriedhof.« Levin senkte den Blick. »Sie hat sich in ihrer Zelle erhängt. In den Zeitungen wurde darüber berichtet.«

»Ich habe mit dem Zeitunglesen erst mit dreißig angefangen.«

Das lässt Levin auflachen. Dann sieht er mich an.

»Sie sollten das alles Gabriel erzählen.«

»Birck?«

»Ja.«

»Vielleicht haben Sie recht.«

»Leo.« Levin sieht jetzt sehr ernst aus. »Sie könnten in Gefahr sein, und zwar in mehr als einer Hinsicht.«

»Ja, möglich.«

Levin sieht auf und betrachtet ein Werbeplakat, das an einer der Hauswände klebt: MACHEN SIE SICH SORGEN UM IHREN HUND? KONTROLLIEREN SIE IHN ÜBER IHR SMARTPHONE!

»Kontrollieren«, sagt Levin nachdenklich. »Kein Wunder, dass die Leute verschwinden wollen. Kein Wunder, dass die Menschen in einer Gesellschaft wie der unseren die Polizei verabscheuen und uns nicht vertrauen. Es wird ohne Bedeutung sein, ob man zehntausend oder zwanzigtausend Polizisten hat. Es ist der falsche Job zur falschen Zeit im falschen System im falschen Teil der Erde.« Er atmet schwer. »Seine Schwester ist jung gestorben«, sagt er dann mit gedämpfter Stimme. »Kannten Sie sich?«

»Ja. Und er glaubte, sie sie meinetwegen gestorben.«

»Ehrlich?«, fragt Levin, scheinbar unberührt und mit lediglich professionellem Interesse an der Antwort.

19

Irgendwann gegen Ende der Sommerferien wurde eine der Türen im Zentrum von Salem mit schwarzer Farbe besprüht. VERDAMMTE KANACKEN HAUT AB NACH HAUSE lautete der Text, der in schiefen und ungleich großen Versalien geschrieben und von Hakenkreuzen umringt war. Tags darauf wurde ein bekannter Glatzennazi in der Nähe des Rönninge-Gymnasiums misshandelt. Keiner der beiden Täter war Schwede, das wusste ich, denn so lief das einfach immer. Das Ereignis kam in die Medien, verlor aber ganz schnell an Bedeutung. Es gab keinen Hinweis darauf, dass der Glatzennazi, der misshandelt worden war, auch für das Gesprayte in der Stadt verantwortlich war, doch das war zweitrangig. Drei Tage später wurde einem Jungen ins Gesicht getreten, er hieß Mikael Persson, war in Schweden geboren, doch sein Vater war Ägypter. Wieder ein paar Tage später wurde in der Nähe des Wasserturms von Salem ein weiterer Glatzentyp misshandelt. Das Opfer hatte einen rasierten Schädel, trug Jeansjacke und Hosen in Militärgrün und war Mitglied bei »Ung Vänster«, der Jugendorganisation der Linken, und mehreren antirassistischen Organisationen. Das hatten die Täter nicht gewusst, sie dachten, er wäre Nazi, weil er wie einer aussah.

Diese Ereignisse bestimmten das Ende des Sommers, doch mich berührten sie allerhöchstens peripher. Nach der Geschichte, als Grim nach Hause gekommen war, während wir in Julias Bett lagen, machten sie und ich Schluss. Wir redeten nicht groß darüber, um uns dann dafür zu entscheiden, sondern das Ende ergab sich von selbst, unausgesprochen, aber trotzdem definitiv.

Danach zog ich mich anfangs auch von Grim zurück, weil

ich bei jedem Gedanken an ihn immer gleich an Julia denken musste, und das machte mich fertig. Noch nie zuvor hatte ich einen derartigen Schmerz erlebt, und vier Tage lang sprach ich mit keiner Menschenseele, nicht einmal mit meinen Eltern. Die fingen an, sich zu sorgen und holten deshalb meinen Bruder nach Hause, was alles nur noch schlimmer machte. Am fünften Tag wurde mir klar, dass ich die Sache allein nicht bewältigen konnte. Ich brauchte jemanden um mich, und der Einzige, den ich mir vorstellen konnte, war Grim. Ihm konnte ich zwar die Ursache für meinen Kummer nicht erzählen, aber er würde mich doch ablenken. Als ich ihn anrief, klang er besorgt.

»Ich habe mehrmals versucht, dich zu erreichen«, sagte er. »Warum gehst du nicht ans Telefon? Ist was passiert?«

»Tut mir leid. Es ist nichts. Ich war krank.«

»Krank?«

»Ja, irgendein Infekt. Heute ist der erste Tag, an dem ich kein Fieber mehr habe.« Ich zögerte. »Sollen wir was machen?«

Grim merkte, dass irgendwas mit mir nicht stimmte, das wusste ich. Wegen mir mussten wir nichts Großartiges unternehmen, ich verspürte nur das Bedürfnis, ihn in meiner Nähe zu haben, um nicht allein zu sein. Das konnte er verstehen. Wir verbrachten lange Stunden in schattigen Parkecken oder auf vergessenen Bänken, ich mit einem Buch oder mit Musik und Grim mit seinen Ausweisen. Er übte ständig, doch nach der Zeit im Jugendlager kontrollierte sein Vater Klas häufiger, was er in seinem Zimmer so machte, und deshalb musste er an anderen Orten üben. Wir saßen öfter auch bei mir zu Hause, und eine Zeit lang gehörte mein Schreibtisch mehr Grim als mir, bis mein Vater das bemerkte und in nervösem Tonfall fragte, was wir da eigentlich trieben. Wir benutzten unsere gefälschten Ausweise, um einen Mittwochsklub auf Södermalm zu besuchen, ließen die Drinks nur so in uns hineinlaufen, und wenn der Barkeeper gerade in die andere Richtung schaute, kicherten wir über all das Verbotene.

Ich hätte gern gewusst, wie es Julia ging und ob unsere Trennung sie überhaupt tangierte. Nach einer Weile redete ich mir ein – wahrscheinlich um mit all dem klarzukommen –, dass sie es ganz locker nahm, ich aber meine Freundschaft zu Grim gerettet hatte und wahrscheinlich am Ende doch alles gut werden würde. Ich musste an das denken, was Julia einmal gesagt hatte, dass sie, wenn sie eine Zeitreise machen könnte, in die Zukunft reisen würde, um zu sehen, wie alles werden würde. Jetzt begriff ich langsam, wie sie das gemeint hatte. Die Ungewissheit und das Gefühl, etwas verloren zu haben, und das auch noch völlig ohne Sinn, waren am schlimmsten.

Eines Tages hatte ich das Fenster in meinem Zimmer offen stehen, und jemand anders in der Nähe wohl auch, denn ich hörte den verzerrten Klang von N.W.A., *I just want to celebrate! I just want to celebrate!*, aus irgendwelchen Lautsprechern dröhnen. Ich trat ans Fenster und spürte die Wärme der Sonne. Unten spazierte Julia mit einer Freundin vorbei, einem blonden Mädchen namens Bella. Der war ich während des Sommers schon ein paarmal zusammen mit Julia begegnet. Sie lachten über irgendetwas, und Julia wirkte fröhlich.

Ich versuchte, meine Gedanken darauf zu lenken, dass ich ja zu Grim zurückgekehrt war, doch das Einzige, was mir vor Augen stand, war, dass ich Julia verloren hatte.

Ganz tief drinnen in mir schwelte etwas.

In jenen letzten Tagen der Sommerferien bemerkte ich, dass Tim nach Salem zurückgekehrt war.

Tim Nordin war ein Jahr jünger als ich, und ich hatte ihn zum ersten Mal gesehen, als er allein auf einem Spielplatz am Ortsrand von Salem gesessen hatte. Damals war ich dreizehn Jahre alt und so wütend, dass ich am liebsten geheult hätte.

Schon bald wurde aus der Wut Scham, und ich wollte nicht nach Hause gehen. Vlad und Fred waren noch aggressiver und bedrohlicher gewesen als sonst, und es war eine der wenigen Gelegenheiten gewesen, an denen ich versucht hatte zurückzuschlagen, was dazu geführt hatte, dass einer von beiden mir sein Knie in den Bauch gerammt hatte. Widerstand leisten zu wollen und damit zu scheitern, das war eine schlimmere Erniedrigung, als wenn man sich gar nicht wehrte, und es ließ alles nur noch hoffnungsloser erscheinen. Die Male, bei denen ich keinen Widerstand leistete, konnte ich mir wenigstens noch einreden, dass ich ja hätte zurückschlagen können, wenn ich gewollt hätte – auch wenn das höchst kindisch war.

Ich schleppte mich davon, und nachdem ich es geschafft hatte, wieder Luft in meine Lungen zu bekommen, begann ich planlos herumzulaufen. Als ich dann Tim auf dem Spielplatz sitzen sah, flammte etwas in meinem Inneren auf, und das Bedürfnis, Widerstand gegen die Ohnmacht und die Erniedrigung zu leisten, wurde übermächtig.

Ich ging zu Tim, der mich nicht gehört zu haben schien. Er war ein magerer kleiner Junge, trug seine Kappe mit dem Schirm nach hinten gedreht und zu große, sackartige Kleidung, um kräftiger zu erscheinen, als er war.

»Hallo«, sagte ich, als ich nur noch ein paar Schritte von ihm entfernt stand.

Er reagierte nicht.

»Hallo.«

Tim sah immer noch nicht auf. Die Wut kochte in mir hoch, und ich blickte mich um. Wir waren allein. Ich ging die letzten Schritte zu Tim hin und fegte ihm die Kappe vom Kopf, woraufhin er zusammenfuhr und die Kopfhörer aus den Ohren nahm.

»Warum antwortest du nicht, wenn ich mit dir rede?«

»'Tschuldigung«, sagte er und wedelte mit den Kopfhörern. »Ich habe nichts gehört.«

Er hatte Angst, das konnte ich in seinen Augen erkennen, die wach und dunkelbraun waren. Das schmale Gesicht mit dem scharfen kleinen Kinn und den dünnen Lippen ließ seine Augen rund und unnatürlich groß wirken.

Der hat tatsächlich Angst vor mir, dachte ich wieder.

»Was machst du hier?«, fragte ich.

»Nichts«, erwiderte er und lehnte sich zurück.

»Was machst du?«

Tim stutzte. »Meine Kappe …«

Ich grinste. »Das ist nicht deine Kappe.«

»Die hab ich von …«, begann er, beendet den Satz aber nicht.

»Von deiner Mama?«, höhnte ich. »Hast du die von deiner lieben Mama gekriegt?«

Er sah mich an, ohne zu reagieren.

»Antworte!«, brüllte ich.

Tim nickte stumm und senkte den Blick. Ich nahm die Kappe vom Boden auf, drückte sie zusammen und stopfte sie in die Gesäßtasche meiner Jeans. Auf der Bank neben ihm lagen orangefarbene Schalen, und ich stand so dicht bei ihm, dass ich den Geruch von Clementinen oder Apfelsinen an seinen Fingern vernahm.

»Eine lila Kappe«, sagte ich. »Lila. Bist du schwul, oder was?«

»Wie?«

»Ob du schwul bist, habe ich gefragt. Schwerhörig?«

Er schüttelte den Kopf.

»Warum schüttelst du den Kopf?«

»Ich bin nicht schwerhörig«, sagte Tim leise.

»Dann antworte. Bist du schwul oder nicht?«

Wieder schüttelte er den Kopf.

»Wie?«, wiederholte ich und beugte mich vor. »Sprich lauter!«

»Ich bin zwölf«, flüsterte er. »Ich weiß nicht, was ich bin.«

Ich lachte ihn aus.

Dieses Mal schlug ich ihn nicht, das würde später kommen. Als ich wegging, kam ich an einer Baustelle vorbei, wo ich die Kappe in einen offenen Container warf. Dabei sorgte ich dafür, dass sie so tief hineinfiel, dass Tim nicht an sie herankäme, wenn er sie entgegen aller Wahrscheinlichkeit entdecken würde.

Ich fühlte mich erleichtert, so als hätte ich Wiedergutmachung erlangt, und vielleicht rührte sich deshalb mein Gewissen nicht.

Über zwei Jahre hinweg diente mir Tim Nordin als Mittel, um mich abzureagieren und mich überlegen zu fühlen – so, wie ich wahrscheinlich Vlad und Fred als Mittel diente. Vielleicht war alles nur eine Reaktion auf vorherige Ereignisse. Irgendjemand geriet immer in die Schusslinie, jeder fiel über einen anderen her, und ich war weder besser noch schlechter als einer von ihnen. Ich existierte einfach nur.

Dann zog Tim Nordin von Salem weg. Vielleicht hatte sein Vater woanders eine neue Stelle gefunden, ich weiß es nicht. Er verschwand, und ich dachte nicht mehr groß an ihn. Ich erzählte niemals irgendjemandem, was ich mit ihm gemacht hatte, und ich bezweifle, dass Tim das je tat. Und ich hörte nie wieder etwas von ihm, bis Julia seinen Namen erwähnte, als wir auf dem Wasserturm saßen.

Jetzt war er wieder da, größer, aber immer noch mager. Er lief an den Triaden vorbei, während ich in der Küche am Fenster stand. Erst erkannte ich ihn auf die Entfernung nicht, doch als ich ihm nachsah, wurde mir klar, dass er jemand war, der nicht gesehen werden wollte. Tim lief immer so. Das Problem dabei ist, wenn man sich bemüht, nicht gesehen zu werden, fällt die Anstrengung auf. Man sieht es.

»Leo«, sagte Papa, der gerade auf dem Weg zur Arbeit war. »Alles in Ordnung? Du warst in der letzten Woche … irgendwie so anders.«

»Ja«, sagte ich, »alles in Ordnung.«

»Sicher?«

»Sicher.«

Er nickte etwas enttäuscht, nahm seine Schlüssel und verließ die Wohnung. Eine Stunde später wiederholte sich die Szene mit meiner Mutter. Ich saß immer noch am Küchenfenster und wartete darauf, dass Grim anrief. Diesmal würde ich ihn fragen, wie es Julia ging. Ich musste es einfach wissen. Es gibt viele Gründe, warum Menschen lachen, und dass ich Julia hatte lachen sehen, bedeutete noch nicht, dass es ihr gut ging.

Eine Stunde später rief er an, und wir nahmen einen Fußball und kickten ihn vor uns her zum Bolzplatz. Grim mochte Sport nicht, wenn überhaupt, interessierte er sich für Schießturniere im Fernsehen. Doch er behauptete, es sei ein schönes Gefühl, so fest wie möglich auf einen Ball einzutreten, und da war ich ganz seiner Meinung.

Der Bolzplatz lag einsam da und wartete auf uns. Ich holte den Ball aus dem Tor, den Grim gerade hineingeschossen hatte.

»Du kennst doch Tim Nordin, oder?«, fragte ich.

»Tim …«, sagte Grim und runzelte die Stirn. »Ja. Er war Julias Kindergartenfreund, aber ich denke, er ist weggezogen. Warum, weiß keiner, nicht einmal Julia.« Er ließ den Ball auf die Erde fallen. »Wieso?«

»Ich dachte, ich hätte ihn heute gesehen.«

»Was, kennst du ihn auch?«

»Nein, nein. Aber ein Freund von mir ist mit ihm in die Tagesstätte gegangen, deshalb weiß ich, wer er ist.«

Ich fragte ihn nicht nach Julia, ich konnte einfach nicht. Vom nächsten Tag an würde sie auf dieselbe Schule gehen wie ich.

Am ersten Schultag sah ich gar nichts von Julia und auch nichts von Grim. Stattdessen war ich mit meinen Klassenkameraden zusammen, und das war ein seltsames Gefühl. Nicht, dass ich sie nicht gemocht hätte, es war einfach nur so, dass ich kaum einen von ihnen während der ganzen Ferien, die doch so lang und ereignisreich gewesen waren, je getroffen hatte. Ich hatte während der langen Monate in einer anderen Dimension gelebt.

Am zweiten Tag hatte ich Mathematik in einem der Räume hinten in dem fabrikähnlichen Gebäude. Als ich dort um die Ecke bog, war der lange Flur schon leer. Ich war etwas spät dran, und der Unterricht hatte bereits begonnen. Die Wände waren mit Reihen von Spinden gesäumt, von denen mehrere mit Graffititags bekritzelt waren. Auf einem der Schränke leuchtete ein großes schwarzes Hakenkreuz.

Die Tür zu einer der Toiletten ging auf, und Julia kam auf mich zu. Sie hatte einen Ordner und einen Stapel Bücher unter dem Arm, und ihr Blick war auf ein Papier geheftet, das im Takt mit ihren Schritten flatterte. Als sie aufsah, erstarrte sie, und ihr Blick war es, der mir den Boden unter den Füßen wegzog.

»Hallo«, sagte sie, ohne stehen zu bleiben.

»Hallo«, grüßte ich zurück und blieb stehen. »Wie geht's?«

»Verwirrt«, sagte sie, senkte den Blick wieder auf den Stundenplan und ging dann weiter an mir vorbei.

Ich sah ihr nach, in der Hoffnung, dass auch sie sich umdrehen würde, doch das tat sie nicht. Dieses Detail war es, was mir das Gefühl gab, blöd und lächerlich zu sein. Zu nichts gemacht. Am liebsten hätte ich geheult, denn so würde es von nun an sein, und kein Ende war in Sicht.

Etwas später an dem Tag erfuhr ich, dass Tim Nordin nach Salem zurückgekehrt war, weil seine Eltern sich getrennt hatten und sein Vater offenbar nicht die Art von Person war, der man zutraute, ein Kind aufzuziehen. Also musste Tim bei seiner Mutter wohnen, und die vermisste Salem, und deshalb waren sie zurückgezogen. Dabei hätte er sich doch weigern müssen, wieder hierherzuziehen.

Am folgenden Wochenende fand auf dem Bolzplatz, auf dem Grim und ich eine Woche zuvor gewesen waren, eine große Party statt. Man erfuhr davon über Zettelchen, die in Spinden platziert und während des Unterrichts herumgereicht wurden. Grim und ich gingen jeder mit einer PET-Flasche hin, die halb mit Alkohol gefüllt war, den wir aus der Hausbar unserer Eltern gezapft hatten. Ich hatte nur ein paar Deziliter Wodka abzweigen können, weshalb ich mit Limonade hatte verlängern müssen. Die Kohlensäure ließ den Wodka noch grässlicher schmecken als sonst.

»Weißt du, ob Julia kommt?«, fragte ich.

»Keine Ahnung«, sagte Grim, »ich habe ihr nicht davon erzählt, und ich hoffe, dass sie nicht kommt. Ich schaffe es nicht, sie unter Kontrolle zu halten.«

»Warum musst du das denn?«

»Verdammt, weil sie meine Schwester ist. Und in der letzten Zeit kommt sie mir so komisch vor.«

»Ich verstehe nicht, was das eigentlich soll«, sagte ich und merkte, wie mein Puls stieg. Ich schraubte den Deckel der Flasche ab und nahm einen langen brennenden Schluck. »Du kannst doch nicht so überbeschützend sein, sie ist schließlich bald sechzehn. Sie kann selbst auf sich aufpassen«, fuhr ich fort, und weil ich mich nicht beherrschen konnte, schob ich noch hinterher: »Hör doch mal auf, sie wie ein Kind zu behandeln.«

Grim wich meinem Blick aus.

»Du kapierst aber auch gar nichts, oder?«

»Was soll ich denn kapieren?«

»Sie ist es, warum wir zusammenhalten, warum unsere

Familie funktioniert. Und Mama und Papa können nicht auf sie aufpassen.«

»Aber warum muss man denn auf sie aufpassen? Und warum musst du es sein, der auf sie aufpasst? Das Jugendamt k...«

»Super, wegen denen bin ich in Jumkil gelandet. Wenn die Julia oder mich abholen, dann ist alles aus.«

Ich trank noch mehr aus meiner Flasche und weiß noch, dass ich dachte, das Problem läge möglicherweise nicht bei einem von ihnen, sondern würde zwischen ihnen geformt, durch die Familienkonstellation selbst. Vielleicht war das Problem weniger, dass sie Gefahr liefen, auseinandergerissen zu werden, sondern dass sie sich so sehr darum bemühten, eine Familie zu sein. Es fiel mir schwer, diesen Gedanken zu formulieren.

»Ist das denn so wichtig? Ich meine, dass ihr zusammenhaltet? Also, ich überlege nur, vielleicht ist das nicht nur gut.«

Ich wusste nicht, wie ich es ausdrücken sollte.

»Man hat nur eine Familie«, war alles, was Grim erwiderte. »Und nur in guten Familien glaubt man, dass es einem ohne sie besser ginge.« Er hob den Blick und sah mich an. »Also halt einfach die Schnauze. Du hast keine Ahnung, wovon du redest.«

Zum ersten Mal hatte ich Angst vor Grim, ohne dass ich hätte erklären können, warum. Vielleicht lag es daran, dass ich langsam besoffen wurde, aber da war auch etwas in seinem Blick. Eine schicksalsträchtige Furcht, wie wenn man sich vor einem großen Schmerz ängstigt, diese Art von Furcht, die einen im tiefsten Innern erzittern lässt, und man fühlt sich grundlos verunsichert.

Auf dem Bolzplatz waren schon viele Menschen, die in Gruppen dasaßen und lachten und tranken. Schwere Ghettoblaster spielten Musik, und ein paar Leute hatten ihren Spaß daran, auf die Fußballtore zu klettern und dort oben zu sitzen. Grim und ich hockten mit ein paar Typen zusammen, die er kannte. Sie fragten ihn nach der Zeit im Jugendlager und nach dem Jungen, der niedergestochen worden war. Grim zuckte mit den Schultern, er wollte nicht darüber reden. Dann fragten sie, was er mit seinen Haaren gemacht habe, und Grim meinte nur, sie seien zu lang gewesen und er habe sie abgeschnitten. In dem Moment sah ich Julia kommen, sie trug dunkle Jeans und ein weißes T-Shirt mit der Aufschrift JUMPER über der Brust. Auch sie hatte eine PET-Flasche dabei, und sie schien jemanden zu suchen.

Ich betrachtete die Flasche in meiner Hand. Inzwischen war es dunkel geworden, und um feststellen zu können, wie viel ich schon getrunken hatte, musste ich die Flasche gegen den Himmel hochhalten. Die Bewegung veranlasste Julia, den Kopf zu drehen. Sie erhob langsam ihre eigene Flasche in meine Richtung, und ich schämte mich. Sie meinte, ich würde ihr zuprosten. Julia lächelte auf die Art, wie sie es tat, wenn sie schon ein bisschen beschwipst war.

Grim entdeckte seine Schwester und seufzte. »Wusste ich's doch.« Er winkte sie heran.

»Was machst du?«, fragte ich.

»Wenn sie schon hier ist, dann ist es besser, wenn sie bei uns sitzt«, lallte Grim.

Julia kam zu uns und hockte sich in den Schneidersitz.

»Worüber redet ihr?«

Hinter uns kreischte ein Mädchen, als einer der Jungen, die auf dem Fußballtor gesessen hatten, herunterfiel. Alle starrten hin, bis wir den Jungen, immer noch auf dem Rücken liegend und mit der Bierdose in der Hand, lachen hörten. Da lachten wir auch.

Julias Knie berührte das meine, und es fiel mir schwer, meine Hände zu kontrollieren. Szenen aus dem Sommer, gute Szenen, sausten an meinem inneren Auge vorüber, und ich sehnte mich in diese Zeit zurück. Julia nahm einen Schluck aus ihrer Flasche und zog eine Grimasse. Neben uns ertönte aus einem der Ghettoblaster *Just for a minute there, I lost myself*, und es wurde immer voller auf dem Bolzplatz, sodass inzwischen große Teile des Platzes von Leuten aus der Schule belegt waren. Ein paar ältere Jungs kamen auch, gingen aber schnell wieder. Sie wollten nur das Geld für den Alkohol abholen, den sie für irgendjemanden gekauft hatten. Einige fingen an zu streiten, doch auch das gab sich schnell wieder. Ich fragte mich, was Julia wohl dachte und ob sie wusste, dass Tim Nordin wieder nach Salem gezogen war, ob diese Neuigkeit sie froh machen würde und ob sie es bereute, dass wir Schluss gemacht hatten. In meinem Kopf drehte sich alles, und die Gedanken führten nirgendwohin, sondern wanderten immer nur im Kreis.

»Ich muss pissen«, sagte Grim, stand auf und sah mich an. »Kommst du mit?«

»Nein«, erwiderte ich.

Sein Blick ging zwischen mir und Julia hin und her.

»Okay«, sagte er schließlich und ging zu den Büschen.

Jetzt erst sah ich, dass Julia nervös war. Sie trank rasch und lachte etwas zu viel über das, was die anderen redeten.

»Cooles Fest«, sagte ich.

»Hm.«

»Bist du mit jemandem hergekommen?«

»Ja.« Sie sah sich um. »Aber ich weiß nicht, wo die sind.«

»Ich mag dein T-Shirt«, sagte ich.

»Echt?«

»Klar, alle mögen Jumper, oder?«

Sie antwortete nicht, sondern trank. Also redete ich weiter.

»In der Schule, als wir uns begegnet sind, da hast du gesagt, du wärst verwirrt. Du hast doch gemeint, die Schule verwirrt dich ...«, ich sah sie an, »oder?«

»Klar«, entgegnete sie und lächelte ein wenig. »Wenn du es sagst.«

»Ich sage es nicht, ich frage.«

»Und ich antworte.«

Ich beugte mich zu ihr hin, um etwas zu sagen, wurde aber von Grim unterbrochen, der zurückkam und sich nun wieder neben uns setzte.

Kurz darauf drehte sich alles noch viel schneller in meinem Kopf, und als ich aufstand und zu den Büschen ging, um zu pinkeln, hatte ich das Gefühl, der ganze Bolzplatz würde sich zur Seite neigen. Alle Schatten, die da mit Flaschen und Dosen saßen, verschwammen an den Rändern, und ich stolperte über irgendetwas, rappelte mich aber wieder hoch.

Als ich aufwachte, lag ich quer über einem Bett. Ich hatte immer noch die Klamotten an. Langsam hob ich den Kopf, um zu sehen, wie spät es war. Aber das schmerzte so heftig, dass ich die Augen schließen musste. Wenigstens war ich zu Hause.

Meine Hand griff nach etwas, Wasser, aber die Flasche auf meinem Nachttisch war zu weit weg. Also rollte ich mich auf die Seite und packte sie. Sie war leer. Und als ich auf die leere Flasche starrte, fiel mein Blick auf meine Hand. Sie hatte rote Flecken.

Ich erinnerte mich noch, dass ich aufgestanden war, um zu den Büschen zu gehen und zu pinkeln. Ich erinnerte mich an die Angst, die ich gespürt hatte und die ich nicht erklären konnte. Von da an lag alles bis zu meinem Erwachen im Nebel. Ich sah auf meine Hand und versuchte mich zu erinnern, ob ich etwas gegessen hatte, ehe ich nach Hause ging. Vielleicht waren die roten Flecken Ketchup oder Tomatensoße. Ich hob die Hand an die Nase, um daran zu riechen, nahm aber nur einem schwachen Geruch von Zigarettenrauch wahr. Dann stand ich aus dem Bett auf und versuchte herauszufinden, ob mir noch etwas anderes wehtat als der Kopf. Das war nicht der Fall.

Als ich von den Büschen zurückgekehrt war, waren Grim und Julia nicht mehr dagewesen. Genau. Ich hatte einen von den anderen, die dort saßen, gefragt, wohin die beiden gegangen waren, und er murmelte etwas davon, dass sie sich gestritten hätten.

»Wieso haben sie sich gestritten?«

»Scheiße, was weiß ich?«

Dann hatte ich mich unruhig aufgemacht, um nach ihnen zu suchen. Ich erinnerte mich an den Song, der den ganzen Abend über gespielt worden war, *I just want to celebrate! I just want to celebrate!*, und dass die Übelkeit mir zu schaffen gemacht hatte und ich vom Bolzplatz weggestolpert war, wobei mir Lichtflecken vor den Augen hüpften und ich mich fragte, ob mir jemand etwas in die Flasche getan hatte.

Jetzt duschte ich. In meinem Zimmer hatte ich das Fenster gekippt, um zu lüften. Erst fragte ich mich, wo wohl meine Eltern waren, doch dann fiel mir der Zettel ein, den ich auf dem Küchentisch hatte liegen sehen, auf dem etwas von einem August-Flohmarkt in Rönninge stand. Ich war allein zu Hause und schrubbte mir nun die Hände, um das Rote abzukriegen. Ganz allmählich ging mir auf: Das musste Blut sein. Unter dem fließenden Wasser liefen mir hellrote Rinnsale von den Händen, die rosafarben im Abfluss verschwanden. Als ich mein Gesicht wusch, stach es in meiner Oberlippe. Sie war empfindlich und leicht geschwollen, und da fiel mir alles wieder ein.

Ich hatte die Suche nach Grim und Julia abgebrochen und stattdessen versucht, irgendjemand anderen zu finden, ganz egal, wen. An einer Straßenlaterne, nicht weit vom Bolzplatz entfernt, stand ein Mädchen, und ich ging zu ihr. Keine Ahnung, was ich sie gefragt hatte, aber ich konnte immer noch ihren Körper an meinem spüren. Sie war klein und schlank, so wie Julia. Ich muss mich an sie gedrückt haben. Sie schubste mich weg, und ich versuchte es wieder, aber dieses Mal holte ich mir einen Schlag ins Gesicht ab. Vielleicht von ihr, vielleicht von jemand anderem – dieser Teil der Ereignisse war undeutlich. Ich fiel zu Boden, glaube ich, nicht von dem Schlag, sondern wegen meines angeschlagenen Gleichgewichts. Dann lachte jemand höhnisch. Und dann folgte die Erniedrigung, die sich in mein Inneres schraubte.

Ich blieb voller Scham dort liegen, bis sie alle weggegangen waren, danach machte auch ich mich auf den Weg nach Hause. Irgendwo unterwegs begegnete ich Tim. War er auch auf dem Bolzplatz gewesen? Ich hatte ihn nicht gesehen.

Ich blieb stehen.

»Dann bist du also wieder da«, lallte ich.

Wir standen auf dem Bürgersteig im Dunkeln zwischen zwei Straßenlaternen. Tim schien nüchtern zu sein, er roch frisch wie Scheuermittel.

»Ja.«

»Wohin willst du?«

»Nach Hause.« Er kniff die Augen zusammen. »Was ist mit deiner Lippe passiert?«

»Nichts.«

»Du siehst aus, als wärst du geschlagen worden.«

»Nichts!«, schrie ich, und er starrte mich an. »Du kennst Julia, oder? Julia Grimberg?«

Diesen Namen zu hören, erstaunte ihn. In seinem Blick flackerte etwas.

»Ja. Wieso?«

Ich wusste nicht, was ich darauf antworten sollte. Stattdessen packte ich seine Schulter und schubste ihn, woraufhin er einen Schritt zurück machen musste.

»Lass mich in Ruhe«, rief er. Und dann, gedämpft: »Wenn du es nicht tust, wirst du es bereuen.«

»Wenn ich was nicht tue?«

»Wenn du mich nicht in Ruhe lässt.«

Ich lachte, das weiß ich noch. Nicht über ihn, sondern über alles andere. Wie absurd doch alles war und wie kompliziert es geworden war. Ich lachte über die Furcht, die ich empfand, und über Grim. Über Julia. Und dann schlug ich auf Tim ein, wieder und wieder. Ins Gesicht, in den Magen, zwischen die Beine. Er wehrte sich nicht, sondern lag nur da und starrte mich mit leerem Blick an, und das provozierte mich nur noch mehr. Sein Blick erinnerte mich an den von Grim, und über allem lag etwas sehr Unbehagliches.

Vielleicht lag es an meinem Kater oder an Julia und an Grim, vielleicht auch an Tims leeren Blick und seiner ebenso leeren, sinnlosen Drohung. Vermutlich war es alles zusammen, und ich klappte in der Dusche zusammen und rang nach Atem.

Wir schreiben das Jahr 2000. Mama ist seit einem Jahr tot. Ich bin einundzwanzig, habe die Jugendanstalt Jumkil verlassen und lebe in den Tunneln unter der Stadt – zusammen mit allen anderen. Sie trauen mir nicht, und ich traue ihnen nicht. Ich wage nicht zu schlafen, aus Angst, dass sie mir meine Sachen klauen werden. Um mich wach zu halten, bin ich, genau wie alle anderen auch, auf Speed. Ich setze mich nur selten dem Tageslicht aus, und das beeinträchtigt meine Augen, macht das Bild körnig. Ich ernähre mich davon, dass ich Handys klaue, mein Rucksack, mit dem ich herumlaufe, ist voll. Irgendwann schlafe ich doch ein, und als ich aufwache, habe ich nichts mehr, alle Handys sind weg. Ich muss von vorn anfangen, gleichzeitig höre ich mit dem Pulver auf. Das läuft nicht so gut. Einen Mann, der sich weigert, seine Tasche loszulassen, schlage ich fast tot. Hinterher erinnere ich mich an gar nichts, erst viel später kehren die Bilder zurück.

Ich tauche aus den Tunneln auf und wohne zur Untermiete bei einem Freund in Alby. Er heißt Frank, dealt mit Heroin und verschafft mir den ersten Schuss. Ich liebe es und gehe weg vom Speed, schlafe auf einer Matratze bei ihm. Er hat ein Mädchen da, die ist hübsch und nett zu mir. Wenn er nicht zu Hause ist, haben wir Sex. Aus irgendeinem Grund muss sie nach ein paar Monaten das Land verlassen, und ich helfe ihr, indem ich einen Ausweis mache, den sie benutzen kann.

Sie steigt in einen Zug, und ich sehe sie nie wieder.

Am Tag, bevor sie fährt, liege ich high in der Küche, halb an einen der Schränke gelehnt. Ich bin jenseits von allem und kann den Blick nicht fixieren, merke nur, dass Frank etwas in der Hand hat und vor mir in die Hocke geht. Er fragt, ob ich das vorher schon mal gemacht habe.

»Was gemacht?«

»So was hier.« Er wedelt mit dem Ausweis vor meiner Nase.

»Paarmal.«

Frank meint, ich sei gut. Er fragt, ob ich das noch mal machen kann, wenn ich dafür Heroin kriege. Ich sage Ja, aber ich brauche Material und Werkzeug – nach mir wird wegen eines Überfalls gefahndet, und deshalb wage ich mich nicht aus dem Haus. Frank besorgt, was ich brauche, stiehlt es aus irgendwelchen Warenlagern. Mehrmals kommt er mit dem falschen Material an und muss es wieder zurückbringen. Er sagt, er kommt sich blöd vor.

Später macht er mich mit einem bekannt, den man den Mann ohne Stimme nennt: Josef Abel. Er sorgt dafür, dass ich noch einen kennenlerne, der dir sicher auch ein Begriff ist. Silver. Er ist genauso alt wie ich, aber viel mächtiger. Silver bittet mich, ihm für einen Typen zu helfen, der eine Weile untertauchen muss. Ich mache das gegen Heroin. Bald erzählt Silver, dass er einen Freund hat, der eine Firma betreibt, die dabei ist, den Bach runterzugehen. Er fragt, ob ich mir vorstellen kann, sie gegen eine Summe Geld zu übernehmen. Es ist viel Geld, dafür kann ich ordentlich fixen. Also sage ich Ja zu dem Geld und der Firma, und im Austausch dafür kann es sein, dass, wie er sagt, ein paar Leute vorbeikommen und ein paar Fragen stellen.

Ich werde zum Strohmann, ohne zu begreifen, was das bedeutet. Die börsennotierten Firmen sind eben so angelegt, dass derjenige, der auf den Aktien hockt, für den Laden verantwortlich ist. Ich aber habe nicht den geringsten Scheiß damit zu tun, trotzdem bin ich der Verantwortliche, als die Firma schließlich ein paar Monate später in Konkurs geht. Eine halbe Million Schulden, und der Stoff ist auch alle. Es ist das erste Mal, dass ich in Erwägung ziehe, mich umzubringen. Und das ist auch der Moment, in dem ich erkenne, dass nun der ultimative Trick gefragt ist, die vornehmste aller Illusionen: zu verschwinden.

20

Zeit, mir läuft die Zeit davon, das Gefühl ist deutlich zu spüren, aber ich weiß nicht, was ich dagegen tun soll. Levin ist im *Haus* verschwunden, und ich wandere mit den Händen in den Taschen auf Kungsholmen herum und versuche nachzudenken.

Die Erinnerung an heute Morgen, die Journalisten vor meiner Haustür, kehrt zurück, und aus irgendeinem Grund fällt es mir schwer, sie abzuschütteln. In mir wächst das Gefühl, beobachtet und verfolgt zu werden, und ich drehe mich immer wieder um, fest davon überzeugt, dass mir jemand folgt. Ich tauche in ein Café ab, eine kleine Kaschemme in einer Nebenstraße, die vom Kungsholms torg abgeht, und setze mich auf einen Platz mit Blick auf Tür und Fenster. Eine alte Dame zerrt einen ebenso alten Mann mit sich die Straße entlang, so als hätte sie es eilig, irgendwohin zu kommen. Auf den ersten Blick wirkt der Mann widerstrebend, doch dann merke ich, dass er einfach nicht schneller gehen kann.

Mein Handy klingelt, und ich erkenne die Nummer aus Salem. Ich nehme das Telefon ans Ohr.

»Hallo?«

»Leo, ich bin's, Mama. Ich … wie geht es dir?«

»Gut. Ist irgendwas mit Papa?«

»Nein, nein.« Sie räuspert sich. »Nein, alles wie immer. Wir wollten nur wissen, also, wir haben von dem gelesen, was passiert ist … ich wollte nur wissen, ob alles in Ordnung ist.«

Ich schließe die Augen.

»Es ist alles in Ordnung.«

»Wirklich? Weil …«

»Da ist nichts, nur ein Missverständnis.«

»Weil, ich hab nur gedacht, nach all dem, was im Frühjahr passiert ist und so ...«

Ich habe ihnen bei meinen wenigen Besuchen in Salem keine Details erzählt. Die Wahrheit ist, dass ich mich, so gut es ging, von dort ferngehalten habe, um solche Fragen nicht beantworten zu müssen.

»Micke macht sich auch Sorgen.«

»Sag ihm schöne Grüße und dass alles in Ordnung ist.«

Sie seufzt.

»Mama, es ist okay. Wirklich.«

»Ja, ja, wenn du es sagst. Es war schön, dass du neulich hier warst«, sagt sie dann.

Ich bemühe mich, noch ein bisschen länger mit ihr zu plaudern, doch schon bald senkt sich der Stress wieder schwer auf meine Schultern, und ich beende das Gespräch. Ich trinke von meinem Wasser, verschlucke mich und muss husten.

Rebecca Salomonsson wurde überfallen. Sie ging zum Chapmansgården, um zu schlafen, und da beendete jemand ihr Leben, indem er sich Zutritt zu der Wohnung verschaffte und sie erschoss. Sie hatte Julias Halskette in der Hand. Ich versuche durchzudenken, ob der Überfall und ihr Tod miteinander zusammenhängen, doch ich komme zu keinem Ergebnis. Dann stelle ich mir Grim als Täter vor, doch das funktioniert nicht. Er würde niemals so unvorsichtig sein.

Mein Telefon vibriert.

– begreifst du allmählich?

Ich zögere.

– grim?

– ja?

Mein Puls rast.

– wir müssen uns sehen, schreibe ich.

– ja

– wo bist du?

– bald

– was heißt das?

Ich starre auf mein Telefon, das jetzt stumm und schwarz ist, aber dann plötzlich zu leuchten und zu vibrieren beginnt, weil jemand anruft. Es ist Birck. Ich melde mich nicht, sondern warte ab. Als nichts passiert, schreibe ich wieder.

– hallo?

Immer noch nichts, bis Birck wieder anruft. Ich ignoriere ihn und trinke noch mehr Wasser. Ein Bus kommt angefahren und bleibt an der Haltestelle stehen. Die eine Seite des Busses ist von einem großen Werbeplakat bedeckt, auf dem eine Frau und ein Mann im mittleren Alter, beide lupenrein schön, abgebildet sind, dazu der Text: WOFÜR DU GESTERN GELOBT WURDEST, LÄSST DICH MORGEN ALT AUSSEHEN – ENTWICKLE DEINE KOMPETENZ WEITER. In einer Ecke des Cafés sitzt ein Vater mit seinem kleinen Jungen. Der Junge sagt etwas, was den Vater zum Lachen bringt. Ich sehe zu Boden. So alt wäre Viktor jetzt auch.

Das Telefon klingelt ein drittes Mal, und ich gebe auf und melde mich.

»Was gibt's?«

»Warum zum Teufel gehst du nicht ans Telefon?«, fragt Birck. »Ich bin kurz davor, dich zur Fahndung auszuschreiben.«

»Was willst du?«

Insgesamt sind fünfhundertsechsunddreißig Hinweise zu dem Mord an Rebecca Salomonsson eingegangen und registriert worden. Aus verständlichen Gründen dauert es oft viel zu lange, bis die Polizei eine derartige Menge durcharbeiten kann. Menschen sind unzuverlässig, ihre Angaben müssen überprüft werden, man muss sie entweder mit denen der anderen abgleichen oder sehen, ob sie mit kalten, objektiven Fakten, wie zum Beispiel technischen Beweisen, übereinstimmen können. Eine kurze Zeit gegen Ende meiner Ausbildung habe ich selbst einmal diese Arbeit gemacht. Wenn es um Gewaltverbrechen mit Todesfolge geht, haben die Hinweise Priorität, aber die Arbeit ist dennoch sehr zeitaufwändig. Ziel ist es immer, sich innerhalb der kritischen zweiundsiebzig Stunden durch die Zeugenaussagen zu arbeiten.

Erst jetzt, ungefähr sechzig Stunden nach der Tat, sind die Hinweise im Fall Rebecca Salomonsson alle bearbeitet, und ein paar wenige von ihnen haben sich als wertvoll erwiesen.

»Die einigermaßen exakten Zeugenaussagen haben einen Mann beschrieben, der aussah, ja, wie du.«

Birck räuspert sich.

»Jemand versucht, mir das unterzuschieben«, sage ich. »Und ich glaube, ich beginne zu begreifen, w...«

»Immer mit der Ruhe.«

»Wie bitte?«

»Diesmal hatten wir Glück. Wie sich herausgestellt hat, hat eine der Zeuginnen ihn sogar erkannt. Sie ist eine ehemalige Speed-Nutte, die ihr Geld inzwischen als Barkeeperin verdient, und zufälligerweise arbeitet sie oft in einer Bar, in der ein gewisser Peter Koll gerne mal teuren spanischen Likör trinkt.«

»Koll? So wie ...«

»Wie in Lennart Kollberg, ja. Aber da hört es mit der Ähnlichkeit auch schon auf.« Birck räuspert sich wieder. »Wir sind absolut sicher, dass er es ist. Es gibt nur ein Problem.«

»Das wäre?«

»Er will nicht mit uns reden.«

»Was du nicht sagst.«

»Du verstehst mich nicht. Ich ... verdammt, warte mal.« Ich höre, wie Birck mit irgendetwas klappert und dann auf seinem Computer etwas tippt. »So. Jetzt müsste es gehen. Hör mal zu. Das hier war vor einer Stunde.«

Etwas raschelt, dann vernehme ich Laute und das schwache Rauschen eines Mikrofons. Ich drücke das Telefon fester ans Ohr.

Eine Stimme mit leichtem und schwer definierbarem Akzent sagt: » Mit Ihnen will ich nicht reden.«

Dann Bircks Stimme: »Mit wem wollen Sie dann reden?«

Schweigen.

Wieder Birck, diesmal in härterem Tonfall: »Mit wem wollen Sie reden?«

»Ich bin angewiesen worden, nur mit einem Einzigen zu sprechen.«

»Und das wäre wer?«

Wieder Schweigen.

»Muss ich hier jetzt jede Frage zweimal stellen?«

»Junker.«

»Leo Junker?«

»Ja.«

»Und wer hat Sie angewiesen?«

Stille.

»Wer hat Sie angewiesen?«

Stille.

Birck klickt mit der Maus, und das Rauschen verstummt.

»Wir zwei müssen wohl noch einmal miteinander reden, du und ich«, sagt er.

Es ist nur ein kurzer Fußweg zum *Haus*, doch als ich auf die Straße trete, hält an der Kreuzung gerade ein Taxi und setzt einen Kunden ab. Ich hebe die Hand, lasse mich in den Fond des Wagens fallen und versuche, während der zwei Minuten dauernden Fahrt meine Gedanken zu sammeln.

Mittlerweile bin ich es besser gewöhnt, auf Fragen zu antworten, als welche zu stellen, doch ein gut durchgeführtes Verhör hat eine subtile Eleganz. In fast allen Fällen geht es bei einem Verhör darum, dem Leiter einer Voruntersuchung ein bürokratisch korrektes Puzzleteil zu liefern. Dem Protokoll muss Genüge getan werden, alles muss aufgezeichnet werden, niedergeschrieben und vom Informanten unterzeichnet werden. Dann muss es gekennzeichnet, in die Akten aufgenommen und archiviert werden. Im digitalen Archiv befinden sich zusammengenommen Jahre von Tonbandaufzeichnungen mit Menschen, die einfach nur reden. Die alle durchzuhören, würde mehrere Lebenszeiten erfordern.

»Peter Zoran Koll«, sagt Birck, nachdem er mich unten auf der Straße in Empfang genommen hat und nun einen halben Schritt vor mir durchs *Haus* eilt. »Sechsunddreißig Jahre, geboren im damaligen Jugoslawien, aufgewachsen in Deutschland. Seine Eltern sind im Krieg geflohen. Er kam 2003 nach Schweden, wurde zum ersten Mal im Mai 2004 verurteilt, damals wegen unerlaubten Waffenbesitzes. Danach wegen knapp zwanzig Vergehen unter Verdacht, da war im Prinzip alles dabei, außer Vergewaltigung und Hochverrat, ist aber stets nur für Kleinkram verurteilt worden, was entweder eine Bewährungsstrafe oder Freigang mit elektronischer Fußfessel zur Folge hatte. Er …«

Birck bleibt stehen, und sein Blick zuckt über mich hinweg. Sein Gesicht ist so nah an meinem, dass ich die saure Mischung aus Pfefferminz und Kaffee in seinem Atem riechen kann.

»Leo, sag mal, bist du high?«

»Ich, ähm, nein, jetzt nicht mehr.« Ich blinzele. »Glaube ich. Nein.«

Birck atmet durch zusammengebissene Kiefer aus.

»Ich kann keine unter Drogen stehende Person zu einem Verhör zulassen.«

»Ich bin nicht high, sage ich doch.«

Er sieht mich zweifelnd an.

»Du kannst auch keinen suspendierten Polizisten zu einem Verhör zulassen«, erinnere ich ihn, »also, ganz streng genommen.«

»Du sitzt nur dabei«, sagt er frostig. »Du sitzt dabei, aber du hältst die Klappe.«

Ich zucke mit den Schultern. Er geht weiter, und ich folge ihm.

»Kennst du ihn?«, fragt er, ohne sich umzusehen.

»Nicht direkt, nein.«

»Koll ist die Sorte Krimineller, die machen, was man von ihnen verlangt, vorausgesetzt, man kann bezahlen, was es kostet.«

»Das heißt, er ist ... Berater?«

»So etwas in der Art.«

Birck drückt auf den Fahrstuhlknopf und wartet. Er sieht mitgenommen aus, die hellen Augen sind von roten Flecken umgeben, und seine Haut ist blasser als gestern.

»So«, sagt er. »Wenn du aber nicht weißt, wer er ist, warum will er dann ausschließlich mit dir sprechen?«

»Er ist dazu angewiesen worden.«

»Gut«, entgegnet Birck ungeduldig, »aber von wem?«

Der Fahrstuhl kommt. Eine der Sekretärinnen des Polizeichefs steigt aus, professionell desinteressiert und mit ernster Miene.

»Ich glaube, ich weiß, warum sie gestorben ist«, sage ich.

Birck sieht mich an, während die Fahrstuhltüren sich schließen und der kalte metallgraue Kubus sich nach oben bewegt.

»Ich höre. Warum?«

»Meinetwegen.«

Birck starrt mich weiter an. Ich glaube, er will herauskriegen, ob ich einen Witz mache.

»Eine nähere Analyse der Fingerabdrücke auf der Halskette«, sagt er dann gedehnt, »hat gezeigt, dass deine Abdrücke sehr alt waren.«

Ich erinnere mich, dass ich auf der Polizeischule einen Lehrer in Forensik hatte, der seine Vorlesung mit einer Geschichte über Babylon und China einleitete, wo viele hundert Jahre vor unserer Zeitrechnung Fingerabdrücke als Signaturen benutzt wurden. Die Anwendung von Fingerabdrücken ist alt und war weit verbreitet, aber es dauerte, bis man sie sich auch in der Polizei zunutze machte. Ein schottischer Lehrer, der, glaube ich, Faulds oder so ähnlich hieß, veröffentlichte Ende des 19. Jahrhunderts einen Artikel darüber und wandte sich an die Londoner Polizei, da er der Meinung war, dass seine Methode dort hilfreich sein könnte. Die Londoner Polizei fand seine Idee jedoch idiotisch und wies ihn ab. Ich glaube, es ist dieses Detail, warum ich mich überhaupt an die Geschichte erinnere, denn es zeigt, dass die Ordnungsmacht schon damals gern die Rolle des konservativen Skeptikers einnahm.

Wie auch immer, dies veranlasste Faulds, sich an Charles Darwin zu wenden, der jedoch zu alt und zu berühmt war, um sich weiter mit Faulds Beobachtungen zu beschäftigen. Doch offensichtlich ahnte Darwin, dass Faulds etwas Wichtigem auf der Spur war, denn er gab die Informationen an seinen Cousin Galton weiter, der Anthropologe war. Galton nun hatte scheinbar nicht viel zu tun, denn er untersuchte daraufhin zehn Jahre lang Fingerabdrücke, ehe er sein Meisterwerk publizierte. Fingerabdrücke bleiben fast überall haften, und Galton hatte ausgerechnet, dass sie statistisch gesehen einzigartig waren. Nicht zwei Menschen hatten denselben Fingerabdruck, und damit wurde die Welt der Forensik auf den Kopf gestellt. Ich erinnere mich, dass wir während meiner Ausbildung immer noch kurze Ausschnitte aus Galtons *Finger Prints* lasen.

Außerdem erinnere ich mich, dass Fingerabdrücke eine trügerische Sache sind. Wie lange ein Abdruck auf einer Oberfläche erhalten bleibt, hängt von einer Menge Faktoren ab: der Art der Oberfläche, wie sehr sie den Elementen ausgesetzt ist, wie salzig, ölig und fettig der Abdruck ist und so weiter. Doch es gibt keinen festen Anhaltspunkt dafür, wann ein Fingerabdruck zerstört wird. Unter bemerkenswert ungünstigen Umständen kann unser Fingerabdruck uns überleben.

Ich sehe Birck an.

»Antworte«, sagte er.

Der Abdruck muss über fünfzehn Jahre alt sein. Wenn es stimmt, wenn es ihn also noch gibt, dann muss die Kette sehr geschützt aufbewahrt worden sein. Ich bin unsicher, was ich sagen soll.

»Ich weiß nicht, ob ich recht habe«, erkläre ich. »Vielleicht kann Koll u…«

Die Fahrstuhltüren schieben sich auf. Ich steige vor Birck aus. Er seufzt.

Peter Zoran Koll sitzt im Verhörraum Nummer 3, in demselben Raum und auf demselben Stuhl, auf dem auch ich vor knapp einem Tag gesessen habe. Er ist kleiner, als ich erwartet habe, hat ein viereckiges Gesicht und dunkles Haar, das zu einer Frisur geschnitten ist, wie man sie nur in amerikanischen Militärfilmen sieht. Schultern und Brustkorb sind breit. Er trägt helle Jeans, ein T-Shirt und ein aufgeknöpftes kurzärmeliges Hemd. Eine Polizeiassistentin steht an der Tür und beobachtet ihn. Koll sieht belustigt aus. Um die Handgelenke trägt er Handschellen, die über die Tischplatte schaben, wenn er sich bewegt.

Birck hat einen Ordner und ein Diktiergerät aus seinem Zimmer geholt und nickt jetzt der Assistentin schweigend zu, die daraufhin, ohne mich anzusehen, den Raum verlässt. Koll sieht ihr nach.

»Interessiert Sie etwas, Koll?«, fragt Birck, zieht sich einen Stuhl heraus und setzt sich.

»Ich bin es gewohnt, die Leute nicht aus den Augen zu lassen.« Er sieht mich an. »Leo Junker.«

»So ist es«, sagt Birck und öffnet den Ordner, während ich zögernd auf dem Stuhl neben Birck Platz nehme. »Jetzt ist Junker hier. Lassen Sie uns reden.«

Koll lacht ein kurzes und höhnisches Lachen.

»Sie haben mich falsch verstanden.«

»Was habe ich falsch verstanden?«

»Ich quatsche nicht mit Ihnen. Nur mit ihm.«

»Sie sind hier nicht derjenige, der das Sagen hat«, entgegnet Birck ruhig.

»Doch, das bin ich.«

»Und was veranlasst Sie zu diesem Glauben?«

»Ich weiß etwas, was ihr nicht wisst.«

»Und was könnte das sein?«

Koll lächelt. Er hat tadellose weiße Zähne.

»Ich habe die Anweisung erhalten, nur mit ihm zu quatschen. Allein.« Er versucht, die Arme zu verschränken, doch das gelingt ihm nicht wegen der Handschellen. Er sieht erstaunt aus, als hätte er ihre Existenz vergessen. »Kein Tonband.«

»Von wem sind Sie angewiesen worden?«, versucht es Birck.

»Ich rede nur mit ihm.«

Birck betrachtet ihn lange, dann blickt er mich an.

»Einen Moment, Koll, wir kommen gleich wieder.«

Wir gehen auf den Flur, und die Polizeiassistentin huscht an uns vorbei, um Koll wieder zu beaufsichtigen. Birck lehnt sich an die Wand, reibt sich die Nase mit Daumen und Zeigefinger und schließt fest die Augen. Dann öffnet er sie wieder, blinzelt ein paarmal und fährt sich mit der Hand durchs Haar.

»Okay«, sagt er. »Du machst es. Im Austausch dafür verlangen wir, dass wir das Verhör hinterher noch einmal durchführen können, aber nur mit mir.«

»Ich bin aber kein Mitglied der Ermittlergruppe.«

»Deshalb bleibt das hier auch voll und ganz unter uns. Du verlierst niemandem gegenüber ein Sterbenswörtchen darüber, ist das klar?«

»Ja.«

Er sieht verbissen aus.

»Also gut.«

»Okay«, sage ich, »dann erzählen Sie mal.«

»Was soll ich erzählen?«

»Sie sind angewiesen worden, nur mit mir zu reden. Wer hat Sie angewiesen?«

»Sie machen Stress«, sagt Koll verärgert. »Jetzt fahren Sie mal runter.«

»Okay«, entgegne ich. »Wir fangen mit etwas anderem an. Mir ist nicht ganz klar, was Sie eigentlich machen. Wie Sie Ihren Lebensunterhalt verdienen.«

»Ich mach, was die Leute haben wollen, schon klar.«

»Und das wäre?«

»Alles Mögliche.«

»Wie zum Beispiel Menschen für Geld zu töten?«

»Eigentlich nicht«, sagt Koll. »Das mag ich nicht.«

»Aber diesmal haben Sie es getan?«

»Ja.«

»Warum?«

»Meine Familie ist in der Türkei. Ich habe Kontakt zu einem Polizeichef dort, der kann sie nach Schweden bringen. Für Geld.«

»Sie haben also einen türkischen Polizeichef bestochen? Wollen Sie das damit sagen? Habe ich Sie richtig verstanden?«

Kolls Blick verfinstert sich.

»Nicht direkt. Ich habe vor ein paar Jahren Kontakt zu ihm aufgenommen und gefragt, was es kosten würde, sie nach Schweden zu bringen.« Er räuspert sich. »Vier Millionen. Pro Person.«

»Stammen Sie nicht aus Exjugoslawien?«

»Was hat das damit zu tun?«

»Ich frage mich nur, wie es kommt, dass Ihre Angehörigen in der Türkei sind.«

»Die sind dahin gezogen. Sie haben Freunde da. Aber mein Bruder hat ein Ding gedreht und ist im Bau gelandet.«

»Und die anderen? Sitzen die auch ein?«

»Nein.«

»Können die Ihrem Bruder nicht helfen?«

»Können sie nicht. Die haben nicht, wie heißt das, die Ressourcen.«

»Also sind Sie dabei, das Geld ranzuschaffen.«

»Ja.«

»Durch Verbrechen.«

»Ja.«

»Es gibt in Schweden doch leichtere Wege, Geld zu verdienen, als Verbrechen zu begehen.«

»Echt?«, fragt Koll mit hochgezogenen Augenbrauen. »Wie denn?«

Mir wird klar, dass ich darauf keine gute Antwort parat habe.

»Wie viel haben Sie?«, frage ich stattdessen.

»Jetzt hab ich genug. Deshalb hab ich ja zugesagt.«

»Dann wusste Ihr Auftraggeber also von Ihrer Situation?«

»Nehme ich an, weiß aber nicht sicher.«

»Wieso glauben Sie das?«, frage ich.

»Ist schon komisch, wenn einer kommt und mir genau das geben will, was ich brauche. Oder?«

Das ist es, ohne Frage.

»Gut«, sage ich. »Dann noch einmal. Sie nehmen einen Auftrag von jemandem an, der Ihnen exakt die Summe anbietet, die Sie brauchen, um Ihre Familie nach Schweden zu holen. Ist das richtig?«

»Das ist richtig.«

»Und Sie sind angewiesen worden, ausschließlich mit mir zu reden.«

»Das ist richtig.«

»Sind Sie auch angewiesen worden, sich erwischen zu lassen?«

Koll lacht höhnisch.

»Nein. Aber wenn es passiert, soll ich zusätzlich Geld kriegen und nur mit Ihnen reden.«

»Das war also Teil Ihres Geschäfts?«

»Ja.«

»Sie scheinen nicht sonderlich verärgert darüber zu sein, dass man Sie erwischt hat.«

»Klar bin ich das, aber ich weiß, dass ich, wie heißt es, Kompensation dafür kriege.« Er zögert, dann sieht er mit einem aufrichtigen Ausdruck in dem viereckigen Gesicht auf. »Ich mag das nicht, Leute töten.«

Jetzt ist er weicher, ich spüre es, doch es ist zu früh, um nach dem Auftraggeber zu fragen.

»Die Person, die Sie töten sollten, war Rebecca Salomonsson im Chapmansgården.«

Koll sieht mich mit leerem Blick an.

»Ich höre keine Frage.«

»Ist das richtig?«

»Sind an dem Abend noch mehr gestorben?«, fragt er.

»Nein, an dem Abend sind im Chapmansgården nicht noch andere gestorben.«

»Dann war sie es wohl.«

Das ist das Geständnis. Es ist lange her, dass ich mit einem Täter in einem Verhör gesessen habe, viel zu lange, doch das Gefühl, ein Geständnis aus ihm herausbekommen zu haben, ist erstaunlich vertraut und befriedigend.

»Erzählen Sie mir davon«, sage ich.

»Was soll ich erzählen?«

»Rebecca Salomonsson starb kurz nach Mitternacht, nicht wahr?«

»Ich habe nicht kontrolliert, ob sie tot war, falls Sie das meinen. Ich mag Leute nicht töten, aber ich weiß, wie man es macht.«

Er grinst. Ich würde ihm gern in die Fresse schlagen.

»Erzählen Sie, was Sie an dem Abend gemacht haben«, fordere ich ihn auf.

»Ich war von morgens um elf bis abends in einer Wohnung

auf der anderen Straßenseite. Ich wusste, dass sie manchmal in den Chapmansgården kam, also habe ich zugesehen, dass ich rechtzeitig da war. Die Wohnung liegt im zweiten Stock, zwei Fenster zur Straße, keine Gardinen. Ich hab dagesessen und gewartet, durch die Fenster runter in den Chapmansgården geguckt. Den Schlafsaal konnte ich sehen und ein bisschen von den anderen Zimmern. Ich hab drauf gewartet, dass sie kommt und sich in eines von den Betten legt.«

»Wem gehört die Wohnung?«

»Ich weiß nicht. Keine Möbel drin, ist also wohl gerade jemand ausgezogen. Aber es war noch ein Name an der Tür.«

»Welcher Name?«

Koll kneift die Augen zusammen und betrachtete die Tischplatte zwischen uns.

»Wigren. C. Wigren.«

»Mit V oder W?«

»W.«

»Wie sind Sie an die Wohnung gekommen?«

»Das gehörte zum Auftrag. Ich kriegte den Schlüssel und Geld.«

»Wie haben Sie das bekommen?«

»Ein Postfach. Ich arbeite immer mit Postfach.«

»Wie lange haben Sie dort gesessen?«

»Bis ich sie hab kommen sehen, bis sie rein ist und sich hingelegt hat.«

»Hatte sie etwas dabei? Eine Tasche oder so?«

Er schüttelt den Kopf.

»Ich hab die Leute gecheckt, die durch die Tür sind. War nicht sonderlich schwer rauszukriegen, wann jemand kam, der da hinwollte. Man sieht es den Leuten doch an, das sind doch ... Drogenleute und Nutten. Ich hatte das schon in den Tagen davor gecheckt, also wusste ich, sie schläft da und die Tür wird nicht abgeschlossen und man kann die Fenster von innen aufmachen, wenn man nur das Ding, wie heißt es, den Haken, abmacht. Und die Tante, die das alles managt, die spült abends als Erstes das Geschirr. Das war gut, weil es das Geräusch überdeckt hat. Sie kam viel früher an, als ich dachte, schon klar, kann nicht später als Mitternacht gewesen sein. Sie war high wie ein Hochhaus, konnte kaum stehen. Ich glaube, es ging ihr schlecht, denn sie machte solche, wie heißt es, Krampfbewegungen mit dem Oberkörper und hielt sich die Hand vor den Mund. Dann ist sie rein und hat sich in eins von den Betten gelegt. Ich hab ein bisschen gewartet, wollte aber nicht zu lange, hatte Angst, dass noch mehr kommen würden, schon klar?«

»Schon klar.«

»Dann musste ich nur raus, über die Straße und da rein. Die Tante stand in der Küche und spülte. Ich schnell vorbei, in den Schlafsaal, einen Schuss in die Schläfe platziert und den Schmuck in die Hand, dann durchs Fenster raus und wieder auf die Straße.«

»Der Schmuck«, sage ich, »erzählen Sie davon.«

»Hat mich geärgert. Hab das vorher nicht gewusst. Das lag am selben Tag im Postfach, ein Briefumschlag mit so einem gelben Klebezettel drauf. Da stand, dass ich das in die Hand von dem Mädchen legen soll.«

»Haben Sie den Umschlag noch?«

»Natürlich nicht.«

»Was für eine Art Schmuck war das?«

»Irgendeine Kette. War mir ziemlich egal.«

»Als Sie den Chapmansgården verlassen haben«, sage ich, »sind Sie da auf der Straße jemandem begegnet?«

»He, das hier ist Stockholm. Na klar bin ich wem begegnet.«

»Wem denn?«

»Keine Ahnung. Hab denen nicht direkt in die Augen gesehen.«

»Welche Kleidung trugen Sie?«

»Wie?«

»Was hatten Sie an?«

»Wieso?«

»Antworten Sie.«

»Schwarze Jeans. Eine schwarze Jacke. Ein dunkelgraues Hemd.«

Das stimmte mit den Zeugenaussagen überein. Ich merke, dass ich nicke und Koll es registriert. Also höre ich auf zu nicken.

»Was haben Sie danach gemacht, nachdem Sie den Chapmansgården verlassen haben?«

»Bin nach Hause.«

»Und wo ist das?«

»Ich hab eine Einzimmerwohnung in Västra skogen.«

»Das heißt, Sie waren auf Kungsholmen und wohnen in Västra skogen. Sind Sie öffentlich nach Hause gefahren? Mit der U-Bahn?«

»Ja.«

»Und welche Strecke haben Sie vom Chapmansgården aus genommen?«

»Ist das wichtig?«

»Ja.«

»Ich bin runter zum Norr Mälarstrand, hab die erste links genommen. Ich glaub, die heißt Polhemsgatan.«

»Stimmt.«

»Dann in eine Straße, da weiß ich nicht, wie die heißt, und dann wieder eine Straße runter, Pilgatan, die ich dann vor bin bis zur Bergsgatan. Danach bin ich nach rechts zur U-Bahnstation Rådhuset.«

Birck hatte gesagt, die entscheidende Zeugin habe Koll an der Kreuzung Bergsgatan und Pilgatan gesehen. Das traf zu.

»Die Bar Marcus auf der Pilgatan, ist das ein Ort, wo Sie oft hingehen?«

»Die haben gute spanische Liköre. Papa und ich haben immer spanischen Likör getrunken, in meiner Heimatstadt gab es eine Bar, und die hatten jede Menge davon, und Papa hat sich immer welchen mit nach Hause genommen. Ich mag ihn immer noch.«

»Ist das ein Ja?«

»Das ist ein Ja.«

»Und die Barkeeperin, kennen Sie die?«

»Nein.«

»Aber die hat Sie erkannt. Woran kann das liegen?«

»Was zum Teufel glauben Sie? Wahrscheinlich daran, dass ich da manchmal hingehe.«

»Sie kannte Ihren Namen.«

Er zuckt mit den Schultern.

»Ich zahle immer bar, aber wahrscheinlich hab ich ihr meinen Namen irgendwann mal gesagt.«

Genau das braucht Birck. Aus polizeilicher Sicht ist die Frage, wer Rebecca Salomonsson ermordet hat, damit beantwortet. Die Frage der Anstiftung jedoch bleibt noch. Normalerweise verspüre ich bei solchen Gelegenheiten einen Adrenalinschuss und Erleichterung, doch diesmal ist da nur Verwirrung.

»Derjenige, der Ihnen die Anweisungen zu der Kette gegeben hat, hat Ihnen auch den Auftrag erteilt, Rebecca Salomonsson zu töten.«

»Das ist richtig.«

»Warum?«

»Wie meinen Sie das?«

»Warum sollten Sie das tun?«

Koll runzelt die Augenbrauen, und sein Blick weicht dem meinen aus. Er zögert.

»Solche Fragen stell ich nicht, schon klar, deshalb beauftragen die Leute mich. Aber diesmal… da war irgendwas komisch. Ich glaube, sie hatte was gesehen, was sie nicht sehen sollte, oder was gehört.«

»Wieso glauben Sie das?«

»Hab ein bisschen rumgefragt. Diese Sache schien extrem geheim zu sein. Fast keiner hatte eine Ahnung.«

»Sie meinen, sie hätte was gewusst. Worüber?«

»Weiß nicht.«

»Das kaufe ich Ihnen nicht ab. Ich glaube, Sie wissen es. Warum halten Sie das zurück?«

»Das ist nichts, worüber man quatscht, ist das klar? Kapieren Sie, wovon ich rede?«

»Nein.«

Koll seufzt und schüttelt den Kopf.

»Ich glaub, dass sie irgendwie rausgekriegt hat, wie er ... wer er ist.«

»Ihr Auftraggeber?«

»Ja. Das Gerücht, das ich gehört hab, und ich bin richtig sicher, dass es stimmt, ist, dass einer, den sie kannte, vor langer Zeit mal seine Hilfe gebraucht hat. Und so, fragen Sie mich nicht, wie, hat sie das erfahren. Und Sie wissen doch, wie die Nutten im Chapmansgården sind, die haben doch nichts. Also denk ich, sie hat versucht, ihn ein bisschen zu pushen, hat gedroht, zu sagen, wer er ist.«

»Sie hat damit gedroht, zur Polizei zu gehen?«

»Wohin zum Teufel soll man sonst gehen?« Koll wedelt abwehrend mit der Hand. »Ich quatsch zu viel, also, ich quatsch zu viel, ich will jetzt nichts mehr sagen.«

»Nur noch eine Sache, dann machen wir Schluss. Warum hat man Sie angewiesen, ausschließlich mit mir zu reden?«

»Er hat gesagt, dass Sie das schon verstehen würden«, erklärt Koll.

»Tue ich nicht«, entgegne ich, verspüre aber gleichzeitig ein wenig Erleichterung. Wenn Koll recht hat, dann ist Rebecca Salomonsson nicht meinetwegen gestorben.

»Das ist dann Ihr Problem.«

»Was hat er gesagt, wie er heißt?«

»Daniel Berggren.«

»Und das war es, was Salomonsson rausgefunden hat?«

»Nein, nein. Berggren ist nur ein, wie heißt das, ein Alias. Wenn ich es richtig verstanden hab, hat sie seine richtige Identität rausgekriegt.«

Daniel Berggren. Das ist gewöhnlich genug, es gibt viel zu viele, um den Richtigen zu finden, aber es ist nicht so gewöhnlich, dass es wie eine bewusste Konstruktion wirkt, um sich zu verbergen. Das ist durchdacht, nahezu elegant. Es trägt Grims Signatur.

»Seine richtige Identität?«, frage ich.

»Ja.«

»Und Sie kennen die nicht?«

»Keinen Schimmer.«

Es kann nicht der Name John Grimberg sein, der ist seit langer Zeit unbenutzt. Er muss einen dritten Namen verwenden, einen, den ich noch nicht kenne.

»Was wissen Sie von ihm?«

»Nicht viel. Bewegt sich unterm Radar. Macht Arbeit für Leute, gibt ihnen neue Identitäten.«

»Sollte er eine neue für Sie machen?«

»Nein. Er hat es mir angeboten, aber ich wollte ja das Geld, deshalb hab ich es gemacht.« Koll beugt sich vor. »Also, ich mochte ihn nicht. Und Sie haben da so was in Ihrem Blick. Angst. Ich bin gut drin, das zu sehen, schon klar. Ich mag es nicht, wenn Sachen nicht nach Plan laufen, wenn nicht alles schon vorher klar ist. Das ist unprofessionell. Ich hatte alles auf die Minute ausgerechnet, und dieser verdammte Schmuck, der plötzlich dazukam … der hat mich aufgehalten. Wenn das nicht gewesen wäre, hätten sie mich nicht gekriegt. Also gebe ich Ihnen einen Tipp.«

Er legt eine Kunstpause ein.

»Und zwar?«, frage ich.

»Sie finden ihn nie. Es gibt zu viele Daniel Berggren. Also«, sagt er und senkt die Stimme zu einem Flüstern. »Sie müssen

Josef Abel finden. Ein alter Mann. Der kann Ihnen helfen.« Kolls Blick flackert über die geschlossene Tür hinter meinem Rücken. »Aber das sage ich nicht zu Ihrem Kollegen. Das darf nicht aufs Band.«

»Josef Abel«, wiederhole ich. »Wie finde ich ihn?«

»Fahren Sie nach Alby. Fragen Sie rum. Es gibt nur einen Josef Abel. Der Mann ohne Stimme.« Koll zögert. »Das hier sag ich nur, weil ich ihn nicht mag. Schon klar?«

Ich betrachte ihn eingehend.

»Sie sind also nicht von ihm, von Berggren, angewiesen worden, genau das hier zu mir zu sagen?«, frage ich. »Das gehört also nicht dazu und ist kein Teil der Vereinbarung?«

Koll lächelt schwach.

»Sie sind echt nicht dumm.«

»Habe ich also recht?«

»Man kann auch schlau sein und falschliegen, schon klar.«

»Liege ich in diesem Fall falsch?«

»Ist das wichtig?«

Ja, denke ich. Ich habe das Gefühl, als würde ich einer schon ausgelegten, unsichtbaren Schlinge auf dem Weg zu einer Falle folgen. Koll hat recht. Ich habe Angst.

»Täusche ich mich?«, versuche ich es wieder und bemühe mich zu verbergen, dass meine Hände jetzt zittern. »Verraten Sie ihn, oder ist das hier ein Teil des Auftrags?«

»Wer weiß«, ist das Einzige, was Koll antwortet, und dann weigert er sich, noch mehr zu sagen, obwohl ich ihn weiter unter Druck setze. Am Ende reiße ich an seinem Hemd und erhebe eine Faust gegen sein Gesicht, um ihn zum Reden zu bringen, doch weiter komme ich nicht. Hinter mir wird die Tür aufgerissen, und Birck rennt herein und packt mich, und er ist viel stärker als ich.

21

An jenem Montag Ende August stand ich vor den Toren des Rönninge-Gymnasiums. Es war ein schöner Tag, daran erinnere ich mich. Ich wartete auf Grim, der angekündigt hatte, dass er zur ersten Unterrichtsstunde kommen würde.

»Leo«, hörte ich eine Stimme hinter mir, und als ich mich umdrehte, sah ich Julia auf mich zukommen.

»Hallo«, sagte ich.

»Ich hab gestern versucht, dich anzurufen.«

»Ehrlich?«, fragte ich erstaunt.

»Es ist niemand rangegangen.«

Ich konnte mich nicht erinnern, dass das Telefon geklingelt hätte, doch andererseits kam mir das ganze Wochenende wie in dichte weiße Watte gehüllt vor.

»Wie seltsam«, entgegnete ich.

Wir gingen schweigend nebeneinander her. Solange wir das taten, hatte ich das Gefühl, alles unter Kontrolle zu haben, so als ob alles gut wäre.

»Erinnerst du dich an Tim?«, fragte sie. »Von dem habe ich dir doch erzählt. Ich glaube, ich habe ihn am Freitag gesehen.«

»Und wo?«

»In Salem, als wir auf dem Nachhauseweg waren. Aber es war nur von Weitem, und ich war echt besoffen.«

»Ich ... wie fühlte sich das an, ihn zu sehen? Nach der langen Zeit, meine ich?«

»Gut«, sagte sie. »Glaube ich zumindest. Es ist schon schön, dass er wieder hier ist, auch wenn wir am Ende kaum mehr etwas miteinander zu tun hatten. Doch, es fühlt sich irgendwie gut an, ihn hier zu wissen.«

»Ja, wie schön«, bekam ich heraus.

»Wir müssen reden«, sagte sie, blieb stehen und ging dann einen Schritt auf mich zu. »Ich … einerseits glaube ich, dass John schon von uns weiß. Also nicht nur einen Verdacht hat, sondern es weiß. Und dann habe ich …« Sie sah auf ihre Armbanduhr. »Ich habe jetzt Englisch.«

»Und ich Religion.« Ich zögerte. »Wir können doch zusammen reingehen?«

Wir machten uns wieder auf den Weg, und aus dem Augenwinkel sah ich Tim vor uns durch eine der Eingangstüren gehen. Sein erster Schultag nach seiner Rückkehr nach Salem. Er wirkte nervös oder gestresst, aber wahrscheinlich war er einfach spät dran. Es gab mir einen Stich, ihn zu sehen. Um sein eines Auge ahnte ich einen blauen Fleck, doch ich wusste, dass er noch mehr hatte: die Schmerzen in den Bauchmuskeln von den Schlägen. Die kreisförmig ausstrahlenden Schmerzen an den Rippen und den heftigen Schmerz zwischen den Beinen. Und dann noch den anderen Schmerz, den man nicht sah. Der nur im Herzen war.

Julia sah ihn nicht. Als wir den Schulhof halb überquert hatten, schob sie ihre Hand in meine und hielt sie, bis wir uns auf dem Flur trennten. Viele sahen es, Grim war zwar nicht darunter, doch in dem Augenblick wäre es mir völlig egal gewesen.

Die Mittagspause dauerte meist anderthalb Stunden. Wir verbrachten die Zeit mit Essen, nicht in der Schule, sondern an der einen Block entfernten Imbissbude, oder mit Rauchen oder Musikhören. In dieser Mittagspause aßen Julia und ich gemeinsam an der Imbissbude. Wir redeten über das Fest auf dem Bolzplatz, und sie erzählte, dass ihr, während ich weg war, schlecht geworden sei. Sie hatte noch bleiben und auf mich warten wollen, aber Grim hatte sie gezwungen, mit ihm zu den Triaden zurückzugehen. Im Grunde hatte sie auf dem ganzen Nachhauseweg gekotzt.

»Du hast schnell getrunken«, sagte ich.

»Ich war nervös«, murmelte sie. »Was ist noch passiert, nachdem wir gegangen sind?«

»Nichts«, sagte ich und trank meine Limonade aus. »Ich bin auch nach Hause.«

Wir hatten unsere Spinde an unterschiedlichen Enden der Schule, und Julia wusste immer noch nicht, welcher mir gehörte. Ich kannte ihren auch nicht. Wir gingen zuerst zu meinem.

Und an das erinnere ich mich: Auf dem Flur waren wenige Leute. Draußen schien die Sonne gleißend weiß, und wir hatten noch zwanzig Minuten Mittagspause. Ein paar Leute standen an ihren Spinden, andere saßen auf den abgenutzten Holzbänken herum, da der Fernsehapparat im Aufenthaltsraum kaputt war. Bei einem Streit im Frühjahr war der Bildschirm eingeschlagen worden. Ich zeigte Julia meinen Spind, und sie notierte die Nummer und bat mich, ihn aufzumachen.

»Warum?«, fragte ich.

»Ich will sehen, was du drin hast.«

»Er ist nicht aufgeräumt.«

»Das ist doch wohl egal.«

Ich fing an, den Schrank zu öffnen, indem ich das Vorhängeschloss abnahm, und als ich den Spind gerade aufgemacht hatte und hineinsah, um abzuschätzen, wie schlimm es da drinnen aussah, schrie jemand auf, und im selben Moment hörte ich Julias Stimme: »Leo, pass auf!«

Sie packte meine Schulter so fest, dass ich herumgerissen wurde, und ich begegnete noch ihrem Blick, klar und warm, als es plötzlich knallte und Julias Hand sich hart in meine Schulter krallte, ehe sie schlapp wurde und abrutschte.

»Au«, flüsterte sie.

Weitere Schreie. Etwas Metallisches, Hartes fiel zu Boden, und ich hob den Blick. Tim Nordin stand fünf, vielleicht sechs Spinde weiter, seine Hände hingen schlaff herunter, und vor ihm auf dem Boden lag eine Spielzeugpistole. Er starrte mich an, und das Veilchen leuchtete in seinem Gesicht. Dann machte er auf dem Absatz kehrt und rannte weg, den Flur entlang und die Treppe hinunter. Ich sah mich um, versuchte zu begreifen, was geschehen war, woher der Knall gekommen war. Ich vermochte die Spielzeugpistole nicht mit dem zu verbinden, was ich vor mir sah: Julia, die in sich zusammensackte. Mehr Schreie um mich herum. Alles schien stillzustehen. Es roch verbrannt.

Ich brachte kein Wort über die Lippen, wusste nicht einmal, was ich tun sollte. Ich hob Julia hoch, legte meine Arme um sie und, drückte, so fest ich konnte, auf diese Stelle an ihrem Rücken. Ich versuchte, das Blut aufzuhalten, spürte aber, wie es mir durch die Finger rann, wie es in Wellen aus ihrem Körper drang. Ich konnte ihr Herz an meiner Brust schlagen hören, erst sehr, sehr heftig und schnell, doch bald immer langsamer, schwächer und schwächer. Ich glaube nicht, dass ich geweint habe.

Was danach passierte, weiß ich nicht mehr. Ich weiß nicht einmal, wie ich nach Södertälje ins Krankenhaus gekommen bin. Im Krankenwagen bin ich jedenfalls nicht mitgefahren. Julia war in den Rücken getroffen worden, auf der linken Seite irgendwo in der Gegend des Herzens. Hinterher habe ich erfahren, dass der Krankenwagen nach nur wenigen Minuten da war. Es machte Hoffnung, dass alles so schnell ging. Zumindest war es das, was die Schulkrankenschwester Ulrika sagte. Sie schaffte es noch zu uns, ehe der Krankenwagen ankam. Sie nahm mir Julia ab, und kurz darauf war das Martinshorn des Krankenwagens zu hören. Julias Stirn glänzte, und ihre Haut war blass, aber sie atmete. Die Atemzüge waren angestrengt, als läge ein unsichtbares Gewicht auf ihrer Brust. Meine Jeans hatte rote Flecken.

Ich blinzelte, und schon befand ich mich im Krankenhaus. Irgendwo war Grim, Klas und Diana waren ebenfalls da. Julia wurde operiert. Die Kugel war am Herzen vorbeigeglitten, hatte aber eine zentrale Arterie zerfetzt. Man kämpfte darum, sie zu flicken, aber Julia hatte so viel Blut verloren, dass nicht sicher war, ob sie die Operation durchstehen würde.

Eine Polizistin, die sich als Jennifer Davidsson vorstellte und Kriminalinspektorin war, wollte mit mir reden. Ich erinnere mich nur an ein paar Details aus dem Gespräch und dass ich sagte, die Polizei sei ja schnell da gewesen. Die Inspektorin berichtete, dass Tim Nordin sich von der Schule zum Polizeirevier in Rönninge begeben und sich gestellt habe. Er habe jemanden erschossen, hatte er gesagt, aber er habe die falsche Person getroffen.

»Er sagt, dass er eigentlich ...«, begann sie und zögerte, »ja, dass er eigentlich dich treffen wollte. Hast du eine Ahnung, warum?«

»Ich habe ... Er war ... Ich habe ihn gemobbt.«

Irgendwo in meinem Innern wusste ich, dass ich etwas Schlimmeres getan hatte, doch das vermochte ich in diesem Moment nicht zu erklären.

»Das rechtfertigt seine Tat nicht.« Die Polizistin legte ihre Hand auf meine Schulter, genau an die Stelle, wo Julia mich gepackt hatte, und ich schlug sie weg. »Ich sehe mal nach, ob ich ein paar neue Sachen für dich finde«, sagte sie leise.

Ich trug immer noch meine fleckige Jeans, und den rot verschmierten Pullover. Ich nickte.

Die Polizistin sah mich an.

»Vielleicht hat sie dir das Leben gerettet. Und du vielleicht das ihre.«

Seit diesem Tag werde ich all die Geräusche und das Licht, all die Eindrücke, die in einem Krankenhaus auf einen einströmen, nie mehr vergessen können. Als ich da in einem der vielen Räume saß und auf meine Eltern wartete, kam es mir völlig absurd vor, dass dies hier ein normaler Arbeitsplatz war. Die Leute kamen hierher, zogen sich um, verrichteten ihre Arbeit, zogen sich wieder um und gingen nach Hause, kochten Essen für ihre Kinder und saßen mit ihrer Familie vor dem Fernseher. Wie Fabrikarbeiter. Dabei lag das Leben von Menschen in ihren Händen.

Die Polizistin hatte neue Kleidung für mich aufgetrieben – eine weiche Adidas-Hose und ein zu großes T-Shirt. Die Schule war geschlossen worden, denn man befürchtete, dass Tim Nordin vielleicht kein Einzeltäter war, sondern einen Komplizen haben konnte, und dass noch mehr Schüler in Gefahr waren. Die Polizei versicherte zwar allen, dass es keinerlei Hinweise darauf gäbe, aber die Schule wurde trotzdem geschlossen.

Eine Krankenschwester brachte mich in ein Untersuchungszimmer, kontrollierte meinen Blutdruck und meinen Puls und ob es mir körperlich gut ging. Dann sagte sie, dass bald jemand kommen würde, um mit mir zu reden.

»Worüber?«

»Er wird dich über Möglichkeiten informieren, die dir die Zeit nach dieser Art … nach dem, was du mitgemacht hast, erleichtern können.«

»Aha. Okay.«

Ich blieb auf der Liege sitzen, und sie ließ mich allein. Julia lag jetzt seit über zwei Stunden auf dem Operationstisch. Nach einer Weile ging die Tür auf, und meine Eltern und mein Bruder eilten herein. Ich sagte nicht viel. Sie fragten, was geschehen sei, doch in dem Augenblick öffnete sich die Tür erneut, und ein weißhaariger Mann betrat den Raum. Er bat sie, erst einmal mit der Polizei zu reden und nicht mit mir. Nachdem sie sich vergewissert hatten, dass ich nicht verletzt war, nickten sie und gingen hinaus.

Der Mann war Psychologe und stellte zurückhaltend seine

Fragen. Ich antwortete, so gut ich konnte, denn ich mochte ihn. Er gab mir mehrere Informationsblätter und Prospekte und sagte dann, dass er wiederkommen würde.

»Wissen Sie, was mit ihr ist?«, fragte ich.

»Nein.«

Hatte ich ihn das vielleicht schon einmal gefragt? Ich fragte alle, die mir begegneten.

Wieder im Wartezimmer. Drei Stunden, seit man sie in den Operationssaal geschoben hatte, und immer noch nichts, von niemandem. Das Szenario in der Schule spielte sich wieder und wieder vor meinem inneren Auge ab. Der Schuss, der zwischen den Schläfen widerhallte. Die Wärme von ihrem Blut auf meinen Händen.

Jemand sank lautlos auf den Stuhl neben mir. Ich drehte den Kopf.

»Hallo«, sagte Grim.

Seine Stimme klang abwesend, fast mechanisch.

»Hast du was gehört?«, fragte ich.

»Nichts von Julia.« Er hob den Blick und sah auf die Uhr. »Sie wird operiert. Aber ich habe etwas anderes gehört.« Er vermied es, mich anzusehen. »Dass du es warst, auf den er es abgesehen hatte.«

Ich schielte auf seine Finger. Sie waren ineinander verkrampft, so als würde er sich gegen etwas wappnen.

»Tim. Stimmt das?«, fragte er.

»Ich glaube, ja.«

»Warum ist das so?«

Ich antwortete nicht.

»Wenn sich herausstellt, dass er das deinetwegen gemacht hat, und wenn sie stirbt … dann werde ich dir das niemals verzeihen.«

»Ich weiß«, sagte ich und blickte unverwandt auf meine Hände.

»Ihr hattet eine … ihr wart zusammen, oder?«, fragte er.

»Ja.«

Er nickte langsam.

Anderthalb Stunden später wurde Julia Grimberg auf dem Operationstisch für tot erklärt. Der Zeitpunkt des Todes wurde mit drei Minuten vor halb sechs Uhr abends angegeben.

22

Weil Tim Nordin es auf mich abgesehen und sein Schuss mich nur verfehlt hatte, wurde er wegen Mordversuchs, Totschlags und Verstoßes gegen das Waffengesetz verurteilt. Der Staatsanwalt forderte, weil Tim es vorsätzlich getan hatte, eine Gefängnisstrafe, doch das Gericht verurteilte ihn zu Verwahrung nach dem Jugendstrafgesetz.

An die Tage im Gericht erinnere ich mich nur schemenhaft. Als Zielperson des Anschlags stand ich in der Schusslinie des Verteidigers, und am Ende war ich kurz davor, in Ohnmacht zu fallen. Weil wir minderjährig waren und das Verbrechen so gravierend war, fand die Verhandlung unter Ausschluss der Öffentlichkeit statt, doch hinter den verschlossenen Türen wurde die Vergangenheit aufgerollt.

Es wurde bekannt, dass ich zwei Jahre lang Tim Nordin gepeinigt hatte. Alle erfuhren es, nur Julia Grimberg nicht. Sie war tot.

Und ich hatte meinen besten Freund verloren.

Er verbot mir, zu ihrer Beerdigung zu kommen. Während der Trauerfeier wurden keine Fotos gemacht, deshalb konnte ich danach nicht einmal sehen, wie es gewesen war. Erst zu dem Zeitpunkt, mehrere Wochen später, begann der Schock langsam nachzulassen, und ich begriff, dass ich Julia nie wiedersehen würde.

Es war völlig unmöglich, an der Schule zu bleiben. Ich wechselte an eine Schule in Huddinge. Auch Grim wechselte die Schule, er ging jetzt nach Fittja. Kurz darauf verließ die Familie Grimberg die Triaden und Salem. Ich weiß nicht, wohin sie zogen, vielleicht nach Hagsätra. Zuvor versuchte ich, wieder Kontakt zu Grim aufzunehmen, doch ohne Erfolg. Die Einzige, die mit mir sprach, wenn ich anrief, war Diana.

»Du musst wissen«, sagte sie, »sein Hass auf dich ist im Moment so heftig.«

Ich weiß noch, wie ich dachte, dass sie erstaunlich präsent und normal klang. Vielleicht hatte sie das Ereignis aus ihrer Depression gerissen, und nun konnte sie weitergehen. Ein schrecklicher Gedanke.

Und falsch dazu. Später hörte ich von jemandem aus den Triaden, dass Diana Grimberg einen missglückten Selbstmordversuch begangen hatte und nun in der Psychiatrie in Södertälje behandelt wurde, wo sie wahrscheinlich lange bleiben würde. Grims Vater trank mehr denn je und verlor seinen Job.

Kurz danach kam die Wut. Ich wollte Tim Nordin fertigmachen. Ich wollte Vlad und Fred fertigmachen, die mich geschlagen hatten und mich dazu gebracht hatten, dasselbe mit Tim zu tun. Ich wollte die fertigmachen, die sie fertiggemacht hatten. Nach einer Weile sah ich ein, dass das sinnlos war, denn die Kette schien unendlich lang. Ich würde niemals den Anfang von allem finden, niemals an den Ausgangspunkt gelangen. Die ursprüngliche Kraft, die den Mechanismus in Bewegung gesetzt hatte, existierte vielleicht nicht einmal. Im Grunde wollte ich nicht jemanden fertigmachen, sondern alle.

Ich versuchte herauszukriegen, wo Vlad und Fred jetzt wohnten. Mehr als einen Abend lief ich mit einem Messer in der Jacke herum und suchte nach ihnen, fuhr planlos von einem Vorort in den anderen, ohne sie zu finden. Ich schwankte zwischen dem Gefühl der unerträglichen Scham und Schuld und dem Gefühl, ungerecht behandelt worden zu sein, hin und her. War alles mein Fehler? Lag die Verantwortung wirklich bei mir? Tim war derjenige mit der Waffe in der Hand gewesen. Und Julia hatte zufällig bei mir gestanden. Ich hatte nichts verbrochen, aber war ich deshalb unschuldig? Ich war über Tim hergefallen, hätte ich das nicht getan, hätte er niemals versucht, auf mich zu schießen. Und ich war derjenige, in den Julia verliebt war, deshalb hatte sie mich warnen wollen. Ich stellte die Verbindung dar. Aber wenn Vlad und Fred nicht gewesen wären … so drehte ich mich mit meinen Gedanken immer im Kreis. Es fand kein Ende.

An dem Punkt wurde mir klar, dass ich Hilfe brauchte. Ich ging zu dem weißhaarigen Mann, der im Krankenhaus in Södertälje mit mir gesprochen hatte. Wie sich herausstellte, hieß er Mark Levin, das hatte er offensichtlich schon bei unserem ersten Zusammentreffen gesagt, und er erkannte, dass ich sofort eine Behandlung und eine Therapie brauchte, die er selbst durchführte. Als Julia ein halbes Jahr tot war, ging es mir langsam Schritt für Schritt besser, doch ich hatte immer noch nicht ihr Grab besucht. Mark Levin war der Ansicht, dass ich das tun müsste, um weitergehen zu können.

Ich träumte fast jede Nacht von ihr, und das hörte auch erst einige Jahre später auf. Es erstaunte mich, wie viel ich tragen und doch noch aufrecht stehen konnte. Der Gedanke, mit welcher Belastung zu leben wir imstande sind, machte mir Angst, aber vielleicht ist es ja so, dass das Gehirn abschaltet, wenn alles unerträglich wird, und die Trauer sich im Traum Bahn bricht. Da sind die Wände dünner, die Mauern niedriger. Julia verloren zu haben, fühlte sich an wie der Verlust von etwas Grundlegendem, von einem Grundelement. Als wäre die Luft plötzlich verschwunden, und das Einzige, was es jetzt noch gäbe, wäre das Ringen danach.

Es war Ende Februar, als ich zum ersten Mal zu Julias Grab ging, und es war so bitterkalt, dass es jeden Tag Meldungen von neuen Kälterekorden gab. Überall in Stockholm starben obdachlose Tiere und Menschen. Aber die Erde war nur mit einer dünnen Schicht Schnee bedeckt, als ich durch das Tor ging und mich zu dem Teil des Friedhofs vorarbeitete, in dem Julia lag. Ich sah frische Schuhabdrücke im Schnee und erlebte ein seltsames Gefühl von Geborgenheit, weil ich hier nicht allein war. Es war mitten am Tag, und über mir hing der Himmel weiß und matt wie Papier. In einiger Entfernung sah ich einen Schatten vor einem der Gräber stehen. Es war eine Frau in einem braunen Mantel, deren Haar wie Stahlwolle aussah. Ich ging an ihr vorbei, und weiter hinten auf dem Friedhof stand noch jemand. Als ich den Blick senkte, sah ich, dass die einsame Spur der Schuhabdrücke im Schnee zu ihm führte, auch er ein Schatten, mit rasiertem Schädel und einer dicken schwarzen Jacke mit Pelzbesatz an der Kapuze.

Ich stand mit den Händen in den Taschen da und starrte zu dem Grab. Da hörte ich ihn schluchzen. Es war das erste und einzige Mal, dass ich Grim weinen sah.

Ich verließ den Kiesweg und stellte mich hinter einen Baum, während ich mich zu entscheiden versuchte, was ich tun sollte. Mir lief der Schweiß über den Rücken, und ich knöpfte meine Jacke auf und spürte sofort die Kälte eindringen. Meine Hände zitterten. Ich hatte nicht damit gerechnet, dass ich so reagieren würde. Während ich immer noch dastand, sah ich ihn auf dem Weg nach draußen vorbeikommen. Seine Augen schienen geschwollen zu sein, aber er wirkte gefasst.

Ich holte tief Luft, wartete, bis er außer Sichtweite war, und trat dann wieder auf den Weg hinaus, um Grims Spuren im Schnee zu dem Grab zu folgen.

Es war kleiner, als ich erwartet hatte, doch erst als ich dort stand, wurde mir klar, dass ich überhaupt etwas erwartet hatte.

Julia Marika Grimberg
1981 bis 1997

Um das Grab standen erfrorene Blumen und ein verlöschtes Windlicht. Auf dem Grabrücken lag eine dünne Schneeschicht. Ich beugte mich vorsichtig vor, kämpfte gegen den Widerstand an, den es zwischen meiner Hand und dem Grabstein zu geben schien, bis ich die Handfläche darauflegen und den Schnee wegwischen konnte.

Ich glaube, ich flüsterte etwas. Ich merkte, wie meine Lippen sich bewegten, doch ich konnte nicht hören, was ich sagte. Dass sie fort war, dass es sie nicht mehr gab, war unbegreiflich. Das war ein Trick, ein schlechter Scherz, jemand hatte uns einen Streich gespielt. In Wirklichkeit musste es sie noch irgendwo geben, nur außer Reichweite. So fühlte es sich an.

Eine Weile stand ich da. Ich glaube, ich sagte: Verzeih mir. Sagte, dass es meine Schuld war. Dann drehte ich mich um, knöpfte meine Jacke zu und ging weg. Hinter den Bäumen und den Hausdächern erhob sich dunkelgrau und stumm der Wasserturm.

Er stand mit den Händen in den Jackentaschen da, den Blick auf den Wasserturm fixiert, vielleicht auf den Absatz, auf dem wir uns vor weniger als einem Jahr zum ersten Mal begegnet waren.

»Spionierst du einem jetzt schon nach?«, fragte er, ohne mich anzusehen.

»Wie meinst du das?«

»Auf dem Friedhof.«

»Ach so. Tut mir leid.«

»Schon in Ordnung.«

Seine Stimme war ruhig und leise.

»Besuchst du es oft?«, fragte ich.

»Das Grab?«

»Ja.«

»Sooft ich kann. Aber es ist eine ganz schöne Strecke von Hagsätra. Und du?«

»Das war das erste Mal.«

»Für mich war es für eine Weile das letzte Mal.«

»Warum?«

»Bin wegen Misshandlung verurteilt. Und Drogenbesitz. Morgen werde ich einfahren, nach Hammargården auf Ekerö.«

Hammargården war wie die Jugendanstalt Jumkil eine der vielen Einrichtungen für Jugendliche, die unter gefängnisähnlichen Bedingungen betrieben wurden. Hammargården war nicht ganz so berüchtigt wie Jumkil, aber doch fast. Es ging das Gerücht, dort würden Kriminelle zusätzlich als Wärter arbeiten und Drogen und Waffen an die Insassen verhökern.

Misshandlung und Drogenbesitz. Das passte nicht zu Grim.

»Was hattest du dabei?«

»LSD-Tabletten. Ich musste sie verkaufen, um mir mehr Werkzeug leisten zu können.«

»Was für Werkzeug?«

»Um Ausweise und so was herzustellen.«

»Aber wissen sie denn nicht, dass du das machst?«

»Nein.« Er senkte den Blick. »Davon haben sie keinen Schimmer.«

»Wie ist es in Hagsätra?«

»Wenn ich aus Hammargården rauskomme, ziehe ich um.«

»Wohin?«

»Alby. Ich habe einen Freund da, der lässt mich manchmal bei sich pennen. Er meint, ich könnte genauso gut bei ihm einziehen, damit ich eine Unterkunft habe, wenn ich rauskomme. Ich halte es zu Hause nicht mehr aus. Papa trinkt eigentlich fast den ganzen Tag. Ich versuche mich um die Rechnungen zu kümmern, aber es gibt kein Geld mehr, das man überweisen könnte. Ein paar Sachen habe ich sogar schon selbst bezahlt. Und Mama ... wohnt nicht zu Hause.« Er hob den Blick wieder zum Turm. »Du hast alles zerstört. Nicht Tim. Er war es nicht, du hast ihn zu der Tat getrieben. Du bist ein verdammter Mobber. Nach allem, was wir ausgerechnet über solchen

Mist geredet haben, stellt sich nun heraus, dass du genauso einer bist. Und du warst es, der Julia dazu gebracht hat … sie war schlau, Leo, sie wäre niemals so weit gegangen.«

»Wozu habe ich sie gebracht? Mit mir zusammen zu sein?«

»Und du hast nichts gesagt«, fuhr Grim fort, als würde er mich nicht hören. »Weder von Tim, noch von Julia. Kein Sterbenswörtchen.« Er lachte auf. »Mein Gott, du musst so viel gelogen haben. Ich kann mich gar nicht an all die Male erinnern, weil es zu viele sind.«

»Sie hat auch nichts gesagt.«

Ich bekam einen Schlag auf den Brustkorb, er packte mich an der Jacke, und meine Beine sackten unter mir weg. Ich knallte mit dem Hinterkopf auf den vereisten Boden, und der Schmerz strahlte bis in meinen Nacken. Grim presste seinen Unterarm fest gegen meine Kehle, sein Gesicht war nur wenige Zentimeter von meinem entfernt, der Blick finster. Ich konnte mich nicht rühren.

»Du schiebst das nicht ihr in die Schuhe«, zischte er. »Ist das klar?« Dann noch einmal, schreiend: »Ist das klar?«

»Tut mir leid«, presste ich heraus.

Grims Arm machte das Atmen schwer. Er starrte mich an. Dann blinzelte er, ließ mich los und stand auf. Ich rappelte mich vom Boden hoch. Mein Hinterkopf schmerzte. Grim hatte mir schon den Rücken zugewandt und war dabei wegzugehen. Doch dann blieb er stehen und drehte sich noch einmal um, öffnete den Mund, um etwas zu sagen, aber es kam nichts, und er ließ nur die Luft heraus. Ich stand atemlos da und betrachtete ihn.

»Vielleicht bis später, Leo«, sagte er schließlich.

Das war das letzte Mal, dass ich Grim begegnete. Ich hörte nichts mehr von ihm und sah ihn auch nicht. Der Sommer kam, und diesmal gelang es mir, einen Job als Teilzeitkraft in einer Reinigungsfirma in Salem zu finden. Meine Eltern waren zufrieden, sagten aber nichts. Ich ging weiter in meine Therapie, meine Behandlung bei Mark Levin. Nach einer Weile ließ ich andere wieder an mich herankommen, es dauerte, aber es gelang, und als ich begriff, dass es tatsächlich möglich war weiterzugehen, war ich fassungslos. Ich träumte immer noch von Julia und besuchte oft ihr Grab. Jedes Mal, wenn ich durch das Friedhofstor ging, rechnete ich damit, dass Grim da sein würde, doch so kam es nie. Auf Umwegen hörte ich, dass er von Hammargården nach Jumkil verlegt worden war, diesmal nicht ins Jugendlager, sondern in die Anstalt. Der Grund war offenbar, dass er mit dem Messer auf jemanden losgegangen war, und zwar wegen eines Streits, bei dem der Typ zu Grim gesagt hatte, er möge doch seine eigene Schwester ficken.

Mit zwanzig verließ ich Salem. Im Winter darauf schnitt jemand Daniel Wretström, einem jungen Glatzennazi, der auf Besuch in der Hauptstadt war, die Kehle durch. Ich weiß noch, dass ich mich fragte, ob es wohl ein Zufall war, dass dies ausgerechnet in Salem passierte. Irgendwie fühlte es sich nicht wie einer an. Ich erkannte unter den Tätern mehrere Namen, es waren die kleinen Geschwister meiner alten Freunde.

Tim traf ich nie wieder, obwohl ich mehrmals plante, ihn zu besuchen. Ich hörte allerdings, dass er versucht hatte, sich das Leben zu nehmen. Das erste Mal nahm er in der Nacht nach dem Urteilsspruch Tabletten. Den zweiten Versuch unternahm er wenige Wochen später, diesmal mit einer Rasierklinge, die er hatte einschmuggeln können. Auch der dritte Versuch nach einem weiteren Monat gelang nicht. Ich glaube, er starb ungefähr ein Jahr später an einer Überdosis.

Ich denke an all die Verschwundenen wie Vlad und Fred. Ich weiß nicht, wo sie heute sind und ob sie überhaupt noch leben. Genauso ist es mit vielen von denen, die ich in Salem kannte: Sie verschwinden mit der Zeit einfach so, als würde sich die Erde auftun und sie verschlucken.

Manchmal sehe ich Menschen, die Hand in Hand gehen. Sie sehen glücklich aus, lachen, als gäbe es keine Sorgen in ihrem Leben, als hätten sie niemals jemanden verloren und würden einander auch nie verlieren. Wenn sie nur wüssten, wie schnell das gehen kann. Ich weiß es. Und du weißt es auch, nicht wahr? Du erinnerst dich. Aber damals ging es nicht um dich, nicht wirklich.

Wenn ich solche Leute sehe, möchte ich manchmal etwas Drastisches tun. Sie auseinanderreißen. Vielleicht, weil es mich mit Neid erfüllt, aber vielleicht auch, um ihnen begreiflich zu machen, dass nichts ewig währt. Habe ich das Recht, das zu tun? Habe ich, der ich weiß, dass anderen früher oder später etwas widerfahren wird, habe ich das Recht, es ihnen zu erzählen?

Einmal gab es eine, die habe ich geliebt. Anja. Wir haben uns bei einem Freund kennengelernt, und zwar zunächst durch einen Streit, denn wir wollten beide das letzte Gramm Horse von ihm. Es endete damit, dass sie mir ins Gesicht schlug und das Tütchen nahm, aber so ein schlechtes Gewissen kriegte, dass sie wollte, dass wir es teilten. Das fand ich sehr nett, und schon bald merkte ich, dass Anja etwas besaß, das ich überhaupt nicht kannte, sie hatte so eine Art, direkt in mich hineinzusehen. Ich verliebte mich heftig, so sehr, dass wir es sogar geheim hielten, damit kein anderer es zerstören konnte. Kommt dir das bekannt vor? Ich glaube schon.

Eines Tages kam ich in ihre Wohnung, und sie war nicht da, sondern nur noch ihre Möbel und die Überbleibsel einer Hausdurchsuchung. Sie saß im Kronobergs-Gefängnis in Untersuchungshaft und wurde später wegen schweren Drogenbesitzes zu zwei Jahren Hinseberg verurteilt. Aus Angst, dass es die Polizei auf meine Spur bringen würde, wagte ich nicht, sie im Gefängnis zu besuchen. Wir versuchten zu telefonieren, aber das war schwer, zum einen wegen meines Sicherheitsbedürfnisses, aber vor allem, weil Anja immer abwesender wurde. Ich weiß nicht, warum, sie war schon vorher unberechenbar gewesen, doch nicht so schlimm. Es zehrte an ihr, eingesperrt zu sein.

Ich hörte, dass sie sich in ihrer Zelle erhängte. Sie wollte mir einen Brief schreiben, doch der war aus irgendeinem Grund in Hinseberg zurückgehalten und verbrannt worden. Es war das Jahr 2002, und ich durfte nie erfahren, was sie mir sagen wollte. Und das veranlasste mich schließlich dazu, das Risiko einzugehen und zu verschwinden.

Die Glücklichen, die Hand in Hand spazieren – manchmal will ich ihnen einfach wehtun, weil sie einander haben, weil die Welt nicht gerecht ist. Wie weit ich wohl gehen könnte? Fragst du dich das auch?

23

Über den Hochhauskolossen in Alby hängt der Himmel so tief, als müsste er sich festhalten, um nicht auf die Erde zu stürzen. Es ist spät am Abend, und hier und da brennt in den kleinen Fenstervierecken Licht. Ich gehe durch die U-Bahn-Sperren und sehe mich um, als müsste sich Josef Abel auf meinen bloßen Wunsch hin offenbaren.

Nach dem Verhör mit Koll, nachdem Birck mich aus dem Raum geschleift hatte, stellte er mich zur Rede. Ich solle ihm doch bitte erklären, was da drinnen vorgefallen sei. Ich sagte, ich hätte keine Zeit für Erklärungen, sondern müsse nun gehen.

»Du bleibst hier«, wiedersprach Birck und legte seine Hand schwer auf meine Schulter.

»Was hast du alles gehört?«

»Wovon?«

»Von dem, was er gesagt hat.«

»Nicht viel, aber doch genug, um mitzubekommen, dass du ihn bedrohst hast.« Er sah mich an. »Warum hast du versucht, ihn zu schlagen?«

»Ich weiß nicht«, murmelte ich. »Hab die Kontrolle verloren.«

»Es sieht wirklich verdammt übel aus, Leo. Das, und dazu noch alles andere ...« Er schüttelte den Kopf. »Ich weiß nicht, was wir machen sollen.«

»Können wir das nicht später besprechen?«

Bircks Blick wurde kalt.

»Der Fingerabdruck auf der Kette, Leo. Ich muss erfahren, wie der dorthin gekommen ist.«

»Das kann ich dir morgen erzählen. Du musst jemanden finden, der Daniel Berggren heißt. Wahrscheinlich musst du Kontakt mit der NOVA-Gruppe aufnehmen.«

»Erklär du mir nicht, was ich tun muss.« Er holte tief Luft. »Damit warten wir bis morgen.«

»Warum denn?«

»Wenn die NOVA-Gruppe erst einmal in Gang kommt, ist sie nicht zu bremsen. Außerdem können sie keine Leute entbehren, die sind vollauf mit dem Überfall auf den Geldtransporter in Länna beschäftigt.«

»Morgen kann es schon zu spät sein«, entgegnete ich und wandte mich zum Gehen.

»Leo«, sagte Birck mit harter Stimme. »Du fährst jetzt nach Hause und wartest dort, während ich hier noch einmal mit Koll spreche. Ich muss das Arschloch zum Reden bringen. Und du kommst morgen wieder her und erzählst mir, was du weißt.« Er schaute auf seine Armbanduhr. »Ich platziere einen Wagen vor deiner Haustür. Ich will darüber informiert sein, wo du bist.«

»Mach das nicht, die Leute auf der Chapmansgatan haben schon genug Polizeiautos gesehen.«

»Und auch genug Leichen«, erwiderte Birck tonlos. »Ich möchte, dass sie nicht noch eine weitere sehen müssen. Und schon gar nicht deine.«

Ich fuhr mit brummendem Schädel nach Hause. Erst jetzt begriff ich, dass es wirklich Grim sein musste. Was fühlte ich? Trauer? Irgendetwas in der Art. Ich war traurig darüber, dass er so weit gegangen war, um seine Identität zu schützen. Aber das erklärte immer noch nicht, warum er Koll die Kette in ihrer Hand platzieren ließ. Ich erwog, ihm eine Nachricht zu schicken, doch dann wurde ich plötzlich unsicher. Er schien noch weniger durchschaubar zu sein denn je.

Ich sah die Polizeistreife die Straße hinauffahren und unten parken. Die eine Hälfte der Besetzung stieg aus, ging über die

Straße und betrat das Haus. Ich ging zur Spüle und trank ein Glas Wasser, dann nahm ich ein Sobril und wartete, bis es an der Tür klingelte.

»Alles in Ordnung hier?«, fragte ein Mann mit ernster Miene und hellblauen, freundlichen Augen.

Ich musterte das auf die Schulter aufgestickte Rangabzeichen.

»Sind Sie Inspektor?«

»Schon seit zwei Jahren, Warum?«

»Das gibt mir das Gefühl, wichtig zu sein.« Ich konnte mir ein Lächeln abringen. »Es ist alles in Ordnung.«

Er nickte und ging wieder. Ich wartete eine Weile, aß etwas und ließ die Deckenlampe an, als ich das Haus schließlich über den Seitenausgang verließ. Es war derselbe Weg, den ich genommen hatte, nachdem Rebecca Salomonsson tot aufgefunden worden war. Niemand schien mir zu folgen. Ich fuhr nach Södermalm und ging an Sams Studio vorbei. Sie war dort, und das Licht brannte. Ich sah mich um, bemerkte aber nichts Ungewöhnliches. Die Straße wirkte verschlafen, und Sam war unversehrt. Ich machte kehrt und ging noch einmal am Studio vorbei. Sam schaute nicht auf, ich sah sie mit der Nadel in der einen Hand über den Rücken einer jungen Frau gebeugt. Ich machte das oft seit unserer Trennung, ich ging einfach an ihrem Studio vorbei. Meinem Psychologen habe ich das nicht erzählt, niemandem. Ich frage mich, ob Sam es trotzdem weiß. Vermutlich.

In einiger Entfernung leuchtet ein Neonschild mit der Aufschrift ALBY LEBENSMITTEL 24-7. Das Geschäft sieht nicht geöffnet aus, aber vielleicht ist das ja gerade der Witz.

Es ist ein kleiner, mit Waren überfrachteter Laden, in dem es stark nach eine Mischung aus Kräutern und Putzmitteln riecht. Irgendwo weiter hinten höre ich jemanden lachen und in einer Sprache reden, die ich nicht beherrsche. Es klingt nach Spanisch. Der kleine Laden kommt mir größer vor, als er ist, weil die Regale so aufgestellt sind, dass sie einem Labyrinth gleichen, durch das man seinen Weg finden muss, um zur Kasse zu gelangen. Dort schließlich gibt es kein Band, sondern nur einen Tresen wie in einem Kiosk. Zwei junge Männer und zwei ebenso junge Frauen stehen in einem Halbkreis davor, als würden sie von dem Mann unterhalten, der hinter dem Tresen sitzt.

Der Mann ist alt genug, um ihr Großvater zu sein. Er hat große braune Augen, dicke buschige Brauen und zerzaustes lockiges Haar, das einmal schwarz war, aber jetzt von grauen Strähnen durchzogen ist. Der Bart ist dicht und gut gepflegt.

»Nichts gefunden?«, fragt er, als er meine leeren Hände sieht.

»Noch nicht«, sage ich.

Er blickt von mir zu den beiden Männern, dann wieder zu mir.

»Sind Sie Polizist?«

»Kommt drauf an.«

»Kommt worauf an?«, fragt einer der jungen Männer.

Er und sein Freund sind groß und schlank. Der eine trägt eine schwarze Lederjacke, der andere einen dunkelblauen Kapuzenpullover mit der Aufschrift RATW auf der Brust. Ich habe keine Ahnung, wofür die Buchstaben stehen.

»Darauf, ob das auch gilt, wenn man suspendiert ist.«

Der ältere Mann sieht mich aus zusammengekniffenen Augen an, dann sagt er schnell und schnarrend etwas zu den jungen Leuten. Eine der Frauen trägt einen grellgrünen kurzen Rock, Strumpfhosen mit Löchern, schwere Stiefel und eine kurze Jeansjacke, gespickt mit Sicherheitsnadeln, Ketten und Buttons. Sie verschränkt die Arme vor der Brust, wodurch ihre Jacke über der Brust spannt. Der Blick eines der Männer gleitet dorthin.

»Hey, hör auf zu glotzen«, motzt sie.

Ihr Mund klickt, wenn sie redet, so als würde ein Piercing an die Zähne schlagen.

Die Männer lachen über sie.

»Ich suche Josef Abel«, sage ich.

Die plötzliche Stille erstaunt mich.

»Warum, mein Freund«, fragt der Mann hinter dem Tresen scheinbar ungerührt, »warum suchst du ihn? Und warum glaubst du, dass wir wissen, wo er ist?«

»Ich habe gehört, dass es nur einen Josef Abel gibt und dass die Leute hier draußen ihn tendenziell kennen.«

»Tendenziell?« Der Mann hinter dem Tresen sieht fragend zu dem Mädchen in der Jeansjacke, die etwas auf Spanisch sagt: *tender*. »Aha, fast dasselbe«, sagt er. »Doch. Tendenziell tun die Leute das.« Er lächelt. Vielleicht freut er sich, ein neues Wort gelernt zu haben. »Man kommt nur zu Josef, wenn man Hilfe braucht.«

»Ich brauche Hilfe.«

Der Mann sieht mich wieder aus zusammengekniffenen Augen an, so als versuchte er herauszufinden, ob ich lüge.

»Bist du bewaffnet?«

Ich schüttele den Kopf.

Der Jüngere in der Lederjacke tritt an mich heran und beginnt, mich abzusuchen, Schultern, über den Rücken, die Hüften, den Bauch, die Beine. Er tut es gründlich und geübt, und wenn er sich bewegt, nehme ich den Geruch von billigem Parfüm wahr. Als er fertig ist, dreht er sich zu dem Mann hinter dem Tresen um.

»Er ist sauber, Papi.«

»Unangenehm, alte Männer zu so später Stunde zu stören«, sagt Papi und fährt sich mit der Hand durch den Bart. »Es muss wichtig sein, dein Anliegen.«

»Ja. Aber ich brauche nur eine Information, einen Namen. Mehr nicht.«

»Bist du ein Dialogpolizist, oder was?«

»Nein, das bin ich nicht.«

»Woher weißt du, dass Josef dir Information geben kann?«

»Peter Koll hat das gesagt.«

Papi senkt den Kopf, betrachtet die Platte des Tresens, die mit Aufklebern und mit Zigaretten- und Snus-Reklame bedeckt ist, und scheint einen kurzen Moment nachzudenken, dann nickt er der Frau in der Jeansjacke zu.

»Karin. Nimm ihn mit.«

Sie starrt mich an und dann ihren Freund, der bislang geschwiegen hat. Ihre Augen sind braun und ohne Ausdruck, so als hätten sie schon zu viel von dem gesehen, was in der Welt möglich ist.

»Okay«, sagt sie, sieht mich an und nimmt etwas aus ihrer Jackentasche.

»Sie müssen das nicht rausholen«, versuche ich zu beschwichtigen und sehe auf das Messer.

»Doch«, sagt sie, »das muss ich.«

Draußen vor dem Laden, auf dem Weg zu den Hochhäusern, geht Karin neben mir. Die eine Hand hält das Messer, die andere hat sie in die Tasche der Jeansjacke geschoben. Es ist ein gutes Messer, die Sorte, die man in Jagdgeschäften kauft, der Griff ist sanft der Form der Hand angepasst, und ein kleiner runder Knopf lässt die Klinge herausschießen. Ich frage mich, ob sie es wohl schon einmal benutzt hat, und ja, ich glaube, das hat sie. Wie alt sie wohl sein mag? Sicher nicht älter als zwanzig, vielleicht nicht einmal achtzehn, aber sie ist groß, und es ist mir schon immer schwergefallen, das Alter von großen Frauen zu schätzen. Karins Stiefel dröhnen dumpf auf dem Asphalt. Wenn sie geht, rasselt es leicht in ihren Kleidern.

»Woher kennst du Josef?«, frage ich.

»Er ist eigentlich der, den sie Papi nennen. Nur Dino und Lehel nennen auch Goran Papi, weil sie richtig mit ihm verwandt sind.«

»Und ›Papi‹ bedeutet was? Papa?«

»So ähnlich. Josef ist wie ein Vater. Obwohl, inzwischen ist er mehr ein Großvater. Er ist alt, aber er ist immer noch Papi. Unsere Väter erzählen Geschichten von ihm.«

»Stimmt es, dass er der Mann ohne Stimme genannt wird?«

»Ja.«

»Warum?«

»Er kann nicht reden.«

»Und warum nicht?«

»Aye. Du stellst zu viele Fragen.«

»Sollen wir an der Tür klingeln?«

Karin schüttelt den Kopf. Wir befinden uns im obersten Stockwerk eines der Hochhäuser.

»Er weiß schon Bescheid«, sagt sie, und öffnet die Tür. Die ist aus einfachem Holz mit einem Briefschlitz, und auf einem Papierstreifen, der einmal weiß war, steht in schwarzen Buchstaben ABEL.

Der Flur ist ordentlich und groß, ein rotbrauner Teppich mit eingearbeitetem Muster dämpft die Schrittgeräusche. Weiter vorn teilt sich die Wohnung, in jede Richtung geht ein Raum ab. Rechts eine große Küche mit Esstisch und Stühlen drumherum, links vermutlich das Wohnzimmer. Karin zieht ihre Stiefel aus und bedeutet mir, dasselbe zu tun. Sie geht in das linke Zimmer und sagt etwas auf Spanisch zu zwei jungen Männern, die jeder mit einem Gamepad in der Hand in Sesseln sitzen. Vor ihnen steht ein Fernseher, auf dem sich zwei Fußballmannschaften begegnen. Einer der Männer schaltet den Ton ab und sieht auf, dann sagt er Karins Namen und dann »Papi« und noch etwas.

»Was sagt er?«, frage ich.

»Dass du reingehen darfst«, antwortet sie. »Aber nur, wenn ich mitkomme.«

Hinter den Männern sind noch zwei Türen, beide geschlossen. Mit einer nachlässigen Geste weist der junge Mann auf eine der beiden.

Die Tür wird von einem weiteren Mann, der ungefähr in Karins Alter ist, geöffnet. Er hat dickes dunkles Haar, eindringliche blaue Augen und eine markante Nase, die bis über seine Lippen ragt. Seine Haut ist bleich. Er sieht Karin an.

»Es ist spät«, sagt er.

»Das wissen wir. Danke«, erwidert Karin.

Das Zimmer ist mit einem Einzelbett, Sessel, Fernseher und einem Bücherregal eingerichtet. Auf dem Fußboden liegt ein Teppich. In dem Sessel sitzt ein Mann mit gelblicher Haut und einer weißen Gloriole aus Haaren um den Kopf, den Blick auf ein Buch konzentriert. Er trägt ein weißes Hemd und eine graue Anzughose, die von schwarzen, einfachen Hosenträgern gehalten wird. Das Hemd ist aufgeknöpft, darunter ist ein Unterhemd zu sehen und buschiges weißes Brusthaar. Die Nase ist knochig und platt, die Augenbrauen sind dick und gerade. Seine Schultern wirken entspannt, wie er über das Buch gebeugt dasitzt. Es sind Schultern, die früher einmal einem Ringer oder jemandem, der Klaviere getragen hat, gehörten.

»Josef Abel?«, frage ich, als ich ungefähr einen Meter von ihm entfernt stehe.

Abel sieht auf, holt einen schwarzen Block in einem Lederfutteral aus seiner Brusttasche und nestelt einen Stift heraus. Seine Atemzüge sind ein geräuschvolles Einsaugen und Pusten. Während er schreibt, sehe ich die Narbe, die wie eine Kette um seinen Hals liegt: Hellrosa, uneben und grob verläuft sie direkt über dem Schlüsselbein von einer Seite zur anderen. Er hält mir den Block hin.

kenne ich dich

Dann legt er den Kopf leicht schief, sein Blick erwacht, und er lässt ihn über meine Beine, meine Hände und Schultern gleiten. Dann fügt er zwei Wörter hinzu.

kenne ich dich Herr Polizist

»Leo Junker«, sage ich, und im Gesicht des alten Mannes ist ein Anflug von Erstaunen zu erkennen.

du warst in die Scheiße auf Gotland verwickelt

»Ja, leider. Ich brauche Hilfe. Daniel Berggren, sagt Ihnen der Name etwas?«

Der Mann hebt einen Finger, er dreht sich herum, hebt ein Buch auf, das neben ihm auf dem Fußboden liegt, und zieht ein Kuvert heraus, das er mir reicht. Es hat Postkartengröße und ist weiß und weich, so als würde es mehrere Blatt Papier enthalten. *leo* ist das Einzige, was auf dem Kuvert steht, in einer mir unbekannten Handschrift geschrieben.

»Ist das von ihm? Von Daniel?«

Abel nickt, woraufhin sich das Kuvert in meinen Händen warm anfühlt.

»Wann hat er das hier deponiert?«

kam mit Boten, weiß nicht mehr

»Das kann ich nicht recht glauben.«

misstrauisch, was?

Der alte Mann lacht höhnisch und pustend.

»Sie haben also Kontakt zu Daniel Berggren?«

ist was passiert?

»Wie gut kennen Sie ihn?«

Seine Miene wird angespannt und finster.

sehr gut, bitte sag, dass du nicht mit schlechten Nachrichten kommst

»Doch, leider.«

Der alte Mann blinzelt. Wenn er schockiert oder erstaunt ist, so merkt man ihm das nicht an. Höchstens ein schwaches Zittern beim nächsten Wort, das er auf seinen Block schreibt:

Selbstmord?

»Fast«, sage ich. »Mord.«

Opfer oder T

»Täter«, antworte ich, sehe mich um und hole mir einen Stuhl heran, auf den ich mich setze.

du lügst, das kann nicht wahr sein

»Leider ist es das.«

Abel sinkt in sich zusammen, als wäre alle Luft aus ihm entwichen. Als er das Blatt in seinem Block umblättert, stellt er fest, dass er soeben die letzte Seite verbraucht hat. Der alte Mann öffnet den Mund und spricht, er atmet die Wörter ein, seine Stimme klingt wie die eines schnarrenden Gespensts, ein entsetzlicher Laut, als würde jemand mit Glassplittern auf dem Stimmband reden. Momente, nachdem er verstummt ist, begreife ich, was er gesagt hat: »Neuer Block.«

Der Mann, der neben Karin gestanden hat, verlässt das Zimmer und kehrt mit einem neuen Block zurück. Währenddessen tritt Karin vor, geht in die Hocke und plaudert leise mit Abel. Er freut sich, sie zu sehen, seine Augen leuchten, er lächelt und streichelt ihre Wange, als sie etwas erzählt. Karin hält seine Hand in ihren beiden Händen. Ich halte das Kuvert, das vom Handschweiß feucht wird.

D ist kein Mörder, schreibt er.

»Vielleicht nicht direkt«, sage ich. »Aber indirekt. Ich muss wissen, was Sie wissen. Er war mein Freund, früher einmal, und jetzt habe ich Angst, dass er Menschen Schaden zufügen wird.«

was willst du wissen

»Wie haben Sie ihn kennengelernt?«

er kam zu mir

Abel versucht angestrengt, sich zu erinnern, dann schreibt er: *nachdem er in Jumkil war.*

Er sieht mich fragend an.

»Ich weiß von Jumkil«, sage ich.

sein Freund hat uns bekannt gemacht

»Der Freund, bei dem er damals in Alby gewohnt hat?«

»Hm«, zischt Abel heraus und nickt. Der Laut ist rasselnd und lässt mich an Reptilien denken.

D hatte gewisse Fähigkeiten

»Ich weiß.«

ich sorgte dafür, dass er sie nutzte, er half vielen

»Er half vielen zu verschwinden?«

und vielen, aus ihren Heimatländern hierherzukommen

Abel zögert, dann fügt er hinzu: *gegen Geld.*

»Und Sie hatten Geld«, schlage ich vor.

Daraufhin verzieht der alte Mann seine Lippen zu einem Grinsen und zeigt dabei ein Trauerspiel von einem Gebiss, in dem viele Zähne fehlen und die übrig gebliebenen schief, verformt und ungesund gelb aussehen.

Untertreibung, schreibt der Mann.

»Verstehe. Drogen?«

Abel erstarrt in seinem Sessel und betrachtet mich lange, als wäre dies hier ein entscheidender Moment.

unter anderem, aber das war damals, jetzt bin ich alt

»Vor zwölf Jahren waren Sie aber auch kaum mehr jung.«

ich war jünger, Herr Polizist

»Wussten Sie, dass Daniel ursprünglich einen anderen Namen hatte? Dass er John hieß?«

erinnere mich nicht

»John Grimberg.«

Abel klopft, wie um ihnen Nachdruck zu verleihen, auf die Wörter, die er eben geschrieben hat, und dann fügt er hinzu: *wir haben ihn den Unsichtbaren genannt*

»Warum?«

Der Alte schreibt eine längere Antwort.

er ist nach einem Deal mit S in Schwierigkeiten geraten, dann ist er verschwunden, habe ihn eine Weile nicht gesehen, dann kam er zurück, wie eine Offenbarung

»Wann haben Sie Daniel zuletzt gesehen?«

vor ein paar Monaten

»Unter welchen Umständen?«

»Aye«, höre ich Karins Stimme hinter mir und spüre eine

Hand fest auf meiner Schulter. »Ist das hier ein Verhör, oder was?«

»Nein.«

»Jetzt mach mal langsam, okay?«, sagt sie. »Lehn dich zurück.« Sie lässt meine Schulter los. »Er verträgt es nicht, gehetzt zu werden.«

»Ich hetze nicht.«

»Das entscheidest nicht du.«

Abel lächelt entschuldigend und blinzelt Karin zu. Im Hintergrund flimmert ein Musikvideo über den Fernseher. Ein großer Wal schwebt durch den Raum und sieht aus, als wäre er drauf und dran, die Erde zu verschlingen. Ein sehr ansprechendes Bild.

»Sie haben Daniel vor ein paar Monaten getroffen«, sage ich. »Was war der Anlass?«

er kam wegen Geschäften hierher

»Jemand sollte verschwinden?«

Abel nickt.

»Benutzt er immer noch den Namen Daniel Berggren?«

den hat er bei mir immer benutzt

»Wie nehmen Sie mit Daniel Kontakt auf, wenn Sie ihn erreichen wollen?«

schicke einen Brief

»An welche Adresse?«

Er schreibt etwas auf, reißt das Blatt heraus und gibt es mir. Eine Postfachadresse.

»Das ist keine richtige Adresse.«

das ist alles, was ich habe

»Und was passiert, wenn Sie mit ihm per Brief Kontakt aufgenommen haben?«

er kommt hierher

»Wie lange dauert das dann, bis er kommt?«

2–4 Tage

Ich sehe auf die Adresse in meiner Hand und erhebe mich

von dem Stuhl. Wo das Postfach wohl ist? Sicherlich ist seine Wohnung dort auch in der Nähe, denn dieses Postfach muss ihm wichtig sein.

»Danke«, sage ich.

du willst mir nicht danken, du willst mich wegen Drogen und Gewalt einsperren, weil du glaubst, dass ich den Kindern in Alby etwas angetan habe

»Ja«, stimme ich zu. Ich bin nahe daran, etwas zu sagen, weiß aber nicht genau, was. Also starre ich Abel an und versuche auf etwas zu kommen, womit ich ihm drohen könnte. Es gibt nichts. Ich mache ein paar Schritte von ihm weg, als würde ich gehen. Er schreibt noch etwas auf seinen Block und winkt mich wieder heran.

glaubst du, du machst die Welt besser?

»Früher einmal habe ich das wohl geglaubt«, sage ich. »Aber das ist lange her. Ich habe mich verändert.«

Menschen verändern sich nicht, Herr Polizist, sie passen sich an

24

Als ich in der U-Bahn sitze, öffne ich das Kuvert. Der Wagen ist fast leer, nur vereinzelte Reisende sitzen da und haben die Köpfe an die Fensterscheibe gelehnt. Die Beleuchtung ist blassgelb und lässt meine Haut krank aussehen.

Es scheint eine Art Tagebuch zu sein, mehrere Seiten lang, in einer Handschrift verfasst, die Grim wahrscheinlich nicht mehr benutzt. In anderen Zusammenhängen schreibt er anders, modifiziert, um nicht erkannt zu werden. Ich sehe es dem Tagebuch an, die Schrift sieht aus, als würde er zum ersten Mal seit langer Zeit alte Kleidungsstücke anziehen und wäre unsicher, wie er sie tragen soll, ungewiss, welche Rolle und Haltung sie erfordern.

In den letzten Monaten, ehe ich verschwinde, gehe ich zu einer Psychologin. Sie wird immer nachlässiger, und ich begreife nicht, warum. So erinnere ich mich an einen Nachmittag in ihrer Praxis, als sie mich fragt, was denn los sei. Ich sage, dass ich es nicht weiß, vielleicht hat es etwas mit meiner Familie zu tun, aber vielleicht auch nicht, oder mit meinen Freunden, ich habe keine Ahnung. Anja ist tot, vielleicht liegt es daran? Oder die Drogen. Sie fragt, wie es denn jetzt mit meiner Familie läuft. Gut, sage ich, alles gut. Es ist ja nur noch Papa da, und mit ihm ist es gut.

»Aber was ist mit mir?«, frage ich.

»Wie meinen Sie das?«, erwidert sie.

Ich weiß nicht, was ich sagen soll, ich fühle mich so desorientiert.

»Ja, aber was ist mit mir?«, wiederhole ich und fühle mich hilflos.

»Alles wird gut werden«, meint sie. »Wenn Sie älter sind, wird alles gut werden. Man wächst aus den Dingen heraus.«

»Also, ich weiß nicht«, sage ich. »Das kann ich nicht glauben.«

Sie legt den Kopf schief. Mir ist klar, dass sie auf mich herabsieht, sie sagt es nicht, aber ich weiß, dass es so ist. Ich war damals schon so vielen von ihrer Sorte begegnet, und sie waren alle gleich.

Es gelingt mir zu verschwinden. Aber das dauert. Es ist eine Sache, jemandem einen Ausweis und einen Klaps auf die Schulter zu geben, und eine andere, selbst wirklich zu verschwinden. Vor allem, wenn man, so wie ich, in einer Menge ungewöhnlicher Register gelistet ist. Nicht aus allen kann ich mich löschen, manche Informationen sind zu alt, um modifiziert werden zu können, sie liegen tief im Behördenschweden begraben. Ich besteche, wen ich kann, bedrohe auf Umwegen die Beamten und gebe fingierte Adressen und Konten an. Ich versuche, mich selbst für tot zu erklären, doch dazu braucht man eine Leiche, und so weit kann ich nicht gehen. 2003 ist alles im Großen und Ganzen vorbereitet. Ich suche den Namen mit Bedacht aus, und im Alter von vierundzwanzig Jahren löst sich John Grimberg in Luft auf.

Ich verlege mich auf eine leichtere Droge, denn jetzt muss ich klar im Kopf sein. Doch das klappt nicht wirklich, und schlussendlich bin ich doch wieder bei Horse. Um funktionieren zu können, gehe ich auf Ersatzdrogen, die ich auf dem Schwarzmarkt kaufe – keine Klinik würde einem wie mir Substitute überlassen. Die nehme ich bis heute, aber niemand weiß davon – außer dir, jetzt. Zweimal täglich, manchmal öfter, nehme ich Methadon. In der letzten Zeit öfter.

Als es mir erst einmal gelungen ist, jemand anderes zu werden, laufen die Dinge nach einer Weile wie von selbst. Über Abel verhelfe ich Leuten zu neuen Papieren und versuche herauszubekommen, ob es wirklich möglich ist, jemanden ganz und gar aus dem System zu streichen. Sich selbst zu löschen ist einfacher, als wenn man es für einen anderen tut.

Schon bald fahre ich kreuz und quer in der Gegend herum und verdiene wie blöd. Wenn ich dir erzählen würde, wie viel, würdest du es nicht glauben, es ist geradezu lächerlich. Doch in dieser ganzen Zeit, in all den Jahren, auch als es am schlimmsten um mich steht, denke ich nicht ein einziges Mal an dich. Ich habe nicht verziehen, aber ich bin weitergegangen. Außerdem habe ich keine Ahnung, wer du bist, wo du bist und ob du überhaupt lebst. Diese Ungewissheit fühlt sich gut an.

Und dann, vor nur drei Wochen, fällt alles in sich zusammen. Dass es so lange dauern konnte! Seither schreibe ich diesen Text hier für dich, Leo. Hörst du? Hörst du zu? Ich werde dafür sorgen, dass du zuhörst.

Papa wurde krank, und einige Zeit später starb er. Schon bevor er ins Krankenhaus musste, hatte ich versucht, ihn so oft wie möglich zu sehen.

Wir wussten wohl beide, wohin wir unterwegs waren, doch keiner von uns hat darüber gesprochen. Ich glaube, er wusste, was ich so machte, doch er hat es nicht angesprochen. Wir spielten Karten, schauten Filme, gingen zum Dart in irgendeine Bar, so in der Art. Ich weiß nicht, ob er das auch so empfand, aber ich hatte das Gefühl, wir hätten eine unausgesprochene Vereinbarung. Wir kümmerten uns einfach nur darum, zusammen zu sein. Das brauchten wir beide.

Dann musste er ins Krankenhaus, und ich besuchte ihn dort. Ich benutzte einen falschen Namen, und ich glaube, Papa hörte das, denn er sprach mich einmal damit an und grinste. Als wir uns das letzte Mal sahen, war er sehr schwach, und es dauerte eine Weile, bis er mich erkannte. Und als ich sein Gesicht sah, wurde ich von etwas gepackt.

Ich hatte so viel Abstand zu allem anderen gewonnen, was mit Salem zu tun hatte. Das brauchte ich einfach, um es überhaupt zu schaffen. Aber als ich ihn da sah, war es wie ein Schock, als würde alles wieder auf mich einstürzen. Mit einem Schlag war überhaupt keine Zeit mehr vergangen, obwohl alles fast sechzehn Jahre her war. Er war der Einzige, den ich noch hatte. Und dann starb er. Ich wusste nicht, wohin mit mir. Ich fing an zu träumen, und der Traum bestand immer nur aus einer Sache: der Farbe Rot und wie ich mich hineinverstrickte und mich nicht mehr losmachen konnte. Die Beerdigung erlebte ich wie im Nebel.

Nun war nur noch ich übrig und musste mich um die Wohnung und den Nachlass kümmern. Bei Julias und Mamas Tod hatte Papa sich um alles gekümmert. Er behauptete, er hätte damals alles weggeworfen, und ich war auch niemals unten im Keller gewesen, weshalb ich nun, als ich hinunterging, einen Schock bekam. Es war alles noch da. Er hatte nicht einmal meine alte Kleidung weggeworfen. Jetzt, da ich das hier aufschreibe, begreife auch ich nicht, warum er das Gegenteil behauptet hat, warum er erzählt hat, er hätte alles weggeworfen. Aber als ich dort stand, wunderte ich mich nur, wie das alles in dem Keller Platz fand. Sogar die Möbel aus Julias Zimmer waren noch da. Ihr Bett, ihr Schreibtisch, die Regale, alles. Das Bett war noch gemacht. Kannst du dir das vorstellen? Es war immer noch gemacht! Die Bettwäsche hatte Stockflecken und war verschimmelt, aber man konnte das Muster noch sehen, die kleinen bunten Punkte. Aus irgendeinem Grund hob ich die Kartons herunter, die auf dem Bett standen, und deckte das Bett auf. Da lagen ein paar von ihren Kleidungsstücken, natürlich halb ruiniert, genau wie die Bettwäsche, aber ich erkannte sie trotzdem wieder.

Du kannst dir nicht vorstellen, wie viele kleine Details es im Alltag gibt, die die Vergangenheit so heftig zurückkehren lassen, dass man das Gefühl hat, in ein schwarzes Loch gesogen zu werden. Da unten im Keller hatte ich den ersten Rückfall. Ich ging hinaus, kaufte mir Heroin, kehrte zurück und setzte mich zwischen die Sachen und habe mich einfach nur ausgeknockt.

Als ich die Kisten durchging, fand ich auch Kleidungsstücke, die ich lange nicht gesehen hatte und die dir gehörten. Der dunkelblaue Kapuzenpullover mit dem Champion-Aufdruck, erinnerst du dich? Wahrscheinlich nicht. Ich fand sogar Julias Schulblock, auf den ihr zwei gegenseitig eure Namen geschrieben hattet. Ich fand Mamas altes Fotoalbum, das sie in ihren besseren Stunden zusammengestellt hatte. Ich erinnere mich, dass sie ungeheuer sorgfältig war, was die Chronologie anging, welches Bild auf welches folgen musste. Es begann mit der Zeit, als es nur Papa und sie gab, dann tauchte ich ab und zu auf und irgendwann auch Julia. Auf mehreren Bildern trägt sie ihre Kette.

In den Keller zu gehen, war, wie in eine andere Zeit zu steigen. Alles wirbelte um mich herum, die Erinnerungen an Mama, Papa und alles andere. Es hatte sich genau so entwickelt, wie ich es vorhergesagt hatte. Erinnerst du dich? Dass wir es, wenn Julia etwas zustoßen sollte, nicht schaffen würden, länger zusammen-

zuhalten. Genau so ging es, Schritt für Schritt. Ich glaube nicht, dass ich weinte. Mehrere Tage lang wohnte ich da unten (es hat keinen Sinn zu suchen, ich bin nicht mehr dort) und tat nichts anderes, als alles durchzugehen, was es dort gab. Ich sah die alten Filme an, die wir selbst gedreht hatten. Ich fing mit einem an, der LOVE KILLER *hieß. Erinnerst du dich daran?*

Dann habe ich alles in einer Tonne im Innenhof verbrannt. Alles, außer den Sachen, die dafür zu groß waren, die habe ich zu einer Müllkippe gefahren. Aber alles andere, jede verdammte Erinnerung, habe ich verbrannt. Ich bin niemand. Besitze nichts. Außen ist nach Papas Tod alles in Ordnung, aber innen drin ist es, als würde ich verfallen. Ich fühle mich so unendlich einsam. Unsichtbar. Zum allerersten Mal.

Vielleicht liegt das daran, dass ich älter werde. Als ich zwanzig war, fiel es mir leichter, so zu leben, man meinte, nichts zu vermissen, weil man im Strom der Zeit mitlief. Diese Gedanken halten mich nachts wach, meine Isolation ist total geworden. Ich habe keine Identität mehr, und plötzlich kommt es mir so vor, als hätte mich alles eingeholt. Ich habe angefangen zu halluzinieren. Manchmal gelingt es mir zu schlafen, doch bis dahin können mehrere Tage vergehen. Das Methadon hilft nicht mehr, die ganze Zeit verspüre ich den Drang, wieder Horse zu nehmen. Was ist das nur für ein Leben, das ich lebe? Ich habe keinen Kontakt zu niemandem, habe nichts, das mich an jemanden bindet.

Und wie habe ich dich nach so langer Zeit gefunden? Das ist das Fantastische: wie plötzlich alle Teile an ihren Platz fallen, obwohl nach Papas Tod doch alles in Scherben lag. Es fängt schon ein paar Wochen vor seinem Tod an, als ich einen Job abschließe, den ich für jemanden gemacht habe, dem ich nicht vertraue. Aber ich brauche das Geld. Er hat eine Bekannte, eine Frau, der ich noch weniger vertraue. Rebecca. Irgendwie kriegt sie heraus, unter welcher Identität ich sonst lebe. Man muss die Ausweise ja bei sich haben, und an einem Abend habe ich es vor einem Tref-

fen nicht mehr geschafft, zu der anderen Identität zurückzuwechseln. Sie muss in meiner Jacke herumgeschnüffelt haben, obwohl ich fast sicher bin, dass ich sie die ganze Zeit nicht aus den Augen gelassen habe. Ich weiß nicht, vielleicht war ich unaufmerksam und hatte eine zu hohe Dosis Methadon genommen. Die Welt war wie im Nebel, und ich fühlte mich verunsichert. Vielleicht hat einer von ihnen, Rebecca oder ihr Typ, da meinen Namen gesehen.

Sie fängt an, mich zu erpressen, sagt, dass sie zur Polizei gehen wird, wenn ich ihr nicht Geld gebe, damit sie schweigt. Zu Anfang gehe ich darauf ein, doch dann eskaliert es und wird immer schlimmer. Sie verlangt immer mehr Geld von mir, und am Ende kommt sie sogar zu Papas Beerdigung und macht mir während des Kaffeetrinkens eine Szene. Ich habe die ganze Zeit Angst, sehe mich ständig um. Alles, was ich um mich herum aufgebaut habe, läuft Gefahr einzustürzen. Ich plane eine neue Identität, schaffe es aber in dem Zustand, in dem ich mich befinde, nicht, sie zu konstruieren. Ich muss Rebecca auf irgendeine Weise loswerden. Also beginne ich, sie zu verfolgen. Eines Abends verschwindet sie in der Tür zum Chapmansgården, und ich bleibe draußen im Auto sitzen. Ein paar Minuten später verlässt ein Mann das Haus, und das bist du.

Meine Welt steht still. Das ist meine Reaktion, als ich dich sehe, da begreife ich, was ich tun muss.

Ich weiß, jetzt denkst du, ich bin verrückt geworden. Vielleicht stimmt das auch. Aber alle haben etwas, das sie an ihre Grenzen bringt und darüber hinaus. Die meisten wissen nicht einmal, was das ist, aber ich weiß es. Ich weiß, wo alles anfing schiefzugehen.

Sowie ich dich gefunden hatte, hielt ich dich unter Beobachtung. Jetzt warst du dran, in die Spirale einzusteigen.

25

Nachdem ich die U-Bahn verlassen habe und aus der Unterwelt aufgestiegen bin, muss ich erst einmal durchatmen und versuchen, mich nach der Lektüre des gesamten Tagebuchs zu sammeln.

Das Postfach von Daniel Berggren befindet sich in einer Anlage an der Rådmansgatan. Es dauerte eine Weile, das herauszufinden, aber doch nicht so lange, wie ich befürchtet hatte. In der Stadt sind die Postfächer auf einige wenige Standorte verteilt, und über einen Computer im rund um die Uhr geöffneten Seven Eleven arbeite ich mich mithilfe der Suchmaschinen im Internet und der Ausschlussmethode zu der richtigen Adresse vor. Am Ende bleiben ein paar übrig, jeweils ein Standort in den Vororten Nacka und Karlsberg, dann einer im Innenstadtbereich Vasastan und einer in der Nähe des Hauptbahnhofs, der aber ausschließlich großen Firmen vorbehalten zu sein scheint.

Als ich den Seven Eleven verlasse, ist es schon nach Mitternacht. Stockholm wirkt jetzt nicht mehr wie eine Hauptstadt, die Straßen sind fast menschenleer, der Puls ruhiger. Aber meine Hände zittern.

Ich gehe in die Rådmansgatan und stelle mich vor die Tür der Postfachanlage. »Zwischen Mitternacht und fünf Uhr morgens geschlossen.« Ich presse mein Gesicht an die Glastür, die auf der Innenseite mit dicken Gittern gesichert ist, und betrachte die zahllosen Postfächer in der Größe gewöhnlicher Briefkästen, die in unendlichen Reihen übereinander angebracht sind. An einer der Wände prangt das Logo des Post- und Paketdienstes. Oben in einer Ecke des Raums blinkt etwas, wahrscheinlich sind da Überwachungskameras. Hinter mir hält ein Auto an und spiegelt sich in der Glastür. Auf der Motorhaube steht SECURITAS. Eine Bulldogge von einem Mann steigt aus und kommt zu mir.

»Alles okay?«, fragt die Bulldogge.

»Alles okay«, antworte ich. »Nur neugierig.«

Vor der Chapmansgatan steht immer noch die blau-weiße Polizeistreife. Der eine Beamte im Wagen ist wach, und sein Gesicht wird vom blassen Schein eines Handys erleuchtet, der andere scheint sehr tief zu schlafen.

Viertel nach fünf. Das zeigt die Uhr, als ich die Tür zur Postfachanlage in der Rådmansgatan öffne. Meine Augen brennen vor Müdigkeit, und ich bin ganz sicher, dass ich vor Schlaflosigkeit krank geworden bin. Mir ist abwechselnd heiß und kalt, bis ich merke, dass ich viel zu lange kein Sobril genommen und nun wahrscheinlich Entzugserscheinungen habe. Nachdem ich den Raum betreten habe, wühle ich in der Innentasche meiner Jacke, bis ich eine Tablette finde, sie hinunterschlucke und spüre, wie sie den Hals hinunterrutscht. Ich nehme den Zettel mit der Adresse heraus: Postfach 4746.

Die Postfächer sind in Zehnerreihen angeordnet. Reihe um Reihe füllt den großen Raum. Entlang der Wände sind größere Fächer, manche groß genug, um ein paar Schuhkartons zu schlucken, andere so geräumig, dass man Möbel darin verstecken könnte.

Mitten in dieser labyrinthischen Landschaft finde ich Postfach Nummer 4746 und betrachte es, wobei ich sorgfältig darauf achte, es nicht zu berühren. Es sieht aus wie jedes andere normale Postfach. Mit einem Stift öffne ich den schmalen Briefschlitz und stochere darin herum. Da liegt Post. Das bedeutet, dass er sie holen wird, also muss er herkommen. Ich sehe mich nach einem passenden Platz um, von dem aus ich das Fach beobachten kann. Es kann durchaus sein, dass ich hier eine Weile stehen muss. Ich entscheide mich für eine

Stelle hinten im Raum, wo ich sowohl das Postfach als auch den Eingang im Blick habe. Die Zeit vergeht, vor der Tür ist die Rådmansgatan zu sehen, da draußen erwacht jetzt die Stadt zum Leben. Menschen mit Taschen und Kindern an der Hand laufen vorbei, Busse rollen. Die Sonne geht auf und taucht die Straße in sanftes Licht.

Frühaufsteher, Männer und Frauen, kommen in die Postfachanlage, eilen mit schnellen Schritten zu der Box, die ihnen gehört, holen die Post, schieben sie in ihre Tasche und verschwinden wieder. Ich beobachte sie. Vermutlich handelt es sich um Unternehmer, die meisten Briefe sehen nach Firmenpost aus. Das hier ist eine perfekte Tarnung für Grim. Hier ist er einfach einer der vielen gut gekleideten Selbstständigen, die am Morgen ihre Post holen. Langsam bekomme ich Durst, und die Beine tun mir weh. Wenn der Raum leer ist, drehe ich ein paar Runden zwischen den Postfachreihen und versuche, die Überwachungskameras an der Decke zu ignorieren.

Um Viertel nach acht, nach drei Stunden Warten, sehe ich es im Augenwinkel: Am Fenster geht ein hochgewachsener, schwarz gekleideter Mann mit weizenblonden Haaren vorbei. Sein Gesicht kann ich nicht erkennen. Er überquert die Straße und bewegt sich auf die Eingangstür zu. Plötzlich verschwindet er aus meinem Gesichtsfeld, und ich halte die Luft an, bis die Tür geöffnet wird und er den Raum betritt. Er trägt schwarze Jeans und eine ebenso schwarze Jacke, darunter ein einfaches blaues T-Shirt. Die blonden Haare sind gut frisiert, das viereckige Gesicht entspannt, aber blass und hohläugig, zerfurcht. Einen Moment lang bin ich nicht sicher, ob er es ist, doch dann macht er eine Bewegung, die mich überzeugt – sein Blick fährt nach links, und der Kopf folgt, dann ein leichtes Nicken. Ich erkenne ihn. Es ist Grim, aber so viel älter, und dieses Gefühl ist so überwältigend und unwirklich zugleich, als hätte ich für einen kurzen Augenblick den Schritt auf die andere Seite hinüber gemacht und die Toten gesehen.

Sein Gesicht erinnert mich immer noch an Julia. Wie sie heute wohl aussähe?

Grim hat die Hände in den Jackentaschen. Möglicherweise hat er mich schon gehört oder gesehen, aber ich glaube es nicht. Ich stehe hinter einer Reihe Boxen verborgen und kann ihn durch einen Spalt zwischen den Kästen beobachten.

Er schließt das Postfach auf, nimmt etwas heraus, das ich nicht erkennen kann, und geht dann auf den Ausgang zu. Doch er verlässt den Raum nicht, sondern geht zwischen den Reihen hindurch und zwingt mich dadurch, den Platz zu wechseln, damit ich erkennen kann, was er tut. Meine Schritte sind eilig, der Puls pocht laut und schnell in meinen Ohren, und ich lege den Kopf schief, halte die Luft an und spähe um die Ecke. Grim ist an einem weiteren Kasten stehen geblieben, öffnet das Postfach und holt etwas heraus, das wie ein Zigarettenetui aus Metall aussieht. Dann nimmt er etwas Kleines, Schwarzes aus der Innentasche seiner Jacke und legt es in das Postfach. Danach schließt er es ab und geht zum Ausgang. Jetzt sollte ich vortreten, ihn herausfordern, ihn möglicherweise bewusstlos schlagen, ich weiß es nicht, aber irgendetwas sollte ich tun, doch ich kann mich nicht bewegen. Ich fixiere nur das Postfach, um mir zu merken, welches es war, während ich mein Telefon aus der Tasche ziehe.

Grim geht aus der Tür und verschwindet um die Hausecke.

Meine Beine gehorchen mir kaum mehr, als ich zu dem Postfach gehe, das Grim eben verlassen hat, und die Ziffer darauf notiere. Dann rufe ich die Telefonnummer an, die ich von Levin bekommen habe und die der Frau gehört, die sich Alice nennt. Sie meldet sich und klingt dabei ausdruckslos und desinteressiert, als würde sie rund um die Uhr am Telefon sitzen. Vielleicht tut sie das ja auch. Ich bitte um ihre Hilfe, erkläre, dass ich den Namen von jemandem bräuchte, der ein Postfach an der Rådmansgatan gemietet hat.

»Sagen Sie, wie geht es Ihnen?«, fragt sie.

»Was meinen Sie?«

»Sie klingen, als hätten Sie eben geweint.«

»Können Sie mir bitte einfach den Namen geben?«

»Nummer?«, fragt sie, und ich höre das Klappern der Tastatur.

»5646.« Ich zögere. »Sind Sie jetzt im Steuerregister?«

»Hm.«

»Können Sie auch noch ein anderes Postfach nachsehen?«

»Eines nach dem anderen, Junker.« Sie räuspert sich. »Postfach 5646, vor dem stehen Sie jetzt gerade, nehme ich an?«

»Ja, das tue ich.«

»Für das ist kein einzelner Name vermerkt, sondern zwei. Sieht aus, als würde das irgendeiner Firma gehören. Tobias Fredriksson und Jonathan Granlund.« Sie klickt weiter. »Geboren 1979 und 1980. Beide ohne Vorstrafen. Beide alleinstehend. Der erste wohnt in Hammarbyhöjden, der zweite am Telefonplan. Ihre Büroräume scheinen sich am Telefonplan zu befinden, die Adresse ist aber nicht identisch mit der von Granlund.«

Sie hustet. Wahrscheinlich Raucherin.

»Und das andere Fach?«, fragt sie.

»4746.«

»Dieselbe Postfachanlage?«

»Ja.«

Kurze Stille.

»Daniel Berggren. Die einzige Verknüpfung, die ich hier finde, führt zum Einwohnermelderegister. Daniel Berggren, geboren 15.12.1979, damals in Bandhagen gemeldet.« Sie klickt mit der Maus. »Ähm, hat er ein Postfach als Heimatadresse? Das kenne ich, das ist meist nur Tarnung.«

»Haben Sie außer den Adressen von Fredriksson und Granlund noch andere Kontaktdaten?«

»Nein. Nicht einmal eine Telefonnummer. Wollen Sie die Adressen?«

Sie liest sie mir vor, und ich notiere sie höchst erstaunt. Grims Identität ist in einem Dunkel von falschen Fährten verborgen.

»Danke, Alice«, sage ich.

»Hm«, murmelt sie und legt auf.

Als ich an der U-Bahn-Haltestelle Rådmansgatan auf dem Weg nach unten bin, ruft Birck an. Er keucht in den Hörer und fragt, wo zum Teufel ich sei.

»Du solltest hier sein. Das hatten wir vereinbart. Ich brauche dich und deine Informationen.«

»Wie lief es gestern mit Koll?«

»Komm her. Und zwar sofort.«

»Wenn du mir sagst, wie es mit Koll gelaufen ist.«

Ein tiefer Seufzer.

»Im Grunde genommen sagt er nichts, behauptet bloß, er habe die Anweisung erhalten, nur mit dir zu reden. Das Einzige, was ich aus ihm herausbekommen habe, waren einige Details, die für sich nichts bedeuten, aber mit den technischen Informationen übereinstimmen könnten, die wir haben. Außerdem behauptet er, der Mord sei ein bezahlter Auftrag gewesen. Ich habe ihn wegen des Namens unter Druck gesetzt, den du auch genannt hast, Daniel Berggren, aber er hat nur wie ein verdammt zufriedenes Fragezeichen geschaut und sich geweigert, was zu sagen. Komm also augenblicklich hierher.«

»Können wir das nicht am Telefon besprechen?«

»Definitiv nicht.«

Ich gehe durch die Unterführung unter dem Sveavägen hindurch, vorbei an einer bedrohlich roten Darstellung von August Strindberg, die dort die Wand bedeckt.

»Er hat es im Auftrag von Daniel Berggren getan, doch das ist nur ein Deckname für zwei andere Namen«, erkläre ich. »Ein Tobias Fredriksson aus Hammarbyhöjden und ein Jonathan Granlund, der am Telefonplan wohnt. Beide sind im richtigen Alter. Auf dem Papier betreiben sie irgendein Unternehmen, aber ich bin sicher, dass es nur eine Briefkastenfirma ist. Ursprünglich hieß er John Grimberg, doch den Namen gibt es nur noch im Vermisstenregister. Ich glaube, dass er mittlerweile weder Granlund noch Fredriksson noch Berggren als Identität verwendet. Er nennt sich anders. Und ich glaube, dass Rebecca deshalb starb, weil sie es herausgefunden hat.«

»Du meinst, sie hat etwas über seine wahre Identität erfahren?«

»Genau. Ich hatte Glück und habe den richtigen Daniel Berggren gefunden, deshalb meine ich …«

»Wie konntest du das?«, fragt Birck kühl. »Aus deiner Wohnung, aus der du dich auf meine Anweisung hin nicht wegbegeben hast?«

»Ich hatte Glück. Und du kannst nicht über jemanden bestimmen, der suspendiert ist.«

»Ich kapiere einfach nicht, auf welche Weise du in diese Sache verwickelt bist. Es ist höchste Zeit, dass wir Klartext reden, Leo.« Er klingt fast flehend.

»Daniel Berggren oder John Grimberg, wie er damals hieß, war einmal mein Freund.« Unten auf dem Bahnsteig rauscht der Zug mit quietschenden Bremsen aus dem Tunnel. »Bevor er anfing, mich zu hassen.«

»Wieso?«

»Das spielt keine Rolle.«

»Das heißt, die Platzierung der Halskette war eine Warnung an dich? Oder eine Drohung?«

Ich weiß es nicht und denke an die Tagebuchseiten, die immer noch in meiner Jackentasche stecken. Es ist die Wahrheit. Ich weiß es wirklich nicht. Ich besteige den Zug, sehe mich im Waggon um, fest davon überzeugt, dass mich jemand beobachtet. »Sein Vater ist vor drei Wochen gestorben, seitdem ist scheinbar alles aus der Bahn geraten, und ich glaube, dass er jetzt extrem irrational agiert. Und ich glaube, er ist gefährlich.«

»Wie lange hast du diesen Verdacht schon?«, fragt Birck.

»Einen Tag in etwa, länger nicht.«

»Einen Tag in etwa, länger nicht«, wiederholt Birck genervt, und dann seufzt er. »Ich werde Pettersén informieren, und dann greifen wir uns Granlund.«

»Nein«, sage ich. »Fredriksson. Ich glaube, Granlund ist eine falsche Fährte.«

»John Grimberg«, erklärt Birck. »Jonathan Granlund. Leute, die so etwas tun, brauchen einen Halt, um zu verhindern, dass sie schizophren werden. Sie brauchen etwas, das eine Verbindung zu dem Menschen darstellt, der sie wirklich sind. Zum Beispiel Initialen.«

»Das weiß ich«, erwidere ich. »Und er weiß es ebenso. Ich glaube, dass er bereits an diese Sorte Verbindungen gedacht hat.«

Es bleibt erstaunlich lange still in meinem Handy.

»Du kannst was erleben, wenn das hier alles vorbei ist.«

»Das ist mir scheißegal.«

»Das heißt, du tippst auf Fredriksson?«

»Ja.«

Birck seufzt wieder.

»Dann check du Fredriksson ab. Ich tippe auf Granlund. Wenn wir ihn finden, dann finden wir auch seine richtige Identität. Ich werde versuchen, mehr Leute zu bekommen. Wir übernehmen Granlund. Ruf an, wenn du dort bist.«

»Das klingt fast wie eine Anweisung für einen Polizisten im aktiven Dienst«, sage ich.

Er legt wortlos auf.

In Hammarbyhöjden, ein paar Stationen südlich von Södermalm, steige ich aus. Die Sonne scheint hell und warm, und in Büschen und Bäumen raschelt der Wind. Während ich nach dem Zettel mit Tobias Fredrikssons Adresse suche, klingelt mein Handy, und das Display zeigt eine Nummer, die ich nicht kenne.

»Spreche ich mit Leo?«, ist eine nervöse Stimme zu hören.

»Wer ist da?«

»Hier, ich, ich heiße Ricky. Spreche ich mit Leo Junker?«

»Jetzt mal ganz ruhig. Ja, ich bin dran.«

»Ich bin mit Sam zusammen. Sam Falk. Die kennst du, oder? Ich sollte deine Nummer anrufen, wenn was passiert.«

»Was? Wenn was passiert?«

»Sie ... sie ist gestern Abend nicht nach Hause gekommen. Ich dachte, sie würde länger arbeiten, aber ... als ich heute Morgen aufgewacht bin, war sie nicht hier. Ich dachte, dass sie vielleicht im Studio übernachtet hätte, das macht sie manchmal, aber nun stehe ich davor, und hier ist niemand, das Licht ist aus. Sie ist nicht da. Ich habe versucht, sie anzurufen, aber ihr Handy ist abgeschaltet, und Sams Handy ist sonst nie abgeschaltet. Ich glaube ... ich habe Angst, dass was passiert ist.«

In meinem Kopf beginnt sich alles zu drehen. Ich stütze mich an einer Hauswand ab, deren Oberfläche scharfkantig und uneben in meine Handfläche drückt. Ich schließe für einen Moment die Augen. Er klingt kleiner, schwächer, als ich erwartet hatte.

»Ruf die Polizei an. Sag, dass du mit Gabriel Birck sprechen willst.«

»Kommst du hierher?«

»Ja.« Ich beginne, zur U-Bahn zurückzurennen. »Ich bin schon unterwegs.«

In der U-Bahn auf dem Weg zurück nach Södermalm bleibe ich stehen, ich kann mich nicht hinsetzen. Die Leute starren mich an, aber das ist mir egal. Auf meinem Handy erscheint eine SMS von Grim.

– *3 stunden, leo*
– *bis?*
– *bis du mich gefunden haben musst*
Und dann fügt er hinzu:
– *bis sie stirbt*

26 Die Polizei von Södermalm ist vor mir da. Nachdem ich aus der U-Bahn hinaus und durch die Straßen in Richtung Studio gelaufen bin, sehe ich aus der Entfernung schon die Polizeiautos. Obwohl ich weiß, dass Sam nicht da ist, habe ich dennoch das Gefühl, als wären meine schlimmsten Vorahnungen Wirklichkeit geworden: Blaulicht, das über die Wände vor dem S TATTOO kreist. Sam, die dort drinnen liegt, ganz still und bleich. Als ich das Studio erreiche, muss ich einfach hineinsehen, nur um mich zu vergewissern, dass es nicht so ist.

Keine Leiche. Stattdessen gehen zwei Polizisten vorsichtig im Raum herum. Ein Kriminaltechniker in blauem Overall und mit lila Latexhandschuhen, derselbe, der auch für die Untersuchung in der Chapmansgatan verantwortlich war, ist gerade angekommen und schreit die Polizisten an, sich vom Tatort zu entfernen. Das alleine schon: das Wort »Tatort« zu hören und zu wissen, dass damit Sams Studio gemeint ist.

In einer Ecke innerhalb der Absperrung steht eine Polizistin und spricht mit einem kleinen Mann mit Stoppelhaaren und einem ebenso stoppeligen Bart. Er ist blass, hat dunkle Augen und Piercings in Augenbraue, Nase und Unterlippe. Das muss Ricky sein. Als er mich sieht, winkt er mir eifrig zu, damit ich zu ihm komme, und die junge Polizistin, die ich nicht kenne, lässt mich das Absperrband passieren.

»Bist du Leo?«

»Ja.«

»Ich habe mir schon gedacht, dass ich dich von den Bildern her kenne«, sagt er, aber ich erfahre nicht, welche Bilder er meint.

Ricky ist panisch, abgesehen von dem, was er mir schon am

Telefon erzählt hat, sagt er nicht viel. In mir steigt der Frust hoch: Vor ein paar Stunden erst bin ich hier gewesen. Ich bin hier vorbeigegangen und habe sie gesehen, alles war in Ordnung. Sie war unverletzt. Ich bin sogar stehen geblieben und habe mich umgesehen. Hat er da schon irgendwo gelauert? Ich nehme noch ein Sobril.

Der Kriminaltechniker geht dort drinnen herum und murmelt vor sich hin. Nach einer Weile kommt Birck in einem Zivilfahrzeug. Er scheint nicht erstaunt, mich hier zu sehen.

»Weiter hinten im Studio, im Büro, sind einige Spuren, die auf einen Tumult hinweisen«, sagt der Techniker. »Meine Vermutung ist, dass sie dort war und der Täter durch den Eingang gekommen ist und sie wahrscheinlich auf irgendeine Weise neutralisiert hat.«

»Mit ›neutralisiert‹ meinst du, jemand hat sie geschlagen?«, fragt Birck leise und schielt zu mir hinüber. »Oder?«

»Eher Elektroschock. Es gibt Zeichen, die darauf hinweisen, dass es ganz schnell ging. Aber das ist natürlich nur eine Vermutung«, schiebt er noch nach.

»Natürlich«, sagt Birck unterkühlt und wendet sich mir zu. »Sam Falk. Ihr wart zu…«

»Ja.« Ich halte mein Handy hoch und zeige ihm die Nachricht. »Drei Stunden. Oder«, erkläre ich und spüre, wie mein Puls steigt, »jetzt eigentlich nur noch zwei.«

»Bis was?«

»So wie er es schreibt, bis er sie tötet.«

»Aber warum denn?« Birck hat die Augen weit aufgerissen. »Ich begreife das nicht.«

Ich sehe auf das Handy in meiner Hand, dann zeige ich, als ob das irgendetwas erklären würde, Birck noch einmal die letzte Nachricht. Er betrachtet sie mit unergründlicher Miene.

»Ich werde sie zur Fahndung ausschreiben lassen«, sagt er und holt sein Handy heraus. »Je mehr Leute diese Information sehen, desto schwerer ist es für ihn, Sam Falk versteckt zu halten. Desto größer ist die Chance, dass wir …« Er dreht sich weg. »Hallo? Hier ist Gabriel Birck.«

Seine Stimme geht in den Geräuschen unter. Ich versuche, ruhig zu bleiben, aber das ist schwer. Zum ersten Mal in meinem Leben stelle ich mir vor, wie ich John Grimberg verprügele und verletze, und das Gefühl, das sich dabei einstellt, ist warm und einladend.

Mein Telefon vibriert.

– lass die Polizei außen vor

Ich muss mich setzen und sinke auf die Motorhaube eines der Polizeiautos. Die Klappe ist warm, und darunter höre ich den Motor ticken. Das kann er nicht ernst meinen. Das hier ist ein Spiel. Er kann das nicht ernst meinen. Ich schreibe:

– unmöglich, das hier ist zu groß

»Leo«, sagt jemand, und ich spüre eine Hand auf meiner Schulter. »Leo.«

»Ja?«

Ich blicke auf, es ist Birck. Er sieht ernsthaft besorgt aus, was mich erstaunt.

»Brauchst du etwas?«, fragt er.

»Tobias Fredriksson. Ich muss ihn finden.«

Das ist das Einzige, woran ich jetzt denken kann. Wenn ich Fredrikssons Spur folge, bin ich einen Schritt näher an Grim dran. Birck stützt die Hände in die Seiten. Sein Haar ist streng zurückgekämmt, und der schwarze Schlips flattert im Wind. Er scheint nachzudenken und sieht betroffen aus.

»Du nimmst Fredriksson«, sagt er. »Wir nehmen Granlund. Wir haben es noch nicht geschafft, vor … vor dem hier.«

»Ich brauche etwas, womit ich mich schützen kann.«

»Du kannst mit jemandem fahren.«

»Das genügt nicht«, erkläre ich. »Und mit wem soll ich fahren? Hier sind alle beschäftigt. Soll ich mit einem Assistenten von der Rechtsmedizin fahren, oder was?«

Er senkt den Blick und zuckt mit den Schultern.

»Ich weiß nicht.«

»Ich brauche etwas, womit ich mich schützen kann«, versuche ich es noch einmal.

»Du musst es ohne schaffen.«

»Das kann ich nicht, und das weißt du auch.«

»Komm mit zum Auto.«

Die Waffe ist eine einfache, schwarze Walther-Pistole. Seine Sig Sauer wird Birck woanders aufbewahren, nehme ich an. Ich wiege die Pistole in meiner Hand und spüre, wie sich die Finger um sie schließen. Davon bekomme ich weiche Knie. Als ich den Zeigefinger auf den Abzug lege und vorsichtig ziehe, den Widerstand der Feder spüre, wird es an den Rändern meines Gesichtsfelds plötzlich schwarz, und ich gleite in den Tunnelblick. Ich sinke auf dem Boden zusammen und höre ein Kratzen und Schaben, so als würden Möbel über den Boden gezerrt. Es sind die Wolken, die Wolken, die sich über meinem Kopf und auf mich zubewegen.

»Leo«, sagt Birck.

Es sind nicht die Wolken, die über den Himmel kratzen und schaben. Es sind meine eigenen Atemzüge. Zum ersten Mal hyperventiliere ich. Der Psychologe hat mir angekündigt, dass es sich so anfühlen wird, wenn die Anfälle kommen.

»Nimm sie«, presse ich heraus und halte ihm die Pistole hin, aber dann lasse ich sie los, und sie fällt zu Boden.

Birck nimmt sie ruhig auf und legt die Walther auf den Fahrersitz in seinem Auto, dann lehnt er sich an die offene Autotür und sieht mich an.

»Kommt überhaupt nicht infrage, dass du mitfährst. Du bleibst hier. Ich schicke stattdessen eine Streife.«

»Ist schon in Ordnung. Gib mir einfach was anderes als eine Pistole.« Meine Atmung kehrt langsam zu einem Takt zurück, der es mir möglich macht, wieder aufzustehen. Ich versuche mich hochzurappeln. »Ein Messer.«

Ich stütze mich auf der Motorhaube ab und huste.

»Nie im Leben«, sagt Birck.

»Das ist jetzt eine Entführung«, sagt einer der jungen Männer in Uniform. »Oder?«

»Nehme ich an«, entgegnet Birck.

»Und was wollen sie haben, wenn man fragen darf?«, will der Polizist beharrlich wissen.

»Mich«, erwidere ich, immer noch zitternd. »Er will, dass ihr außen vor bleibt.«

»Wir wissen ja nicht mal, wo der Wahnsinnige ist und sich versteckt hält«, sagt Birck. »Halte du Kontakt zu ihm.« Er streckt mir die Hand hin. »Gib mir das Telefon.«

»Nein.«

»Ich will etwas schreiben.«

»Sag, was du geschrieben haben willst, dann schreibe ich es.« Und trotzig füge ich hinzu: »Das ist mein Handy.«

Birck seufzt. Verständlicherweise. Ich komme mir wie ein kleines Kind vor.

»Bitte ihn, ein Bild zu schicken, damit wir einen Beweis dafür haben, dass sie lebt. Und dass wirklich er es ist, der sie hat.«

Ich schreibe Grim und bitte um ein Foto. Birck geht ins Studio. Ich sehe zum Himmel hoch, wo die starke Sonne die Wolken von sich fernhält. Weniger als zwei Stunden noch.

Mein Telefon vibriert und empfängt das Bild. Es ist kein Foto von Sam, sondern eines von einer ihrer Tätowierungen, eine Art Medizinrad mit detaillierten Speichen und einem besonderen Muster, das sie auf der Schulter trägt. Niemand außer Sam hat eine solche Tätowierung.

Am Ende bringe ich einen Inspektor in Uniform – er behauptet, er heiße Dansk – dazu, einen Wagen für mich zu rufen. Während ich darauf warte, werde ich durch die Absperrung in Sams Studio gelassen. Ich gehe an dem Behandlungsstuhl vorbei und am Sofa und dann in ihr kleines Büro. Es fühlt sich seltsam an, hier zu sein. Ihr Geruch hängt immer noch in der Luft, als hätte sie den Raum nur kurz verlassen und würde gleich wiederkommen. Eine unsichtbare Hand greift nach meinem Herzen.

Ich ziehe eine der Schreibtischschubladen heraus und finde, genau wie ich es in Erinnerung hatte, das Messer, das Sam dort aufbewahrt. Es erinnert ein wenig an jenes, das ich gestern in Karins Hand gesehen habe, klein und mit einklappbarer Klinge, aber sehr viel billiger. Ich stecke es in meine Jackentasche und hoffe, dass mich niemand beobachtet hat.

Endlich kann jemand ein Auto bereitstellen, einen bordeauxroten, viereckigen Volvo von der Sorte, die vor zwanzig Jahren zum sowohl sichersten als auch langweiligsten Modell der Autowelt erkoren wurde. Er kommt von der Polizei Södermalm angerollt, und Dansk winkt mich herbei. Er verschwindet, das Auto bleibt stehen, und ein Assistent steigt aus und sieht sich neugierig um. Ich hingegen setze mich in den Wagen, verlasse Södermalm und fahre allein Richtung Hammarbyhöjden, um Tobias Fredriksson zu besuchen. Birck hat den Tatort schon verlassen, um sich zum Telefonplan zu begeben.

Hammarbyhöjden. Ein einsames Auto, ein weißer BMW, fährt über die Kreuzung. Meine Fahrweise ist sehr unsicher. Ich bin doch viel ungeübter, als ich gedacht hatte. Die ganze Zeit über frage ich mich, ob ich verfolgt werde, ob Grim jemanden hat, der mich beobachtet. Das könnte sein, aber ich bin nicht sicher. Das Haus in Hammarbyhöjden ist vier Stockwerke hoch und liegt am Fuß des Hügels. Die Eingangstür ist schwarz gestrichen, die Scheiben sind leicht getönt. »CODE ERFORDERL. 21-06«, steht auf einem Zettel. Ich öffne die unverschlossene Tür. Fredriksson wohnt im dritten Stock. Ich fordere den Fahrstuhl an, und er gibt irgendwo oben erste Lebenszeichen von sich, bis er dann allmählich nach unten rasselt. Ich kann nicht warten und nehme die Treppe.

Die Tür ist braun, und es steht FREDRIKSSON in Weiß auf schwarzem Hintergrund auf dem Briefschlitz. Ich probiere die Klinke. Verschlossen. Noch weniger als anderthalb Stunden. Die Wohnungstür ist von der alten Sorte, und ich bilde mir ein, ich könnte sie aufbekommen. Also fange ich an, mit dem Messer im Schloss herumzustochern, aber ich schramme nur ein paar Kratzer in das Holz rund um den Schließkolben. Ich kriege nicht einmal die Spitze der Klinge ins Schloss. Lächerlich. In mir steigt die Panik hoch, und ich fange an, an die Tür zu schlagen und dagegenzutrommeln. Um mich herum hallt das Gepolter zwischen den kalten, harten Wänden des Treppenhauses wider.

Ich höre auf und keuche.

Hinter mir wird ein Schlüssel in einem Schloss gedreht. Ich wende mich um und sehe, wie eine Tür langsam und zögerlich geöffnet wird. Das Gesicht eines alten Mannes schaut heraus.

»Nicht schießen«, sagt er.

»Ich bin nicht bewaffnet.«

Er starrt auf das Messer in meiner Hand. Vorsichtig klappe ich die Klinge ein, stecke das Messer in die Tasche und sehe zu der Tür. MALMQVIST. Von drinnen dringt Zigarettenrauch in den Flur.

»Ich bin Polizist«, sage ich so bedächtig wie ich kann. »Und ich muss hier hinein. Sind Sie Herr Malmqvist?«

»Lars-Petter Malmqvist. Was ist denn los?«

»Können Sie mir sagen, wer hier wohnt?«

»Der ist nie zu Hause.«

»Das heißt, Sie wissen, wer hier wohnt?«

»Fredriksson. Torbjörn oder so.« Lars-Petter Malmqvist hält krampfhaft die Türklinke fest, als wäre sie das Einzige, was ihn daran hindert umzukippen. »Tobias«, verbessert er sich.

»Tobias Fredriksson.« Seine Miene ist steif und verkrampft. Er hat Angst. »Was ist denn passiert?«

»Was wissen Sie noch über ihn?«

»Er … er wohnt alleine da.« Malmqvist kneift die Augen zusammen. »Sind Sie wirklich Polizist?«

»Ich habe keine Polizeimarke«, sage ich. »Aber ich kann Ihnen meinen Ausweis zeigen und Ihnen eine Nummer geben, wo Sie anrufen können und die Bestätigung bekommen, dass ich Polizist bin.«

Der Mann gibt ein rasselndes und tiefes Husten von sich.

»Ich bin ehemaliger Major«, sagt er. »Flieger. Zu meiner Zeit haben wir noch gelernt zu erkennen, wem wir vertrauen können und wem nicht.«

»Das verstehe ich«, erwidere ich etwas zerstreut. Ich brauche etwas, womit ich die Tür aufbrechen kann. »Haben Sie ein Brecheisen?«

Malmqvist zieht die Augenbrauen hoch. Es ist sehr erstaunlich, dass er es dabei belässt, er könnte ja auch den Rückwärtsgang in die Wohnung einlegen, die Tür zuschlagen und hinter sich abschließen. Ich frage mich, ob ich genauso verrückt bin, wie ich klinge.

»Nein. Aber ich habe eine Liste.«

»Eine Liste?«

»Das hier ist eine Eigentümergemeinschaft«, sagt er und klingt, als hätte ich ihn verunglimpft. »Fredriksson hat sich geweigert, Informationen über seine Person einzureichen. Das hat uns in der Gemeinschaft gestört. Das Einzige, was wir von ihm haben, ist eine Personennummer und eine Telefonnummer. Diese beiden Angaben sind verpflichtend, müssen Sie wissen. Aber die Personennummer stimmt nicht, und wir haben ihm deshalb schon unzählige Nachrichten hinterlassen. Er muss das Formular falsch ausgefüllt haben oder so.« Er zögert. »Könnten Sie mögl…«

»Haben Sie die Telefonnummer?«

»Er meldet sich nicht, wenn man anruft«, sagt der Mann und geht langsam in seine Wohnung zurück.

Ich folge ihm unschlüssig.

»Aber Sie können sie bekommen, wenn ich nur die Liste finde.« Er hält inne. »Er wird wegen irgendwas gesucht, nicht wahr?«

»Ja.«

»Hab ich's mir doch gedacht«, murmelt er.

Ich bleibe mit dem Handy in der Hand im Korridor stehen. Es klingelt. Das ist Rickys Nummer. Ich nehme den Anruf nicht an, denn auf das Einzige, was er wissen will, habe ich keine Antwort. Lars-Petter Malmqvist durchquert seine Diele, verschwindet dann nach links in ein Zimmer und kommt nach einer kleinen Weile mit einem Ordner wieder. Er bewegt sich ruckartig, so als bräuchte er eigentlich einen Stock, wäre aber zu eigensinnig, um das einzusehen.

»Hier«, sagt er und gleitet mit dem Finger über die Seite im Ordner. »0730652573.«

Ich kontrolliere die Nummer noch einmal, bevor ich sie in mein Telefon tippe.

»Danke.«

»Sagen Sie ihm, dass er Kontakt zu mir aufnehmen soll. Ich will die richtige Personennummer.«

»Ich werde ihn bitten, Sie anzurufen«, versichere ich und gehe wieder ins Treppenhaus hinaus.

»Und Sie wedeln mal besser nicht so viel mit dem Ding da.« Der Mann schaut auf meine Jackentasche. »Da könnten sich die Leute wundern.«

»Danke«, bringe ich heraus, und Lars-Petter Malmqvist schließt die Tür ohne weitere Worte.

Ich wähle die Telefonnummer und halte den Atem an.

»Diese Nummer ist nicht vergeben oder vorübergehend nicht erreichbar«, tönt eine androgyne Stimme in mein Ohr.

Es ist natürlich eine falsche Fährte. Vermutlich gehört die

Nummer zu einer Paycard, die vielleicht nicht mehr benutzt wird oder möglicherweise überhaupt nie aktiv war.

Birck ruft an.

»Granlund ist eine Luftnummer«, sagt er. »Wir haben nichts.«

Noch eine Stunde. Ich stehe vor dem Haus, in dem Tobias Fredriksson gemeldet ist. Auch Fredriksson ist eine Luftnummer. Grim hat sich zu gut verborgen. Er ist unsichtbar. Es ist vorbei. Ich werde ihn niemals erreichen können und begreife, dass es genau das ist, die Hilflosigkeit, um die es geht. Zerstörerisch. Es war niemals seine Absicht, dass ich ihn finde und dass ich es rechtzeitig schaffe. Das Ziel war vielmehr die Sackgasse.

– du hast gewonnen

Das schreibe ich an die unbekannte Nummer.

– was soll das heißen?

Die Antwort kommt prompt, als würde er auf mich warten.

– ich kann dich nicht finden

– wie schade

Ich schließe die Augen. Grim kann überall sein. Er muss nicht einmal in einer Wohnung sein, muss sich nicht über der Erde befinden. Er kann Sam in einen der unzähligen Stockholmer Tunnelgänge verschleppt haben, die lang und tief unter der Stadt verlaufen. Grim kennt sie alle, denn er hat selbst einmal da unten gewohnt.

Vielleicht befindet er sich in der Unterwelt. Ich schlage die Augen auf. Oder hoch oben.

Der Wasserturm.

In diesem Moment empfange ich eine Nachricht auf meinem Handy. Ein Bild, auf dem ein abgehauener Finger zu sehen ist. Sams Finger.

27

Irgendwo auf der Autobahn, kurz hinter Huddinge, fällt es mir wieder ein: SCHWEDEN MUSS STERBEN stand auf einer der Tunnelwände, als ich das letzte Mal in Salem war. Ob die Schrift jetzt wohl entfernt worden ist? Kritzeleien und Graffiti pflegen sich in Salem immer besonders lange zu halten.

Ich fahre zu schnell, die rote Nadel des Tachos zittert um hundertvierzig, hundertfünfzig. Noch schneller zu fahren traue ich mich nicht – das Auto könnte das wohl, aber ich nicht. Ich sehe auf die Uhr und drossele die Geschwindigkeit. Noch gut zwanzig Minuten, ich werde es schaffen.

Ich fahre durch Rönninge, und bald erhebt sich Salem vor mir, der Ort, an dem vielleicht alles anfing. Kurz darauf huschen die drei Häuser der Triaden an mir vorüber. Sie sehen ungerührt und unverändert aus. Die Zeit schreitet unausweichlich und unaufhörlich voran, doch manche Orte narren uns, und einen Augenblick lang glauben wir, nichts hätte sich verändert. Im Augenwinkel erkenne ich das Fenster, das einmal Julias war und das genau gegenüber von meinem lag. Ich erinnere mich noch, wie oft ich am Fenster stand, nur um einen Schatten von ihr zu erhaschen, und wie ich mich, wenn es nicht sie war, sondern Grim, schnell wegduckte, weil ich nicht wollte, dass er etwas ahnte.

In der Entfernung erhebt sich der Wasserturm dunkelgrau gegen den bleichen Himmel. Noch eine Viertelstunde. Auf die Distanz versuche ich, an dem Turm etwas Ungewöhnliches zu entdecken, sehe aber nichts. Eine Sekunde lang fürchte ich, mich getäuscht zu haben und dass er sie ganz woandershin verschleppt hat. Doch dann erkenne ich zwischen den Bäumen, die den Platz um den Wasserturm umgeben, den Schatten eines dunklen Autos, und da wird mir klar, dass meine Vermutung richtig ist. Dieses Auto hat in der Dunkelheit vor meinem Haus gewartet.

Der Wagen, eine Volvo-Limousine, steht an der Straße und wirkt unverdächtig. Ich parke, gehe hin und blicke durch die getönten Scheiben. Der Fond sieht aus, als wäre der Wagen fabrikneu. Mein Handy klingelt. Es ist Birck.

»Hallo?«

»Wo bist du jetzt?«

»Salem, am Wasserturm. Ich glaube, dass er hier ist.«

»Unternimm nichts, ehe wir da sind.«

»Okay.«

»Im Ernst, Leo, warte, bis wir kommen.«

»Okay, hab ich doch schon gesagt.«

Ich drücke das Gespräch weg. Aus der Innentasche meiner Jacke hole ich ein Sobril, und schlucke die Tablette, kriege sie aber in die falsche Kehle, muss mich vorbeugen und gewaltsam husten. Die Tablette landet von Spucke glänzend vor mir auf dem Asphalt. Ich spüre, wie glatt sie zwischen meinen Fingern ist, als ich sie aufnehme. Dann schlucke ich sie erneut und gehe zum Wasserturm, das Messer in der Tasche fest umklammert.

Der Schotterplatz um den Turm liegt leer und still da. Ich arbeite mich von Baum zu Baum vor, achte darauf, nicht gesehen zu werden. Nur das Surren von einem Ventilator oder etwas Ähnlichem auf der Rückseite des Turms ist zu hören. Es dauert eine Weile, ehe ich das Geräusch wahrnehme, es ist mir immer noch vertraut, und das erstaunt mich. Ich versuche mich zu erinnern, wie die Aussicht von dort oben ist, was man sehen kann und was nicht. Mit zusammengekniffenen Augen spähe ich zu den beiden Absätzen des Turmes hinauf und rechne damit, Grim dort oben zu entdecken. In diesem Moment könnte er mich sehen. Aber die Absätze scheinen leer zu sein, und dieser Anblick nimmt mir die Luft: Ich habe mich doch getäuscht. Der Volvo dort hinten ist nur eine falsche Fährte, oder vielleicht hat er auch gar nichts mit Grim zu tun und steht rein zufällig da. Grim und Sam sind woanders. Ich packe das Messer noch fester.

Und da sehe ich das Seil.

Es beginnt am oberen Absatz, verläuft nach außen und dann hinauf zur Kante des ausladenden Dachs und immer weiter, bis es nicht mehr zu sehen ist. Er muss es dort oben irgendwie festgebunden haben. Warum wohl? Anstatt die Absätze zu beobachten, fixiere ich meinen Blick jetzt auf das Dach des Turmes und halte nach Bewegungen Ausschau. Es dauert einen kurzen Moment, bis eine Silhouette – ein Kopf, eine Schulterpartie – vorbeihuscht und sofort wieder verschwunden ist. Ich nehme die Hand aus der Jackentasche und laufe zum Turm. Dort angekommen bleibe ich stehen, lehne mich gegen das Rund des Wasserturms und horche. Nichts.

Ich betrachte die Wendeltreppe, die zu den Absätzen hinaufführt, und erinnere mich, wie jeder Schritt, ganz gleich, wie vorsichtig man geht, die ganze Treppe bis nach oben dröhnen lässt. Wie sehr ich mich auch bemühe, man wird mich hören.

Mit eiligen leichten Schritten laufe ich hinauf. Auf halbem Weg schon lässt die Anstrengung meine Oberschenkel brennen. Ich verlangsame das Tempo und bleibe schließlich stehen, um zu horchen. Noch kein Laut zu vernehmen.

Ich erklimme wieder ein paar Stufen und lande bald auf dem ersten der beiden Absätze. Um auf den oberen Absatz zu kommen, muss ich auf die Leiter klettern und außen am Turm hochsteigen. Wenn ich loslasse, falle ich hinunter. Auf dem ersten Absatz bin ich oberhalb der Baumkronen und erinnere mich, wie man sich, wenn im Herbst die Wolken so richtig tief hingen, einbilden konnte, man würde gleich den Himmel berühren. Ich mache einen Schritt an die Kante, steige auf das Geländer des Absatzes und packe die Eisenstreben der Leiter. Dann setze ich einen Fuß auf die Eisenstufe, danach den anderen, und plötzlich hänge ich an einer alten Eisenleiter an der Außenseite eines Wasserturms. Erst als ich zwei Stufen hochgestiegen bin, merke ich, dass ich krampfhaft die Luft anhalte, und ich atme aus und klettere weiter. Schließlich ziehe ich mich auf den zweiten Absatz hoch und liege dann auf demselben Platz und in derselben Stellung wie damals, als ich Grim zum ersten Mal begegnete. Erst jetzt wird mir klar, wie viel mutiger ich mit sechzehn war.

Ich stehe auf, sehe mich um und gehe dann zu dem Seil, das ein Stück außerhalb des Absatzes in der Luft hängt. Ich beuge mich über das Geländer und packe es, um prüfend daran zu ziehen. Das Seil ist schwarz und dünn. Ob er Sam gezwungen hat, allein hinaufzuklettern? Und hat er das getan, ehe er sie verletzt hat?

Um auf das Dach des Wasserturms zu gelangen, muss ich ohne eine schützende Fläche unter mir an dem Seil hinaufklettern. Ich betrachte meine Hände, die von dem krampfhaften Festhalten an der Eisenleiter schon rot sind. Vielleicht hält das Seil gar nicht, möglicherweise hat Grim es angesägt, sodass es nur noch an dünnen Fäden hängt. Ich rucke noch einmal daran. Es gibt nicht nach. Also hole ich tief Luft und schwinge mich hinaus über die Kante des Absatzes.

Das Seil knarrt, erst einmal und dann noch einmal und ein drittes Mal. Ich kämpfe, um die Füße wieder auf das Geländer des Absatzes zu bekommen, doch vergebens: Ich bin schon zu weit weg, reiche nicht mehr heran, und nun schließe ich die Augen und bereite mich auf den Fall vor. Dabei hoffe ich, dass ich nicht mit dem Gesicht zuerst auf die Erde aufschlagen werde.

Ich falle nicht. Glaube ich. Als ich die Augen wieder öffne, merke ich, dass ich ruckartig nach oben gezogen werde. Schon bald ist mein Gesicht auf der Höhe der abgerundeten dicken Betonscheibe, die das Dach des Wasserturms darstellt. Stück für Stück werde ich hochgezogen, bis ich das eine Bein hinaufschwingen und allein auf das Dach krabbeln kann. Hier oben bläst der Wind stärker und trifft kalt meine Wangen.

»So einfach sollst du es nicht haben«, sagt eine Stimme über mir, und ich spüre, wie eine Hand so fest in mein Haar greift, dass ich sicher bin, sie wird mir die Haare von der Kopfhaut reißen.

Ich kann noch sehen, dass ein Stück entfernt jemand in einer roten Pfütze liegt. Direkt vor meinem Gesicht aber sind zwei Beine und eine Hand in meinem Haar, die mich nach oben zerrt. Er versucht mir beim Aufstehen zu helfen, denke ich. Viel zu schnell, als dass ich reagieren könnte, knallt er mein Gesicht wieder auf den Beton. Etwas knackt, vielleicht meine Nase, und die Tränen schießen mir in die Augen. Alles dreht sich, und als die Finsternis kommt, ist sie bedrohlich und unnatürlich schwarz.

28

In meinen Ohren pfeift es wie bei einer Rückkopplung. Ich glaube, ich bin blind. Meine Augen sind offen, aber ich sehe nichts. Ich blinzele, daraufhin rumort und vibriert es in meinen Schläfen, als würde jemand hineinbohren. Es kann sein, dass der Schmerz mich schreien lässt, ich weiß es nicht, aber ich glaube schon, denn als er etwas nachlässt, habe ich ein Kratzen im Hals.

Ich bin nicht blind. Ich befinde mich in einem Tunnel, und irgendwo, weit entfernt, gibt es eine Öffnung, die größer wird und die schwarzen Tunnelwände an den Rand meines Blickfelds rückt. Es kann nicht viel Zeit vergangen sein, aber ich weiß es nicht genau. Um mich herum ist es jetzt hell, aber alles ist noch verschwommen, doch mein Blick schärft sich allmählich. Meine Augen brennen, und als ich wieder blinzele, blitzt der Schmerz erneut auf, doch nicht mehr so gewaltsam wie zuvor.

Grim steht etwas von mir entfernt und zieht hastig an einer Zigarette und beginnt dann, unermüdlich hin- und herzugehen, immer zwei Schritte vor und dann wieder zurück. Direkt hinter ihm ist Sam. Sie liegt nicht mehr, oder vielleicht hat sie vorher auch nicht gelegen, alles ging so schnell, ich bin mir nicht sicher. Jedenfalls sitzt sie da und umklammert ihre Hand, ein rotes Bündel. Sie ist bleich.

Ich schaffe es, mich aufzusetzen, was Grim dazu bringt, zu mir zu kommen und auf mich herabzustarren. Er hat eine schwarze Pistole in der Hand, sein Blick flackert.

»Wo sind deine Kollegen?«, fragt er.

Ich versuche, etwas zu sagen, doch scheinbar gelingt mir das nicht, denn er packt meine Schulter und drückt die Pistole an meine Schläfe, fragt wieder, diesmal schreiend, wo sie seien. Speichel spritzt mir auf die Stirn, und ich glaube, ich zittere,

»Sie wissen nicht, wo ich bin.«

Er lässt mich los und tritt von mir zurück. Ich drehe den Kopf nach rechts und links, um herauszufinden, ob irgendetwas kaputtgegangen ist. Das ist sicher der Fall, aber im Nacken habe ich keine Schmerzen. Vor mir schlängelt sich das schwarze Seil zu einem kleinen Haken hin, der wie ein gebeugter Finger aus der Mitte des Dachs ragt. Dort ist das Seil mit einem komplizierten Knoten festgezurrt. Über den Haken hinaus ragt nur ein dünnes Ende. Er muss schon viele Male zuvor hier oben gewesen sein.

»Dann hast du ja wenigstens gehorcht.«

Ich zuckte mit den Schultern und taste linkisch nach meiner Jackentasche.

»Jetzt bin ich hier. Du hast gekriegt, was du wolltest.«

Meine Hand findet die Jackentasche und will nach dem Messer greifen. Grim beobachtet mich, doch seine Miene verrät nichts. Möglicherweise hat er es mir abgenommen. Oder es ist herausgefallen, dann liegt es unten auf der Erde. In der anderen Tasche liegt mein Telefon.

Sam hebt den Blick von ihrer Hand und sieht mich an. Ihr Haar ist unordentlich, der geflochtene Zopf, den sie manchmal trägt, wenn sie arbeitet, sieht zerzaust aus. Grim hat sie daran gezogen, sie vielleicht mit dem Zopf im Griff hierhergezerrt. Ein Stück weiter rechts liegt etwas, das Sams Finger sein muss, ein kleiner, von einer tiefroten Pfütze umgebener Stumpf. Sie vermeidet es, hinzusehen. Ich fasse mir mit der Hand ins Gesicht, ich weiß nicht, ob ich blute. Doch, von der Stirn. Nase und Hals fühlen sich geschwollen an. Ich wische das Blut an meinen Jeans ab.

»Leg den Finger in deine Jackentasche«, sage ich zu Sam.

»Sei still«, faucht Grim.

Er schlägt mir mit der offenen Handfläche auf die Wange. Der Schlag fühlt sich dumpf an, der Schmerz wie von fern. Hinter meiner Stirn blitzt es immer noch. Ich glaube, dass ich auch innere Blutungen habe. Mein Kopf ist geschwollen und pocht.

»Lass sie gehen.«

»Nein.«

Grim ist noch weizenblond wie heute Morgen, aber er trägt keine schwarze Kleidung mehr. Stattdessen hat er hellblaue Jeans an und einen dunkelgrünen Kapuzenpullover. Mein Freund, er ist es, und doch auch nicht, wirkt hohler, leerer. Er geht bei dem Haken in die Hocke und justiert das Seil, knüpft rasch den Knoten auf und erneuert ihn.

Dann nimmt er ein kleines Röhrchen aus der Tasche. Seine Hände zittern so heftig, dass die Tabletten in dem Röhrchen klappern. Er zieht den Pfropfen heraus, schüttet sich eine Tablette auf die Hand, verschließt das Röhrchen wieder und schiebt es in seine Tasche. Erst jetzt bemerke ich, dass er schwitzt und erhitzt aussieht.

»Ich habe es versucht«, sagt er und lächelt entschuldigend. »Ich habe es wirklich versucht, Leo. Aber …« Er lacht in sich hinein, als wäre der Gedanke absurd. In seinem Blick liegt dieser Funken Wahnsinn, den man nur bei Menschen sieht, die in eine Psychose geraten sind. »Es ging nicht.«

»Das verstehe ich.«

»Tust du das?«

»Ja. Ich habe das Tagebuch bekommen«, sage ich.

Wieder wischt ein finsterer Schatten über sein Gesicht, und ich bin erstaunt, wie wahnsinnig er tatsächlich aussieht.

»Irgendetwas treibt mich zu dem hier«, sagt er. »Ich kann es nicht erklären.«

»Du kannst es loslassen«, schlage ich vorsichtig vor. »Du kannst das alles hier loslassen. Ich habe da unten das Auto gesehen, den Volvo. Du kannst einfach von hier wegfahren, niemand braucht etwas zu erfahren.«

»Hör auf. Du weißt, was passiert ist. Glaubst du, ich hätte das gewollt? Kapierst du nicht, wie total … wie verdammt beschissen alles geworden ist? Und das fing alles mit dir an, als ich dich kennengelernt habe.«

Ich muss Zeit gewinnen, dann kann Birck es vielleicht rechtzeitig hierher schaffen. Hinter Grim sieht Sam zu ihrem Finger hinüber, dann beginnt sie, den Blick auf Grims Rücken gerichtet, sich langsam dorthin zu bewegen.

Er dreht sich um, und ohne sie anzusehen, geht er zu ihrem Finger, beugt sich herunter und nimmt ihn. Von dem Platz aus, an dem ich sitze, ist das ein sehr seltsamer Anblick, als hätte seine Hand für einen kurzen Moment einen zusätzlichen Finger. Bis er ihn über den Rand des Daches wirft. Sam holt Luft.

»Bleib ruhig«, bringe ich heraus und sehe Sam an. »Alles ist gut.«

Sam nickt langsam.

»Alles ist gut«, wiederholt Grim und wendet sich mir zu. Die Pistole baumelt in seiner schlaffen Hand. »Alles ist gut.«

Er gibt noch einmal ein hohles Lachen von sich und sieht an mir vorbei über Salem. Ich schiele zu Sam, die im Begriff zu sein scheint, ohnmächtig zu werden. Ihre Augenlider wirken schwer, und sie schaukelt manchmal vor und zurück, als würde sie einschlafen.

»Kannst du mich verstehen«, sagt er gedehnt und sieht mich bedeutungsvoll an, »kannst du mich denn wenigstens verstehen? Kannst du verstehen, was du mir angetan hast? Uns angetan hast?«

»Ja. Ich sage doch, dass ich es verstehe.«

»Kannst du dann also verstehen, dass ich das hier tun musste?«

»Nein.«

Ruckartig reißt er die Waffe hoch, zielt in meine Richtung und drückt ab.

Ich glaube, ich schreie auf, und mein Herz schlägt so gewaltsam, dass mir die Hände zittern. Der Schuss ist schneidend scharf und scheint über ganz Salem widerzuhallen. Die Kugel schlägt so nah neben mir auf dem Beton auf, dass ich spüre, wie sie durch die Luft schneidet, als sie weiter- und an mir vorbeisaust. Grims Blick pendelt stur zwischen mir und der Pistole hin und her. Ich glaube, er bereut den Schuss, begreift, dass er das besser nicht getan hätte.

»Du hörst mir nicht zu«, erklärt er, wieder ruhiger.

»Ich höre dir zu. Aber das, was du sagst, ergibt keinen Sinn.«

Ich hole mein Handy aus der Tasche, wische über das Display und drücke auf Freigabe.

»Leg das weg.«

»Nein.«

»Leg es augenblicklich weg.«

»Lass sie gehen, dann lege ich das Handy weg.«

Grim lacht verständnislos.

»Du bestimmst hier nicht.«

»Das weiß ich«, sage ich und sehe auf das Handy.

»Was machst du? Leg das Telefon weg.«

Ich drücke wieder auf Freigabe und lege das Telefon neben mich. Mühsam stehe ich auf, komme erst auf ein Knie, dann auf das andere, und schließlich auf die Füße. In meinem Kopf dreht sich alles, der Schädel fühlt sich schwer an. Ich suche nach einer Gelegenheit, nahe genug an ihn heranzukommen, um ihn entwaffnen zu können. Er benutzt die ganze Zeit nur eine Hand, die andere hält die Waffe, doch die wenigen Sekunden, in denen ich einen Versuch wagen könnte, sind zu kurz und zu unsicher. Ich habe Angst, Sam dadurch zu schaden.

Grim sieht zu dem Telefon, er wedelt unsicher mit der Pistole.

»Wirf es hierher.«

»Wenn du es haben willst, musst du es dir schon holen.«

Das wagt er nicht, denn dann müsste er sich herunterbeugen.

»Du hast ja wohl gar nichts kapiert, oder?«

Er geht zu Sam, packt grob ihren Zopf und reißt sie daran hoch. Sam gibt keinen Laut von sich, sondern atmet nur angestrengt und keuchend, um gegen die Panik anzukämpfen.

Wir befinden uns mitten auf dem Dach. Grim schiebt Sam vor sich her zur Kante, und sie kämpft, doch es ist schwer, sich gegen den festen Griff im Haar zu wehren. Die verletzte Hand hält sie auf die Brust gedrückt, von der anderen fest umschlossen, sie kann sie nicht verwenden, um Widerstand zu leisten. Ein glänzender Schweißfilm bedeckt ihr Gesicht, und sie meidet meinen Blick. Je näher sie dem Rand kommen, desto mehr verlagert sie ihren Schwerpunkt, lehnt sich nach hinten, zu ihm hin, so als hätte sie Angst, sich an einer unsichtbaren Flamme zu verbrennen.

Wieder schubst er sie, und diesmal so nah an den Rand, dass Sams Schuhsohle über die Kante ragt. Instinktiv strecke ich einen Arm aus, um ihren Fall zu verhindern, doch Grim starrt mich nur an, bis ich ihn sinken lasse. Ich kann sein Parfüm riechen.

»Sie ist unschuldig«, sage ich. »Sie hat nichts getan.«

»Als ob das einen Unterschied machen würde. Kann ich mir davon was kaufen? Kriege ich mein Leben oder meine Familie zurück? Mich selbst? Was?« Er starrt mich an. »Antworte!«

»Nein. Aber von all dem kriegst du sowieso nichts zurück.«

»Es kommt nur noch auf die Konsequenz an. Und die Konsequenz bleibt dieselbe. Wir werden beide etwas verloren haben.«

»Das ist nicht gerecht«, flüstere ich.

»Gerecht?« Grim sieht verwirrt aus. »Glaubst du, die Welt wäre gerecht?« Sams Zopf immer noch fest im Griff, drückt er sie nach vorn und zwingt sie, sich über den Rand zu beugen. »Zurück!«, befiehlt er mir.

Ich trete einen Schritt zurück.
Und dann lässt er ihren Zopf los.

Die Zeit verlangsamt sich, bis sie nur noch schleppend vorwärtskriecht, und ich sehe Sam nach vorn und ins Leere fallen und Grim zurücktreten. Ich mache einen Satz zu ihr hin, packe sie an der Jacke, ziehe sie mit mir zur Seite, sodass wir aufeinander landen, Sam unter mir. Ich liege auf ihrer verletzten Hand, aber das Adrenalin scheint den Schmerz zu blockieren, denn sie macht keinen Mucks. Dann sieht sie mich erstaunt an und beginnt zu schluchzen.

Hinter mir höre ich Grim wieder das Röhrchen aus der Tasche holen. Es klappert in seinen Händen.

29

»Du bist doch krank im Kopf«, schnaubt Sam, nachdem sie ein paarmal tief Luft geholt und das Schluchzen unter Kontrolle gebracht hat.

»Das ist wahrscheinlich ziemlich wahr«, entgegnet Grim und wischt sich mit dem Handrücken den Schweiß von der Stirn. »Das wärst du auch geworden.« Er sieht mich an. »Und du bist daran schuld.«

»Grim, bitte …«, beginne ich.

»Bald ist es vorbei, Leo.«

Vielleicht lässt er mich leben. Möglicherweise ist es nur sein Plan, dass ich zusehe, wie Sam stirbt. Oder er will uns beide am Leben lassen und sich selbst umbringen. Vielleicht aber hat er diesen Platz auch gewählt, um einen Ausweg zu haben: Wenn irgendetwas nicht so läuft, wie er sich das ausgedacht hat, kann er sich jederzeit über den Rand stürzen. Deshalb sind wir hier. Ich weiß es nicht, alles ist möglich, und Grims Verhalten ist vollkommen unvorhersehbar.

»Du hast recht«, sage ich. »Du bist verrückt geworden.«

Grim sieht Sam an, die immer noch auf dem Rücken liegt und zurückstarrt. Als ich den Blick ein letztes Mal über das Zentrum von Salem schweifen lasse – seltsam, denke ich, dass es mir so wichtig vorkommt, ausgerechnet das noch einmal zu sehen, vielleicht war es doch bedeutsamer, als ich dachte –, flimmert kurz etwas Blaues auf. Im nächsten Moment ist es wieder weg. Ich kann fast das Haus sehen, in dem ich aufgewachsen bin.

»Wie heißt du?«, frage ich.

Er schaut auf.

»Was?«

»Daniel Berggren, Tobias Fredriksson, Jonathan Granlund. So weit bin ich gekommen.«

»Ach so.« Grim runzelt leicht die Stirn, und in dem Augenblick kann ich Julias Gesicht, ihren Ausdruck in seiner Mimik sehen. »Man kann nicht weit genug kommen, um rauszukriegen, wie ich heiße.«

»Deshalb frage ich.«

Er scheint eine Antwort kurz zu erwägen, doch dann schüttelt er den Kopf.

»Wolltest du, dass mir der Mord an Rebecca angehängt wird?«, frage ich jetzt.

»Wie meinst du das?«

»Ich kapiere einfach nicht, was ...«, beginne ich, weiß aber nicht, was ich weiter sagen soll, denn ich verstehe ihn nicht. Ich weiß nur, dass ich versuchen muss, die Sache hier in die Länge zu ziehen. »Du bist mir gefolgt, du hast Nachrichten geschickt. Die Kette in ihrer Hand, die mich mit dem Tatort verband, war das ... ich meine, das hättest du doch auch anders machen können.«

»Wie denn?«

»Keine Ahnung, irgendwie ... beweiskräftiger. Ich weiß nicht. Was du getan hast, hätte niemals ausgereicht, um mir die Sache anzuhängen. Trotzdem scheinst du das alles aber sehr gründlich geplant zu haben. Das kriege ich nicht zusammen. Wolltest du mich einfach nur zerstören? Ich begreife es nicht.«

»Darauf habe ich keine Antwort«, erwidert Grim und sieht mich mit flackerndem Blick an. »Ich kann es nicht erklären. Für mich macht es Sinn.«

»Aber für niemand anderen sonst.«

»Das ist mir scheißegal, hier geht es um niemanden sonst.«

»Nein, und ich beginne, das zu begreifen.«

»Wie meinst du das?«

Ich hole tief Luft, in meinem Kopf pocht es weiterhin.

»Erinnerst du dich an das Fest auf dem Bolzplatz?«, frage ich.

»Was?«

»An dem Wochenende, bevor sie starb, war auf dem Bolzplatz ein Fest.«

»Ach so. Ja.«

»Alles, was du an dem Abend über Julia oder über euch gesagt hast, das hat mir Angst gemacht. Aus irgendeinem Grund hab ich mich bis ins Mark erschrocken. Ich kann mich nicht erinnern, ob ich vorher schon mal Angst vor dir hatte, aber ich glaube eigentlich nicht, dies hier war das erste Mal. Und das hat mich dazu gebracht, auf dem Nachhauseweg über Tim herzufallen. Und das hat Tim dazu gebracht ... ja, das zu tun, was er getan hat. Das alles wäre nie passiert, wenn du nicht so verdammt überbeschützend gewesen wärest und wenn du nicht unbedingt alles immer hättest zusammenhalten wollen.« Ich bemühe mich, den Blick fest auf ihn gerichtet zu lassen. »Es ist deine Schuld, dass sie gestorben ist. Nicht meine. Es ist deine eigene Schuld, dass dein Leben so geworden ist. Nicht meine. Und wenn du irgendjemanden töten willst, dann am besten dich selbst, so, wie du es geschrieben hast.«

Grim sieht mich mit leerem Blick an, und ich frage mich, wie viel Zeit hier oben schon vergangen ist und was er wohl denkt.

»Du irrst dich«, sagt er.

»Ich begreife nicht, wie du so weit gehen konntest, nur um ... ja, was denn? Nur um irgendwas zu tun? Das kaufe ich dir nicht ab. Das hier wird überhaupt keine Gerechtigkeit schaffen, sondern du treibst nur dich selbst in den Untergang. Alles, was du aufgebaut hast, ich weiß ja nicht, wie umfangreich das ist, aber alles, was du aufgebaut hast, wird hiermit zum Teufel gehen. Du wirst vor dem Nichts stehen.«

»Gut!«, schreit Grim. »Das ist mir nur recht! Begreifst du das nicht? Lieber gar nichts! Nichts von all dem bedeutet etwas. Das Einzige, was mir etwas bedeutet hat, habe ich vor langer Zeit verloren, und mein ganzes weiteres Leben ist daraus entstanden.«

»Warum hast du dir dann die Mühe gemacht, Rebecca Salomonsson zu töten? Warum hast du sie nicht einfach zur Polizei gehen lassen?«

»Sie hatte es verdient.«

»Ich glaube, das alles hier tust du dir selbst an und nicht mir. Du weißt sehr gut, was es heißt, wegen Anstiftung zum Mord vor Gericht zu stehen, da würdest du nicht mehr rauskommen. Es geht hier nicht um sie oder um uns. Es geht um dich, du willst keinen anderen Ausweg mehr sehen. Du weißt, dass es deine Schuld ist, dass alles so gekommen ist.«

»Du irrst dich!«, schreit er und beugt sich herab, um erneut Sams Zopf zu packen.

Und mitten in dieser Bewegung, als er sich über sie beugt, die eine Hand nach dem Zopf ausgestreckt, in der anderen die Pistole, mache ich einen Schritt zur Seite und werfe mich auf ihn. Grim versucht, die Mündung der Pistole auf Sams Schläfe zu richten, aber meine Schulter trifft ihn in die Rippen, woraufhin er ins Schwanken gerät. Wir fallen auf das Dach. Unter mir ist der harte und knochige Körper von Grim. Und wieder der Geruch von seinem Parfüm, ich glaube, es ist dasselbe, das er schon immer hatte. Und Schweiß. Erst jetzt merke ich, wie übel er riecht.

Halb unter mir liegend, packt er meine Haare, während ich versuche, die Pistole aus seiner Hand zu schlagen. Er greift daneben und trifft mich stattdessen hart in die Seite, sodass ich nach Atem ringen muss. Grim windet sich impulsiv und kraftvoll, er ist viel stärker als ich, und ich rutsche von ihm herunter, und jeden Moment, denke ich, wird der Schuss fallen, und ich werde sterben.

Er fällt, als Grim unbeabsichtigt an den Abzug kommt, und fährt an mir vorbei, hinauf in den Himmel. Während ich noch halb auf Grim liege, sehe ich im Augenwinkel, wie sich das lockere Seil zu einer geraden festen Linie spannt. Grim hält kurz inne, dann reckt er den Hals. Da ist noch jemand unterwegs auf das Dach.

Es geht schnell: Ein schwarzer, schwerer Schuh, und ich sehe den Anfang von einem ebenso schwarz gekleideten Bein. Jemand versucht, sich aufs Dach zu ziehen.

Ich werde von Grim abgeworfen und falle auf den Rücken. Mein Kopf wird in den Nacken geschleudert, es knackt, und der Schmerz strahlt sofort zu den Ohren hinauf und in die Schultern aus.

Grim steht über mir, die Mündung der Pistole wie einen unendlichen schwarzen Tunnel auf mich gerichtet, Finsternis, gefolgt von noch mehr Finsternis. Ich bemühe mich, die Augen nicht zu schließen und nicht zu blinzeln.

Der Schuss, der dann folgt, ist wie ein Herzschlag. Es ist ein seltsames Geräusch, kein einzelnes, sondern zwei aufeinanderfolgende. Aus irgendeinem Grund verfehlt mich Grim. Es knallt auf dem Beton direkt neben meinem Ohr, das ein heftiger Schmerz durchzieht, und die Welt wird still. Das Ohr ist taub. Nahezu im selben Moment ertönt noch ein lauter Knall, und Grim erstarrt und greift sich an den Arm. Dann folgt ein weiterer Knall, der sich mit einem Ohr seltsam desorientiert anhört. Grims Beine klappen unter ihm zusammen.

Jemand schreit, und im Fallen macht Grim einen Satz mit seinem unverletzten Bein und packt meine Schulter. Seine Augen sind weit aufgerissen, und ich nehme seinen Geruch wahr, den Schweiß und das Parfüm in einer scharfen, säuerlichen Mischung, und ich verstehe nicht, was er vorhat, bis ich erkenne, dass er dabei ist zu fallen, und mich an den Rand mitzerrt, wo nichts ist außer gähnender Leere. In der Bewegung lässt er die Pistole los, und sie saust an mir vorbei über die Kante hinaus.

Der Rand des Dachs schneidet mir in den Brustkorb. Ich liege der Länge nach da und versuche, mich fest auf das Dach zu pressen. Meine ausgestreckten Arme hängen über die Kante, eine Hand habe ich in seiner Achselhöhle, und die andere umklammert seine verletzte Schulter. Er hängt da und starrt zu mir hoch, das Gesicht rot-lila und verzerrt. Grims Griff ist hart, und die Schwerkraft zerrt an meiner Jacke, sodass sie sich eng um meinen Hals schließt.

»Los«, keucht er. »Lass los.«

Doch offenbar sieht er ein, dass er verloren hat und ich nicht fallen werde, denn er lässt selbst los, und jetzt hindere nur ich ihn daran zu fallen. Er ist zu schwer, ich werde ihn nicht lange halten können.

»Lass mich jetzt los«, schreit er. »Lass mich fall...«

Ich versuche, ihn wieder hochzuziehen, aber das schaffe ich nicht. Meine Hände verkrampfen sich, und ich kriege keine Luft mehr. Mit seinem unverletzten Arm versucht er, mich dazu zu bringen, ihn loszulassen. Als das nicht gelingt, wirft er den Kopf vor und beißt mich ins Handgelenk.

Im Augenwinkel sehe ich einen Schatten, der zu mir läuft und sich hinhockt. Zwei Arme strecken sich zwischen Grim und mich, und eine Stimme ruft, ich solle ihn bloß festhalten.

Grims Bisse haben Löcher in meiner Haut hinterlassen, und ich kann zwar die Wunden nicht sehen, doch sein Mund ist blutverschmiert. Aber ich spüre nichts, keinen Schmerz. Die beiden Arme recken sich weiter hinaus, und die Hände greifen Grim und ziehen ihn langsam hoch.

»Nein!«, schreit er. Seine Stimme bricht und wird schrill, als wäre er wieder ein Teenager. »Nein! Nein«, ruft er immer wieder, bis nur noch heisere Laute aus seiner Kehle kommen.

Auf einem der dunkel gekleideten Arme lese ich in goldgestickten Buchstaben POLIZEI.

30

Die erste Polizeistreife, die den Fuß des Wasserturms erreichte, bestand aus einem unglaublichen und für diesen Anlass äußerst unglücklichen Duo: Dan Larsson und Per Leifby. Larsson stammt aus Vetlanda und wurde nach der Ausbildung von seinem Vater, der inzwischen pensionierter Kommissar ist, nach Stockholm geschickt. Der Vater konnte es wahrscheinlich einfach nicht mehr ertragen, den Nichtsnutz andauernd um sich zu haben. Zu allem Überfluss leidet Larsson unter Höhenangst. Sein Partner auf Streife, Per Leifby, der im Unterschied zu Larsson aus Stockholm stammt, ist Hammarby-Fan und kein Rassist, hat aber, wie er selbst bekennt, Probleme mit Einwanderern – eine in der Belegschaft bekannte Tatsache. Zu allem Überfluss schießt er nicht zielsicher.

Der Beamte mit der Höhenangst wollte am liebsten unten am Wasserturm auf dem Boden bleiben. Der mit der Schussangst hingegen war auf dem Weg die Wendeltreppe hinauf, als der erste Schuss, den Grim abfeuerte, um mir Angst zu machen, zu hören war. Dieses Geräusch ließ den Streifenpolizisten erstarren, und er machte kehrt und stieg die Treppe eilig wieder hinunter. Die beiden beschlossen, auf die nächste Streife zu warten. Die Situation war, so erklärten sie es später Birck, zu gefährlich. Außerdem lagen die schusssicheren Westen noch im Auto, das ein Stück entfernt bei einem falsch geparkten Volvo wartete.

Larsson und Leifby fuhren Streife in Huddinge und befanden sich zum Zeitpunkt des Alarms nur deshalb auf Umwegen im Raum Rönninge, weil sie die falsche Ausfahrt von der Schnellstraße genommen hatten. Der Alarm war von Gabriel

Birck von der City-Polizei gekommen, der am Wasserturm in Salem eine Geiselsituation befürchtete.

Ein Wagen nach dem anderen wurde gerufen, alle waren auf Anweisung von Birck nur mit blinkendem Blaulicht, aber ohne Martinshorn unterwegs, um den Täter nicht in Panik zu versetzen. Die Einsatzkräfte machten sich bereit, obwohl sie es wahrscheinlich nicht rechtzeitig schaffen würden. Larsson und Leifby hingegen waren innerhalb von zwei Minuten am Fuß des Wasserturms – und da blieben sie wie gesagt auch.

Die zweite Streife, die eintraf, bestand in krassem Gegensatz zu der ersten aus zwei robusten, kompetenten Inspektoren aus Södertälje mit Namen Sandqvist und Rodriguez, beide ursprünglich von der Stockholmer Polizei. Sie hatten soeben ihre Schicht in einer Schule in Salem beendet, wo sie an einem Informationstag über Gewalt- und Drogenprävention mitgewirkt hatten. Dreieinhalb Minuten nach dem Alarm kamen sie am Wasserturm an. Dort wurden sie von Larsson und Leifby über den Stand der Dinge in Kenntnis gesetzt und stiegen daraufhin mit gezogenen Waffen die Wendeltreppe hinauf. Rodriguez war als Erster oben und feuerte einen Schuss auf Grims Arm ab. Er wäre noch früher da gewesen, wenn er sich nicht erst hätte vergewissern müssen, ob das Seil auch sein Gewicht halten würde. Er war es auch, der zusammen mit mir Grim hochzog. Rodriguez schoss den Bruchteil einer Sekunde früher als Grim und sorgte so dafür, dass die Kugel, die dieser auf mich abfeuerte, auf den Beton prallte. So dicht nacheinander klangen beide Schüsse wie ein Herzschlag. Birck selbst kam gerade noch rechtzeitig, um die Schüsse zu hören, die oben auf dem Turm abgefeuert wurden, ohne jedoch zu wissen, wer die Schützen waren.

Alles das erfahre ich natürlich erst später. Birck erzählt es mir. Als ich erwache, erinnere ich mich nur noch daran, dass ich völlig erschöpft war und auf den Rücken gerollt wurde und wie der Schmerz in meinem Kopf wiederkam und ein Tuch über meine Augen fiel.

Ich liege in einem großen Bett, habe ein weißes Hemd an, das nicht mir gehört, und eine orangefarbene Decke auf Füßen und Oberschenkeln. Die Lampen über mir sind ausgeschaltet, doch irgendwo ist eine Lichtquelle. Ich wende den Kopf, und der Nacken schmerzt. Eine Nachttischlampe brennt. Ich befinde mich in einem Krankenhaus. Södertälje, glaube ich. Seit Julias Tod war ich nicht hier. Auf einem Stuhl in der Ecke des Raumes sitzt Birck, tief versunken in einen Aktenordner.

»Ich …« Mein Mund ist trocken.

Birck hebt den Kopf und sieht mich erstaunt an.

»Wie bitte?«

Vor dem Fenster herrscht eine bläuliche Dunkelheit. Das kann ebenso die Morgen- wie die Abenddämmerung sein.

»Wie spät ist es?«

»Halb fünf.«

»Morgens?«

Birck nickt. Er legt die Akte beiseite, steht auf und geht zu einem Tisch neben dem Bett. Er gießt Wasser in einen weißen Plastikbecher und reicht ihn mir.

»Sobril«, sage ich, und Birck schüttelt den Kopf.

»Tut mir leid. Du hast Morphium bekommen. Da darfst du kein Sobril nehmen.«

Ich trinke aus dem Becher. Das Wasser ist weich und kühl.

»Welcher Tag?«, frage ich unsicher.

»Nur die Ruhe. Du hast etwas mehr als zwölf Stunden geschlafen. Du wirst wieder gesund werden, mach dir keine Sorgen. Und das trotz deiner unglaublichen Dummdreistigkeit.«

Bircks Stimme lässt den üblichen forschen Bass vermissen und klingt stattdessen ungewöhnlich sanft und leise. Aber vielleicht spielt mir auch mein Gehör einen Streich. Ich höre wieder auf beiden Ohren, auf dem einen liegt allerdings ein dicker Verband. Ich befühle den steifen und trockenen Mull.

»Wegen deiner Kopfverletzungen«, sagt Birck und nimmt mir den Becher ab. »Warum zum Teufel hast du nicht gewartet?«

»Keine Zeit«, bringe ich heraus. »Wo ist Sam?«

»Im Zimmer nebenan. Auch sie wird wieder gesund werden. Also physisch. Abgesehen von dem Finger. Wir haben ihn gefunden, aber ... es war zu viel Zeit vergangen. Viel zu viel Zeit.«

»Wie viel?«

Birck senkt den Blick.

»Mindestens eine Stunde. Sie wird es schaffen, Leo, aber ... sie hat einen Schock. Also psychisch wird das eine Weile dauern. Ihr Freund ist hier irgendwo, falls du mit ihm reden willst.«

Obwohl es wehtut, drehe ich den Kopf weg. Ich will nichts mehr hören. Birck bleibt neben mir stehen, als verstünde er.

»Und Grim?«, frage ich, immer noch abgewandt.

»Er liegt nicht hier.«

»Wo dann?«

»Huddinge. Unter konstanter Bewachung. Ich habe die Leute selbst ausgewählt, sie sind also gut. Er ist wegen seiner Verletzungen operiert worden und wird, sowie er das Krankenhaus verlassen kann, nach Kronoberg in Untersuchungshaft kommen.« Er räuspert sich. »Deine Familie war hier, und sie haben eine Weile bei dir gesessen. Dann so gegen elf Uhr kam Levin, der ist gerade gegangen. Alle wissen Bescheid.«

»Mein ... mein Vater auch?«

»Der auch«, sagt Birck.

Ich sehe ihn an und frage mich, ob er es wohl weiß. Ob er es gesehen hat? Vielleicht.

»Dein Psychologe war hier«, sagt Birck vorsichtig. »Sie haben ihn angerufen, weil sein Name in deiner Akte stand. Ich habe ihn weggeschickt.«

»Danke.«

In seinem einen Mundwinkel zuckt es, aber er schweigt.

»Müde«, sage ich stattdessen.

»Du brauchst mehr Schlaf.«

»Nein, du. Du siehst müde aus.«

»Ich musste mit ein paar Journalisten reden. Und dann noch das vorläufige Ermittlungsprotokoll durchgehen.«

»Mein Handy.«

Aus irgendeinem Grund will ich es haben. Eigentlich weiß ich nicht, warum, aber ich will es haben. Ich glaube, ich will das Bild von Rebecca Salomonsson noch einmal sehen.

»Das kann ich dir noch nicht geben, weil Berggren oder Grimberg oder wie zum Teufel er nun heißt, darüber mit dir kommuniziert hat und außerdem noch den zweifelhaften Geschmack bewiesen hat, die Verletzungen, die er Sam zugefügt hat, zu dokumentieren. Das ist ein Beweisstück. Und«, fügt er hinzu, »ganz ehrlich, willst du nicht ein neues haben?«

»Speicher die Bilder«, antworte ich nur.

»Jetzt schlaf mal weiter.« Sein Blick flackert, als würde er zögern. »Levin hat gesagt, er wird versuchen, dich wieder in die Mannschaft zurückzukriegen. Und zwar bei mir.«

»Bei dir?« Ich glaube, ich ziehe eine Grimasse. »Pfui Teufel.«

»Hab ich mir schon gedacht, dass du ungefähr das denken wirst.«

Birck lächelt schwach.

»Danke«, bringe ich heraus.

Birck verlässt das Zimmer.

Das nächste Mal wache ich so gegen Mittag auf. Sie nehmen den Tropf ab, und ich esse ein Brot, trinke Saft, gehe auf die Toilette. Meine Schritte sind unsicher, aber erstaunlich stabil. Später am Tag werde ich von Staatsanwalt Pettersén besucht. Er ist ein kleiner, birnenförmiger Mann, der ununterbrochen Kaugummi kaut, damit ihm nicht einfällt, dass er eigentlich eine Zigarette will.

»Ich muss ein paar Fragen stellen«, sagt er leise. »Wenn das in Ordnung ist.«

»Ich will, dass Birck mich befragt.«

»Das geht nicht. Das hier ist meine Aufgabe. Außerdem muss Gabriel sich mal ausruhen.«

Er stellt ein Diktiergerät zwischen uns. Aus den paar Fragen werden immer mehr, je mehr ich erzähle, und Pettersén geht zwischendurch auf die Toilette, und dann wechselt er sein Kaugummi einmal, zweimal, dreimal und noch ein viertes Mal.

Am Abend werde ich entlassen. Ich darf meine eigene Kleidung anziehen, und auch wenn sie gewaschen worden ist, ist ihr Anblick doch ein wenig unbehaglich. Der Verband um meinen Kopf ist durch ein großes weißes Pflaster auf der Stirn und ein ähnliches Ding auf meinem Ohr ersetzt worden. Meine Nase ist offenbar nicht gebrochen, sondern hat nur einen Riss, der wohl von selbst heilen wird. Man gibt mir Morphium für die ersten Tage mit. Dann frage ich, ob ich Sam besuchen darf.

»Sie schläft«, sagt die Krankenschwester.

»Ist jemand bei ihr?«

»Sie ist allein. Ihr Lebensgefährte ist vorhin gegangen.«

Lebensgefährte? Wohnen sie zusammen?

Ich erhalte die Erlaubnis, eine kleine Weile bei ihr zu sitzen. Sam liegt in einem Bett, das genauso aussieht wie meines, hat die gleiche orangefarbene Decke über den Beinen und trägt ein weißes Hemd, wie ich es auch anhatte. Ihre Haare sind jetzt offen. Sie atmet tief und gleichmäßig. Neben dem Bett steht ein Besucherstuhl, und ich lasse mich daraufsinken.

Um die verletzte Hand ist ein dicker Verband gewickelt. Ihre gesunde Hand liegt offen mit der Handfläche nach oben da, die Finger sind leicht gekrümmt. Der Anblick bringt alles in mir ins Schwanken, und ich frage mich, warum das wohl so ist, bis es mir klar wird.

Das hier habe ich getan. Wie unglaublich es auch ist, wie weit man auch in der Ursachenkette zurückgehen muss und ganz gleich, wie viele Zufälle sich dabei in eine gerade Linie gestellt und vorangetrieben haben, was in den letzten Tagen geschehen ist – so bin doch ich der Grund dafür, weil ich vor langer Zeit Tim Nordin zerstörte und ihn außer Kontrolle brachte. Ich, der ich Grim betrogen habe. Vielleicht hatte er recht, und ich hatte Julia dazu gebracht, mir zu verfallen. Aber sie war es nicht allein, die fiel. Es war nicht nur meine Schuld. Wenn jemand fiel, dann war ich es.

Ich strecke meine Hand aus und lege sie vorsichtig in Sams. Sie ist warm. Die Berührung scheint sie langsam zurück an die Oberfläche zu treiben, denn schon bald wendet sie sich mir zu.

»Ricky?«, fragt sie unsicher und schleppend, immer noch mit geschlossenen Augen und schlaftrunken.

»Nein«, sage ich leise. »Leo.«

»Leo«, wiederholt sie, als würde sie das Wort in ihrem Mund erproben.

Ich glaube, sie lächelt. Vorsichtig fasst sie meine Hand.

Die Eltern von Rebecca Salomonsson sind noch einmal informiert worden, diesmal über die wahre Ursache des Todes ihrer Tochter. Derjenige, der sie in der Nähe des Kronobergs-Parks überfallen hat, ist immer noch auf freiem Fuß, wahrscheinlich irgendwo in Stockholm, womöglich sogar auf Kungsholmen. Täter bewegen sich selten weit weg.

Die Medien kennen offenbar noch nicht den Hintergrund der seltsamen Ereignisse, die sich auf dem Dach des Wasserturms abgespielt haben. Das Drama ist zwar Thema der Aushänger der Zeitungen, doch meine Beteiligung daran wird nicht erwähnt. Trotzdem ist mir klar, dass sich, solange nichts Wichtigeres passiert, die Aufmerksamkeit auch irgendwann wieder mir zuwenden wird, vielleicht wird ja die ganze Geschichte meiner Freundschaft zu Grim und meiner Beziehung zu Julia aufgerollt werden. Ich weiß es nicht. Im Moment ist es mir egal. Ich muss an Anja denken, die Frau, die Grim einmal liebte. Sie ist gestorben, genau wie so viele andere.

Vielleicht werde ich eines Tages ihn, der einmal mein Freund war, verstehen, werde begreifen, was er eigentlich vorhatte. Oder auch nicht. So ist es doch mit vielem, was sich als entscheidend erweist: Wir verstehen es nicht.

Nachdem ich aus dem Krankenhaus in Södertälje entlassen wurde, fahre ich mit öffentlichen Verkehrsmitteln nach Norden. Es fühlt sich gut an, einfach nur ein einsamer Mensch zwischen Tausenden anderer zu sein, genauso einsam wie sie. Ich habe eine Mütze auf, um den Verband zu verbergen. Niemand scheint das zu beachten. Das Einzige, was an mir vielleicht komisch aussieht, ist meine geschwollene rote Nase, doch niemand schaut mich an. Der Zug fährt an den Hochhäusern des Wohnungsbauprogramms vorbei. Irgendwo in der Nähe zündet einer auf dem Bahnsteig Knaller. Das Geräusch lässt mich erstarren und macht mir Angst, ich spüre, wie mein Puls steigt. Ich bin angewiesen worden, Schritt für Schritt weniger Sobril zu nehmen. Eigentlich nur in Notfällen. Ich weiß nicht, ob das hier ein Notfall ist, aber ich vermute es. Ich hole den Blister aus der Innentasche meiner Jacke und lege eine Tablette auf die Zunge. Sie schmilzt wie von selbst, ganz schnell.

Anstatt den Bus von Rönninge zu nehmen, beschließe ich, zu Fuß zu gehen. Ich komme an einem Plakat mit dem Konterfei des Ministerpräsidenten vorbei. Jemand hat mit schwarzer Farbe ein Hakenkreuz darübergesprayt.

Ich erinnere mich, dass ich in meiner Jugend, wenn ich von der Innenstadt auf dem Weg nach Hause war, immer den Wasserturm als Richtmarke benutzt habe, um zu wissen, wie weit ich es noch hatte. Man sieht ihn schon aus größerer Entfernung, doch diesmal vermeide ich es, hinzusehen, und halte stattdessen den Blick auf den Boden gerichtet, auf meine Schuhe, und frage mich, wie viele Male ich wohl diesen Weg gelaufen bin. Wer von denen, die ich einmal kannte, wohnt hier noch? Bestimmt nicht viele, aber wer weiß. Die Leute neigen dazu, an solchen Ort kleben zu bleiben. Leute aus Vororten wie Tumba, Salem und Alby. Entweder haut man ab oder irgendetwas hält einen.

Rebecca Salomonsson. Ich sehe sie, wie Peter Koll sie gesehen haben muss, von schräg oben, wie sie high mit der Hand vor dem Mund durch die Dunkelheit angestolpert kommt, nicht wissend, dass sie nur noch wenige Minuten zu leben hat. Koll glaubte, ihr wäre übel, aber vielleicht hat sie nur geweint, weil sie soeben überfallen worden war.

Ich werde Grim noch einmal treffen müssen, das weiß ich, aber im Moment bemühe ich mich, den Gedanken an ihn wegzuschieben. Sechzehn Jahre ist Julia tot. Ich versuche mich zu erinnern, was ich an diesem Tag, in ebendieser Stunde vor sechzehn Jahren gemacht habe, aber es gelingt mir nicht. Ich muss mir eingestehen, dass ich nicht mehr sagen kann, wie sie aussah, wenn sie lachte, aber einen kurzen Moment lang kann ich fast ihre Haut auf meiner spüren. Die Haut erinnert sich.

In meiner Innentasche ist immer noch das Tagebuch von Grim, und als ich den Umschlag an meinen Fingern fühle, bemerke ich da noch mehr: ein steifes und doppelt gefaltetes Papier. Ich kenne nur einen Menschen, der auf diese Weise kommuniziert. Levin muss es, als er mich im Krankenhaus besucht hat, dort platziert haben.

Ich bin froh, dass ich an Ihrer Seite sitzen und Ihren Atem hören kann. Dass ich hören kann, dass Sie leben, so wie ich es auch schon nach den Ereignissen auf Gotland getan habe. Ereignisse, die, wie man sie auch betrachtet, auf mich zurückgehen, nicht auf Sie.

Ich habe eine Notiz erhalten. Darin wurde ich angewiesen, Sie in unserer Einheit zu platzieren, als jemanden, der – wenn erforderlich – zur Verantwortung gezogen werden könnte. Sie hatten nach so einem gesucht, und Sie wurden als ein passender Kandidat angesehen. Es hieß ausschließlich hypothetisch »falls«, »im schlimmsten Fall« und »für den Fall, dass unsere Operationen für jemanden kompromittierend wirken könnten«.

Das kam von oben, von den Paranoiden, und ich hatte keine Wahl. Sie drohten damit, Informationen aus meiner Vergangenheit öffentlich zu machen. Das tun sie immer noch. Mehr kann ich nicht erzählen. Nicht jetzt.

Leo, verzeihen Sie mir.

Charles

Ich versuche herauszufinden, was ich fühle – jetzt, da ich es weiß. Die Einsicht sollte eine gewisse Erleichterung mit sich bringen, und das tut sie vielleicht auch, doch im Moment fühle ich nichts. Alle verraten alle. Und alles fällt. Ich weiß erstaunlich wenig über Levins Hintergrund und frage mich, was sie wohl in der Hand haben, das ihn gefügig macht.

Ich stehe den Triaden gegenüber, auf der anderen Straßenseite. Die Häuser sehen genauso aus wie das letzte Mal, als ich hier war, und all die Male zuvor. In meinem Kopf wischt die Zeit vorbei, bis ich wieder sechzehn bin und vor dem Haus stehe, das unseres ist, auf dem Weg nach Hause von irgendwoher. Es sah genauso aus. Manche Dinge verändern sich nur auf der Innenseite.

Ich nehme den Fahrstuhl in den siebten Stock, betrete das Treppenhaus und steige in den achten, obersten Stock hinauf.

Ich betrachte die Tür, das Schild: JUNKER. Ich drücke die Klinke hinunter und öffne die Wohnungstür vorsichtig.

»Hallo?«, frage ich und höre meine eigene unsichere Stimme.

Der Flurteppich hat Falten geworfen. Schuhe sind ausgezogen worden und stehen ungeordnet herum, aber im Übrigen sieht die Diele aus wie immer. Der Geruch in der Wohnung ist derselbe, als würde er ewig währen. Meine Mutter steckt den Kopf aus der Küchentür. Ihre kurz geschnittenen Haare sind grau meliert.

»Mein Gott, Leo.«

Sie stellt etwas ab, vermutlich Porzellan, und macht sich nicht die Mühe, ihre Hände abzutrocknen, sondern schlingt die Arme um mich. Ich erwidere behutsam die Umarmung und kann mich nicht entsinnen, wann ich das letzte Mal von einem meiner Eltern umarmt worden bin.

»Ich … wir waren im Krankenhaus, aber die haben gesagt, du würdest schlafen. Mein Gott, stimmt das … wir haben da mit einem Polizisten gesprochen, wir waren so …«

»Es ist alles gut, Mama.«

Sie sieht mich an. Ich habe immer geglaubt, ich hätte die Augen meines Vaters, doch je älter ich werde, desto mehr finde ich, dass ich mit den Augen meiner Mutter aus dem Spiegel herausschaue.

»Hast du Hunger?«

»Nein. Wie geht es Papa?«, frage ich.

»Gut«, sagt sie. »Er sitzt da drinnen.«

»War er wirklich mit dabei?«

Sie nickt.

»Möchtest du bestimmt nichts essen?«

»Nein, danke.«

»Du siehst mager aus. Komm rein.«

Ich seufze, frustriert darüber, dass sie mir das Gefühl gibt, wieder zwölf Jahre alt zu sein, steige aus den Schuhen und ziehe die Jacke aus. Sie kehrt in die Küche zurück. Ich betrete mein ehemaliges Zimmer, das jetzt eine Art Arbeitszimmer ist, mit Schreibtisch, Computer, Bücherregalen und Kleiderschränken. Am Tisch sitzt mein Vater, in einer Haltung über etwas gebeugt, wie sie nur Menschen haben, deren Konzentrationsvermögen gestört ist. Er trägt ein kariertes Hemd und fährt sich mit der Hand durch das graue, ungekämmte Haar.

»Verdammt«, murmelt er. »Verd… Wo ist denn nur, wo hab ich…«

»Papa«, sage ich und lege die Hand sacht auf seine Schulter.

»Leo?« Er sieht zu mir hoch. Der Blick ist gefühlvoll, glänzend und von Medikamenten beeinträchtigt. »Bist du es?«

»Ja, ich bin es.«

»Leo«, sagt er wieder, unsicher, was das bedeutet.

»Dein Sohn«, erkläre ich.

Sein Blick wird traurig. Er runzelt die Stirn und wendet sich dem zu, was vor ihm auf dem Tisch liegt.

»Ich brauche Hilfe. Ich erinnere mich nicht, wie man das macht.«

Es ist eine Fernbedienung, die mit den Knöpfen nach unten auf dem Tisch liegt. Das Batteriefach ist offen, und drei Batterien liegen daneben.

»Erinnerst du dich wirklich nicht, Papa?«

»Es ist… irgendwo ganz hinten gelandet.« Er blinzelt unausgesetzt, während er auf das offene Fach und die kleinen Federn starrt, die da drinnen sitzen. »Ich erinnere mich fast.« Er sieht auf. Die Trauer ist verschwunden. Er lächelt. »Hörst du? Ich erinnere mich fast.«

»Soll ich dir helfen?«

»Lass es ihn selbst machen«, sagt meine Mutter, die in der Tür steht. »Er erinnert sich, er muss sich nur etwas anstrengen.«

»Mama, ich glaube nicht, dass er das hinkriegt.«

»Doch, das kann er.«

Vor ein paar Jahren fing mein Vater an, Sachen zu vergessen: wohin er die Schlüssel gelegt hatte, was er zu Mittag gegessen hatte, wann er das letzte Mal mit mir oder meinem Bruder telefoniert hatte. Wir haben anfangs gar nicht darauf geachtet, sondern ärgerten uns darüber, dass er sich nicht mehr erinnern konnte, ob er schon Kaffee gekocht hatte oder nicht, und wenn er welchen gekocht hatte, dann wusste er nicht mehr, ob er die Maschine ausgeschaltet hatte. Doch es ging schnell: Schon bald rief jemand die Polizei und wollte einen Mann anzeigen, der vor einer Schule in seinem Auto saß und durch die Windschutzscheibe die Kinder anstarrte. Der Anrufer war, ebenso wie die Polizeistreife, die dann kam, zunächst um die Kinder besorgt, doch sie erkannten schnell, dass mein Vater die Wahrheit sagte, als er behauptete, er habe den Weg zur Arbeit vergessen.

»Versteht er, was passiert ist?«

»Er versteht, dass etwas passiert ist«, sagt sie. »Bald nimmt er seine Medikamente, dann geht es wieder besser.«

Ich betrachte seinen Rücken. Die Wohnungstür wird geöffnet, und mein Bruder kommt herein, noch in Arbeitskleidung. Er umarmt mich lang und fest, und ich glaube, ich ihn auch.

»Wie geht's?«, fragt er.

»Ich höre etwas schlecht.«

»Das macht nichts«, sagt er und schlägt mir auf die Schulter, »dann musst du dir schon mal nicht das ganze blöde Gerede anhören.«

Aus irgendeinem Grund bringt mich das zum Lachen. Im Arbeitszimmer fallen meinem Vater die Batterien auf den Boden und rollen davon, eine von ihnen unters Regal. Mein Bruder geht sofort hin, um ihm zu helfen.

»Leo?«, fragt mein Vater und sieht ihn unsicher an.

»Leo ist in der Diele, Papa«, sagt mein Bruder, mit der Suche nach der dritten Batterie beschäftigt.

»Hm.« Er sieht mit verunsichertem Blick aus dem Fenster, seine Hände umklammern die Armlehne des Stuhls, als wäre nur so gewährleistet, dass sein Kopf nicht davonfließt. »Leo ist in der Diele.« Papa lächelt und dreht den Kopf, um mich anzusehen. »Gut.«

Es ist spät an jenem Abend, als ich Salem verlasse. Ich trete in die kühle Luft hinaus und kann im Augenwinkel den Hauseingang sehen, der ihrer war, sehe ihn dort in der Dunkelheit warten. Ich will noch nicht gehen, und streiche eine Weile vor ihrer Tür herum, genau wie ich es früher tat. Es ist wieder Sommer, für einen Moment, ein Sommer vor langer Zeit.

Und dann, nach einer Weile, gehe ich. Erst zur Bushaltestelle, um nach Rönninge zu fahren, und dann weiter nach Süden. Ich will bei Sam im Krankenhaus sitzen.

Nebel kommt auf. Ich bewege mich durch den Ort, in dem ich aufwuchs, und es ist weit nach Hause. Doch heute Abend wirkt Salem ungewöhnlich ruhig, die südlichen Vororte von Stockholm sind beinahe still.

Nachwort

Wir Schriftsteller nehmen uns Freiheiten. In diesem Buch habe ich einige davon beansprucht: Unter anderem habe ich zahlreiche Details verändert, die mit der Umgebung und der Form des Wasserturms in Salem zu tun haben. Außerdem habe ich hier und da eine Bar oder eine Herberge eingeschoben, habe ein Häusertrio umbenannt und so weiter. Ganz zu schweigen von all den Textzeilen, die ich einfach so dazugeschrieben habe!

Es gibt einige Menschen, denen ich danken muss. Mela, Mama, Papa, meinem kleinen Bruder, Karl, Martin, Tobias, Jack, Lotta, Jerzy, Tove, Fredrik und den begeisterten Büchermachern im Piratförlaget: Ihr habt alle auf die eine oder andere Weise dazu beigetragen, dass Leo Junker und *Der Turm der toten Seelen* das Licht der Welt erblicken konnten.

Es ist nie einfach, einen Roman zu schreiben, doch Partner, Freunde, Eltern oder Kollegen des Autors zu sein, ist immer noch schwerer. Ihr seid fantastisch.

Christoffer Carlsson, Hagsätra im Juni 2013

Zum Weiterlesen nach *Der Turm der toten Seelen*

Christoffer Carlsson

SCHMUTZIGER SCHNEE

Thriller

Aus dem Schwedischen
von Susanne Dahmann

Band 2 der Leo-Junker-Serie

Der junge Soziologe Thomas Heber wird tot in einem Hinterhof in der Stockholmer Innenstadt aufgefunden. Er arbeitete an einem Forschungsprojekt über politisch extreme Randgruppen und sollte von einer Informantin brisantes Material über ein bevorstehendes Attentat erhalten.
Leo Junker ist nach seiner »Beurlaubung« endlich wieder im Einsatz. Er übernimmt den Fall mit seinem Kollegen Gabriel Birck, doch die Schwierigkeiten sind vorprogrammiert.Gleichzeitig versucht er, sein Privatleben wieder in den Griff zu kriegen und knüpft zarte Bande zu seiner Exfreundin Sam.

»Ein knallharter Thriller und eine ergreifende Geschichte über Freundschaft, Loyalität und Verrat.«
Aftonbladet

Erscheint im Oktober 2015 bei C. Bertelsmann

www.cbertelsmann.de